GOLDMANN

Buch

Rom im Jahre 63 vor Christus: Ein Skandal erschüttert die Stadt. Beim Ritus der »Bona Dea« zu Ehren einer geheimnisvollen Göttin alten lateinischen Ursprungs dürfen nur verheiratete Frauen anwesend sein. Doch diesmal wurde ein Mann entdeckt, der sich in Frauenkleidern Zugang verschafft hat. Decius Caecilius Metellus, begnadeter Detektiv und mittlerweile zum jungen Senatsmitglied aufgestiegen, vermutet einen Zusammenhang zwischen dem Sakrileg und einer Serie von bizarren Morden, bei der die Opfer alle ein merkwürdiges Mal auf der Stirn tragen. Er nimmt die Fährte auf, die ihn in die dunklen, gefährlichen Subura-Distrikte der Stadt genauso führt wie in die höchsten politischen Kreise. Er kämpft gegen mächtige Gegner, die nur eins im Sinn haben: die Ermittlungen zu unterbinden und den Ermittler auszuschalten – für immer.

Autor

John Maddox Roberts, 1947 in Ohio geboren, ist der Verfasser von mehr als 25 erfolgreichen Romanen im Bereich der Science-fiction. Sein erster historischer Kriminalroman *SPQR* wurde für den Edgar-Allan-Poe-Award nominiert.

Außerdem bei Goldmann:

SPQR (41306)
Die Catilina-Verschwörung (41307)
Der Fluch des Volkstribun (43190)
Tödliche Saturnalien (42551)
Der Musentempel (41451)

JOHN
MADDOX
ROBERTS

DER FREVEL DES CLODIUS

EIN KRIMI AUS DEM
ALTEN ROM

Aus dem Amerikanischen
von Kristian Lutze

GOLDMANN VERLAG

Die Originalausgabe erschien unter dem Titel
»The Sacrilege« bei Avon Books, New York

Umwelthinweis:
Alle bedruckten Materialien dieses Taschenbuches
sind chlorfrei und umweltschonend.
Das Papier enthält Recycling-Anteile.

Der Goldmann Verlag
ist ein Unternehmen der Verlagsgruppe Bertelsmann

Genehmigte Ausgabe 2/96

Umschlaggestaltung: Design Team München
Druck: Elsnerdruck, Berlin
Verlagsnummer: 43290
T.T. · Herstellung: sc
Made in Germany
ISBN 3-442-43290-1

1 3 5 7 9 10 8 6 4 2

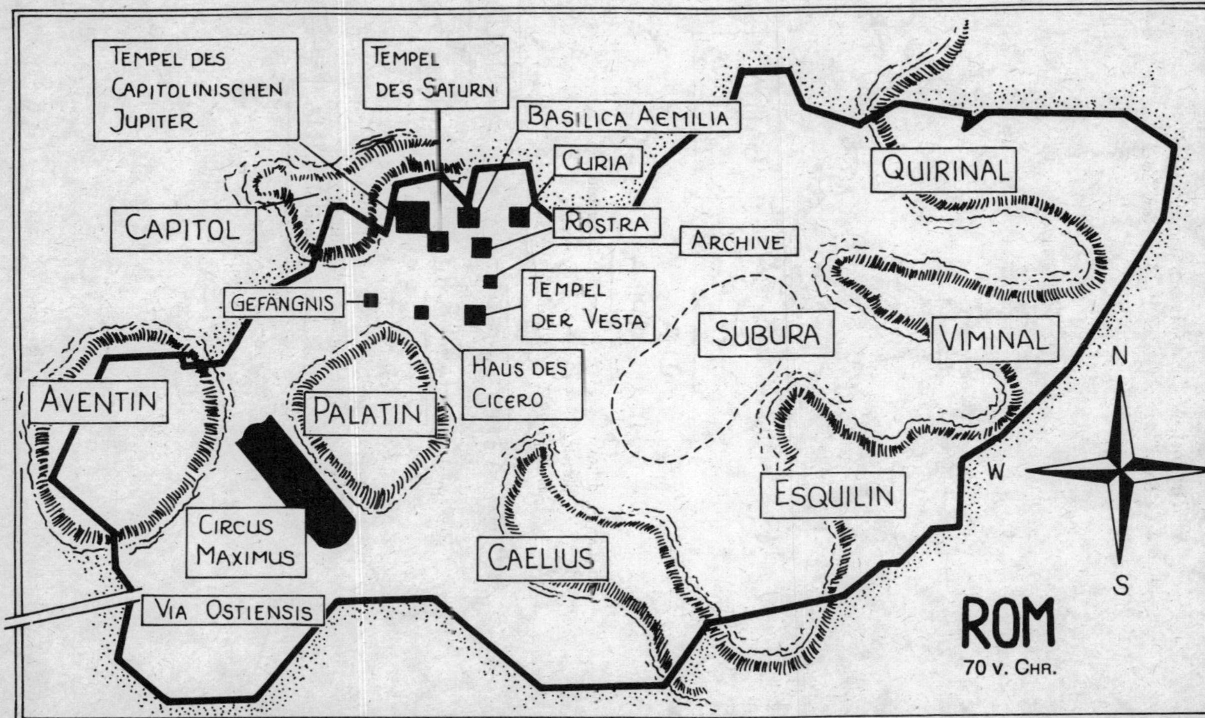
Tempel des Capitolinischen Jupiter
Tempel des Saturn
Basilica Aemilia
Curia
Quirinal
Capitol
Rostra
Archive
Gefängnis
Tempel der Vesta
Subura
Viminal
Haus des Cicero
Aventin
Palatin
N
W
S
Esquilin
Circus Maximus
Caelius
Via Ostiensis
ROM
70 v. Chr.

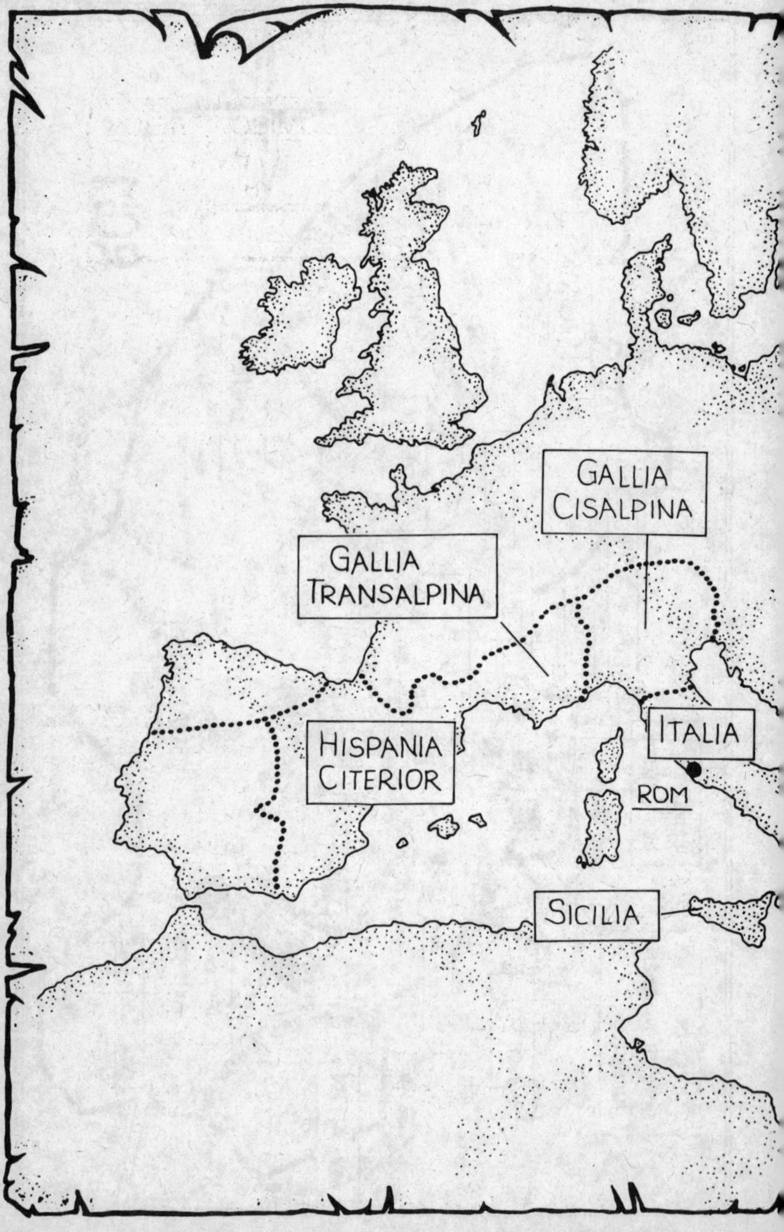
GALLIA
CISALPINA
GALLIA
TRANSALPINA
HISPANIA
CITERIOR
ITALIA
ROM
SICILIA

DAS RÖMISCHE REICH
70–60 v. Chr.
KM
0
500
MACEDONIA
BITHYNIA
ET PONTUS
ASIA
CILICIA
SYRIA
CRETA
DELUS

I

Ich frage mich manchmal, ob wir je wissen können, was wirklich geschehen ist. Tote schreiben nicht, also ist Geschichtsschreibung zwangsläufig eine Sache der Überlebenden. Von denen, die überleben, haben einige wenige die Ereignisse selbst miterlebt, während andere nur davon gehört haben. Jeder, der schreibt oder erzählt, übermittelt die Begebenheiten nicht notwendigerweise so, wie sie sich ereignet haben, sondern vielmehr so, wie sie sich hätten ereignen sollen, um den Erzähler oder seine Vorfahren oder seine politische Richtung in einem guten Licht erscheinen zu lassen.

Während einer meiner zahlreichen Phasen des Exils war ich einmal auf die schöne, aber langweilige Insel Rhodos verbannt. Auf Rhodos gibt es nichts zu tun, außer Vorlesungen an einer der vielen Bildungsstätten der Insel zu besuchen. Ich entschied mich für eine Vorlesung in Geschichte, weil in jenem Semester sonst nur noch Philosophie angeboten wurde, eine Disziplin, die ich wie jeder vernünftige Mensch stets gemieden habe.

Die Geschichtsvorlesungen wurden von einem Gelehrten namens Antigonus abgehalten, der damals einen hervorragenden Ruf genoß, heute aber praktisch vergessen ist. Einen seiner Vorträge widmete er ausschließlich der Wandlungsfähigkeit historischer Fakten. Als Beispiel nannte er den Fall der Tyrannenmörder Harmodios und Aristogeiton, die vor fünfhundert Jahren in Athen gelebt haben. Athen wurde damals von Hippias und Hipparch regiert, den Söhnen des Tyrannen Peisistratos. Nun, es hat den Anschein, als hätten Harmodios und Aristogeiton einen Aufstand gegen die Peisistratiden angezettelt, aber in Wirklichkeit planten sie nur, einen von beiden umzubringen, ich habe vergessen welchen. Der überlebende und betrübte Bruder ließ beide hinrichten, und zwar mit allen Schikanen. Daraufhin organisierte die anti-peisistratische Fraktion, mit den beiden gemeuchelten Tyrannenmördern als Märtyrer, einen erfolgreichen Aufstand und inthronisierte ihren eigenen, aufgeklärten Herrscher, entweder Kleisthenes oder einen anderen. Und ehe man sich versah, war ganz Griechenland samt Kolonien mit Statuen der Tyrannenmörder übersät. Mein Vater hatte eine prächtige Skulpturengruppe von Axias im Garten seines Landhauses stehen, die einer unserer Vorfahren von der Plünderung Korinths mitgebracht hatte.

In Wirklichkeit, erklärte Antigonus, sei die Geschichte ganz anders abgelaufen. Harmodios und Aristogeiton waren keineswegs idealistische, junge Demokraten mit einem unüberwindbaren Tyrannenhaß. Sie waren ein Liebespaar. Der ermordete Peisistratide begehrte den hübscheren der beiden, welcher jedoch keineswegs vorhatte, seinen Freund für einen häßlichen, alten Päderasten zu verlassen: deswegen wurde der Mordplan ausgeheckt. Erst nachdem die beiden tot waren, schuf die Partei der Anti-Peisitratiden die Legende vom Tyrannenmord.

Das wirklich Erstaunliche daran ist, daß *damals* alle die wahre Geschichte kannten! Sie haben sich nur stillschweigend darauf geeinigt, aus Propagandazwecken an die Legende zu glauben. So wurde die Legende, um einen von Antigonus geprägten Ausdruck zu verwenden, zur »politischen Wahrheit«. Es war eine typisch griechische Geschichte, und nur ein Grieche hätte sich einen derartigen Begriff ausdenken können.

Antigonus fuhr fort, daß nur diejenigen, die ein historisches Ereignis direkt miterlebt hatten, wußten, was in Wahrheit geschehen war, während der Rest von uns es nur wie durch dichten Nebel oder wie ein Blinder, der die Umrisse einer Statue ertastet, wahrnehmen könnte. Er sagte, es gäbe Zauberer, die wie Proteus in der Sage von Odysseus die Schatten der Toten rufen und sie zum Sprechen bewegen könnten, und daß dies vielleicht die einzige Möglichkeit sei, die Wahrheit über ein vergangenes Ereignis zu erfahren.

Damals hielt ich das für überaus vernünftig, aber inzwischen sind mir Zweifel gekommen. Ungefähr zu dem Zeitpunkt, als mir mein gegenwärtiges profundes Wissen zuteil wurde, kam mir nämlich die Frage: Hören Menschen auf zu lügen, bloß weil sie tot sind? Ich glaube nicht. Ehrgeizige Männer sorgten sich immer um das Bild, das sich die Nachwelt von ihnen macht, und sie würden diesem Bemühen zuwider handeln, wenn sie anfingen, die Wahrheit zu sagen, sobald sie sich am Ufer des Styx lustwandelnd wiederfänden, auf die nächste Ladung Passagiere wartend, die mit der Fähre ankommt.

Man muß gar nicht bis zu den antiken Knabenliebhabern aus Athen zurückgehen, um auf die verdrehte Geschichte eines Tyrannenmords zu stoßen. Nehmen Sie beispielsweise die Ermordung von Julius Caesar. Es gibt eine offizielle Lesart, die von unserem Ersten Bürger gestützt wird und so etwas wie Antigonus' »politische Wahrheit« darstellt. Ich kenne eine ganz andere Geschichte, und ich war, im Gegensatz zu unserem Ersten Bürger, damals dabei. Zweifelsohne gibt es noch zahllose andere Versionen, die das beste Licht auf den jeweiligen Erzähler und seine Vorfahren werfen. Hätten wir einen dieser nekromantischen Hexenmeister, der die Schatten des göttlichen Julius, des Cassius, Brutus, Casca und, sagen wir, fünf weiterer Beteiligter (neun ist eine göttliche Zahl) für uns heraufbeschwören könnte, würden wir meines Erachtens neun verschiedene Berichte über die Ereignisse an jenen schicksalshaften Iden des März hören. Der Nebel menschlicher Selbstsucht ist allemal so dicht wie der, den Zeit und Entfernung aufziehen lassen.

Genug. Ich werde ein anderes Mal über den Tod Caesars schreiben, wenn mein Alter, meine Gesundheit und der Erste Bürger es zulassen. Statt dessen möchte ich hier über etwas berichten, was sich früher ereignet hat, siebzehn Jahre früher, um genau zu sein, über weniger spektakuläre Geschehnisse, an die man sich jedoch bis heute erinnert und die damals von großer Tragweite zu sein schienen.

Und Sie können meinen Worten glauben, denn ich war damals dabei und habe alles mit eigenen Augen gesehen. Außerdem lebe ich schon zu lange und habe schon zuviel gesehen, um mich noch darum zu sorgen, was die Zeitgenossen von mir denken, von der Nachwelt ganz zu schweigen.

Ich freute mich auf ein gutes Jahr. Ich habe stets optimistisch in ein neues Jahr geblickt, aber die Ereignisse haben meine Zuversicht fast immer Lügen gestraft. Dieses Jahr sollte da keine Ausnahme machen. Ich war jung, knapp neunundzwanzig, und es braucht schon einiges, um die natürliche, fröhliche Unbekümmertheit der Jugend zu dämpfen. Die Werkzeuge, mit denen mein Optimismus zerschlagen werden sollte, lagen schon in großen Mengen bereit.

Als ich auf die Stadt zuritt, sah alles rosig aus. Ein Grund meiner Fröhlichkeit kampierte vor den Stadtmauern: ein riesiges Lager von Soldaten, Gefangenen und Kriegsbeute, die, verstaut in Schuppen und unter Planen, allein Hektare von Land in Anspruch nahm. Pompeius war aus dem Orient zurück, und das Lager bereitete seinen Triumphzug vor. Bis zu diesem Tag durfte Pompeius die Stadt nicht betreten, und das war mir nur recht. Die Anti-Pompeius-Fraktion im Senat hatte die Genehmigung des Triumphs bis jetzt erfolgreich blockiert. Pompeius konnte meinetwegen warten, bis ihn die Götter zu sich riefen, was – ungeachtet dessen, was er vielleicht glaubte – ziemlich unwahrscheinlich war.

Vor mir lag, das wußte ich, ein geschäftiges Jahr. Mein Vater war zum Censor gewählt worden, ein Amt mit vielen Pflichten. Ich ging davon aus, daß er mich mit der Volkszählung beauftragen würde, da es sich dabei um lästige und anstrengende Arbeit handelte. Er hätte dann Zeit, sich ganz auf die befriedigende Säuberung des Senats von unwürdigen Mitgliedern und die lukrative Verpachtung öffentlicher Dienstleistungen zu konzentrieren.

Das war mir egal. Ich würde in Rom sein! Ich hatte das letzte Jahr in Gallien verbracht, wo nicht nur das Klima unbekömmlich ist, sondern die Leute auch nicht baden. Die Küche ist schlecht, und auch tausend Jahre römischer Zivilisation würden den Galliern nie beibringen können, wie man einen trinkbaren Wein macht. Ihre Gladiatoren waren zweitklassig, und die einzigen überzeugenden Errungenschaften des Landes waren seine großartigen Wagenlenker und prächtigen Rennpferde. Die Circusse waren gemessen an römischen Standards schäbig und gewöhnlich, aber die Rennen waren atemberaubend. Außerdem hatte ich hauptsächlich mit der Armee zu tun, obwohl ich stets einen äußerst unrömischen Widerwillen gegen das Soldatenleben gehegt habe. Es hatte keine Kämpfe gegeben, was die Sache langweilig und wenig einträglich machte; ich war den erniedrigenden Pflichten eines Zahlmeisters nachgekommen. Soldaten können sich ein Grinsen selten verkneifen, wenn sie einen in seiner Parade-Uniform herausgeputzten Offizier sehen, der ihnen ihren

Sold Münze für Münze vorzählt und den Erhalt in einem Buch quittieren läßt.

All das lag hinter mir, und mein Herz jubilierte, als ich mich dem Ostischen Tor näherte. Ich hätte auch einen vom Hafen flußaufwärts schippernden Kahn nehmen können, aber mir war nach einem richtig feierlichen Einzug gewesen. Ich hatte mir von einem Quaestor in Ostia ein Pferd geliehen, meine Parade-Uniform polieren lassen und einen neuen Federbusch für meinen Helm gekauft. Es war ein wunderschöner Tag, und ich bot einen prächtigen Anblick, als ich, den Gruß des Wachpostens erwidernd, in die Stadt ritt.

Die Stadtmauern standen inzwischen weit jenseits des Pomeriums, so daß ich diesen Teil der Stadt in voller militärischer Pracht durchreiten und die bewundernden Jubelrufe meiner Mitbürger entgegennehmen konnte. Das Militär war zur Zeit sehr populär, da die römischen Streitkräfte eine Reihe von Siegen errungen und reichlich Beute gemacht hatten. An der von Romulus festgelegten Grenze der alten Stadtmauern hielt ich mein Pferd an und stieg ab. Das Pomerium in Waffen zu überschreiten, bedeutete den Tod.

Demonstrativ legte ich meinen roten Militär-Umhang ab, faltete ihn und band ihn an meinen Sattel. Vorsichtig darauf bedacht, meinen neuen Federbusch nicht zu derangieren, hängte ich meinen Helm am Kinnriemen ebenfalls an den Sattel. Umstehende halfen mir aus meinem Brustharnisch mit seinen kunstvoll eingearbeiteten Muskeln, die selbst Herkules beneidet hätte und die denen, die meinen Körper zierten, so ganz und gar unähnlich waren. Ich stopfte mein Schwert samt Gürtel in eine Satteltasche und stand jetzt in meiner goldbesaumten Soldaten-Tunika und den roten Leder-Caligae da. Ich nahm die Zügel und trat über das Pomerium.

In diesem Moment war mir, als ob ein sehr viel größeres Gewicht als das meiner Rüstung von meinen Schultern genommen wäre. Ich war wieder Zivilist! Ich hätte laut singen mögen, wäre es nicht so würdelos gewesen. Meine Schritte waren so leicht, daß die Nägel an den Sohlen meiner Caligae kaum ein Geräusch machten.

Ich sehnte mich danach, zu meinem Haus zu gehen, mich umzuziehen und dann auf dem Forum herumzulungern, um mich auf den neuesten Stand des Stadtklatsches zu bringen. Meine Seele sehnte sich danach wie ein Verhungernder nach Nahrung. Aber die Pflicht verlangte, daß ich zunächst meinem Vater meine Aufwartung machte. Auf dem Weg zu seinem Haus sog ich die Bilder und Klänge, ja selbst die Gerüche gierig auf. Ich ziehe den Gestank Roms den parfümierten Düften geringerer Städte jederzeit vor.

Ich klopfte an die Tür, und der Janitor rief Narcissus, Vaters Majordomus. Der fette, alte Mann strahlte und klopfte mir auf die Schultern.

»Willkommen zu Hause, Meister Decius. Schön, dich wiederzusehen.« Er schnippte mit den Fingern, ein Geräusch, als ob ein mittlerer Knochen brach. Ein junger Sklave kam angerannt. »Bring das Pferd und die Habseligkeiten von Herrn Decius zu seinem Haus. Es liegt in der Subura.« Die letzten Worte sprach er mit einer gewissen Verachtung aus.

Der Sklave erblaßte. »Aber in der Subura wird man mich umbringen und verspeisen!«

»Du mußt nur sagen, daß dies die Sachen von Decius Caecilius Metellus dem Jüngeren sind«, erklärte ich ihm, »und niemand wird dich belästigen.« Die Bewohner der Subura konnten mir ihre Dankbarkeit gar nicht genug bezeugen, seit ich den Kopf des Oktoberpferdes zurück in unser Viertel gebracht hatte. Der

Junge sah nicht überzeugt aus, nahm aber die Zügel des Tieres und führte es von dannen.

»Komm«, sagte Narcissus, »der Censor ist im Garten. Ich weiß, wie sehr er sich freuen wird, dich zu sehen.«

Ich seufzte. »Ich auch.«

Wir trafen den alten Herrn an einem mit Papyrus-Rollen überladenen Tisch sitzend; die Wintersonne spiegelte sich in seiner Glatze und ließ die große, quer über sein Gesicht laufende Narbe hervortreten. Er war Decius Caecilius Metellus der Ältere, aber jedermann nannte ihn nur Stumpfnase. Er blickte auf, als ich den Garten betrat.

»Wieder zurück?« sagte er, als sei ich von einem kurzen Morgenspaziergang heimgekehrt.

»Es hat sich so ergeben«, sagte ich. »Ich bin froh, dich gesund zu sehen.«

Er knurrte. »Woher weißt du, daß ich gesund bin? Bloß weil ich nicht blutüberströmt auf dem Pflaster liege? Es gibt viele unsichtbare Arten zu sterben.«

Das beunruhigte mich. »Bist du krank? Ich...«

»Ich bin rüstig wie ein Thraker. Setz dich.« Ich nahm Platz.

»Mal sehen«, sagte er. »Wir müssen Arbeit für dich finden. Dich zur Abwechslung mal aus allem Ärger raushalten.«

»Als Censor hast du zweifelsohne jede Menge Arbeit für mich«, sagte ich.

»Nein, ich habe schon genug Assistenten. Die meisten meiner Kollegen haben Söhne, die erste Erfahrungen im öffentlichen Dienst sammeln müssen. Allerdings übersteigen selbst die banalsten Pflichten des Censorenamtes die Fähigkeiten der meisten bei weitem.«

»Es freut mich zu hören, daß du mich höherer Aufgaben für würdig befindest.«

»Der Zufall will es, daß man deine Dienste bereits angefragt hat. Celer kandidiert im nächsten Jahr als Konsul und möchte, daß du ihm im Wahlkampf hilfst.«

Mein Herz schlug höher. Das wäre weit aufregender als eine Arbeit im Censorat. Quintus Caecilius Metellus Celer war ein Verwandter und in Gallien mein Kommandant gewesen. Er war früher nach Rom zurückgekehrt, um seine Kampagne vorzubereiten, und hatte seine friedliche Provinz unter dem Oberbefehl seines Legaten zurückgelassen.

»Ich werde ihm mit größtem Vergnügen zu Diensten sein«, sagte ich. »Und was das Vermeiden jeglichen Ärgers angeht – das sollte kein Problem sein, wo Clodius doch außerhalb weilt.«

»Publius Clodius ist noch immer in Rom«, sagte Vater.

»Was?« rief ich fassungslos. »Vor Monaten hat man mir berichtet, daß er sein Quaestorenamt errungen hätte und nach Sizilien abkommandiert worden sei! Warum ist er noch nicht weg?« Die gegenseitige Verachtung, die Pompeius und Crassus füreinander übrig hatten, war brüderliche Liebe verglichen mit dem, was mich mit Clodius verband.

»Er hat seine Abreise verschoben, warum weiß ich nicht«, sagte Vater, noch immer knurrend. Er konnte gut knurren und tat es oft. »Was immer die Gründe sein mögen, du gehst ihm gefälligst aus dem Weg. Er hat sich hier in Rom eine solide Machtbasis geschaffen. So dekadent sind die Zeiten geworden, in denen wir leben.« Ständig lamentierte er über die Würdelosigkeit der heutigen Zeit. Ich persönlich glaube nicht, daß die Zeiten je anders gewesen sind als dekadent. Es sah nicht so aus, als wollte er mich zum Abendessen einladen, also erhob ich mich.

»Ich gehe jetzt nach Hause und ziehe mich um. Danach werde ich Celer einen Besuch abstatten. Mit deiner Erlaubnis möchte ich mich verabschieden.«

»Einen Moment noch«, sagte Vater. »Da war noch was, was ich dir geben wollte. Was war es nur? Ach ja.« Er machte ein Zeichen, und ein Sklave erschien. »In dem Schrank im Atrium in der Schublade unter den Totenmasken liegt ein Paket. Lauf und hol es.« Der Sklave rannte los und war in Sekundenschnelle wieder zurück. »Für dich«, sagte Vater.

Verblüfft nahm ich das in feinstes Papier eingeschlagene Paket entgegen und packte es aus. Es enthielt ein zusammengerolltes Kleidungsstück, das ich zu voller Größe entfaltete. Es war eine weiße Tunika, schlicht bis auf einen breiten purpurnen Streifen, der vom Kragen bis zum Saum lief. Es war eine Tunika, wie sie jeder römische Mann hätte tragen können, aber der purpurne Streifen blieb allein den Senatoren vorbehalten.

»Ich habe dir dein erstes Schwert geschenkt, also hab' ich mir gedacht, ich könnte dir genausogut auch das hier schenken«, sagte Vater. »Hortalus und ich konnten keinen zwingenden Grund finden, dir den Zutritt zu verwehren, also haben wir dich im letzten Monat in die Liste der Senatoren aufgenommen.«

Zu meiner größten Beschämung füllten sich meine Augen mit Tränen. Vater rettete mich in gewohnter Manier vor der Schande.

»Daß dir das bloß nicht zu Kopf steigt. Jeder Idiot kann Senator werden. Du wirst noch früh genug merken, daß die meisten deiner Mitsenatoren Schwachköpfe oder Schurken sind oder beides. Jetzt hör mir gut zu!« Er hob mahnend den Finger. »Du wirst schön brav ganz hinten in der Kammer des Senats sitzen. Und daß du mir keine Reden hältst, bevor du dir nicht einen gewissen Namen gemacht hast. Bei Abstimmungen stimmst du immer mit der Familie, und deine Stimme erhebst du nur, um deine Zustimmung zu einem von unserer Familie oder einem unserer Anhänger vorgebrachten Argument zu bekunden. Vor allem aber, halt dich aus allem Ärger raus, Clodius hin oder her. So, nun hast du meine Erlaubnis, dich zu entfernen.« Er wandte seine Aufmerksamkeit wieder den Schriftrollen zu.

Ich ging. Auch an strahlenden Sommertagen konnte Vater vor sich hinknurren und ein Gesicht machen wie sieben Tage Regenwetter, das war so seine Art. Ich war jedenfalls glücklich über meine neue Tunika. Ich hatte in Erwartung meiner Zulassung zum Senat selbst schon ein paar in Auftrag gegeben, aber die Tunika meines Vaters bedeutete mir trotzdem viel, und seine strengen Anweisungen waren nicht mehr, als ich erwartet hatte. Barbaren glauben, daß jeder römische Senator ein veritabler Halbgott ist, aber wir wissen es besser. Mit Purpurstreifen oder ohne, ich war noch immer bloß ein Sohn. Ich bahnte mir einen Weg durch das geschäftige mittägliche Treiben und stand bald vor der vertrauten Pforte meines Hauses. Bevor ich noch anklopfen konnte, flog die Tür auf, und vor mir standen mein ältlicher Sklave Cato und seine gleichermaßen betagte Frau Cassandra.

»Willkommen daheim, Senator!« rief er so laut, daß sich jeder Kopf in der Straße nach uns umwandte. Cassandra heulte, als hätte sie soeben die Nachricht von meinem Tod erhalten. Niemand kann einen Haussklaven in Sentimentalität überbieten. Mir fiel auf, daß es das erste Mal war, daß mich jemand mit meinem neuen Titel anredete, und ich entschied, daß mir der Klang ganz gut gefiel.

Ich umarmte Cassandra, worauf sie mit doppelter Inbrunst aufschluchzte. »Ich schäme mich so, Herr! Dieser Junge ist vor einer Stunde mit deinem Pferd und deinen Sachen gekommen, und ich hatte keine Zeit mehr, das Haus zu richten. Es ist eine Schande.«

»Ich bin sicher, alles ist tipptopp«, sagte ich, wohlwissend, daß sie das Haus stets in makelloser Ordnung hielten. Sie waren zu alt, etwas anderes zu tun. »Das Pferd gehört mir nicht. Wo ist es?«

»Ich hab' dem Jungen gesagt, er soll es im Stall des Freigelassenen an der Ecke unterstellen.«

»Gut«, sagte ich. Der Stall vermietete Sänften und Sklaventräger, hatte aber auch ein paar Boxen für Pferde und Maulesel. Ich würde später vorbeischauen und einen Reiter engagieren, der das Tier nach Ostia zurückbrachte. »Meine restlichen Habseligkeiten sollten bald eintreffen. Ich habe sie mit einem Frachtschiff geschickt.« Ich entdeckte eine Gestalt, die sich im Schatten des Atriums herumdrückte und nervös von einem Fuß auf den anderen trat. »Wer ist das?« fragte ich.

»Dein Vater hat ihn vor ein paar Tagen geschickt«, erwiderte Cato. »Er meinte, jetzt, wo du Senator bist, bräuchtest du einen Leibsklaven, der dir auf dem Fuße folgt, wohin du auch gehst. Er stammt aus dem Haus deines Onkels Lucius.«

Ich seufzte. In meiner Familie ging man nicht einfach los und kaufte Sklaven auf dem Markt. Das wäre undenkbar vulgär gewesen. Wir beschäftigten nur Sklaven, die innerhalb der Familie geboren waren. Das hört sich zwar ungeheuer vornehm an, brachte jedoch einige gravierende Nachteile mit sich. Statt daß man einfach loszog und sich einen Sklaven aussuchte, der über die Fähigkeiten und Qualitäten verfügte, die man haben wollte, bekam man, was irgendein Verwandter einem andrehen wollte. Ich wußte, daß es nicht lange dauern würde, bis ich entdeckte, warum mein Onkel Lucius diesen Jungen loswerden wollte.

»Komm her, mein Junge, laß dich mal anschauen.« Der Bursche tat, wie ihm geheißen. Er schien etwa sechzehn Jahre alt, von mittlerem und drahtigem Wuchs. Sein Gesicht war schmal und fuchsartig mit einer langen, dünnen Nase, die viel zu wenig Platz zwischen seinen alarmierend grünen Augen ließ. Sein dichtes, lockiges Haar war über der Stirn spitz gescheitelt, was sein im ganzen zwielichtiges, schurkisches Aussehen und den Hauch von selbstbewußter Arroganz noch verstärkte. Er gefiel mir auf Anhieb. »Name?«

»Hermes, mein Herr.«

Ich weiß nicht, warum wir unsere Sklaven nach Göttern, Königen und Helden benennen. Es muß komisch sein, wahre Größe zu erlangen und dann zu wissen, daß eines Tages Tausende von Sklaven den eigenen Namen tragen werden.

»Nun, Hermes, ich bin dein neuer Besitzer, und du wirst sehen, daß ich ein guter Herr bin. Ich nehme nie grundlos die Peitsche zur Hand. Andererseits habe ich einen recht kräftigen Schlag, wenn es sein muß. Hört sich das vernünftig an?«

»Sehr vernünftig, mein Herr«, versicherte er.

»Gut. Als erstes darfst du mich bei einem Besuch zu den Bädern begleiten. Hol meine Badesachen, ein Paar Sandalen und eine meiner besseren Togen. Ich habe heute nachmittag einem sehr vornehmen Mann einen Besuch abzustatten.« Der Junge wollte gerade losrennen, aber ich hielt ihn zurück. »Warte. Ich werde die Toga lieber selbst aussuchen.«

Mit meinen hinter mir hergluckenden Sklaven ging ich in mein Schlafzimmer, um meine Garderobe zu inspizieren. Cassandra hatte den Raum gelüftet und frische Blumen in die Vasen gestellt. Das rührte mich. Um zu dieser Jahreszeit so kurzfristig Blumen zu besorgen, mußten sie die Sklaven meines Nachbarn bestochen haben, der ein Gewächshaus besaß.

Ich entschied mich für meine zweitbeste Toga und ein paar Sandalen. Es war ein milder Winter, so daß ich darauf verzichtete, meine Füße einzuwickeln. Es sieht immer ein bißchen unwürdig aus, und nach dem kühlen gallischen Klima glaubte ich, es nicht zu brauchen.

»Es kann sein, daß es spät wird«, erklärte ich meinen Sklaven. »Wenn jemand nach mir verlangt, ich bin entweder bei den Bädern, auf dem Forum oder im Haus von Metellus Celer. Aber da noch niemand weiß, daß ich zurück bin, wüßte ich nicht, wer mich besuchen sollte.« Während ich sprach, ging ich Richtung Tür, wobei meine Sklaven mich tätschelten, den Staub aus meiner Toga klopften und praktisch noch den Boden unter meinen Füßen wischten.

»Wir werden alles für deine Rückkehr bereiten, Herr«, versicherte Cato mir.

»Und ich werde ein Abendessen warm halten, falls keiner deiner Freunde dich einlädt«, sagte Cassandra. Ich wußte, das würde nicht lange so gehen. In ein paar Tagen waren sie wieder das tadelnde und nörgelnde Personal, das ich gewohnt war.

Ich trat, einen mit Toga, Handtüchern, Ölfläschchen und einem Strigilis bepackten Hermes im Gefolge, auf die Straße. Das Strigilis war eine feine campanische Bronzearbeit, das Geschenk eines Freundes aus jüngeren, unbeschwerteren Tagen. Der Griff war mit anzüglichen Darstellungen verziert, die der Lümmel unterwegs bewunderte.

»Kennst du dich in der Stadt aus?« fragte ich ihn.

»Ich habe nie woanders gelebt«, sagte Hermes.

»Gut. Wahrscheinlich werde ich dich häufiger als Bote einsetzen.« Rom ist eine chaotische Stadt, und ohne lange Vertrautheit mit den Örtlichkeiten ist es schwer, sich zurechtzufinden, wenn man nicht gerade die Foren, die größeren Tempel oder die Circusse sucht.

»Hat dich mein Onkel Lucius deswegen angestellt?« fragte ich.

»Nein, aber ich bin häufig weggelaufen und habe so die Stadt gründlich kennengelernt.«

Ich blieb stehen und betrachtete seine Stirn. Sie war nicht einmal von Sommersprossen verziert, geschweige denn von einem eingebrannten F.

»Warum hat man dich nicht als Fugitivus gekennzeichnet?« wollte ich wissen.

Er brachte den heuchlerischen Anstand auf, beschämt auszusehen. »Nun, ich war noch sehr jung und bin immer von alleine zurückgekommen.«

»Dreh dich um«, befahl ich. Ich löste den Kragen seiner Tunika und betrachtete seinen Hals und Rücken, ohne ein Zeichen zu entdecken. Ich ließ ihn los und ging weiter. »Onkel Lucius ist ein nachsichtiger Mann. Wenn du mir einmal wegläufst, hat dein Rücken hinterher mehr Streifen als die Robe eines Auguren. Beim zweiten Mal lege ich dir einen Halsring an. Und beim dritten Mal laß ich dir ein dickes fettes F zwischen deine hinterlistigen kleinen Augen brennen. Hast du mich verstanden?«

»Oh, ja, mein Herr. Aber nach allem, was ich höre, bist du ein Herr, der viel ausgeht. Wenn ich dich begleiten darf, werde ich viel in der Stadt herumkommen, und dann muß ich ja nicht mehr weglaufen, oder?«

»So habe ich das noch nicht gesehen«, räumte ich ein.

Wir gingen zu dem alten Badehaus unweit des Forums in der Nähe des alten Saturntempels. Ich ließ mich von einem Straßenbarbier rasieren und mir das Haar schneiden, bevor ich das Badehaus betrat. Die Bäder waren damals noch viel bescheidener als heute, aber dies war eines der größten derartigen Etablissements in Rom und höhlenartig verwinkelt.

Ich zog mich aus und beauftragte Hermes, im Vorraum zu bleiben und meine Kleidung zu bewachen. Ich nahm meinen ganzen Mut zusammen, biß die Zähne aufeinander und sprang in das kalte Becken. Es gibt allerlei Theorien über die heilsame Wirkung kalten Wassers, und zahlreiche Stoiker benutzten nur das Kaltwasserbecken, aber das ist alles Blödsinn. Der Grund, warum wir ein Bad mit einem Sprung ins kalte Wasser beginnen, ist, daß wir Römer allem was Wohlbehagen erzeugt von Natur aus mißtrauen, weil wir es für verweichlichend und dekadent halten. Also leiden wir zuerst im kalten Wasser, bevor wir uns guten Gewissens im heißen Bad suhlen können.

Nach diesem Tribut an die Jugend eilte ich zitternd ins Caldarium und aalte mich in der Wärme. Ich traf jede Menge alte Bekannte und mußte viele Geschichten über meine gefährlichen Abenteuer im wilden Gallien erfinden. Nachdem ich sie hinreichend gelangweilt hatte, rief ich Hermes herbei und ließ mir den Rücken mit Duftöl einreiben, bevor ich mich in der Übungsgrube der Ringer wälzte, bis mein ganzer Körper mit Sand bedeckt war. Dann schwang Hermes das Strigilis, um den Sand, das Öl und einen Gutteil meiner Haut abzukratzen. Dieser beschwerliche, aber notwendige Teil gehört ebenfalls zu den Leiden, die wir auf uns nehmen, um uns beim Baden besser zu fühlen.

Danach begab ich mich in den Dampfraum. Ich sah einen Trupp bärtiger Stoiker, die im Kaltwasserbecken saßen und versuchten, so zu tun, als sei nichts, und mit klappernden Zähnen ein Gespräch in Gang zu halten. Aber es gab weit schlimmere. Marcus Procius Cato badete in seinem nie endenden Bemühen, der tugendhafteste Mann Roms zu werden, ganzjährig im Tiber, weil er von der Vorstellung beseelt war, unsere Vorfahren hätten das gleiche getan. Ich glaube, der Gedanke, daß der Tiber zu Zeiten unserer Vorväter nicht halb so viel Abwässer mit sich führte wie heute, ist ihm nie gekommen.

Als ich das Bad verließ, fühlte ich mich im wahrsten Sinne des Wortes wie ein neuer Mensch. Ich hatte die soldatische Tunika mit der eines Bürgers und Senators getauscht. Nach den schweren Caligae hatte ich in meinen Sandalen das Gefühl, barfuß zu laufen. Ich schickte Hermes mit meiner Soldaten-Tunika und den Stiefeln nach Hause und machte mich auf den Weg zum Forum. Rom hat diverse Foren, aber nur *ein* Forum, das Forum Romanum, das immer der Mittelpunkt römischen Lebens gewesen war und bis in alle Ewigkeit bleiben würde. Es ist so sehr Teil unserer Existenz geworden, daß wir das »Romanum« immer weglassen, es sei denn, wir wollen es vom Forum Boarium oder einem der anderen unterscheiden. Es war einfach das Forum, will sagen, das Zentrum der zivilisierten Welt.

Es war ein gutes Gefühl, sich wieder im Mittelpunkt der Welt aufzuhalten.

Ich schlenderte über das holprige Pflaster zu der imposanten Ansammlung von Monumenten, von denen viele zu Ehren von Männern oder Anlässen errichtet wurden, die lange vergessen waren. Unter den Ständen am Rand des Platzes entdeckte ich angewidert zahllose Wahrsagerinnen. Diese Hexen wurden zwar von den Aedilen und Censoren periodisch aus der Stadt vertrieben, kamen aber immer wieder. Es war schlimm genug, daß sie mit ihren Vorhersagen sogar politische Ereignisse beeinflußten, aber zudem betrieben sie noch ein florierendes Nebengeschäft mit Giften und Abtreibungen. Mein Vater war im Moment noch zu sehr damit beschäftigt, den Senat von seinen Lieblingsfeinden zu säubern, aber früher oder später würde er sich ihrer annehmen.

Auf dem Forum wimmelte es von Bürgern, dazu standen noch jede Menge Ausländer herum und begafften die prächtigen Tempel und öffentlichen Gebäude, die sich dem Betrachter in allen Richtungen darboten. Das Wetter war schön, also tagten die Gerichte im Freien. Prozesse gehörten zu den populärsten Zuschauer-Sportarten, und selbst der letzte Straßenfeger hielt sich für einen Experten in juristischen Feinheiten. Kluge Plädoyers wurden bejubelt, tölpelhafte Ausführungen mit einem Gemüsehagel quittiert.

Wie im Bad traf ich zahlreiche Bekannte und nahm selbstzufrieden ihre Glückwünsche zu meinem neuen, herausgehobenen Status entgegen. Ich erhielt etliche Einladungen zum Abendessen, von denen ich einige annahm, tröstete einen jungen Verwandten, der zum Quaestor gewählt und nur zum Staatsschatz zugeteilt worden war, und führte mich ganz so auf, als ob ich eine gewisse Bedeutung erlangt hätte. Mein einziger Kummer war, daß der Senat heute nicht tagte, so daß ich nicht in den Genuß kam, meine erste Sitzung als Vollmitglied zu erleben und zwischen meinen neuen Kollegen herumzustolzieren.

Als mir dieses neue Vergnügen langsam schal wurde, begab ich mich zum Haus von Metellus Celer. Er war einer der bedeutendsten Männer jener Tage, und ich wußte nicht, welche Dienste ich ihm bei seinem Streben nach einem Konsulat leisten sollte, da es die älteren Mitglieder meiner Familie ohnehin als Vorrecht ihrer Geburt beanspruchten. Die Provinz, die er verwaltet hatte, wurde für gewöhnlich einem Ex-Konsul zugeteilt, aber Metellus Celer genoß solches Ansehen, daß man ihm die Provinz bereits nach seiner Amtszeit als Quaestor zugesprochen hatte. Er hatte mich mitgenommen, damit ich aus Rom wegkam, wo ich wie üblich großen Ärger hatte.

Ich meldete mich am Tor seines Stadthauses an und wurde ins Atrium geführt, wo eine ganze Schar von Besuchern die Zeit totschlug, unter ihnen einige Senatoren von hohem Rang. Bei ihnen stand auch ein Mann, den ich hier am allerwenigsten vermutet hätte: Gaius Julius Caesar. Er war im vergangenen Jahr Praetor gewesen, und man hatte ihm anschließend die Provinz Hispania

Ulterior zugeteilt. Warum also hielt er sich noch in Rom auf? Das exorbitante Ausmaß von Caesars Schulden war der römischen Welt ein Rätsel, und seine einzige Chance, sich aus dieser mißlichen Lage zu befreien, war, schleunigst nach Spanien zu gehen und mit dem Plündern anzufangen. Er bemerkte meinen Blick und kam mit ausgestreckter Hand auf mich zu, als würde er gerade wieder für ein Amt kandidieren.

»Decius Caecilius, wie schön, dich wieder in Rom zu sehen! Darf ich dich zu deiner Aufnahme in die Liste der Senatoren beglückwünschen.« Die Truppe von Claqueuren, die ihm auf dem Fuße folgte, strahlte, als ob sie mit mir befördert worden wäre.

»Ich danke dir, Gaius Julius«, sagte ich. »Aber ich bin überrascht, dich hier zu treffen. Ich dachte, du wärest in Spanien.«

Er winkte ab, als handele es sich um eine banale Nebensächlichkeit. »Oh, gewisse Pflichten haben mich aufgehalten, in der Hauptsache religiöser Natur.« Durch eine absolut erstaunliche Bestechungskampagne war es Caesar gelungen, sich ein paar Jahre zuvor zum Pontifex maximus wählen zu lassen, der für alle Aspekte der Ausübung der Staatsreligion zuständig war. Das rief mir eine Frage in Erinnerung, die mich seit geraumer Zeit beschäftigt hatte.

»Es ist durchaus möglich, daß es in Spanien zu Kampfhandlungen kommt, oder?« fragte ich.

»Die Möglichkeit besteht immer«, sagte Caesar. »Ich habe bisher beschämend wenig Erfahrung als militärischer Befehlshaber gesammelt, aber ich glaube, ich werde der Aufgabe trotzdem gewachsen sein.«

»Daran hege ich nicht den geringsten Zweifel«, versicherte ich ihm. »Aber verrate mir, wie sich die Realitäten des Schlachtfelds mit den Einschränkungen deines Pontifikats vereinbaren lassen?« Der Pontifex maximus darf kein menschliches Blut sehen.

»Ich habe eingehend die heiligen Bücher studiert«, erklärte Caesar gewichtig, »und herausgefunden, daß die verschiedenen Einschränkungen dieses Amtes nur innerhalb Roms bindend sind und meine Aktivitäten nicht behindern, sobald ich die Stadtmauern verlassen habe.«

Wie vorteilhaft für dich, dachte ich. Unsere religiösen Schriften waren in einer so archaischen Sprache geschrieben, daß sie größtenteils unverständliches Kauderwelsch waren.

»Nun«, sagte ich, »wenn der oberste Pontifex sich nicht mit diesen Dingen auskennt, wer dann? Ich bin sicher, du wirst mit Ruhm überhäuft aus Spanien zurückkehren.« Auf jeden Fall ausreichend mit Gold versorgt, dachte ich.

»Ich danke dir für deine guten Wünsche«, sagte er. Vielleicht meinte er es sogar ernst. Bei Gaius Julius konnte man nie wissen. In diesem Moment betrat Celer das Atrium und begrüßte seine Besucher. Er fing mit den bedeutendsten an, kam aber schnell zu mir herüber.

»Gut, dich wiederzusehen, Decius. Hattest du eine gefahrlose Reise?«

»Gefahrlos, aber beschwerlich«, erklärte ich ihm. »Ich habe jeden Tag viele Male für Neptun geopfert.« Das war eine trockene Landratten-Redensart für die Seekrankheit.

»Das Meer ist was für Griechen«, sagte er. Celer war ein gedrungener Mann mit einem Froschgesicht, aber er wirkte keineswegs wie ein Blödmann. Er verfügte über umfangreiche Erfahrung auf jedem Gebiet des öffentlichen Lebens und war einer der wohlhabendsten Männer Roms, obwohl er seinen Reichtum auf anständige Weise, durch Erbschaft oder Plünderung, erworben hatte. »Deine neue Tunika steht dir gut. Warte hier, während ich mich um die anderen Gäste kümmere. Ich muß dich unter vier Augen sprechen.«

Also wartete ich und tauschte mit den anderen den neuesten Klatsch aus, bis keine Besucher mehr im Atrium warteten. Dann folgte ich Celer in den Garten. Er war in dieser Jahreszeit recht kahl, aber anmutig angelegt und gepflegt.

»Hast du Jupiter für deine sichere Rückkehr schon etwas geopfert?« fragte Celer, während wir durch die Anlage spazierten.

»Nein, aber ich habe Neptun im Tempel von Ostia ein *richtiges* Opfer dargebracht«, erwiderte ich.

»Opfere dem Jupiter«, riet er mir. »Du steigst jetzt im Staatsdienst auf und solltest in der Öffentlichkeit als frommer Mann gelten. Die Römer sehen es gern, wenn ihre Staatsmänner es mit religiösen Fragen genau nehmen.«

»Ist praktisch schon erledigt. Vater sagt, du möchtest, daß ich dir im Wahlkampf für das Konsulat zu Diensten bin. Ich wäre glücklich, wenn ich dir dabei helfen könnte.«

»Ausgezeichnet. Ich gehe davon aus, daß ich gewinne, aber ich will auch keine unliebsamen Überraschungen erleben. Außerdem weißt du ja, daß die Erlangung des Amtes nur die halbe Miete ist. Es nützt einem alles nichts, wenn man einen Kollegen hat, mit dem man nicht zusammenarbeiten kann.«

»Verstehe. Wen hast du dir als Kollegen ausgeguckt?«

»Ich habe mich noch nicht entschieden. Es gibt dieses Jahr ein so großes Bewerberfeld, alle trommeln in der centurianischen Versammlung heftig um Unterstützung, und einige versuchen, mich zu bestechen. Man geht allgemein davon aus, daß ich einer der beiden Konsuln für das kommende Jahr werde, und die meisten glauben, daß der Mann, den ich wähle, mein Kollege werden wird. Da bin ich mir jedoch nicht sicher. Wenn ich meine Wahl getroffen habe, möchte ich, daß du für diesen Mann arbeitest.«

»Wird gemacht«, sagte ich. »Hast du schon entschieden, wie du das Amt aufteilen willst?« In unserem uralten, schwerfälligen konsularischen System gab es verschiedene Möglichkeiten, die Amtsgewalten aufzuteilen, auf die sich die Konsuln vor Amtsantritt einigten. Pompeius und Crassus, die sich gegenseitig nicht ausstehen konnten, hatten sich für die archaische und unbeholfenste Lösung entschieden: Sie präsidierten abwechselnd jeweils einen Tag lang. Es kam auch vor, daß dem älteren der beiden Konsuln mehr Autorität gegeben wurde oder daß einer für die inneren und einer für die äußeren Angelegenheiten zuständig war.

»Das werde ich entscheiden, wenn ich weiß, wer mein Kollege ist. Ich glaube, ehrlich gesagt, nicht, daß es einen so großen Unterschied macht. Das Konsulat verfügt nicht mehr über die Macht, die es einmal hatte.«

Da hatte er allerdings recht. Über die Jahrhunderte hatten die Praetoren alle judikativen Rechte der Konsuln an sich gerissen. Was den militärischen Oberbefehl anbetraf, war das Imperium dafür längst zu groß geworden, und die bedeutenden Generalsposten gingen an Männer, die die höchsten Staatsämter bereits innegehabt hatten. Immer häufiger wurden die Armeen von Männern geführt, die wie Pompeius eine lebenslange militärische Karriere hinter sich hatten. Das letzte Mal, daß ein amtierender Konsul eine Armee befehligt hatte, war im Kampf gegen Spartacus gewesen, und es hatte mit einer Katastrophe geendet.

»Hat dein Vater mit dir schon über deine Pflichten im Senat gesprochen?« fragte Celer.

»Er hat mich unmißverständlich in meine Schranken verwiesen«, versicherte ich ihm.

»Man muß Jahre arbeiten, um überhaupt in den Senat zu kommen, und wenn man dann drin ist, fängt man noch einmal ganz unten an. So geht es immer. Macht kommt mit dem Dienstalter.«

»Womit beschäftigt sich der Senat denn zur Zeit?«

»Zuerst und am meisten mit Pompeius. Die aristokratische Partei haßt und fürchtet ihn und verweigert ihre Zustimmung zu seinem Triumph. Noch schlimmer, sie bekämpfen auch weiterhin die Landgarantien, die er seinen Legionen gegeben hat.«

»Ich bitte um Verzeihung«, sagte ich, »aber ich dachte, *wir* wären Teil der aristokratischen Partei.«

»Du weißt, daß unsere Familie alle extremen Positionen stets gemieden hat. Die Fraktion der Patrizier ist jetzt seit Sullas Tagen an der Macht und verliert zunehmend den Bezug zur politischen Realität.« Ich hörte aufmerksam zu. Ich bekam von einem intimen Kenner der Materie eine Innenansicht der aktuellen machtpolitischen Auseinandersetzungen. »Was immer man von Pompeius halten mag, er hat sich diesen Triumph ehrlich verdient. Es ist töricht und undankbar vom Staat, ihm den zu verwehren. Und wenn wir den Legionen das Land verweigern, das man ihnen versprochen hat und für das sie hart gekämpft haben, wird Italien bald von Tausenden von organisierten Berufskillern bevölkert sein, die uns hassen. Ich will keine Neuauflage des letzten Bürgerkriegs erleben.«

»Mein Herr, höre ich da den Hauch einer Wende ins propompeianische Lager?«

»Wir werden ihn lediglich in diesen beiden Punkten unterstützen. Niemand kann den römischen Soldaten ihre gerechte Belohnung verwehren. Die Familie hat die Beziehungen zu Crassus geflickt, aber deswegen wollen wir uns Pompeius nicht zum Feind machen. Caesar tritt im Senat für Pompeius ein, und er ist der kommende Mann der römischen Politik.«

»Caesar?« sagte ich. »Er hat noch nie im Leben eine Armee befehligt.«

»Genausowenig wie Cicero, und sieh nur, wie weit er es gebracht hat«, bemerkte Celer.

»Wie du willst«, sagte ich. »Aber ich bin schon in der Vergangenheit mit Pompeius aneinandergeraten.«

»Du warst nie wichtig genug, ihm wirklich Probleme zu bereiten.« Wie wahr. »Außerdem ist für Männer wie Pompeius und Crassus alles vergessen, sobald es ihnen politisch zweckdienlich erscheint. So sollten es alle vernünftigen Menschen halten.«

»Gibt es sonst noch wichtige Fragen, die zur Zeit vom Senat beraten werden?« fragte ich.

»Keine wichtige, aber eine Frage, die uns betrifft. Mein Schwager versucht noch immer, Plebejer zu werden, und wir versuchen nach wie vor, das zu verhindern.«

»Ah, Publius Clodius«, sagte ich. »Das ist jemand, der nie etwas vergeben und vergessen wird, egal wie politisch ratsam es auch sein mag.« Clodius gehörte zum patrizischen Zweig der Claudier, wollte aber Volkstribun werden, ein Amt, das nur Plebejern offenstand. Er könnte Plebejer werden, wenn er sich von einer plebejischen Familie adoptieren ließe, was allerdings nicht so ohne weiteres ging, wenn der Senat sich widersetzte.

»Letztes Jahr hat Cato als Tribun der ganzen Sache ein vorläufiges Ende bereitet, indem er einfach sein Veto eingelegt hat. In diesem Jahr hat sich Cicero mit Zähnen und Klauen dagegen gewehrt. Gefährlich wie er jetzt schon ist, wird Clodius als Tribun noch zehnmal destruktiver wirken können.« In vielerlei Hinsicht war das Tribunat damals das mächtigste Amt in Rom. Die Tribunen konnten Gesetze einbringen und jede Senatsentscheidung mit ihrem Veto blockieren. Der Gedanke, daß Clodius über derartige Macht verfügen könnte, ließ mich erschauern.

»Mich dafür einzusetzen, Clodius' Ambitionen zu hintertreiben, ist etwas, wozu ich keiner besonderen Motivation bedarf«, informierte ich Celer.

»Geh ihm aus dem Weg«, mahnte er mich. »Ich weiß nicht, warum er weiter hier in Rom herumlungert, wo doch in Sizilien seine Pflichten auf ihn warten, aber ich bin sicher, daß er wieder irgendeine Teufelei ausheckt.«

»Davon kann man bei Clodius immer ausgehen.«

»Wie wahr. Nun, da wir gerade beim Thema sind. Wir älteren Familienmitglieder haben erörtert, was wir möglicherweise zu unternehmen gezwungen sein könnten, wenn Clodius für das Tribunat kandidiert, was er mit Sicherheit tun wird, wenn er lange genug lebt.«

»Und was habt ihr entschieden?« fragte ich.

»Wir wollen, daß du dann ebenfalls für ein Tribunat kandidierst.«

Ich kam mir vor wie ein Opferochse, der soeben von Assistenten des Flamen einen Schlag auf den Kopf bekommen hat. »Ich? Aber in der Familie wimmelt es geradezu von qualifizierten Männern.«

»Unsinn. Du bist eine perfekte Wahl. Deine Abstammung ist makellos. Dein Vater ist gerade Censor gewesen, und du verfügst über alle Qualifikationen für das Amt. Nicht, daß es darauf ankäme – jeder Bürger kann zum Tribun gewählt werden, solange er kein Patrizier ist. Du bist zwar von Adel, bist jedoch wegen deiner Heldentat mit dem Oktober-Pferd so etwas wie ein Liebling des Volkes.« Er grinste bei dieser Erinnerung, während ich zusammenzuckte.

»Nun«, fuhr Celer fort, »ich glaube, daß Cicero deinen Freund Titus Milo für dasselbe Amt umwirbt. Die Vorstellung, daß der Anführer einer kriminellen Bande Tribun werden könnte, gefällt mir überhaupt nicht, aber ich gebe zu, daß er immer noch besser ist als Clodius.«

»Milo ist eine ausgezeichnete Wahl«, sagte ich. »Ich selbst

habe ein Tribunat noch nie in Erwägung gezogen. Ich fühle mich natürlich geschmeichelt, daß ihr mich des Amtes für würdig erachtet.«

»Fühl dich bloß nicht zu geschmeichelt«, sagte er. »Die Wahl ist vor allem deshalb auf dich gefallen, weil Clodius dich so sehr haßt. Er wird von eurer Feindschaft so abgelenkt sein, daß er vielleicht nicht allzuviel Unheil anrichten kann.«

»Ich verstehe.« Mein Verstand arbeitete wie ein im Faß fermentierender Wein. »Wenn Milo und ich im selben Jahr Tribun werden, können wir Clodius mit vereinten Kräften in Schach halten.«

»Du schaltest schnell«, sagte Celer. »Vielleicht hast du eine Zukunft in der römischen Politik. Na ja, das ganze ist möglicherweise noch Jahre hin, aber ich möchte, daß du darüber nachdenkst.«

»Sei versichert, daß ich über praktisch nichts anderes nachdenken werde«, sagte ich. Irgendwie mußte ich mich da rauswinden. Clodius haßte mich schon als gewöhnlichen Feind genug. Wenn ich ihm auch noch als politischer Gegner gegenübertrat, würde seine Niedertracht keine Grenzen mehr kennen. Theoretisch galt das Leben eines Tribuns als sakrosankt und seine Ermordung als Frevel. Das Problem war nur, daß Clodius sich sozusagen auf frevelhafte Taten spezialisiert hatte.

»Was heckt ihr beide denn aus?« Die Stimme kam von dem Säulengang, und wir wandten uns in die Richtung. Ich hatte sie natürlich sofort erkannt.

Clodia war noch immer eine der großen Schönheiten Roms, und zur damaligen Zeit eine der berüchtigtsten dazu. Sie war genauso bekannt für ihren Charme und Witz wie für ihre Bildung und ihr Mäzenatentum für Künstler und Poeten. Vor allem aber war sie gefürchtet. Man verdächtigte sie der Komplizenschaft bei einer Reihe von Morden, und ich wußte zufällig, daß sie in einigen Fällen auch schuldig war. Nichtsdestoweniger war sie Celers Frau, und die Umgangsformen mußten gewahrt werden.

»Du bist schöner denn je, Clodia«, versicherte ich ihr, »außerdem mußt du doch wissen, daß dein Mann und ich nicht eine Unze konspirativen Talents in uns haben.«

»Wie enttäuschend«, sagte sie und streckte ihre Hand aus. Ich nahm sie, beugte mich über die kühlen, spitzen Finger und küßte kunstvoll anstelle ihrer Hand meinen Daumen. Das war vielleicht eine unnötige Vorsichtsmaßnahme, aber es gab Gerüchte, sie würde unter ihren vergoldeten Nägeln Gift aufbewahren.

»Wie lange ist es her, Decius? Wir haben uns nicht gesehen, seit der gute Quintus gegen Catilina ins Feld gezogen ist, oder? Damals hast du Rom ebenfalls verlassen, stimmt's?« Unnötig zu erwähnen, daß sie ihren Mann nicht nach Gallien begleitet hatte, zu meiner Erleichterung und zweifelsohne auch zu seiner. Sie paßten nicht besonders gut zueinander, aber die großen Familien hatten ihre Ehen schon immer aus politischen Gründen arrangiert. Man hatte sie verlobt, als sie noch ein junges Mädchen war und ihr Bruder Clodius ein unausstehliches kleines Balg.

»Ich bin viel zu lange von Rom und dir weg gewesen.« Na ja, der Teil mit Rom stimmte. Clodia und mich hingegen verband eine verwickelte und für mich peinliche Vergangenheit. Ihr war vermutlich gar nichts peinlich.

»In letzter Zeit war es schrecklich langweilig hier«, sagte sie. »Aber jetzt, wo du zurück bist, wird das Leben vielleicht wieder ein wenig aufregender.« Das versprach nichts Gutes.

»Der junge Decius wird mich im bevorstehenden Wahlkampf für das Konsulat unterstützen, meine Liebe«, sagte Celer mit dem geplagten Gesichtsausdruck aller Männer, die mit einer solchen Frau geschlagen sind.

»Oh, was für eine Verschwendung von Talent. Du könntest die Wahl doch nicht einmal verlieren, wenn die anderen Parteien Götter und Helden als Gegenkandidaten aufstellen würden! Aber das heißt, daß wir den lieben Decius jetzt häufiger sehen werden, somit hat es am Ende doch sein Gutes.« In diesem Moment kam ein Sklave herein und kündigte einen Besucher an, so daß Clodia sich verabschiedete und davoneilte.

»Immerhin gut«, brummte Celer, »daß du dich mit Clodia verstehst, selbst wenn ihr Bruder dir am liebsten die Kehle durchschneiden würde.«

»Clodia genießt meine allerhöchste Wertschätzung«, versicherte ich ihm.

»Ich möchte, daß du ab morgen deine morgendliche Aufwartung mir anstatt deinem Vater machst.« Wir gingen langsam Richtung Tür.

»Soll ich meine Klienten mitbringen?« fragte ich.

»Nur, wenn ich eine wichtige Rede halte. Ansonsten kannst du sie entlassen, wenn du dein Haus verläßt.«

»Mit dem größten Vergnügen.« Die Sitte, ständig einen Haufen Klienten im Schlepptau zu haben, hatte mir nie gefallen. Selbst Loyalität und Hingabe werden nach einer gewissen Zeit lästig.

Im Atrium trafen wir Clodia mit dem Neuankömmling, meiner Cousine mit dem Spitznamen Felicia. Eigentlich hieß sie Cecilia Metella und war die Gattin des jüngeren Marcus Crassus, dem Sohn des großen Crassus. Es gab eine kurze verwandtschaftliche Begrüßung.

»Was führt ihr beiden denn schon wieder im Schilde?« sagte ich. Das hätte ich besser nicht gefragt.

»Wir werden irgendwas Skandalöses anstellen und unseren Ehemännern Schande machen«, sagte Felicia.

»Bist du nicht inzwischen eine respektable Matrone geworden?« fragte ich. »Du ziehst doch bestimmt einen ganzen Wurf kleiner Crassi groß.«

»Sei doch nicht so langweilig«, tadelte Felicia. »Gebären ist etwas für Sklaven und Vieh. Außerdem hast du ja auch schon ein fortgeschrittenes Alter erreicht, ohne zu heiraten.«

»So lange kann keine Frau Decius halten«, sagte Clodia mit einem flinken Fingerschnipsen. »Vorher macht er irgendeinem Mächtigen Ärger und muß dann die Stadt verlassen, um seine Haut zu retten.«

»Meine Damen, wenn ihr uns jetzt entschuldigen wollt, ich bringe Decius zur Tür. Er hat dringende Verpflichtungen.« Celer führte mich nach draußen. »Es ist niemandem zuzumuten, beide gleichzeitig zu ertragen«, murmelte er.

Zu meiner Überraschung stand Hermes vor dem Tor und wartete auf mich, aber ich ignorierte seine Anwesenheit vornehmerweise, bis ich mich von meinem prominenten Verwandten verabschiedet und ihm versprochen hatte, am nächsten Tag wieder in aller Frühe bei ihm zu sein.

Auf dem Weg zum Forum ging Hermes hinter mir. »Das ist also der große Metellus?« sagte er. »Sieht ja nicht besonders aus.«

»Er ist einer der Größten«, erklärte ich ihm. »Ich hingegen bin nur ein kleiner Metellus und trotzdem weit größer als du. Das heißt, du solltest lernen, deine unverschämte Zunge im Zaum zu halten.«

»Wie du sagst, Herr.«

Es war ein ereignisreicher Tag geworden, dieser Tag meiner Heimkehr. Wie sich herausstellte, sollte es noch einer der ruhigeren gewesen sein.

II

Am nächsten Morgen stand ich viel zu früh auf und begrüßte meine Klienten. Ich hatte damals noch immer recht wenige, aber sie waren ein notwendiger Bestandteil des gesellschaftlichen und politischen Lebens. Damals waren es etwa zwölf, die meisten von ihnen aus Familien, die meiner Familie schon lange verbunden waren, oder pensionierte Soldaten, die mir im Laufe der Jahre gedient hatten. Sie hatten wenig zu tun, außer mir bei Auftritten vor Gericht zuzujubeln und mich in Zeiten der Gefahr zu schützen, wofür ich meinerseits verpflichtet war, sie in Rechtsstreitigkeiten und finanziell zu unterstützen. Jetzt, wo ich Senator war, würden sie mich um mehr Gaben und Gefallen bitten.

Ich entließ sie mit Dank und Geschenken und machte mich auf den Weg zu Celers Haus, in dessen Atrium ich eine große Menschenmenge antraf. Celers Klientel zählte allein in Rom mehrere Hunderte, dazu kamen weitere Tausende in Italien und den Provinzen. Logischerweise konnte ihm nicht einmal die ganze römische Schar am selben Tag ihre Aufwartung machen. Ich glaube, sie hatten eine Art Besuchsplan mit freien Tagen.

Ich schlenderte unter ihnen umher, traf alte Freunde wieder und machte ein paar neue Bekanntschaften. Die Leute sprachen vor allem von Pompeius' bevorstehendem Triumph, und was für ein prachtvolles Spektakel es geben würde. Es schien so gut wie sicher, daß die mauleselig störrische Opposition des Senats sich nicht mehr lange halten konnte. In der Menge traf ich auch erneut auf Caesar.

»Den zweiten Tag hintereinander, Gaius Julius«, sagte ich. »Aber mit Sicherheit ist kein Julier je Klient der Metelli gewesen.«

Caesar lächelte sein strahlendes Lächeln. »Nein, ich komme nicht als Klient, sondern als obdachloser Bittsteller. Ich bin hier, um deinen Verwandten für morgen nacht um ein Dach über dem Kopf zu bitten.«

»Haben sie die Dachziegel auf dem Palast des Pontifex immer noch nicht in Ordnung gebracht?« fragte ich. »Sie waren doch schon zugange, als ich Rom verlassen habe.«

»Nein, der Bau ist völlig wetterfest, aber morgen nacht sollen dort die Riten der Bona Dea abgehalten werden, und ich darf nicht zugegen sein.«

»Das Datum war mir entfallen«, gab ich zu. »Aber ich bin ja auch nicht verheiratet.« Das Ritual wurde im Haus des Pontifex maximus unter Leitung seiner Gattin abgehalten, und die vornehmsten Damen Roms nahmen daran teil. Männern war der Zutritt strengstens untersagt, und Frauen war es unter Androhung des Todes verboten, darüber zu sprechen. »Du meinst, nicht mal der oberste Pontifex darf daran teilnehmen?«

»Das stimmt. Ich bin die oberste Instanz in allen Fragen unserer Religion, aber dieses eine Ritual kann ich nicht antasten, und meine Frau darf nicht darüber sprechen.«

»Nun, das ist...« Ich wurde unterbrochen, als ein neben Caesar mit dem Rücken zu uns stehender Mann sich umwandte. Sein Gesicht war bösartig, finster und verfinsterte sich weiter, als er uns sah. Ich hätte diese gedrungene, halslose Gestalt auch von hinten erkennen müssen. Irgendwie unterdrückte ich meinen natürlichen Impuls, eine Waffe zu ziehen, und das war gut so, denn ich hatte keine bei mir.

»Na, wenn das nicht Publius ist«, sagte ich. »Ich bin hocherfreut, dich wiederzusehen.« Und das war ich wirklich. Es tat mir immer gut, die Narben zu betrachten, die ich seinem mißgestalteten Angesicht zugefügt hatte.

»Meine Schwester sagte, daß du zurück bist.« Er würgte die Worte beinahe heraus, als ob er einen Hustenanfall hätte. Ich schwöre, daß ich sah, wie in seiner Iris die Äderchen platzten wie kleine Blitze. Dann legte Caesar eine Hand auf seine Schulter.

»Na, na, wir wollen es doch nicht zu Ungebührlichkeiten kommen lassen«, sagte Caesar und lächelte. »Dies ist das Haus von Metellus.« Auf seine Berührung, seine Worte und sein Lächeln hin hörte Clodius auf zu zittern, und die Farbe wich aus seinem Gesicht. Er nickte wortlos. Wäre der Gedanke nicht so absurd gewesen, hätte ich schwören können, daß Clodius *Angst* vor Caesar hatte! Ich hatte keine Ahnung, was diese kleine Szene zu bedeuten hatte, aber ich nahm einen Eindruck mit, der mich noch Jahre später verfolgen sollte. Ich wollte nie im Leben so von Gaius Julius angelächelt werden.

Mein Verwandter Metellus Creticus stand in der Nähe und hatte die unerfreuliche Szene mitbekommen. Jetzt trat er hinzu, um für Ablenkung zu sorgen.

»Kein Wunder, daß Decius mit dem Datum durcheinandergekommen ist«, sagte er. »Das geht allen anderen auch so. Der Kalender ist ja wieder völlig verdreht. Das ist doch deine Aufgabe, Gaius Julius. Wann wirst du die notwendigen Korrekturen vornehmen?« Unser Kalender richtete sich nach dem Mond, und da ein Jahr nach dem Lauf der Sonne nicht völlig mit dem Rhythmus der Mondphasen übereinstimmt, geriet unser Kalender alle paar Jahre in Unordnung, und der Pontifex maximus mußte einen zusätzlichen Monat einschieben, um ihn wieder auf Stand zu bringen. Caesar hatte das Problem seit seiner Wahl ignoriert, wahrscheinlich weil er im Grunde ein fauler Mann war.

»Dieser klapprige alte Kalender ist ohnehin nicht mehr zu retten«, sagte Caesar. »Ich schlage vor, den Kalender grundsätzlich zu reformieren, so daß er nie wieder angepaßt werden muß.«

Die gute Idee eines faulen Mannes, dachte ich. »Und wie willst du das bewerkstelligen?« fragte ich ihn.

»Ich werde die besten Astronomen und Mathematiker, die es gibt, versammeln und ihnen den Auftrag geben, einen vernünftigen Kalender zu entwickeln, bei der die Zahl der Monate immer gleich bleibt. Ich glaube, das ist durchaus machbar, wenn wir uns an die Vorstellung gewöhnen, daß nicht jeder Monat gleich viele Tage hat und daß ein Monat nichts mit den Mondphasen zu tun hat.«

»Das hört sich zu radikal an für meinen Geschmack«, sagte Creticus. Damals hielt ich es für sein übliches großspuriges Gerede, aber ein paar Jahre später hat Caesar seinen Plan tatsächlich in die Tat umgesetzt, und seither mußten wir den Kalender nicht mehr anpassen. Selbst ein Mann wie Gaius Julius kann hin und wieder etwas richtig machen.

In der Zwischenzeit hatten Clodius' Freunde ihn weggeführt, und mir kam der Gedanke, daß irgend jemand, Clodia vielleicht, die Devise ausgegeben hatte, uns beide auseinanderzuhalten, eine Konstellation, mit der ich gut leben konnte. Während ich auf Celers Erscheinen wartete, fiel mir etwas auf, was ich schon tags zuvor auf dem Forum vermutet hatte; ich war unter den Publicani zum gefragten Mann avanciert. Die meisten von ihnen waren wohlhabende Equites, Männer aus der Baubranche oder Pächter landwirtschaftlicher Großbetriebe. Sie schienen sämtlich darauf erpicht, meine Bekanntschaft zu machen, und fragten gezielt nach dem Wohlbefinden meines Vaters. Da den Censoren die Zuständigkeit für die Verpachtung öffentlicher Dienstleistungen oblag, war ich ganz offensichtlich ein Mann, dessen Gesellschaft es zu pflegen galt. Sie deuteten an, daß ich, wenn ich sie meinem alten Herrn empfehlen würde, zu den Saturnalien mit überaus großzügigen Geschenken rechnen durfte. Es sah so aus, als würde es mir endlich gelingen, meiner chronischen Finanzmisere zu entkommen.

Das galt damals wohlgemerkt nicht als Korruption, obwohl es der Erste Bürger sicher so sehen würde. Er behauptet, daß wir in jenen Tagen durch und durch korrupt waren, er aber alles in Ordnung gebracht und die Korruption aus der Welt geschafft habe. Wie üblich schmeichelte er sich selbst. Er hat lediglich dafür gesorgt, daß ein fettes Stück jedes gezahlten Bestechungsgeldes bei ihm landet.

Als der Besitzer eines Steinbruchs gerade im Begriff war, mir ein Loch ins Ohr zu quatschen, ertappte ich mich dabei, wie ich mich leicht zu einer Gruppe von Männern hinüberneigte, die sich um Clodius geschart hatte. Ich hatte gute Ohren und habe es immer geliebt, fremde Gespräche zu belauschen, vor allem solche, in denen möglicherweise meine Ermordung erörtert wurde. Aber sie redeten nicht über mich.

»Aber was genau *treiben* die Frauen auf dieser Zeremonie eigentlich, hä?« Clodius' Stimme triefte vor anzüglichen Andeutungen. Ich mußte mir schuldbewußt eingestehen, daß ich mich genau das auch schon gefragt hatte.

»Jeder hochgeborene Ehemann Roms fragt sich das«, sagte ein Mann, dem bei dem Gedanken, was seine Frau morgen nacht möglicherweise anstellen könnte, ganz offensichtlich nicht behaglich war.

»Aber«, sagte ein junger Mann, den ich nicht kannte, »was soll da schon groß passieren? Ich meine, schließlich sind es doch nur Frauen, oder?« Die anderen traten einen Schritt zurück und gaben verächtliche Geräusche von sich ob so viel Unerfahrenheit.

»Ich wette, es lohnt sich, sich das Spektakel anzusehen, was?« sagte Clodius. Ich spielte mit dem Gedanken, neben ihn zu treten und ihm mit einer Vase oder etwas anderem auf den Kopf zu schlagen. Ich konnte seine Stimme einfach nicht ertragen. Es war nicht bloß das Thema. Er hätte auch über das Wetter reden können, und es hätte genauso geklungen.

»Du meinst, es lohnt ein Menschenleben«, sagte ein älterer und vermutlich weiserer Mann. Die Gespräche erstarben, als Celer kam und seine Besucher zu begrüßen begann. Als er bei mir angelangt war, legte er seine Hand auf meine Schulter, eine Geste, die andeutet, daß es sich um ein Privatgespräch handelt. Die anderen wandten sich diskret ab.

»Decius, ich möchte, daß du heute Mamercus Capito aufsuchst und ihm ein bißchen auf den Zahn fühlst. Politisch gesehen ist er eine Null, aber das sind neun von zehn Konsuln. Was jedoch wichtiger ist, er gilt als angenehmer Mensch, sprich, er ist fügsam und außerdem Aemilier. Er ist so vornehm, wie man es in Rom nur sein kann; ein bißchen mehr, und er würde in den Verein der Götter aufgenommen. Er würde einen passenden Kollegen für mich abgeben und hat seine Absicht verlauten lassen zu kandidieren. Finde heraus, ob er einer Coitio zugänglich ist, und ob er damit einverstanden ist, daß ich als älterer Kollege die Richtlinienkompetenz habe.«

»Ich mache mich sofort auf den Weg zu ihm.« Diese Art Politisiererei gefiel mir. Ein Großteil unseres öffentlichen Lebens wurde so abgewickelt. Persönliche Beziehungen hatten in der Regel genausoviel damit zu tun wie politische Verbindungen. Debatten im Senat waren häufig nichts als Lärm und Geschrei, während die eigentlichen Entscheidungen bei Abendessen, in den Bädern oder sogar auf den Rängen des Circus ausgehandelt wurden.

Ich eilte los in der Hoffnung, Capito zu Hause anzutreffen. Die Aemilier gehörten in der Tat zu unseren vornehmsten Familien, aber ihre Linie drohte auszusterben, und es waren nur noch wenige von ihnen übrig. Die Aemilier jener Generation waren, vom Namen einmal abgesehen, unbedeutend. Capito war gemächlich auf der Karriereleiter nach oben getrottet und hatte ein beträchtliches Dienstalter erreicht, ohne sich militärisch oder politisch auszuzeichnen. Er war wie gut zweihundert seiner Senatskollegen auch: farblose Funktionäre, die ihre Ämter auf Grund ihrer familiären Herkunft errangen, ihre Aufgaben bis zur Erreichung des Pensionsalters erledigten und dabei mit so wenig Anstrengung wie möglich durch ihre Amtszeiten bummelten, wobei sie die jeweilige Position nur als Mittel zum Zweck des Reichwerdens benutzten.

Kurzum, Capito war ein idealer Kollege für einen energischen Mann wie Celer, der seine Amtsgeschäfte so ungestört wie möglich durchführen wollte. Als Chef-Konsul würde er die besseren prokonsularischen Provinzen zugeteilt bekommen, wenn er sein Amt niederlegte. Damals wollten viele Männer in erster Linie deshalb Konsul werden, um die reichen prokonsularischen Provinzen in ihre gierigen Hände zu kriegen. Jemand, der unter den Senatoren hinreichende Unterstützung genoß, konnte ein echtes Filetstück bekommen, während jemand, der sich im Senat viele Feinde gemacht hatte, meistens ein wertloses Stückchen Land bekam, wo es nur verschwenderischen Reichtum an unangenehmen Barbaren gab.

Für außergewöhnliche Konsuln konnte sich der Senat auch echte Raritäten ausdenken. So hatte man Pompeius den Oberbefehl über den ganzen Mittelmeerraum gegeben, damit er uns von den Piraten befreite. Später präsidierte Caesar als Konsul einem Senat, der ihm gegenüber nicht nur feindselig eingestellt war, sondern auch Humor bewies. Anstelle einer Provinz übertrug man ihm die Instandhaltung der italischen Straßen und Trampelpfade. Natürlich sorgte er dafür, daß die Senatoren das später bereuten.

Ja, das Konsulat war ein Amt, nach dem zu streben sich lohnte, auch wenn es nicht ohne Risiken war. Ich war fest davon überzeugt, eines Tages selbst Konsul zu werden, nicht weil ich besonders ehrgeizig gewesen wäre, sondern weil ich Caecilius Metellus hieß. Nicht, daß mir irgend jemand je den Vorwurf gemacht hätte, ich sei einer, der sich auf den Lorbeeren des Familiennamens durch seine Amtszeit ausgeruht hätte. Kein anderer liebenswerter politischer Haudegen hat so viele Mordversuche überstanden wie ich, und die Ernsthaftigkeit, mit der ein Mann sein politisches Amt betreibt, läßt sich an der Zahl und Gewaltbereitschaft seiner Feinde ablesen.

Ich erreichte Capitos Haus, als seine morgendlichen Besucher gerade im Aufbruch begriffen waren und Capito selbst sich auf den Weg zu einem jährlichen Opferritual machte, das die Aemilier zum Andenken an irgendeinen Sieg zelebrierten. Ich kannte ihn nur flüchtig, aber er begrüßte mich gastfreundlich und behauptete, er sei froh, mich wiederzusehen. Ich deutete an, daß mich ein politisches Anliegen zu ihm geführt habe, und er lud mich für den Abend zu einem Essen in seinem Haus ein.

Die Dinge entwickelten sich prächtig, und ich hatte jetzt den ganzen Tag für mich. Zum Forum war es nur ein kurzer Fußweg. Ich lungerte eine Weile dort herum und genoß die Sonne und die Aufmerksamkeit einiger Publicani. Die meisten von ihnen waren Bauunternehmer, aber auch ein faszinierender Geselle war unter ihnen; er hatte eine echte Novität zu verkaufen: einen neuentwickelten Schild für die Legionen.

»Er ist viel besser als das alte Scutum«, erklärte er mir ernsthaft. »Genauso dick und sicher, aber unten und oben gerade abgeschnitten.«

»Es ist schwer, Soldaten von einer Neuerung zu überzeugen«, sagte ich. »Worin besteht denn der Vorteil?«

»Wir haben eine Reihe dieser neuen Schilde in den campanischen Ludi getestet, und die Gladiatoren sagen, daß die neue Form zum Kämpfen viel geeigneter ist als die alte, ovale. Der neue Schild ist leichter und erlaubt dem Kämpfenden eine bessere Sicht.«

»Gladiatoren brauchen sich um Wurfspeere oder Pfeile auch nicht viel Sorgen zu machen«, sagte ich skeptisch. »Krieg besteht ja nicht nur aus Nahkampf.«

»Unsinn, mein Herr«, widersprach er mir. »Ein Kämpfender wird den Schild immer knapp unterhalb Augenhöhe halten. Mit der neuen Form bietet der Körper noch weniger Angriffsfläche.«

»Aber wenn man einen Schild mit gerader Unterkante baut«, entgegnete ich, »werden wachhabende Soldaten ihn einfach auf die Erde stellen, sich dagegenlehnen und einschlafen. Jeder Offizier weiß das.«

Er tat einen tiefen Seufzer der Verzweiflung. »Dafür haben die Centurionen ja Stöcke, mit denen sie ihre Soldaten schlagen können. Und welche Legion braucht schon mehr als eine exemplarische Enthauptung pro Jahr, um zu begreifen, daß man in Feindesnähe nicht einschläft? Mehr braucht es nicht, die Jungs auf Zack zu halten. Nun, mein Herr, wenn du vielleicht ein gutes Wort für mich bei deinem Vater einlegen kannst, wäre ich bereit, dem Staat einen sehr vernünftigen Preis zu machen. Meine Werkstätten könnten eine ganze Legion pro Jahr ausstatten, inklusive einer billigeren Version für die Hilfstruppen.«

»Ich werde ihn darauf ansprechen«, sagte ich, »aber ich glaube, du wirst wenig Glück haben. Er hält die marianischen Reformen noch für einen Skandal. Wieviel pro Schild?«

»Fünfundfünfzig Denar für das Legionärs-Modell, dreißig für die Hilfstruppen-Version.«

»Das hört sich aber ziemlich unverschämt an«, sagte ich.

»Wir reden hier nicht von minderwertigem Material, mein Herr. Wir reden von erstklassigem Sperrholz aus abgelagertem Limonenbaum und ägyptischem Klebstoff, die Rückseite aus edelstem Filz und die Vorderseite aus ungegerbtem Leder; und zwar nicht irgendwelchem Leder, sondern abgehangenem Bullenleder, fast weiß gegerbt, um jede Farbe oder Färbung aufzunehmen, die die Legion auftragen will. Die Metallarbeiten sind von höchster Handwerkskunst: Buckel, Nieten, Griffe und eine Einfassung aus Bronze. Du willst doch nicht bestreiten, daß das fünfundfünfzig Denar wert ist.«

»Ich will mit dir nicht über die Feinheiten deines Gewerbes diskutieren«, sagte ich. »Wie unterscheidet sich die Version für die Hilfstruppen?«

»Sie ist identisch bis auf die Beschichtung aus schlichtem, braunem Kuhleder und die Umrandung, die nicht aus Bronze, sondern aus vernähtem Rohleder ist. Ganz unter uns, es ist als Schild genauso gut, aber wir wissen doch beide, daß die Legionen den Aufstand proben würden, wenn die Hilfstruppen dieselbe Ausstattung wie sie bekämen.«

»Das ist allerdings wahr«, stimmte ich ihm zu.

»Ich mach' dir einen Vorschlag: Ich geh' mit dem Preis noch zwanzig Denar runter, wenn ich im Tausch die alten Schilde bekomme. Die kann ich dann den Ägyptern verkaufen. Aber ich möchte mir das Recht vorbehalten, die Inzahlungnahme der Schilde abzulehnen, die zum Weiterverkauf zu zerkratzt sind.«

Ich versprach ihm, mein möglichstes zu tun, und er versicherte mir, er würde sich nicht nur dankbar, sondern auch großzügig erweisen. Den Legionen gefiel, wie sich herausstellte, die neue Form recht gut, aber sie kauften deswegen keine neuen Schilde. Sie schnitten die alten einfach oben und unten ab. Unter den Offizieren gab es nur wenig Dummköpfe.

Nach dieser Begegnung kaufte ich an einem der Stände ein leichtes Mittagessen, bestehend aus Wurst, gebratenen Zwiebeln und gehackten Oliven, kräftig gewürzt mit Garum, das Ganze in einem ungesäuerten Fladenbrot. Ich spülte mein Mahl gerade mit einem Becher gewässerten Weins hinunter, als ich über den Rand etwas entdeckte, was mich innehalten ließ.

Ein paar Stände weiter kam jemand aus einer der Wahrsagerinnen-Kabinen. Es war ein sehr junger Mann, gerade alt genug, sich zu rasieren und eine Toga zu tragen. Er kam mir seltsam bekannt vor, aber ich konnte ihn nirgends unterbringen. Er sah sich schuldbewußt nach allen Seiten um, als er die Bude verließ. Er trug die roten Sandalen mit dem elfenbeinernen Halbmond am Fußgelenk, wie nur Patrizier sie tragen durften. Dies und der vage vertraute Anblick seiner Erscheinung halfen mir schließlich, ihn doch noch zu identifizieren: Er war einer aus der kleinen Gruppe, die sich heute morgen um Clodius gedrängt hatte. Es war der junge Mann, der sich mit der Bemerkung, er könne sich nicht vorstellen, daß eine Gruppe hochgeborener Frauen etwas Verwerfliches oder Schlechtes anstellen könne, als überaus unerfahren entlarvt hatte. Diese gute Gelegenheit durfte ich nicht ungenutzt verstreichen lassen, also ging ich zu ihm hinüber, wobei ich darauf achtete, mich ihm von hinten zu nähern.

»Guten Tag!« sagte ich laut, was ihn fast aus seiner Toga warf, als er mit aschfahlem Gesicht herumfuhr. Er warf einen gehetzten Blick auf die Kabine der Hexe, offensichtlich entsetzt, ich könnte ihn bei ihrem Verlassen beobachtet haben. Ich klopfte ihm auf die Schulter, um anzudeuten, daß ich keinerlei Verdacht hegte. »Ich habe dich heute morgen in Celers Haus gesehen, aber wir wurden nicht vorgestellt.«

Er winkte erleichtert. »Ich bin Appius Claudius Nero«, sagte er, »und ich weiß, daß du der Senator Metellus bist.«

Ich ergriff seine Hand. »Ich freue mich immer, einen frischgebackenen Bürger zu treffen. Du mußt die Toga der Männer angelegt haben, als ich in Gallien war. Bist du der Sohn von Appius Claudius, dem Legaten des Lucullus im Orient?«

»Nein, ich bin sein Cousin. Sein Vater und mein Großvater waren Brüder.« Das bedeutete, der Lauser war ein Cousin zweiten Grades von Clodius und Clodia. Jener hatte seinen Namen von Claudius zu Clodius geändert, als er beschlossen hatte, Plebejer zu werden, und seine Schwester hatte es ihm gleichgetan.

»Freut mich zu sehen, daß unsere uralten, patrizischen Familien noch immer kräftige, junge Männer hervorbringen«, sagte ich und strahlte ihn an. Ein Claudier mehr war, soweit es mich betraf, eine Ratte mehr, aber ich wollte ihm zumindest die Gunst des Zweifels gönnen. Etwa einmal alle hundert Jahre brachten die Claudier einen guten Mann hervor. Der ältere Appius etwa war ein ganz anständiger Vertreter. Die Tatsache, daß dieser junge Mann sich mit Clodius herumtrieb, sprach allerdings definitiv nicht für ihn.

»Danke«, sagte er. »Ich... ich möchte nicht unhöflich sein, mein Herr, aber ich habe ein – eine Verabredung und muß mich beeilen«, stotterte er nervös. »Ich muß los.«

»Aber unbedingt«, sagte ich. »Ich will dich nicht aufhalten. Du mußt mich bald einmal besuchen. Ich würde mich freuen, dich besser kennenzulernen.« Ich ergriff mit beiden Händen seine Hand und bemerkte, daß sie zitterte. Dann entdeckte ich etwas absolut Seltsames: Am Zeigefinger trug er einen großen, knollenförmigen Gift-Ring.

Ich starrte auf seinen vor Angst steifen Nacken, als er sich entfernte. Warum in aller Welt trug er einen solchen Ring? Damals waren Gift-Ringe nicht direkt selten, und die Barbaren glaubten, daß wir damit unsere Feinde vergifteten. Sie vermuteten, daß die

Ringe Deckel mit einer Sprungfeder hatten, damit wir die tödliche Dosis Gift verstohlen in den Becher eines Feindes rieseln lassen konnten. In Wirklichkeit handelte es sich um ein Mittel zum schnellen Selbstmord. Die kuppelartige kleine Kammer bestand aus einer geschickt getarnten, nahtlosen Giftkapsel. An das Gift kam man nur heran, wenn man die Kapsel aufbrach. In Zeiten bürgerlichen Unfriedens, wenn die Entscheidung für die falsche Partei den Tod bedeuten konnte, sah man sie überall, in friedlichen Zeiten waren sie jedoch recht selten. Und dies waren relativ friedliche Zeiten.

Ich habe selbst von Zeit zu Zeit einen Giftring getragen. Wenn man wußte, daß ein wütender Mob jederzeit die eigene Tür aufbrechen konnte oder man von Feinden durch die verwinkelten Gassen gejagt werden würde, war es beruhigend, einen schnellen Ausweg parat zu haben. Man mußte nur die dünne Goldschicht durchbeißen und das Gift heraussaugen, um der Folter, einem Sturz vom Tarpejischen Felsen oder dem Haken zu entgehen, an dem man durch den Tiber geschleift wurde.

Aber dieser Bursche war viel zu jung, um sich ernsthafte Feinde gemacht zu haben. Vielleicht, überlegte ich, wollte er nur ein bißchen Drama in sein Leben bringen. Es war durchaus üblich, daß Jungen, die die Schwelle zum Mannsein eben erst überschritten hatten, derartige Dinge taten: Giftringe oder unter ihrer Tunika versteckte Schwerter tragen oder schreckliche Gedichte verfassen. Aber nichts, das auch nur entfernt mit Publius Clodius zu tun hatte, war zu unbedeutend, als daß es bei mir keinen Verdacht geweckt hätte.

Die Bude war typisch für ihre Art: eine wackelige Konstruktion auf Pfählen mit Wänden und einem Dach aus billigem, schwerem Stoff. Im Gegensatz zu den Ständen der Verkäufer stand kein Tisch vor dem Eingang, auf dem Waren ausgestellt waren. Statt dessen waren die Front und die Seiten mit magischen Symbolen verziert: Halbmonde, Schlangen, Eulen und dergleichen. Ich schob den Vorhang beiseite und duckte mich unter dem niedrigen Eingang. Das Innere war mit Körben vollgestellt, die alle Arten von Kräutern, Fläschchen mit Duftölen und weitere undefinierbare Artikel enthielten, die vermutlich allein für aktive Magiere von Interesse waren. In einem der Körbe raschelte es, und ich entdeckte ein Knäuel sich windender, schwarzer Schlangen.

»Kann ich helfen, mein Herr?« Die Stimme gehörte einer geradezu absurd gewöhnlich aussehenden Bauersfrau. Sie hätte genausogut Rüben verkaufen können.

»Ich bin Senator Decius Caecilius Metellus der Jüngere«, sagte ich gewichtig. »Und ich will wissen, was der adelige junge Mann, der gerade gegangen ist, hier wollte.«

Sie musterte mich. »Gibt es irgendeinen Grund, warum ich mit dir über meine Kunden reden sollte?«

»Dein Gewerbe ist in der Stadt verboten, wie du weißt«, sagte ich.

»Der Streifen ziert deine Tunika und nicht deine Toga«, entgegnete sie. Damit meinte sie, daß ich keine mit einem purpurnen Streifen besetzte Toga praetexta trug und deshalb über keinerlei richterliche Gewalt verfügte.

»Nein, aber mein Vater ist der Censor Metellus«, erwiderte ich.

»Ach, tatsächlich? Ich verfolge die Politik nicht so aufmerksam. Na, wenn das so ist, sollte ich vermutlich mit ihm sprechen. Warum holst du ihn nicht her, und wir setzen uns hin und plaudern ein wenig?«

»Frau, du strapazierst meine Geduld. Weißt du nicht, wie man einem Senator die angemessene Ehre erweist?«

Sie sah mich mitleidig an. »Aber, mein Herr, du weißt doch auch, daß ein Senator nichts weiter ist als ein Bürger mit einem purpurnen Streifen auf der Tunika. Wenn du wüßtest, wie viele Senatoren zu mir kommen und Gift haben wollen, um ihre Frauen umzubringen, oder wegen einer Abtreibung für ein Sklavenmädchen. Ich bin nur eine arme, ehrliche Wahrsagerin und Kräutersammlerin. Die Frauen kommen natürlich auch, weil der edle Gemahl das ganze Jahr weg war und sie ein Baby erwarten, daß genauso aussehen wird wie der gallische Stallbursche. Du wärst schockiert zu erfahren, was deine Kollegen so alles treiben.« Leider war ich kein bißchen schockiert.

»Und du hast natürlich mit alldem nichts zu tun?«

»Das will ich schwer hoffen!« Sie machte einige Zeichen in der Luft, gegen den bösen Blick oder andere übernatürliche Mißgeschicke. »Ich deute die Zeichen und gebe Rat. Wenn du eine Erkältung oder einen Kater hast, kannst du zu mir kommen, aber verlange nicht von mir, etwas Ungesetzliches zu tun.«

Nun, ich konnte kaum erwarten, daß sie zugeben würde, Gift für andere Zwecke als für einen Selbstmord zu verkaufen, denn darauf stand ein schrecklicher Tod.

»Wahrsagerei ist verboten«, betonte ich.

»Nun, es gibt Gesetzesübertretungen, für die man aus der Stadt vertrieben wird; und es gibt solche, für die man ans Kreuz genagelt wird. Letztere nenne ich ungesetzlich.«

»Ich werde so lange hier bleiben, bis du mir gesagt hast, was der Junge hier wollte. Und was passiert dann mit deinen Kunden?«

Sie warf verzweifelt die Arme in die Luft. »Oh, mein Herr! Warst du nie jung? Bist du nicht jedesmal zu einer Wahrsagerin gerannt, wenn dein Herz wegen der pickeligen Tochter irgendeines Nachbarn höher schlug? Liebeskranke Jungen gibt es allemal mehr als Senatoren in Verlegenheit.«

»Also gut«, sagte ich, »ich will das für den Moment mal glauben, aber vielleicht komme ich wieder. Wie heißt du?«

»Purpurea, mein Herr. Du findest mich an den meisten Tagen hier.«

Stinkwütend ließ ich sie stehen. Manchmal beneide ich orientalische Adelige, deren Untergebene vor ihnen im Dreck kriechen und ihnen die Füße küssen müssen. Purpurea! Wenn Frauen sich schon eigene Namen ausdenken, kommt immer etwas Seltsames dabei heraus. Und ihre unschuldige Pose beeindruckte mich gar nicht. Ich habe in meinem Leben Tausende von Kriminellen gesehen, und die meisten von ihnen konnten einen neugeborenen Säugling wie ein wahres Monster aussehen lassen. Eins war jedenfalls klar: Der Junge hatte Angst, daß man ihn beim Verlassen der Kabine beobachtet hatte.

Wenn man zur Mittagszeit einen prominenten Römer sucht, ist es normalerweise zwecklos, ihn zu Hause antreffen zu wollen. Am besten geht man zum Forum und spaziert ein wenig herum, bis er einem über den Weg läuft. So fand ich auch Milo. Er stand in der Nähe des Tempels von Castor und Pollux, umringt von einer Gruppe rauh aussehender Männer, von denen die meisten eine dunkle Tunika trugen. Milo war der einzige, der sich die Mühe gemacht hatte, eine frische Toga anzulegen. Er grinste sein breites Grinsen, und seine weißen Zähne blitzten, als er mich sah.

Wir waren schon seit Jahren befreundet, was die meisten meiner Kollegen für skandalös hielten. Er war der mächtigste Bandenchef Roms, sein einziger ernst zu nehmender Rivale war Clodius. Er war ein großer Mann, noch immer jung und extrem gutaussehend. In jüngeren Jahren war er Ruderer gewesen und genauso kräftig wie ein professioneller Gladiator oder Ringer. Wie gewöhnlich begrüßten und umarmten wir uns, und er lud mich zu sich ein, wo wir ungestört reden konnten.

Die mittlere Festung, die Milo sein Heim nannte, erstreckte sich über einen ganzen Block in einem der besseren Elendsviertel; es war gut ausgestattet mit Straßenkämpfern, unter ihnen zahlreiche Veteranen der Legion und der Arena. Wir nahmen an einem Tisch in Milos riesigem Versammlungsraum Platz, und einer seiner Männer brachte uns gewässerten Wein. Milo war nie jemand gewesen, der sich lange mit unverbindlichen Freundlichkeiten aufgehalten hatte, also kam ich direkt zur Sache.

»Milo, warum ist Clodius noch immer in Rom?«

»Seine Anwesenheit ist mir nicht entgangen«, sagte Milo. »Genausowenig wie die Tatsache, daß Caesar eine ganz untypische Verbundenheit mit unserer Stadt zeigt, wo er sich doch anderorts um seine Reichtümer kümmern sollte.«

»Gaius Julius ist nicht von Bedeutung«, sagte ich.

»Noch nicht, aber behalte ihn im Auge. Und Clodius ist Caesars Mann.«

Ich erinnerte mich an die seltsame Szene von heute morgen. »Du meinst, es gibt einen Zusammenhang?«

»Ich weiß, daß Clodius zur Zeit kaum etwas ohne Caesars Erlaubnis macht.«

Mein Becher blieb auf halbem Weg zum Mund in der Luft hängen. »Das ist allerdings neu. Sind da etwa neue Verbindungen geknüpft worden, als ich weg war?«

»Die Verbindungen sind im großen und ganzen dieselben geblieben. Nur die Zahl der Mitspieler hat sich verringert. Vorher gab es zahlreiche Banden, die die Straßen Roms kontrollierten. Jetzt sind es nur noch zwei: meine und Clodius'. Früher gab es jede Menge politisierende Militärs und Rechtsanwälte, die miteinander um die Herrschaft über Rom und das Imperium gerungen haben. Die meisten von ihnen sind ausgestiegen oder eliminiert worden. Lucullus, Hortalus und der Rest haben den Ring verlassen, in dem der große Kampf um die Macht ausgetragen wird.«

»Hortalus ist zusammen mit meinem Vater Censor«, widersprach ich ihm.

»Ein Amt von großem Ansehen, aber ohne Imperium. Nein, Decius Caecilius, die Bewerber sind jetzt Pompeius, Crassus und Cicero, sowie Caesar, der sich bald zu ihnen gesellen wird, wenn er aus Spanien zurück ist.«

»Ich vertraue deinem Instinkt«, sagte ich. »Du sagst also, Clodius sei jetzt Caesars Mann. Celer hat mir erzählt, daß du neuerdings eng mit Cicero verbunden bist.«

»Cicero und ich sind keine Freunde, aber er braucht mich. Die Männer, die das Imperium unter ihre Kontrolle bringen wollen, sind gezwungen, die Stadt häufig und für längere Zeit zu verlassen. Sie brauchen einen Verbündeten, der die Stadt während ihrer Abwesenheit kontrolliert, und dafür gibt es kein verfassungsmäßiges Amt.«

Das hatte ich an Milo immer bewundert. Er kannte die Verästelungen der Macht wie ein Winzer seine Reben. Er wußte, welche Triebe vielversprechend waren und welche beschnitten werden mußten. Er war völlig unbelastet von den verfassungsrechtlichen Präzedenzfällen und Traditionen, die das politische Denken orthodoxer Römer prägten.

»Wie steht Cicero denn im Moment mit dem Senat und der Öffentlichkeit im allgemeinen?«

»Zur Zeit auf recht unsicheren Füßen. Er hat zwar seine Anhänger, aber seine Feinde werfen ihm vor, daß er bei der Hinrichtung der catilinaischen Verschwörer ohne vorherigen Prozeß eigenmächtig gehandelt hat. Und viele lehnen ihn wegen seiner mittelmäßigen Herkunft ab. Sie wollen die Tatsache, daß ein neuer Mann so hoch aufsteigt wie Cicero, einfach nicht akzeptieren. Einige beneiden ihn auch wegen seines neuen Hauses auf dem Palatin. Sie werfen ihm vor, den Bau mit öffentlichen Mitteln finanziert zu haben.«

»Und wie schätzt du die Situation ein?« fragte ich.

»Der Catilina-Skandal wird in allerkürzester Zeit vergessen sein. Nichts wird so schnell alt wie der Skandal von gestern. Catilina hatte unter den wirklich mächtigen Männern Roms nie eine solide Basis. Und jetzt, wo Pompeius zurückkehrt, wird sich alle Aufmerksamkeit auf ihn richten. Auch Cicero hat sich kürzlich auf seine Seite geschlagen.«

»Cicero?« sagte ich. »Er gehörte früher immer zu den Anti-Pompeianern.«

»Aber es zeigt Einsicht in das Unvermeidliche. Es muß etwas unternommen werden, um Pompeius' Veteranen zu besänftigen. Ist dir klar, daß sich Pompeius, Crassus und Caesar nach Pompeius' Rückkehr zum ersten Mal seit Jahren gleichzeitig in der Stadt aufhalten?«

»Siehst du da irgendeinen Zusammenhang?« Ich wußte, daß Milo nur laut dachte.

»Ein Gerücht geht um. Nur ein Gerücht, wohlgemerkt, aber es gibt Leute, die behaupten, Caesar könne die Stadt wegen seiner Schulden nicht verlassen. Einige seiner Gläubiger sitzen in sehr hohen Positionen.«

»Aber wenn er es erst mal bis Spanien schafft, kann er sich dort wie jeder andere Bandit bereichern«, sagte ich. »Dann kann er seine Schulden zahlen.«

»Oder er kommt ums Leben. Ihm eilt der Ruf einer gewissen Fahrlässigkeit voraus. Erinnerst du dich noch an die Piraten?«

Es war eine berühmte Geschichte. Als Quaestor war Caesar für ein hohes Lösegeld von Piraten gekidnappt worden. Er hatte sich sehr arrogant verhalten und verlangt, daß das Lösegeld seinem Rang entsprach. Er hatte seine Kidnapper gezwungen, seine Rede anzuhören, und ihnen gedroht, er würde mit einer Flottille zurückkommen und sie alle kreuzigen lassen. Das hatte die Piraten köstlich amüsiert, und für die Dauer seines Aufenthaltes behandelten sie ihn wie ein Art Maskottchen. Als sein Lösegeld endlich eintraf, setzte man ihn im nächstbesten römischen Hafen ab. Caesar stellte sofort eine Flottille zusammen, kehrte zurück und ließ alle Piraten kreuzigen, genau wie er es angekündigt hatte. Es war eine Art Geschichte, wie sie die Römer reizvoll fanden, und sie hatte Caesar eine Zeitlang zu einer kleinen Berühmtheit gemacht.

»Seine Gläubiger verlangen also irgendeine Sicherheit? Was soll er machen? Caesar schmeißt das Geld mit vollen Händen raus, so daß ihm kaum die Kleidung gehört, die er am Leib trägt. Und Pontifex maximus mag ja ein altehrwürdiger Posten sein, aber er hat, soweit ich weiß, noch nie jemandem auch nur einen As eingebracht.«

»Es gibt noch ein anderes Gerücht«, sagte Milo. »Es geht um ein Darlehen. Eine gewaltige Summe, die während seiner Abwesenheit als Sicherheit für seine Gesamtschulden hinterlegt ist. Alles aus der Schatulle eines einzigen Mannes.«

Jetzt begann das Ganze einen Sinn zu ergeben. »Crassus ist nicht gerade der wohltätige Typ. Er wird für ein solches Darlehen eine Gegenleistung verlangen. Aber was kann Caesar für jemanden wie Marcus Licinius Crassus tun?«

»Ich würde einiges darum geben, wenn ich das wüßte«, sagte Milo.

III

Das Haus von Mamercus Aemilius Capito lag in einem wunderschönen Viertel auf dem Aventin, mit einer großartigen Sicht auf den Circus Maximus. Als ich den Hügel erklomm, wehten mir Weihrauchschwaden aus dem nahe gelegenen Tempel der Ceres in die Nase. Auf dem gegenüberliegenden Hang konnte ich die prachtvolle, neue Villa von Lucullus sehen. Als ich den Aventin das letzte Mal bestiegen hatte, war sie noch im Bau gewesen, und es hieß, sie sei bei weitem die luxuriöseste Behausung in Rom, erbaut mit der Kriegsbeute aus Pontus und dem Orient. Lucullus war nicht so reich wie Crassus, aber während Crassus sein Vermögen benutzte, um noch mehr Geld und Macht zu erlangen, machte sich Lucullus mit seinem ein angenehmes Leben.

Als ich ankam, drängten sich die Gäste bereits in das Triclinium, und ich ließ mich auf einem der Sofas nieder. Hermes nahm meine Sandalen und stellte sich hinter meinen Platz, bereit, mich zu bedienen. Ich hatte ihm befohlen, sich absolut still zu verhalten und alles genau zu beobachten. Erstaunlicherweise gehorchte er.

Wie allgemein üblich hatte Capito eine gemischte Gesellschaft eingeladen. Er konnte jedoch einen ungewöhnlich großen Anteil an besonders vornehmen Gästen präsentieren, ein sicheres Zeichen für seine politischen Ambitionen im kommenden Jahr. Den obersten Ehrenplatz nahm Marcus Pupius Piso Grugi Calpurnianus, einer der beiden amtierenden Konsuln, ein. Wie viele Männer seiner Art bestand er darauf, statt einer Kurzform das ganze, lange Epos seines Namens zu verwenden. Männer, die sich ihrer eigenen Größe gewiß sind, ziehen es vor, einen Einzelnamen zu führen, als ob sie seine einzigen rechtmäßigen Träger seien. So gab es denn Alexander, Marius, Sulla, Pompeius, Crassus und, nicht zu vergessen, Caesar. Auf Männer, die nur einen Namen führen, sollte man achten.

Am anderen Ende des Sofas, am Kopf der Tafel, präsidierte der Pontifex Quintus Lutatius Catulus. Catulus galt als einer der bedeutendsten Römer seiner Zeit, aber sein Stern war wie auch der von Hortalus und Lucullus im Sinken begriffen, während die ehrgeizigen Militärs an die Macht drängten. Zwischen Catalus und Piso saß unser Gastgeber Capito.

Am gegenüberliegenden Tisch lagerte Lucius Afranius, wie Capito selbst ein Mann von einiger Würde und wenig Einfluß. Er hatte vor einigen Jahren als Praetor gedient. An seine Tischnachbarn kann ich mich nicht mehr erinnern, also dürften sie nicht besonders wichtig gewesen sein. Meine Nachbarn auf dem dritten Sofa waren ein seltsames Paar. Zu meiner Rechten saß der Dichter Catullus, nicht zu verwechseln mit dem großen Catulus, dessen Name sich nur mit einem *l* schrieb. Der junge Poet träumte sich schon seit ein paar Jahren durch Rom, staubte, wo er konnte, ein Essen ab und schrieb Gedichte. Freunde mit literarischer Neigung versichern mir, diese Gedichte seien recht gut. Etliche der zu jener Zeit entstandenen Ergüsse waren an eine geheimnisvolle, hartherzige Frau namens Lesbia gerichtet. Die meisten glaubten, daß Lesbia in Wirklichkeit Clodia war, die ebenso über die notwendige Grausamkeit wie über eine Vorliebe für die Dichtkunst verfügte. Catullus hatte in Celers Haus gewohnt, aber ich wage zu bezweifeln, daß er ihr Liebhaber gewesen war. Schließlich hatte er überlebt.

Mein Nachbar zur Linken war die größte Überraschung. Es war der junge Appius Claudius Nero.

»Zweimal an einem Tag, mein junger Nero«, sagte ich. »Wenn

ich an diesen orientalischen Astrologie-Hokuspokus glauben würde, müßte ich sagen, unsere Sterne sind verknüpft.«

»Die Sterne haben nichts damit zu tun, Decius«, sagte Capito. »Ich hatte Clodius eingeladen, aber als er erfuhr, daß du auch kommen würdest, hat er an seiner Stelle den jungen Appius Claudius Nero geschickt.« Das fanden alle zum Schreien komisch, und Neros Gesicht lief so dunkelrot an wie seinerzeit das von Sulla. Es galt immer als besonders witzig, sich über die ganz Jungen, die geistig Minderbemittelten und die Verkrüppelten lustig zu machen, und er tat mir ein bißchen leid.

»Nichts für ungut, Nero«, sagte ich. »Ich weiß, daß du keinen Einfluß darauf hast, mit wem du verwandt bist. In meiner Familie gibt es auch etliche Kandidaten, mit denen ich lieber heute als morgen nichts mehr zu tun hätte.«

»Zum Beispiel Nepos?« stichelte Afranius. Mein Cousin Metellus Nepos war im Gegensatz zur überwiegenden Mehrheit unserer Familie ein glühender Anhänger von Pompeius. Im Jahr zuvor hatte Nepos als Tribun gedient und sein rebellisches Unwesen getrieben. Mit Caesars Unterstützung hatte er versucht, Pompeius zum Kampf gegen Catilina nach Rom zurückbeordern zu lassen, ja, er hatte sogar gefordert, ihn in Abwesenheit zum Konsul zu wählen. Es hatte ein paar gewaltsame Unruhen gegeben, und der Senat hatte beide von ihren Posten suspendiert. Nepos floh, den aristokratischen Mob auf den Fersen, zu Pompeius, während Caesar, immer ganz der geschickte Politprofi, sein Verhältnis zum Senat wieder flickte und sein Praetorat fortsetzte.

Jetzt, wo mir diese Episode in den Sinn kam, fiel mir auf, daß keiner von Caesars Freunden anwesend war, obwohl er sich überall welche zu machen suchte. Catulus haßte ihn, weil Caesar versucht hatte, ihm seinen Verdienst an der Restaurierung des

Tempels des Jupiter Capitolinus ab- und Pompeius zuzusprechen. Catullus, der Dichter, verdächtigte Caesar einer Affäre mit Clodia. Es gab nur wenig prominente Frauen, die dieser speziellen Ehrung entgingen. Afranius war Mitglied der aristokratischen Partei und schon aus politischen Gründen ein Gegner Caesars. Dasselbe galt für Piso. Das war eigenartig, aber es schien nicht mehr als ein Zufall zu sein.

Als der erste Gang aufgetragen wurde, wandte sich das Gespräch dem Thema des Tages zu: Pompeius' Triumph. Für den kommenden Tag war eine Senatssitzung angesetzt, auf der das Thema erneut beraten werden sollte.

»Es ist deine erste Sitzung als Senator, oder nicht, Decius?« fragte Capito.

»So ist es«, bestätigte ich.

»Und was wird das Thema deiner Jungfernrede sein?« fragte der große Catulus. Es war üblich, daß frisch ernannte Senatoren eine Rede hielten, wenn sie zum ersten Mal ihren Platz in der Curia einnahmen. Einige machten so Furore, die meisten aber ernteten nur Gelächter.

»Ich habe die strikte Anweisung, nichts zu sagen, bis ich ein gewisses Ansehen in meinem Amt errungen habe, mit der unausgesprochenen Andeutung, daß bis dahin etliche Jahre verstreichen können.«

»Keine schlechte Idee«, sagte Capito. »Ich habe meine erste Rede während des Konsulats von Decula und Dollabella gehalten. Ich habe die Gerichtsreform Sullas gelobt, die den Equites den Vorsitz nahm und ihn an die Senatoren zurückdeligierte. Schien mir damals ein ziemlich sicherer Standpunkt. Immerhin war Sulla Diktator. Als ich die Curia verließ, jagte mich ein wütender Haufen Equites durch die Straßen bis zu meinem Haus, wo ich die Tür verriegeln mußte. Daraufhin haben sie mein Haus niedergebrannt. Ich konnte über die Mauer entkommen und mich zu Capula flüchten, bis sich die Lage wieder beruhigt hatte.« Das mußte gewesen sein, dachte ich, bevor er seine momentane Körperfülle erreicht hatte.

»Das waren aufregende Zeiten damals«, sagte Catulus nostalgisch. Es folgte eine Menge angestaubter Klatsch über die Proskriptionen und wer wen aus welchen Gründen hatte umbringen lassen. Der Wein floß in Strömen und löste die Zungen.

»Was soll wegen Antonius Hibrida geschehen, Konsul?« fragte Afranius. Hibrida war Prokonsul in Macedonien, wo er ein paar vernichtende Niederlagen erlitten hatte.

»Ich habe vor, seine Anklage zu betreiben, wenn er wieder in Rom ist«, sagte Calpurnianus.

»Komisch, daß Pompeius nicht seine zahmen Tribunen für sich agitieren läßt, damit man ihm Hibridas Kommando überträgt«, sagte Catulus.

»Das ist nicht Pompeius' Stil«, warf ich ein. »Pompeius wartet, bis der Krieg fast vorüber ist, und verlangt das Kommando erst, wenn ein anderer die ganze Kämpferei erledigt hat. So hat er es in Spanien gemacht, im Orient und in Afrika. Er wird sich bestimmt nicht darauf einlassen, eine Situation zu retten, in der die Römer schon mehrfach geschlagen worden sind.«

»Nun, *ich* finde, daß Pompeius ein großer Mann ist!« sagte Catullus, der Dichter.

»Ihr Poeten seid immer ganz verrückt von Abenteurern, die als Götter posieren«, sagte Afranius. »Es sind auch nur Menschen, und Pompeius ist nicht halb soviel Mann wie manch anderer, den ich kenne.«

»Mucia war jedenfalls offenbar dieser Ansicht«, sagte Capito. Jetzt wurde Catullus so rot wie eben Nero. Dies war eine spöttische Anspielung auf seine Vernarrtheit in Clodia. Es war allgemein bekannt, daß Pompeius sich von Mucia hatte scheiden lassen, weil sie mit Caesar geschlafen hatte. Das hielt Caesar und Pompeius nicht davon ab, Verbündete zu sein. Politik war Politik, und eine Ehe, nun ja, eine Ehe war auch Politik.

»Ich glaube, ihr seid alle nur neidisch auf seinen Ruhm«, sagte der Dichter nicht ohne Schärfe.

»Verdient oder nicht«, sagte Calpurnianus, »es wird ein Spektakel werden, wie es Rom noch nicht gesehen hat. Ich habe sein Lager draußen vor der Stadt besucht, und er hält dort Hunderte von Elefanten und Mahauten, die ihnen Tricks beibringen, die sie auf dem Triumphzug vorführen sollen. Eine ganze, voll bewaffnete Legion bewacht seinen Schatz.«

Das erregte meine Aufmerksamkeit. »Ich dachte, er hätte seine Truppen aufgelöst, als er Italien erreicht hat.«

»Er hat beantragt, diese Einheit bis zu seinem Triumph unter Waffen halten zu dürfen«, sagte Calpurnianus. »Sie hocken jetzt schon so lange dort draußen und üben für den großen Tag, daß sie bereit sein sollten, den Triumph binnen weniger Tage nach der Erlaubnis durch den Senat zu zelebrieren.«

»Ich habe gehört, er würde *drei* Triumphe auf einmal feiern«, sagte der junge Nero. »Für den Krieg gegen die Piraten, den in Afrika und den im Orient.«

Ein Sklave kam herein und flüsterte Capito etwas zu, worauf sich unser Gastgeber von seinem Platz erhob. »Ich muß euch für einen Augenblick verlassen, um im Atrium mit jemandem zu sprechen. Ich bin in ein paar Minuten zurück.« Er ging, während die Sklaven begannen, Platten mit süßem Gebäck zu servieren.

»Pontifex«, sagte der junge Nero ehrfurchtsvoll, »alle Welt spricht im Augenblick von den Riten der Bona Dea, die morgen nacht stattfinden sollen. Ich bin ein wenig durcheinander. Wer genau ist diese Bona Dea?« Mit »alle Welt« meinte er vermutlich

Clodius. Wir alle wandten uns zu Catulus, um seine Antwort zu hören.

»Das ist eine heikle Frage«, sagte Catulus. »Von uns Pontifices wird erwartet, daß wir alles über unsere heimatlichen religiösen Rituale wissen, aber die Gute Göttin ist eine recht rätselhafte Gestalt. Einige glauben, sie sei identisch mit unserer alten italischen Göttin Ceres, die die Griechen Demeter nennen; andere behaupten, sie sei asiatischen Ursprungs.«

»Wir haben doch immer alle ausländischen Geheimkulte verboten oder vertrieben«, sagte Afranius.

»Das macht die Sache ja so heikel«, sagte Catulus. »Das Collegium der Pontifices hat solchen Praktiken immer ablehnend gegenübergestanden, aber da Männer nicht nach diesem Ritual fragen dürfen und es Frauen verboten ist, darüber zu sprechen, wissen wir nicht einmal genau, ob es ausländischen oder heimatlichen Ursprungs ist.«

Mitten in diesem gelehrten Gespräch beugte sich Hermes auf einmal vor, um meinen Becher mit Wein aufzufüllen. Dabei flüsterte er mir ins Ohr: »Iß nichts von dem Gebäck.« Ich hatte langjährige Erfahrung mit Verschwörungen und Intrigen und ließ mir nichts anmerken.

»Wo wird das Ritual in diesem Jahr abgehalten?« fragte einer der Männer auf Afranius' Sofa.

»In Caesars Haus«, sagte ich. »Das hat er mir heute morgen selbst gesagt.« Das brachte mich auf eine weitere Frage. »Wird das Ritual nicht üblicherweise von der Gattin eines Konsuls oder des leitenden Praetors durchgeführt?«

»Es war ein ziemliches Durcheinander«, sagte Calpurnianus, »weil ich Witwer bin und mein Kollege Messala Niger sich gerade hat scheiden lassen. Caesar war im letzten Jahr Praetor, ist amtierender Pontifex maximus und hat seinen Dienstsitz freiwillig angeboten. Es ist ein Riesenaufwand, weil *jedes* männliche Wesen, einschließlich der Sklaven und Tiere, vom Grundstück entfernt werden muß.«

»Sogar Gemälde, Statuen und Mosaike, die eine männliche Kreatur abbilden, müssen bedeckt werden«, ergänzte Catulus, der Pontifex.

»Mit wem ist Caesar denn jetzt verheiratet?« fragte ich. »Soweit ich weiß, ist Cornelia doch vor einigen Jahren gestorben.«

»Mit Pompeia«, sagte Afranius, »und angeblich ist er nicht glücklich mit ihr.«

»Wahrscheinlich eher umgekehrt«, sagte Catullus, der Dichter.

»Pompeia«, sagte ich. »Ist sie eine Tochter von Pompeius?« Ein paar Zimmer weiter konnte man laute Stimmen hören. Offenbar wurde über irgend etwas heftig gestritten, kein ungewöhnliches Geräusch in einem großen Haus.

Calpurnianus schüttelte den Kopf. »Nein, sie ist die Tochter von Quintus Pompeius Rufus, dessen Vater zusammen mit Sulla Konsul war, als jener seine Armee nach Rom führte und die Marianer ins Exil verbannte. Ihre Mutter – laßt mich überlegen – ja, ihre Mutter war auch eine Cornelia, die Tochter Sullas.«

Bei unseren zahlreichen politisch motivierten Ehen und Scheidungen und der merkwürdigen Praxis der Namensgebung, die wir von unseren einfachen, ländlichen Vorfahren geerbt haben, ist es schon bemerkenswert, wenn man die eigene Familie einigermaßen zusammenbekommt; von fremden ganz zu schweigen. Pedantische alte Langeweiler wie Calpurnianus waren immer besonders stolz darauf, diese Dinge korrekt zu behalten. Sie lagen meistens trotzdem daneben, sprachen aber stets in einem Tonfall, der jeden Zweifel an ihrem unfehlbaren, genealogischen Gedächtnis im Keim erstickte.

Ein lauter Schrei aus dem vorderen Teil des Hauses ließ alle Köpfe in diese Richtung schnellen. Wir kämpften uns aus unseren Sofas auf die Füße, weil jedem klar war, daß dies kein normaler häuslicher Streit sein konnte. Während die anderen nach draußen stürmten, blieb ich zurück und faßte Hermes an der Schulter.

»Was sollte das Theater um das Gebäck?« fragte ich.

»Es ist vergiftet«, sagte Hermes.

»Lächerlich. Mamercus Capito hat keinen Grund, mich umzubringen.«

»Er war's auch nicht«, sagte Hermes. »Es war dieser kleine Patrizier-Lümmel neben dir. Er hat den Pontifex wegen dieses Bona-Dea-Krams gefragt, und als du in dessen Richtung geblickt hast, hat er irgendwas über das Gebäck auf deinem Teller gestreut.« Er nahm ein Stück Kuchen von Neros Teller.

»Hermes!«

»Na, er hat ja nicht *sein* Gebäck vergiftet! Ich hab' Hunger gekriegt vom Stehen und Zusehen, wie ihr euch vollgestopft habt.«

Ich zog eine Serviette aus meiner Tunika, sammelte vorsichtig, um es nicht mit bloßen Händen zu berühren, etwas Gebäck ein, wickelte es in die Serviette und verstaute es in meiner Tunika.

»Los«, sagte ich. »Laß uns sehen, was passiert ist.«

Die anderen hatten sich zusammen mit ein paar aufgeregten Sklaven im Atrium versammelt. Auf dem Mosaik-Boden lag ein fülliger Körper. Es war Mamercus Aemilius Capito, tot wie Hektor. Appius Claudius Nero starrte die Leiche mit aufgerissenen Augen und teigigem Gesicht an. Die übrigen, für die der Anblick eines ermordeten Ehrenmanns nichts Neues war, zeigten sich wesentlich gefaßter. In Anbetracht der Tatsache, daß Nero gerade versucht hatte, mich zu ermorden, fand ich sein Entsetzen beinahe lobenswert.

»Was ist geschehen?« fragte ich völlig unnötigerweise.

»Wie du unschwer erkennen wirst«, bemerkte Catulus trokken, »wird uns unser Gastgeber bei dem Gelage nach dem Essen keine Gesellschaft mehr leisten. Es hat den Anschein, als hätte sein Besucher ihn um die Ecke gebracht.«

»Hatte er denn Feinde?« fragte einer der Männer von Afranius' Tisch.

»Mindestens einen«, meinte Catulus. »Also wirklich! Welcher Römer von Rang hat schließlich keine Feinde?«

»Wie langweilig«, sagte Catullus, der Dichter. »In den Epen und Dramen sind Morde immer aufregend und schrecklich. Dieser ist hingegen ziemlich gewöhnlich.«

Calpurnianus wandte sich an Capitos Majordomus. »Ruf meine Sklaven herbei.«

»Sofort, Konsul!« Der Mann wieselte davon. Ich sah mich nach dem Sklaven um, der Capito vom Tisch gerufen hatte. Es war ein geräumiges Atrium, aber ich entdeckte ihn und rief ihn an meine Seite.

»Wer hat deinen Herrn heute abend besucht?« fragte ich.

»Es war ein Mann in einem dunklen Umhang. Er hatte eine Falte des Umhangs über seinen Kopf gezogen, so daß ich sein Gesicht nicht sehen konnte. Er hat sehr leise gesprochen.«

»Kam dir das nicht merkwürdig vor?«

»Es steht mir nicht zu, die Besucher meines Herrn zu kontrollieren. Er sagte, er würde erwartet.«

»Hat dein Herr in jüngster Zeit viele solcher Besucher empfangen?«

»Ich weiß nicht. Ich hatte nur zufällig im Atrium zu tun, als er kam. Ihr müßtet den Torwächter fragen.«

Die Sklavenschar des Konsuls kam. Bis auf einen persönlichen Diener hatten alle bedeutenden Gäste ihre Sklaven in den hinteren Teil des Hauses geschickt. Calpurnianus hatte mindestens zwölf von ihnen, die alle versuchten, so zu tun, als hätten sie nichts getrunken. Er rief einen Jungen zu sich, der die Tunika, den Gürtel und den Hut eines Boten trug. Der Junge hielt ihm ein Täfelchen und einen Stift hin. Der Konsul öffnete das Täfelchen und begann, etwas auf die Wachsoberfläche zu schreiben.

»Bring das zum Haus des Praetor urbanus Voconius Naso. Er ist wahrscheinlich nicht daheim, aber warte dort auf ihn und sorge dafür, daß er diese Botschaft persönlich erhält. Du brauchst die Antwort nicht abzuwarten. Ich werde ihn morgen in der Curia treffen.« Der Junge rannte los, und der Konsul wandte sich an uns. »Ich vermute, er wird einen Judex mit den Ermittlungen betrauen.«

Ich widmete mich wieder dem Sklaven. »Warst du oder jemand anders während ihres Gesprächs dabei?«

»Mein Herr hat mich weggeschickt und angewiesen, daß er und sein Besucher nicht gestört werden wollten.«

In diesem Moment kam der Bote wieder hereingerannt. »Der Torwächter ist tot«, rief er und war erneut verschwunden.

»Soviel zu weiteren Zeugen«, sagte ich.

»Die Herrin ist in Picenum«, sagte der Majordomus, »wo die Familie ein Landhaus hat. Ich werde sie benachrichtigen lassen und die Vorkehrungen für die Beerdigung treffen.« In irgendeinem Winkel des Hauses brach in diesem Moment jenes übertriebene Wehklagen aus, mit dem Sklaven ihr tristes Leben ein wenig melodramatischer gestalteten.

»Hatte er Söhne?« fragte Catulus.

»Nein. Zwei Töchter, beide verheiratet. Ich werde sie ebenfalls benachrichtigen lassen.«

»Dann gibt es hier weiter nichts zu tun«, sagte Calpurnianus. »Guten Abend zusammen.«

Auch die anderen schickten nach ihren Sklaven. Unser Betragen mag seltsam planlos erscheinen, aber man muß sich in Erinnerung rufen, daß es damals in Rom keine Polizei oder sonstige Ermittlungsbeamte gab. Vielleicht würde ein Judex den Fall übernehmen; vielleicht nahm ein ehrgeiziger junger Politiker die Sache persönlich in die Hand und versuchte, jemanden anzuklagen. Aber Mörder waren meistens von niederem Rang, so daß man sich keinen Namen damit machen konnte, einen von ihnen zur Anklage zu bringen.

Ich sah, wie Nero seine Sklaven um sich sammelte. Er hatte nicht weniger als vier mitgebracht. Die Claudier waren eine gutsituierte Familie. Ich war weit älter, erfahrener und angesehener als er und konnte mir nur einen lasterhaften Schlingel wie Hermes leisten. Ich rief den aufmerksamen Jungen zu mir und flüsterte ihm zu: »Folge dem kleinen Mistkerl und sieh, wohin er geht; erstatte mir morgen Bericht.«

Er sah gekränkt aus. »Ist das alles?«

»Was soll das heißen, ist das alles?« wollte ich wissen.

»Ich habe gerade dein Leben gerettet. Das sollte dir doch etwas wert sein.«

»Das behauptest du. Nachdem was ich weiß, könntest du eben auch einen absolut unschuldigen, jungen Mann bezichtigt haben. Folge ihm einfach. Wenn es sich herausstellen sollte, daß du mich wirklich gerettet hast, werde ich mich an den Saturnalien erkenntlich zeigen.« Er stakste davon. Tatsächlich hatte ich nicht den geringsten Zweifel, daß er die Wahrheit gesagt hatte. Wenn Nero sich in Gesellschaft von Clodius aufhielt, mußte er schuldig sein. Aber ich wußte, daß ich Hermes nicht zu sehr loben durfte. Sklaven wie er nutzen einen ungeniert aus, wenn man sie läßt.

Die Blutlache um die Leiche war mittlerweile ziemlich angeschwollen, aber das meiste war auf eine Seite geflossen. Ich näherte mich von der weniger blutigen Seite und kauerte über der Leiche, um sie mir genauer anzusehen. Der Mörder hatte Capitos Kehle durchgeschnitten, aber soweit ich die Wunde sehen konnte, war sie verblüffend klein, fast wie eine Stichwunde. Dann bemerkte ich eine leichte Delle zwischen seinen Augenbrauen, als sei er von einem Knüppel getroffen worden. Die meisten Mörder finden einen Todesstoß ausreichend, aber vermutlich konnte eine kleine Zusatzversicherung nicht schaden. Ich erhob mich und entfernte mich rückwärts von der Leiche, wobei meine Sandalen ein leise quietschendes Geräusch machten. Offenbar war es mir nicht gelungen, dem Blut völlig auszuweichen.

»Na denn«, murmelte ich, »der hier wird jedenfalls nicht mehr Celers Kollege.«

»Was sagst du?« fragte Afranius. Die anderen waren bereits gegangen, aber er war noch damit beschäftigt, seinen Pagen auszuschelten, der zu betrunken war, seine Fackel am Brennen zu halten.

»Oh, eine politische Sache. Mein Verwandter Metellus Celer kandidiert für das Konsulat, und ich sollte mit Capito über eine mögliche Allianz reden.« Das war nichts, was vertraulich behandelt werden mußte.

Afranius' Augen leuchteten auf. »Eine Coitio? Also, Capito ist aus dem Spiel. Weißt du was, der Weinkrug steht noch gefüllt im Triclinium. Warum gehen wir nicht einen Augenblick rüber und unterhalten uns, bis mein Junge wieder nüchtern ist?« Wir schlenderten zurück ins Eßzimmer, während sich das ganze Haus mit Wehklagen und Trauergeschrei füllte.

IV

»Lucius Afranius, was?« sagte Celer. Wir standen im trüben Licht des frühen Morgens auf den Stufen der Curia. »Er wäre keine schlechte Wahl. Bei ihm könnte ich mich darauf verlassen, daß er mir keinen Ärger machen oder meine Entscheidungen revidieren würde. Genaugenommen war er einer der Kandidaten, die du noch für mich unter die Lupe nehmen solltest. Gute Arbeit, Decius.«

»Jederzeit gerne zu Diensten«, versicherte ich ihm.

»Trotzdem schade um Capito. Der Janitor auch, sagst du?«

»Mit den gleichen zwei Stößen dahingerafft. Er war noch ans Tor gekettet.«

»Dann war der Mörder wahrscheinlich ein ehemaliger Legionär. In den Banden wimmelt es nur so von ihnen, und ein Stich in den Hals ist der bevorzugte Todesstoß in der Arena.«

Diesen Verdacht hatte auch ich bereits gehegt. Ich habe in meinem Leben zahlreiche Gladiatoren kennengelernt, und in dieser getreuen Bruderschaft galt es als Ehrensache, den Besiegten schnell und würdevoll zu töten. Mit einem Schwert ließ sich das am besten mit einem kurzen Stoß in die Jugularvene bewerkstelligen. Es galt überdies als praktisch schmerzfreie Todesart, aber da keiner derjenigen, die einen solchen Stoß empfangen hatten, je hinterher darüber gesprochen hatte, ließ sich das schwer bestätigen.

»Wahrscheinlich ein eifersüchtiger Ehemann oder ein gedungener Mörder«, verkündete Celer. »Wie meistens. In jüngster Zeit haben politische Angelegenheiten keine mörderischen Ausmaße mehr angenommen.«

»Da bin ich mir nicht so sicher«, sagte ich. »Geschäftliche Unstimmigkeiten können auch recht häßlich enden.«

»Er war Patrizier«, bemerkte Celer. »Die sollten doch gar keine Geschäfte treiben. Nicht, daß sie es deswegen nicht trotzdem täten.«

Während wir uns unterhielten, versammelte sich der Senat. Die curulischen Magistraten stiegen, begleitet von ihren Liktoren, die Stufen hinauf, wobei sie wie alle anderen ein Gähnen unterdrückten. Die Anhänger Pompeius' bildeten ein finsteres, entschlossenes Knäuel, bereit, ein weiteres Mal mit Nachdruck für einen Triumph zu plädieren. Um uns scharte sich die übliche Horde Meteller, unter ihnen Creticus und Pius, der Pontifex, obwohl er als gebürtiger Scipio nur ein adoptierter Metellus war. Von den prominenten Mitgliedern unserer Familie stand nur Nepos nicht bei uns. Ihn traf man stets in der Fraktion der Pompeianer an. Erstaunlicherweise verwaltete in diesem Jahr kein Meteller eine der Provinzen.

»Ich habe mit jedem von euch gesprochen«, sagte Celer. »Ihr wißt, wie die Abstimmung ausgehen wird.« Zustimmendes Gemurmel erhob sich. Neben den großen Metelli gab es dreißig weitere wie mich. Senatoren, die in niederen Ämtern gedient, sich jedoch noch nicht ausgezeichnet hatten.

»Dann auf eure Plätze«, befahl Celer. Gehorsam wie eine Legion von Veteranen marschierten wir in die Curia.

Im Innern des Senatsgebäudes war es düster, und der muffige Geruch feuchter Wolle hing über den Bankreihen, da es am Morgen geregnet hatte und auch die edlen Togen naß nicht wohlriechend waren. Beim Bleichen wurde menschliches Urin verwandt.

So verlief meine erste Senatssitzung nicht so erbaulich, wie ich mir das vielleicht gewünscht hatte. Wenigstens, tröstete ich mich, stand eine wichtige Abstimmung an. Nur der Senat konnte einen Triumph genehmigen, eines der wenigen Vorrechte, die er den Volksversammlungen noch hatte vorenthalten können.

Der erste Teil des Vormittags war dem Vortrag von Pro und Contra gewidmet. Pompeius' Anhänger leierten beeindruckende Listen seiner Erfolge herunter: dahingemetzelte, versklavte oder unter römische Knute gebrachte Feinde; territoriale Gewinne für das Imperium und heimgebrachte Reichtümer für den Staatsschatz.

Dann schlug die Stunde der patrizischen Partei, die die Errungenschaften des kleinen Aufsteigers herunterspielte, darüber lamentierte, daß die Meere trotz seines Feldzuges gegen die Piraten so gefährlich waren wie eh und je (was nicht stimmte, aber die Aristokraten klammerten sich an jeden Strohhalm) und Pompeius des Frevels gegen die Götter bezichtigte.

Dann rief der vorsitzende Konsul Niger zur Abstimmung. Der Princeps erhob sich. Damals war Quintus Hortensius Hortalus Princeps. Er gab seine Stimme nach einer (für seine Verhältnisse) kurzen und unbestreitbar eloquenten Rede für Pompeius ab. Selbst in seinem fortgeschrittenen Alter hatte Hortalus die schönste Stimme auf der ganzen Welt. Danach stand Cicero auf und stimmte genauso. Aus den Reihen der aristokratischen Partei kamen keine Buh-Rufe. Es war allgemein bekannt, daß Cicero Pompeius nicht leiden konnte. Sie haßten ihn wegen der Hinrichtung der catilinaischen Verschwörer und warteten auf eine Chance, ihn deswegen anzuklagen und zu Fall zu bringen.

Dann wurde Metellus Celer aufgerufen. Er stand auf und sagte schlicht: »Ich gebe meinen vorherigen Widerstand auf. Pompeius soll seinen Triumph haben. Die Soldaten Roms sollen geehrt werden.« Inmitten eines gewaltigen, kollektiven Seufzers nahm er wieder Platz. Jeder wußte, daß damit alles vorbei war.

Ein derartig qualifiziertes Votum konnte nur bedeuten, daß der gesamte Clan der Metelli jetzt hinter dem Triumph stand.

Danach war es eine reine Formsache. Die Zustimmung zu Pompeius' Triumph kam mit überwältigender Mehrheit zustande. Selbst seine erbittertsten Feinde stimmten für ihn, um nicht als Vertreter eines zwecklosen Widerstands dazustehen. Schließlich hatte Celer ihnen einen würdevollen Rückzug offengelassen: Sie konnten behaupten, daß sie den Soldaten als Gesamtheit ihre Ehre erweisen wollten und nicht einem bestimmten General. Diese kleine Einschränkung sollte ernsthafte Konsequenzen nach sich ziehen, die sie damals jedoch noch nicht vorhersehen konnten.

Wir verließen die Curia mit gemischten Gefühlen. Einigen war zum Jubeln zumute, andere wirkten gedämpft. Jeder hatte das Gefühl, daß ein gravierender, unwiderruflicher Schritt getan worden war und daß der römische Staat nach Jahren der relativen Ruhe jetzt auf der Schwelle zu neuen Unruhen stand.

Auf der Treppe stieß ich beinahe mit Lucius Licinius Lucullus zusammen, dem berühmten Eroberer und erklärten Feind Pompeius'. Er schien nicht im geringsten verärgert über das Abstimmungsergebnis und klopfte mir auf die Schulter.

»Na, das war's dann wohl, was, Decius? Die Vorstellung, dieses Schwein in einem Triumphzug die Via Sacra hinabreiten zu sehen, macht mich ganz krank, aber es war ein kluger politischer Schachzug.«

»Einem Mann, der mit einer bewaffneten Legion vor den Toren der Stadt steht, kann man nicht ewig die kalte Schulter zeigen«, sagte ich.

»Genau. Heute wird nichts mehr von Interesse passieren, und die ganze Geschichte hat mich hungrig gemacht. Komm zum Mittagessen mit zu mir. Mal sehen, wer sonst noch einen Bissen vertragen könnte.« Wir stiegen die Stufen hinab und stießen auf Cicero und Milo, die ins Gespräch vertieft waren. Milo trug eine prachtvolle weiße Toga, ein sicheres Zeichen dafür, daß er sich jetzt ernsthaft um eine politische Karriere bemühte.

»Cicero«, sagte Lucullus, »leiste mir Gesellschaft beim Essen. Du auch, Titus Annius. Und da sehe ich ja auch noch Catos griesgrämiges Gesicht. Cato, du kannst eine gute Speisung vertragen. Komm mit uns.«

Milo grinste breit. »Es ist mir eine große Ehre, Lucius Licinius.« Es war offensichtlich das erste Mal, daß er eine solche Einladung erhielt. Sie war beinahe so viel wert wie eine Bestätigung durch die Censoren. Cato und Cicero sahen etwas verärgert aus.

»Lucius«, sagte Cicero, »du willst doch nicht schon wieder ein Bankett schmeißen und es als Mittagessen bezeichnen, oder?«

Lucullus war ganz die gekränkte Unschuld. »Wie könnte ich so etwas tun? Ich habe meinem Personal keinerlei derartige Anweisungen gegeben. Es wird die Kost geben, die man mir jeden Tag auftischt.«

Solche Einladungen waren begehrt. Das gesamte Konzept »Mittagessen« war damals für Römer noch ziemlich neu. Wir hatten es uns zur Gewohnheit gemacht, den ganzen Tag zu hungern. Das Abendessen war nicht nur der wichtigste gesellschaftliche Anlaß, sondern auch die einzige vernünftige Mahlzeit am Tag.

In der Zwischenzeit hatte man auf der Rostra eine Tafel montiert, auf der die Entscheidung des Senats bekanntgegeben wurde, und unter der Bevölkerung herrschte großer Jubel. Jedermann liebte einen Triumph, und auf diesen hatte man schon lange gewartet. Man hatte Heralde zu Pompeius' Lager gesandt, um ihm den Senatsbeschluß mitzuteilen, aber seine Lakaien waren bereits auf galoppierenden Pferden unterwegs.

Bis wir den Rand des Forums erreicht hatten, hatte Lucius noch Celer, meinen Vater, beide Konsuln und einen Haufen anderer für seinen kleinen, improvisierten Mittags-Snack eingesammelt.

»Mach dich auf einen Schock gefaßt«, sagte Cato zu mir, während wir zum Palatin gingen. »Die Vorliebe unseres Gastgebers für vulgären Luxus ist berüchtigt. Wenn es um niedere, erbärmliche Exzesse geht, stellt er jeden reichen Freigelassenen in den Schatten.«

»Darauf freue ich mich schon!« erklärte ich ihm.

»Andererseits«, gab Cato zu, »hat er seinen Reichtum nicht auf ausschließlich eitle Weise verwendet. Er baut zur Zeit eine Bibliothek nach dem Vorbild der berühmten Bibliothek in Alexandria, und er ist der erste, der Kirschbäume nach Italien gebracht hat. Er hat in der Nähe von Neapel eine Kirschplantage anlegen lassen und will jedem Setzlinge und Ableger zugänglich machen.«

»Das ist in der Tat eine gute Nachricht«, sagte ich, »das mit den Kirschen, meine ich.« Bei all unserer stolzen Erobererpose freuten wir uns immer noch unbändig an landwirtschaftlichen Dingen. Eine neue Melonenart in Italien einzuführen, würde einen so berühmt machen wie die Eroberung einer neuen Provinz.

»Und seine Fischteiche sind außergewöhnlich.« Cato mußte all diese Dinge vorbringen, damit er die Schuld, ein Essen zu genießen, ertragen konnte. Es sollte eine Religion für Leute wie Cato geben. Der Stoizismus allein war dieser Aufgabe nicht gewachsen.

Milo gesellte sich zu uns, und Cato blieb zurück, um mit Cicero zu reden. Seine aristokratische Seele begehrte gegen die Vorstellung auf, mit einem politischen Abenteurer wie Milo zu sprechen. Ich habe nie bemerkt, daß sich Milo daran auch nur im geringsten gestört hätte.

»Erzähl mir von gestern abend«, sagte Milo. Die Geschichte hatte schon beim ersten Licht des Morgengrauens auf dem Forum die Runde gemacht. Ich skizzierte die Einzelheiten von Capitos Ermordung und erzählte ihm dann von dem vermeintlichen Giftmordversuch.

»Das könnte aber auch die lebhafte Phantasie meines Sklaven gewesen sein«, gab ich zu bedenken, »oder ein Versuch, sich bei mir einzuschmeicheln.«

»Am besten gehst du kein Risiko ein, wenn es um Clodius geht. Darum mußt du dich selbst kümmern, aber ich werde sehen, was ich über den Mord an Capito in Erfahrung bringen kann. Ich kenne niemanden, der die Zwei-Stoß-Technik anwenden würde. Es erinnert mich an die Art, wie Opfertiere getötet werden: erst ein Schlag auf den Kopf, dann ein Schnitt durch die Kehle.«

»Das hab' ich auch gedacht. Aber dafür bräuchte es zwei Männer.«

»Du schnüffelst doch gern rum. Laß dich von einem der Praetoren zum Judex pedaneus ernennen.« Letzterer wurde offiziell ernannt, um in Kriminal und Streitfällen zu ermitteln.

»Ich stehe nicht auf der Liste der möglichen Kandidaten«, erklärte ich ihm. »Dafür bin ich erst in gut einem Jahr alt genug.«

»Das ist bedauerlich, aber wenn Clodius wirklich versucht, dich zu vergiften, hast du wahrscheinlich nicht mehr viel Zeit, dich noch um irgend etwas anderes zu kümmern.«

Lucullus' Stadthaus war so groß wie mehrere Landvillen zusammen, in einer dicht besiedelten Stadt wie Rom ein erstaunlicher Anblick. Sein Personal aus Sklaven und Freigelassenen umfaßte gerüchteweise mehrere hundert Leute. Das war für einen

Landsitz nichts Ungewöhnliches, aber Stadthäuser waren eher bescheiden. Wie ein ausländischer Tourist begaffte ich die fantastischen Statuen, die Teiche, Brunnen und spektakulären Gärten, in denen importierte, exotische Bäume wuchsen.

Normalerweise sollte ein Triclinium neun Essensgäste bequem beherbergen, mit weiterem Platz für ein paar zusätzliche Besucher. Das Triclinium von Lucullus hätte ohne Probleme den gesamten Senat aufnehmen können. Man erklärte mir, daß dies nur einer von mehreren Speisesälen sei, und bei weitem nicht der größte. Wir lümmelten uns auf die mit reiner Seide bezogenen und mit Daunen und kostbaren Kräutern gepolsterten Sofas. Der Teller, der vor mir hingestellt wurde, hatte einen Durchmesser von gut einem halben Meter und war aus daumendickem, massivem Silber.

Als ersten Gang gab es wie üblich Eier. Aber diese waren in eine unglaublich dünne Folie aus gehämmertem Gold eingeschlagen, die wir offenbar mitessen sollten. Pingelig wie er war, pellte Cato sein Ei trotzdem. Der zweite Gang bestand aus ganzen Ferkeln, die anstelle der Augen Rubine hatten.

»Und das ist dein bescheidenes Mittagsmahl, Lucius?« sagte Cicero.

»Ja, wenn ich keinen besonderen Anlaß zum Feiern habe.« Er machte ein Zeichen, und die Musiker begannen zu spielen. Eine Truppe wunderschöner griechischer Jungen kam herein und tanzte einen pyrrhischen Tanz.

»Provozier ihn bloß nicht«, warnte Hortalus, der Kollege meines Vaters im Censorat. »Wenn er angeben will, läßt er das goldene Tischservice aufdecken. Es ist genauso massiv wie dieses.«

»Ich hab' mich schon gefragt, was wohl mit der großen goldenen Mithridates-Statue passiert ist, die du erbeutet hast, Lucius«, sagte Celer.

»Absurd!« protestierte Cato. »Es hat Zeiten gegeben, als es nur ein einziges Service gab, das dem Senat gemeinsam gehörte und von Mitglied zu Mitglied weitergereicht wurde, wenn ausländische Botschafter zu bewirten waren.« Cato tat immer so, als sei es etwas ganz Besonderes, ein kleiner, armer Stadtstaat zu sein. Die Welt war voll von solchen Orten, von denen Cato aber keinen ausdrücklich bewundernswert fand.

»Ich finde es absolut angemessen und völlig römisch«, sagte Lucullus. »Die thrakischen Häuptlinge trinken Wein aus den Schädeln ihrer Feinde. Warum sollten wir nicht von der Statue eines römischen Feindes essen?«

»Das ist der Gipfel der Sophisterei!« empörte sich Cato, aber das Gespräch wandte sich anderen Themen zu. Cato war ein zu leichtes Opfer. In diesem Moment betrat auch eine Gruppe zum Haushalt gehörender Frauen den Raum und nahm auf Stühlen am Tisch Platz. Wenigstens gesellten sie sich nicht zu den Männern auf den Sofas. Cato hätte einen Schlaganfall erlitten. Eine der Frauen, sie war etwa so alt wie ich und trug ein pfirsichfarbenes Gewand, war außergewöhnlich schön. Sie war weißblond wie die Germanen, aber ihre Gesichtszüge waren unverkennbar römisch und adelig. Milo, der zu meiner Rechten lagerte, beugte sich zu mir.

»Wer ist diese blonde Göttin?« Er sagte das kein bißchen sarkastisch. Er hatte den überwältigten Gesichtsausdruck eines Mannes, den es erwischt hat. Ich wandte mich meinem linken Nachbarn zu, einem alten Senator, der regelmäßig in Lucullus' Kreisen verkehrte, und fragte ihn.

»Die Dame Fausta«, antwortet er. Ich drehte mich wieder zu Milo.

»Pech, Titus. Es ist Fausta. Sullas Tochter.«

»Und was ist daran verkehrt?« fragte Milo. »Ich möchte, daß

du mich ihr vorstellst.« Seine Augen leuchteten auf eine Art, die ich nur als ungesund diagnostizieren konnte.

»Erstens kenne ich sie nicht, und zweitens ist sie eine Cornelierin. Selbst die Götter brauchen eine Sondergenehmigung, um diese Familie anzusprechen.«

Er packte meine Schulter, und ich unterdrückte einen Schrei. Milo konnte mit bloßen Händen Knochen brechen. Er lockerte den Griff ein wenig und beugte sich noch näher.

»Stell mich vor. Du bist ein Meteller, und selbst ein Cornelier wird jemandem mit dem Namen Caecilius Metellus zuhören.«

»Gut, ich tu's!« sagte ich. Zu meiner vernehmlichen Erleichterung ließ er meine Schulter los. Ich betrachtete die Frau. Sie galt in Rom als geheimnisvolle Gestalt, berühmt, aber selten gesehen. Sie und ihr Bruder Faustus waren Zwillinge, was schon gewichtig genug gewesen wäre, ohne daß sie noch die Kinder des gottgleichen Sulla waren. Bei seinem Tod hatte Sulla sie der Obhut seines Freundes Lucullus anvertraut. Faustus hatte sich Lucullus' Feldzug im Orient angeschlossen und sich in den dortigen Kriegen ausgezeichnet. Fausta war bei Lucullus geblieben und hatte aus irgendeinem Grunde nicht geheiratet. Die Zwillinge hatten die ungewöhnlichen Namen von ihrem Vater bekommen, zu Ehren seines schon sagenhaften Glücks. Aber er hatte am Ende dafür bezahlt. Er starb unter Qualen an einem namenlosen Krebs. In seinem letzten Lebensjahr mußte er sich gewünscht haben, die ersten neunundfünfzig nicht gelebt zu haben.

Als das Mittagessen vorüber war, spazierten die Gäste umher und bewunderten die Anlagen. Man erwartete förmlich, daß jeden Moment nackte Nymphen aus dem Gebüsch hervorbrachen, dicht gefolgt von ithyphallischen Satyrn. Wenn Satyrn nicht so knapp gewesen wären, hätte Lucullus bestimmt welche gehabt.

Wir fanden Fausta Winterrosen schneidend in einer überdachten Laube. Sie schwang die Rosenschere, während ein Sklavenmädchen ihre Röcke aufhielt, um die Triebe aufzufangen. Ich näherte mich ihr und machte ihr meine geziemliche Aufwartung.

»Dame Fausta, ich hatte bisher noch nicht die Ehre, deine Bekanntschaft zu machen. Ich bin Decius Caecilius Metellus der Jüngere und kürzlich von einem Aufenthalt in Gallien nach Rom zurückgekehrt.«

Sie schenkte mir einen mehr als flüchtigen Blick, bevor ihre Augen Milo anblitzten. »Hocherfreut. Und wer ist dein Freund?«

Ich war ein wenig gekränkt. Sicher, Milo war groß und kräftig wie ein Gott, aber ich war definitiv von besserer Geburt.

»Erlaube mir, dir Titus Annius Milo Papianus vorzustellen, einen – was bist du eigentlich, Milo?« Ich konnte ihn ja schlecht als meinen Freund Milo, den Gangster vorstellen, obwohl er genau das war.

Milo nahm ihre Hand. »Ich bin der Mann, der Rom regieren wird, wie dein Vater es einst getan hat, meine Dame.«

Sie blickte lächelnd zu ihm auf. »Wundervoll. Männer mit normalen Ambitionen sind so gewöhnlich.«

»Ich glaube, wir sind verwandt«, warf ich ein. »War deine Mutter nicht eine Caecilia Metella?«

»Wie lange bist du schon in Rom, Titus Annius?« fragte sie, meine Bemerkung völlig ignorierend. Na ja, so eng war die Verwandtschaft nun auch wieder nicht. Meine Familie bringt noch immer mehr Töchter als Söhne hervor.

»Etwas mehr als acht Jahre, meine Dame.« Nach seiner anfänglichen Arroganz schien er jetzt fast um Worte verlegen, ein staunenswerter Anblick, den zu genießen ich nie zu hoffen gewagt hatte.

»Titus Milo, sagst du? Ich glaube, den Namen habe ich schon

mal gehört. Liefern sich deine Anhänger nicht hin und wieder Straßenschlachten mit den Männern von Clodius Pulcher?«

»In letzter Zeit nicht mehr«, sagte Milo, ob des Lobes ganz verlegen.

»Wie aufregend. Du mußt mir alles darüber erzählen.«

»Nun denn«, sagte ich, »ich lasse euch zwei jetzt allein, damit ihr euch kennenlernen könnt.« Sie ignorierten mich. Ich gab diese sinnlose Mission auf und ließ sie stehen. Ich hatte meine Pflicht als Eros getan.

Mit vollem Bauch und der Aussicht auf einen prächtigen Tag beschloß ich, einen weiteren Freund zu besuchen, diesmal jedoch nicht nur aus gesellschaftlichen Erwägungen. Ich machte mich auf den Weg den Palatin herab zum Fluß. Ich wollte dem Tempel des Aesculapius einen Besuch abstatten.

Zum ersten Mal ging ich über die prachtvolle neue Steinbrücke, die das Ufer mit der Insel verband. Der Tribun Fabricius hatte sie im vergangenen Jahr erbaut. Im Tempel fragte ich nach dem Arzt Asklepiodes und erfuhr, daß er wieder in der statilischen Schule residierte, die wegen des Theater-Neubaus durch Pompeius gezwungen worden war, sich ein neues Quartier zu suchen. Die neue Schule lag im Trans-Tiber-Distrikt. Mit einer Wegbeschreibung versehen wechselte ich zum anderen Flußufer, wo sich der jüngste Stadtteil Roms von Mauern unbegrenzt und ohne die erstickende Enge der alten Stadt über eine beträchtliche Fläche erstreckte.

Die neue Schule war ein großartiger Bau ohne jene gefängnisartige Atmosphäre, die viele solcher Einrichtungen auszeichnet. Der Weg zur Schule war mit Steinen gepflastert und mit Statuen von den Champions vergangener Jahre gesäumt. Durch einen Torbogen gelangte man auf einen großen Übungshof, von dem Geklirr der Waffen herüberklang, während die Männer ihre

Trainingseinheiten absolvierten. Ich blieb stehen, um das Schauspiel zu betrachten und möglicherweise Einblicke in die Siegeschancen der einzelnen Kämpfer bei den nächsten Spielen zu tun. Die Auszubildenden kämpften mit Übungswaffen, aber die Veteranen der Arena benutzten scharfe Waffen. Die Kunstfertigkeit, die einige der Männer mit der Klinge demonstrierten, war ein wunderbarer Anblick. Kein Soldat würde je dieses Maß an Geschicklichkeit erlangen, da Soldaten die meiste Zeit den Formationskampf üben, wenn sie nicht zum Graben und Bauen herangezogen werden. Gladiatoren hingegen tun nichts anderes als für den Einzelkampf zu trainieren.

Die meisten Männer benutzten den großen Schild mit der geschwungenen Sica, manche trainierten auch mit dem Speer, aber es gab inzwischen eine neue Sparte von Kämpfern, die während Caesars Amtszeit als Aedil aufgekommen war.

Caesar hatte sich hoch verschuldet, um Spiele von nie dagewesener Pracht zu inszenieren, wobei er sogar so weit ging, eine Munera zu Ehren einer verstorbenen weiblichen Verwandten abzuhalten, als ihm die toten männlichen Vorfahren ausgegangen waren. Er kaufte so viele Gladiatoren, daß seine Feinde im Senat die Befürchtung hegten, er würde eine Privatarmee aufstellen. Sie verabschiedeten rasch ein Gesetz, das die Zahl der Gladiatoren begrenzte, die ein einzelner Bürger bei den Spielen zum Einsatz bringen durfte. Da Caesar nicht so viele Gladiatoren präsentieren konnte wie er wollte, fing er an, neue und bizarre Varianten vorzustellen: Männer, die auf Elefanten kämpften, Kämpfer auf Pferdegespannen, Reiter und andere. Am seltsamsten jedoch waren die Netzkämpfer.

Niemand wußte, was er von ihnen halten sollte, als sie zum ersten Mal in die Arena marschierten. Mit ihren Netzen und dreizackigen Harpunen sahen sie aus wie Fischer vom Styx. Niemand kam auf den Gedanken, daß es sich um Kämpfer handeln könnte, weil sie keine Rüstung trugen. Wir glaubten, daß sie irgendeinen neuen Tanz aufführen würden. Dann tauchte eine Truppe Gladiatoren mit großen Schilden auf, die sich paarweise mit den Netzträgern aufstellten. Zunächst erwarteten wir, daß die Netzmänner hingemetzelt wurden. Aber es wurde nicht die Art Nahkampf, die wir gewohnt waren. Die Netzmänner rannten in der ganzen Arena herum, warfen ihre Netze, traten die Flucht an, wenn sie ihr Ziel verfehlten, und begaben sich erst wieder in den Kampf, wenn sie die Netze mittels eines Seils wieder in ihre Gewalt gebracht hatten. Nach anfänglichem großen Gelächter und Gejohle bekam das Publikum langsam Geschmack an der Sache und feuerte die Kämpfenden an. Zur allgemeinen Überraschung gewannen mehr Netzmänner als Schwertkämpfer ihre Duelle. Es kam alles so unerwartet, daß es unmöglich war zu entscheiden, ob jemand gut oder schlecht gekämpft hatte, so daß die Menge sich mit dem Todeszeichen zurückhielt, obwohl einige Kämpfer später ihren Verletzungen erlagen.

Caesar hatte ursprünglich vorgehabt, diese Neuigkeit nur bei einer Serie von Spielen zu präsentieren, aber die Masse hatte so viel Gefallen daran gefunden, daß sie die Netzkämpfer öfter zu sehen forderte. Jetzt sah ich, daß Statilius Taurus sie als reguläre Kampf-Kategorie in sein Ausbildungsprogramm aufgenommen hatte. Traditionalisten wie mein Vater fanden sie zu exotisch, und Cato meinte erwartungsgemäß, daß dies eine Schande für die Tradition des Kampfes auf Leben und Tod war.

Ein Sklavenmädchen führte mich zum Quartier des amtierenden Schularztes, und dort traf ich meinen Freund Asklepiodes, den weltweit größten Experten für tödliche Wunden. Wir verbrachten etliche Minuten mit der Begrüßung, weil er eine griechische Vorliebe für das Zeremoniell hatte, bevor ich mein Anliegen vorbrachte und ihm von den Ereignissen des vergangenen Abends berichtete.

»Ah, Decius, das ist wieder mal typisch für dich!« sagte Asklepiodes. »Kaum drei Tage in Rom und schon in einen Mord verwickelt!«

»Einen erfolgreichen«, sagte ich. »Einen zweiten, bei dem es glücklicherweise bei dem Versuch geblieben ist.« Ich gab ihm das eingewickelte Gebäck. »Gibt es irgendeine Möglichkeit, das zu testen, ohne daß wir es an einen Sklaven verfüttern?«

»Ich werde es mit einem Tier versuchen. Es ist zwar schwer, einem Hund süßes Gebäck zu füttern, aber vielleicht geht es mit einem Schwein. Aber ich muß dich warnen: Diese Tests sind nicht unfehlbar. Es gibt Substanzen, die für Menschen tödlich, für Tiere jedoch völlig harmlos sind.«

»Wenn es ein Gift ist«, fragte ich, »gibt es eine Möglichkeit zu bestimmen welches?«

»Das ist überaus schwierig, wenn man kein menschliches Versuchssubjekt benutzt, das die Symptome beschreiben kann. Es ist mir natürlich verboten, etwas Derartiges zu tun.«

»Darum würde ich dich auch gar nicht bitten«, sagte ich. »Meinst du, du könntest einen Blick auf Capitos Leiche werfen? Leider bekleide ich zur Zeit keinerlei offizielle Position.«

»Ich bin mit den meisten bedeutenden Leichenbestattern bekannt. Das sollte kein Problem sein. Wenn man deiner Beschreibung glauben darf, wird eine detaillierte Untersuchung nicht notwendig sein. Ein rascher Blick sollte reichen. Ich werde mich heute abend darum kümmern.«

»Ich wäre dir zu Dank verpflichtet«, erklärte ich ihm.

»Mein Freund Decius, das Leben ist immer so unendlich viel interessanter, wenn du in Rom bist. Bitte zögere nicht, meine Dienste in Anspruch zu nehmen.«

»Ich komme morgen wieder«, sagte ich.

»Versuch solange am Leben zu bleiben«, mahnte er mich. Asklepiodes hatte einen eigenartigen Sinn für Humor, aber man muß den Griechen auch ein paar Zugeständnisse machen.

Als ich über den Fluß zurück zu meinem Haus in der Subura ging, bereute ich, daß ich nicht daran gedacht hatte, mich zu bewaffnen. Die Aussicht auf meine erste Senatssitzung hatte mich in derartige Hochstimmung versetzt, daß ich die üblichen Vorsichtsmaßnahmen außer acht gelassen hatte. Es ist natürlich verboten, innerhalb des Pomeriums Waffen zu tragen, und doppelt verboten, sie in der Curia zu tragen, aber ich war durchaus bereit, eine Zensur zu riskieren. Ein kürzlich erfolgter Anschlag auf mein Leben ließ meinen Respekt für altehrwürdige Sitten stets schwinden.

Und jetzt marschierte ich mutterseelenallein durch die Straßen, in denen Clodius' Günstlinge laufen konnten. Und als ich darüber nachdachte, fiel mir etwas anderes auf: Gift war nicht sein Stil. Was immer man gegen Clodius sagen konnte, er war stets gewillt, seine Feinde eigenhändig und in aller Öffentlichkeit umzubringen.

Aber wer sonst sollte mein tödlicher Feind sein? Ich hatte in letzter Zeit niemanden beleidigt. Nur ein Verrückter wie Clodius pflegt sein Groll über Jahre und wartet auf seine Chance zuzuschlagen. Mit den meisten meiner Feinde hatte ich Frieden geschlossen, und der Rest schien mich vergessen zu haben. Das Ganze war ziemlich rätselhaft.

Ich schaffte es, unermordet zu Hause anzukommen, und schickte nach Hermes. Mein betagter Sklave Cato begann, glukkend zu klagen.

»Es wird nichts Gutes dabei herauskommen, diesen Lümmel im Haus zu haben, Herr. Er wird am Kreuz enden.«

»Höchstwahrscheinlich. Aber bis zu jenem traurigen Tag wollen wir sehen, wofür er nützlich sein könnte. Schick ihn rein, Cato.«

Hermes kam grinsend hereinstolziert, als habe er eine lobenswerte Heldentat vollbracht. Es hätte mich erstaunt zu erfahren, daß er etwas halbwegs Ehrliches getan hatte, aber Sklaven sehen die Dinge anders als Freigeborene. Hin und wieder muß man ihnen ihren Willen lassen.

»Was hast du zu berichten?« fragte ich ihn.

»Ich bin deinem Freund von dem Abendessen gefolgt, wie du mir es befohlen hast. Er mußte unterwegs zweimal stehenbleiben, um sich zu übergeben.«

»Das ist seltsam«, sagte ich. »So reichhaltig war das Abendessen nun auch wieder nicht, und die Trinkerei hatte kaum richtig angefangen, als Capitos Ermordung die Runde auflöste. Muß das erste Mal gewesen sein, daß er versucht hat, jemanden umzubringen. Vielleicht war er deswegen nervös.«

»Ha! Dann gibst du also zu, daß ich dir das Leben gerettet habe!« krähte Hermes.

»Noch nicht. Ich lasse das Gebäck gerade untersuchen. Fahre mit deinem Bericht fort.«

»Ich folgte ihm vorbei am Circus und den Palatin hinauf zu einem großen Stadthaus…«

»Ich hab's gewußt!« sagte ich. »Er ist zu Clodius' Haus gegangen, um zu berichten, daß der Mordversuch gegen mich fehlgeschlagen ist. Ich wünschte, ich hätte Clodius' häßliches Gesicht sehen können, als er die Nachricht erfuhr!« Dann bemerkte ich, daß Hermes' Gesicht jenen selbstgefälligen Ausdruck angenommen hatte, den Sklaven bekommen, wenn sie etwas wissen, was man selbst nicht weiß.

»Er ist nicht zum Haus von Clodius gegangen, Herr.«

»Zu wessen dann?« wollte ich wissen.

»Er ist zum Haus deines Verwandten Metellus Celer gegangen.«

V

Ich glaubte nicht wirklich, daß Celer versuchte mich umzubringen. Wir standen gut miteinander, und er war eng mit meinem Vater befreundet. Ich hatte allerdings nicht vergessen, mit wem er verheiratet war. Es war Jahre her, seit Clodia zum letzten Mal versucht hatte, mich ermorden zu lassen, und ich wußte nicht, warum sie mich jetzt noch beseitigen lassen sollte. Der einzig mögliche Grund war, daß sie annahm, ich würde ihren Bruder bedrohen, für den sie weit mehr als nur schwesterliche Zuneigung empfand.

All diese Dinge beschäftigten mich sehr, als ich mich für den Tag vorbereitete. Diesmal vergaß ich nicht, mir meinen Dolch und meinen Caestus unter die Tunika zu stecken. Sicher war sicher. Begleitet von Hermes machte ich mich auf den Weg zu Celers Haus. Ich hatte nicht die Absicht, ihn auf Neros Machenschaften anzusprechen. Ich hatte keinen konkreten Beweis, daß ein Mordversuch stattgefunden hatte. Ich wollte abwarten und die Augen offenhalten.

Ich ließ mich von einem Straßenbarbier an der Ecke rasieren und begann meinen Aufstieg zum Palatin. Ich hatte eben den Fuß des Hügels erreicht, als ich eine gut gekleidete Gruppe erblickte, die, angeführt von einem finster dreinschauenden Celer, in Richtung Forum marschierte. Er würdigte mich keines Blickes, und ich hatte nicht vor, seine Aufmerksamkeit auf mich zu ziehen.

Ich hatte diesen Gesichtsausdruck schon in Gallien gesehen, und er bedeutete für gewöhnlich, daß Verräter hingerichtet werden sollten. Ich schloß mich der Schar seiner Klienten an. Unter ihnen sah ich auch einen gleichfalls düster vor sich hinstarrenden Caesar. Schließlich entdeckte ich meinen adoptierten Cousin, den Pontifex Scipio Nasica, und trat an seine Seite.

»Was ist geschehen?« fragte ich ihn leise.

»Wir wissen es nicht«, erwiderte er ebenso gedämpft. Alle sahen aus, als sei etwas Schreckliches passiert. »Während des morgendlichen Empfangs kam auf einmal ein Bote. Er nahm Caesar und Celer beiseite und sprach vertraulich mit ihnen. Dann kamen sie mit ihrem jetzigen Gesichtsausdruck wieder heraus. Celer verkündete, daß eine außerordentliche Senatssitzung anberaumt worden sei, und hat seither kein Wort mehr gesagt.«

Ein Schauer lief mir über den Rücken. Normalerweise bedeutete das eine größere militärische Katastrophe. Ich fragte mich, wo sie stattgefunden hatte. Antonius Hibrida hatte sich in Macedonien eine Serie von Niederlagen geleistet, so daß eine weitere nicht allzu überraschend gewesen wäre. Vielleicht waren auch die Germanen wieder auf dem Marsch. Der Gedanke ließ mich erschaudern. Beim letzten Mal hatten sie ganz Italien terrorisiert, und es hatte eines Gaius Marius bedurft, sie zu besiegen.

Das Forum sah aus wie immer, wenn alle wissen, daß schlechte Nachrichten in der Luft liegen. Anstelle der üblichen treibenden Masse hatten sich die Leute in engen, kleinen Grüppchen zusammengeschart, wobei jeder die Unwissenheit des anderen mit immer neuen Gerüchten und Omen bediente. Ich hörte Getuschel von einer militärischen Katastrophe, einem Bürgerkrieg, einer Invasion durch ausländische Feinde, der Pest, einer Hungersnot, einem Erdbeben und wundersamen Erscheinungen der olympischen Gottheiten, bis wir die Treppe der Curia erreicht hatten.

Senatoren drängten sich auf den Stufen, begierig zu erfahren, was sich ereignet hatte. Die Liktoren der Magistraten standen auf ihre Fasces gelehnt und tauschten wie alle anderen Omen aus. Als wir die Treppe erreicht hatten, verließ Gaius Julius unsere kleine Prozession, um mit einer Matrone mit derart verfinsterten Gesichtszügen zu sprechen, daß er und Celer im Vergleich dazu fröhlich wirkten. Ich fragte meine Begleiter, wer sie sei, und jemand erkannte sie als Caesars Mutter. Das war in der Tat höchst merkwürdig. Römische Frauen hatten sich, egal wie angesehen sie sein mochten, nicht für politische Angelegenheiten zu interessieren.

Das Innere der Curia vibrierte von leisem Summen und Brummen, alle waren besorgt, aber auch neugierig zu erfahren, was geschehen war. Vorne, wo sich die bedeutenden Männer aufhielten, standen die Konsuln und höheren Beamten, die Pontificis und der Princeps. Irgend etwas an der Gruppe kam mir komisch vor. Einige von ihnen, vor allem die Konsuln, sahen regelrecht *amüsiert* aus. Sie alle umfing eine Aura mühsam unterdrückter, ausgelassenster Heiterkeit, bis Caesar sich zu ihnen gesellte und ihre Gesichter wieder versteinerten. Die Konsuln nahmen auf ihren curulischen Stühlen Platz, der Rest von uns setzte sich auf die Bänke. Als Ruhe eingekehrt war, erhob sich Hortalus, um zum Senat zu sprechen.

»Senatoren«, hob er an, »ich muß in einer ernsten Sache zu euch sprechen.« Seine Stimme war wie Honig für die Ohren. »Letzte Nacht ist hier in der heiligen Stadt des Quirinus ein überaus verabscheuungswürdiger Frevel begangen worden!« Er machte um der Wirkung willen eine Pause, und sie erzielte ihren Effekt. Das war nun die allerletzte Nachricht, die zu hören irgendwer erwartet hatte. Ernsthafte Vergehen gegen die Götter waren rar, und normalerweise ging es in solchen Fällen um die

Unkeuschheit einer vestalischen Jungfrau. Mir fiel jedoch auf, daß Hortalus das selten verwandte Wort Sacrilegium benutzt hatte, während sexuelle Beziehungen zu einer Vestalin stets als Incestum bezeichnet wurden.

»Gestern nacht«, fuhr Hortalus fort, »wurde während der uralten, heiligen und feierlichen Riten der Bona Dea ein Betrüger entdeckt, der das für alle Männer verbotene Ritual belauscht hat. Der Quaestor Publius Clodius Pulcher ist als Frau verkleidet heimlich in das Haus des Pontifex maximus eingedrungen!«

In der Curia brach der totale Tumult aus. Manche riefen nach einem Prozeß, andere forderten seinen Tod. Das meiste war nur Geschwätz und Geschrei, an dem ich mich eifrig beteiligte. Ich sprang herum wie ein kleiner Junge und klatschte vor Freude in die Hände.

»Jetzt sind wir ihn endlich los!« sagte ich zu jemandem in meiner Nähe. »Jetzt wird man ihn zu einer grausamen rituellen Strafe verurteilen. Vielleicht wird er lebendig begraben oder von glühend heißen Zangen in Stücke gerissen oder so was.« Eine wirklich erfreuliche Vorstellung, aber mein Nachbar dämpfte meinen Jubel.

»Zuerst muß man ihn vor ein ordentliches Gericht stellen. Setz dich, und laß uns hören, was die Pontificis und Juristen sagen.«

Daran hatte ich nicht gedacht. Cicero hatte sich jede Menge Ärger eingehandelt, indem er den Senat gedrängt hatte, die Catilinaer ohne ein Geschworenenverfahren zu verurteilen: Das hatte niemand vergessen. Die Senatoren würden bei einer Anklage, unglücklicherweise, jetzt sogar noch vorsichtiger sein.

Der Konsul Calpurnianus stand auf und hob seine Hand, um den Senat zum Schweigen zu bringen, was ihm schließlich auch gelang.

»Senatoren, bevor wir irgendwelche weiteren Maßnahmen

diskutieren können, benötigen wir zunächst eine Begriffsklärung, damit wir wissen, worüber wir reden. Der erhabene Princeps Quintus Hortensius Hortalus hat das Wort ›Sakrileg‹ verwendet. Ich möchte einen weiteren ausgezeichneten Juristen, Marcus Tullius Cicero, bitten, uns diesen Begriff zu erläutern.«

Cicero erhob sich. »In früherer Zeit bezeichnete man mit ›Sakrileg‹ den Diebstahl von Gegenständen, die einem Gott geweiht waren oder an einem geweihten Ort aufbewahrt wurden. In jüngster Zeit ist die Bedeutung auf jeden Schaden und jede Beleidigung ausgeweitet worden, die Göttern oder geweihten Orten angetan werden. Wenn die Senatoren es wünschen, wäre es mir eine große Freude, hier die gesetzlichen Quellen und Präzedenzfälle für den Tatbestand des Sakrilegs zu zitieren.«

»Gaius Julius Caesar«, sagte Calpurnianus, »bist du als Pontifex maximus der Auffassung, daß diese Tat die Bezeichnung Sakrileg verdient?«

Caesar stand auf und trat vor den Senat, als ob er der Beerdigung seines Vaters beiwohnen würde. Er zog eine Falte seiner Toga über den Kopf, feierlich wie ein großer Tragöde.

»Meiner Einschätzung nach tut sie das«, hob er an, »und es ist mir eine unaussprechliche Schande, daß dieser schamlose Akt im Haus von Caesar geschehen ist.« Dies war das erste Mal, das ich hörte, wie er von sich in der dritten Person sprach, eine lästige Angewohnheit, die uns allen noch vertrauter werden sollte, als uns lieb war.

»Dann«, sagte Calpurnianus, »befehle ich hiermit in Übereinstimmung mit dem Senat, daß sich der Praetor Aulus Gabinius mit seinen Liktoren zum Haus von Clodius begibt und ihn verhaftet.«

»Einen Moment mal!« rief ein Senator namens Fufius, ein bekannter Lakai Clodius'. »Publius Clodius ist ein amtierender römischer Beamter und kann während seiner Amtszeit nicht verhaftet oder angeklagt werden!«

»Oh, setz dich und red keinen Blödsinn!« bellte Cicero. »Clodius ist bloß Quaestor und verfügt über genausowenig Imperium wie Verstand. Überdies hat er sich noch nicht zu seinem Einsatzort begeben, um seinen Dienst anzutreten, und diese Straftat fällt auch nicht unter die Immunität des öffentlichen Dienstes.«

»Und wir wollen auch nicht vergessen«, sagte Metellus Nepos mit purer Bosheit, »daß während des catilinaischen Notstands amtierende römische Beamten einschließlich eines Praetors verhaftet worden sind. Sollte der Vorwurf des Sakrilegs nicht genauso ernst genommen werden wie der des Verrats?« Das hatte natürlich nichts mit Clodius zu tun, sondern war direkt gegen Cicero gerichtet, der diese Verhaftungen angeordnet hatte.

Ich muß gestehen, daß trotz all dieser gesetzlichen und religiösen Dispute im Senat eine ausgelassene Stimmung herrschte. Die ganze Geschichte war so absurd, daß es einem vorkam wie aus einem Stück von Aristophanes. Wir wären auch nicht weiter überrascht gewesen, wenn die Hauptakteure sich komische Masken mit grinsenden Fratzen aufgesetzt hätten.

»Meine Herren«, sagte Hortalus, »bevor wir ernsthaft von Verhaftungen und Prozessen reden, möchte ich euch alle an etwas erinnern. Wenn wir Publius Clodius vor Gericht bringen, wird es eine Zeugenvernehmung geben. Im Verlauf dieser Vernehmung wird früher oder später *irgend jemand* von den Riten der Guten Göttin sprechen müssen.« Das ließ uns innehalten.

Cato sprang auf. »Undenkbar! Diese heiligen Fragen dürfen nicht zum Thema ordinären Klatsches auf dem Forum werden!«

»Geh doch mal nach draußen, Cato«, brüllte jemand. »Ich wette hundert Sesterzen, daß schon jetzt niemand mehr über irgend etwas anderes spricht!«

»Wie können wir einen Prozeß führen«, sagte der Praetor Naso, »wenn die Frauen, die bei Begehung der Straftat zugegen waren, nicht darüber sprechen und die Männer nichts davon hören dürfen?« Das rief weitere Rufe nach sofortigem Handeln und gleichzeitig Proteste gegen irgendwelche Bemühungen in der Richtung hervor. Ich verlor langsam jede Hoffnung, daß noch etwas Konstruktives beschlossen werden würde. Inzwischen saß Clodius wahrscheinlich längst auf einem schnellen Pferd nach Messina, von wo er sich nach Sizilien einschiffen und hinter der Immunität seines Amtes verbergen konnte, bis sich die Aufregung in Rom wieder gelegt hatte.

Gegen Mittag ergab sich ein bemerkenswerter Wortwechsel. Inzwischen hatte jeder irgendeine Version der Ereignisse gehört, bis zur Unkenntlichkeit entstellt von denjenigen, die nicht dabei waren, oder von solchen, die es waren, später aber zu viel Angst hatten, die Wahrheit zu sagen. Ich bin der einzige noch lebende Mensch, der an jenem Tag dabei war, und erzähle, wie sich die Dinge zugetragen haben, und nicht, wie es die römische Legende schließlich darzustellen pflegte.

»Gaius Julius«, sagte der Konsul Messala Niger, »ohne von verbotenen Dingen zu sprechen, weißt du, ob eine der gestern nacht anwesenden Damen eine Ahnung hat, was Clodius im Schilde führte, als er als Frau verkleidet in dein Haus eingedrungen ist?« Das wollte jeder wissen.

»Meine Mutter, die Dame Aurelia, hat mir erzählt, daß davon die Rede war, Clodius habe sich heimlich Zutritt verschafft, um seine Affäre mit Pompeia voranzutreiben.« Er richtete sich so gerade und hoch auf, daß ich argwöhnte, er würde den Kothurn eines Schauspielers an den Füßen tragen. »Ich habe deshalb beschlossen, mich unverzüglich von Pompeia scheiden zu lassen!«

Celer stand auf. »Du solltest nichts überstürzen, Gaius Julius.

Zwischen deiner Frau und Clodius spielt sich gar nichts ab. Er wollte einfach die Riten belauschen. Der Idiot hat schon seit Tagen von nichts anderem geredet.«

Dann machte Caesar gewissermaßen Geschichte. Er ließ seinen Blick wie ein Adler über die Reihen wandern. »Es ist gut möglich, daß sie unschuldig ist, aber das ist unwesentlich. Caesars Frau muß über jeden Verdacht erhaben sein.« Man hätte in der Curia eine Stecknadel fallen hören können. Die Erscheinung eines Gottes in unserer Mitte hätte nicht überwältigender sein können.

Einer der vielen Flüche meiner Existenz ist von jeher mein Lachen gewesen, ein schrilles und heiseres Lachen, das bei mehr als einer Gelegenheit mit dem Wiehern eines wilden Esels verglichen worden ist. Ich konnte mir nicht helfen. Ich hielt es, so lange ich konnte, zurück und platzte dann los, als der Schmerz des Unterdrückens unerträglich wurde. Es begann als ein schnaufendes Pfeifen, oben in meiner aristokratischen metellischen Nase, und brach im nächsten Moment hervor wie eine ganze Lastkarawane der Legion, die nach ihrer Haferration verlangt.

Sofort war der ganze Senat von Lachkrämpfen geschüttelt. Säuerliche alte Politiker, die im Jahr maximal einmal schmunzeln, krümmten sich vor Lachen. Den ehrwürdigen Pontificis rollten dicke Tränen über die faltigen Wangen. Und draußen vor der Kammer kugelten sich die Tribunen so hilflos vor Lachen, daß sie nicht einmal ein Veto hätten einlegen können, wenn wir die Enthauptung jedes Plebejers in Rom beschlossen hätten. Ich bin sicher, daß ich sogar Cato habe lächeln sehen.

Weil er heute als Gott verehrt wird, glauben die Leute, daß Gaius Julius von frühester Jugend an demütige Ehrfurcht entgegenschlug. Nichts läge der Wahrheit ferner. Er war damals vierzig Jahre alt, hatte sich weder militärisch noch politisch ausgezeichnet und wurde lediglich von den Volksversammlungen verehrt, wo er es verstand, sich einzuschmeicheln. Im Senat war er ein Niemand. Er hatte sich den Aufstieg zum obersten Priester mit Bestechungsgeldern erkauft und war berüchtigt für seine Ausschweifungen und seine fragwürdige Moral. Nur in zwei Punkten war man sich über Gaius Julius allgemein einig: Er hatte den größten Schuldenberg der Weltgeschichte angehäuft und es mit an Sicherheit grenzender Wahrscheinlichkeit mit König Nicometer von Bithynien getrieben.

Eine derart unglaublich frömmlerische Erklärung aus dem Munde dieses Mannes zu hören, ließ den Senat in Lachsalven ausbrechen. Inmitten all der Heiterkeit stand Caesar mit ausdruckslosem Gesicht wie ein Denkmal seiner selbst. In späteren Jahren hat mich die Frage, ob er sich wohl daran erinnerte, wer an jenem Tag angefangen hatte zu lachen, zahlreiche schlaflose Nächte gekostet.

Die Sitzung ging zu Ende, ohne daß ein Beschluß gefaßt worden wäre. In Windeseile hatte sich die Geschichte in der Stadt verbreitet. Noch Monate später spielten Komiker auf der Bühne und Kritzeleien an den Mauern auf Caesars berühmtes Diktum an. Jedesmal wenn ein Gespräch erlahmte oder ein Teilnehmer einen niedergeschlagenen Eindruck machte, erhob sich jemand und deklamierte: »Aber Caesars Frau muß über jeden Verdacht erhaben sein«, und alle brachen in heulendes Gelächter aus wie tollwütige Hyänen.

Ich stieg die Stufen der Curia hinab und wischte mir mit einem Zipfel meiner Toga die Tränen aus den Augen. Bessere Unterhaltung konnte man nicht verlangen. Hermes kam auf mich zugerannt, und ich mußte ihm natürlich alles erzählen. Das Geschnatter der Menschenmenge auf dem Forum wurde ohrenbetäubend.

Gemeinsam hatten Clodius und Caesar uns das denkwürdigste Ereignis des Jahres vorgesetzt.

Ich ging zu den Bädern und wurde sofort von Männern umringt, die nicht dabeigewesen waren und wissen wollten, was geschehen war. Ich ließ mich eine Weile darüber aus, nicht ohne die sofortige Verhaftung Publius Clodius' und kurzen Prozeß zu fordern. Es war alles so nett, daß ich mich daran erinnern mußte, daß ich selbst in mörderische Affären verwickelt war.

»Ich hoffe, es gibt einen Prozeß«, sagte ein Senatskollege. »Ich habe mich schon seit Jahren gefragt, was meine Frau bei diesem Ritual eigentlich treibt.« Wie sich herausstellte, gab er damit die Meinung zahlreicher hochgestellter Ehemänner wieder. Andere waren von größerer Furcht vor göttlichem Zorn geplagt.

»Diese Clodia muß ihre Finger im Spiel haben«, meinte ein prominenter Bankier. »Sie ist seine Schwester, und es ist bekannt, daß diese Frau zu jeder Schandtat bereit ist.« Der Gedanke war auch mir schon gekommen.

Von den Bädern ging ich zum statilischen Ludus, wo ich Asklepiodes alles noch einmal erzählen mußte. Er wußte nicht viel über Caesar, so daß ihm die Komik der Situation entging. Außerdem liebte er wie alle Griechen Geheimkulte und war leicht schockiert über Clodius' Frevel.

»Offenbar fehlt es euch Italikern an geeignetem Personal für die Bestrafung solcher Missetäter«, sagte er in seiner überlegenen Manier. »Die Götter hätten ihm die Furien auf den Hals gehetzt.«

Ich stellte mir vor, wie diese beflügelten, schlangenhaarigen Wesen Clodius durch die Gassen Roms jagten, mit bluttriefenden Augen und ausgefahrenen Krallen, um sie in sein Fleisch zu graben.

»Es ist wirklich schade«, gab ich zu. »Wir Römer personalisieren unsere Götter nicht in dem Maße wie ihr Griechen, stellen ihnen keine Günstlinge und Diener zur Seite. Von einigen unserer Götter gibt es nicht einmal Abbildungen.«

»Also wenn du mich fragst, ist das eine recht erbärmliche religiöse Praxis«, behauptete Asklepiodes. »Und wie ihr eure Priester auswählt und ernennt! Als ob es ganz gewöhnliche Beamte wären. Am unwürdigsten aber ist die Methode, mit der ihr eure Auguren beruft und ihnen ein Regelbuch in die Hand gebt, um die Omen zu deuten. Wo bleibt die Kunst der Prophetie ohne göttliche Inspiration?«

»Das liegt daran, daß wir ein rationales und würdevolles Volk sind und unsere öffentlichen Angelegenheiten nicht nach den Phantastereien eines geistesgestörten Ekstatikers regeln. Ich gebe zu, daß wir in Krisenzeiten eine Sibylle konsultieren, aber ich habe noch nie davon gehört, daß das wirklich etwas genutzt hätte.«

»Weil euch Römern das wahre Verständnis der göttlichen Natur abgeht«, sagte er entschieden.

»Ich habe noch nicht gehört, daß sie den Griechen irgendwie genutzt hätte. Selbst wenn sich die Prophezeiungen als richtig erwiesen haben, hat der Bittsteller sie meist fehlinterpretiert, und es kam trotzdem zur Katastrophe.«

Asklepiodes musterte mich von oben herab, eine bemerkenswerte Leistung in Anbetracht der Tatsache, daß er kleiner war als ich. »Immer sind es die kleinen ironischen Geschichten, die zur Legende werden. Wenn man sie im richtigen Geiste anruft, sind sibyllinische Orakel ziemlich verläßlich.«

»Wenn du es sagst«, meinte ich.

»Nun zu weniger exaltierten Fragen. Ich fürchte, ich muß dir ein Schwein in Rechnung stellen. Ein kleines, das ursprünglich als Abendessen für die Gladiatoren gedacht war.«

Mein Mut sank. »Dann war es wirklich Gift?«

»Gesunde Schweine fallen selten aus natürlichen Gründen oder ob des Zorns der Götter tot um. Ich habe es mit dem Gebäck gefüttert, und binnen einer Stunde war es tot.«

»Eine Stunde? So lang? Dann muß es ein ziemlich schwaches Gift gewesen sein.«

»Nicht notwendigerweise. Die sofort wirkenden Gifte, von denen man dauernd hört, sind reine Fiktion. Ich bin noch nie auf eines gestoßen, das einen ausgewachsenen Mann in weniger als einer Stunde umgebracht hätte, und die meisten brauchen sehr viel länger, begleitet von furchtbaren Schmerzen und Krämpfen. Jemand wollte dich tot sehen, mein Freund.«

»Irgendeine Ahnung, was für ein Gift?« fragte ich.

»Die Schwierigkeit, das genau festzustellen, habe ich schon erwähnt. Ich habe das Tier hinterher seziert und keine Anzeichen für eine Blutung gefunden. Ich konnte auch keine heftigen Krämpfe erkennen. Bei dem Gift könnte es sich um das Extrakt eines Pilzes handeln, aber es könnte genausogut ein Absud von ägyptischem Kobra-Gift sein, eine reduzierte Konzentration, die mit einem Stabilisierungsmittel zu Pulver verarbeitet wurde.«

»Kobra-Gift? Das klingt ein bißchen exotisch. Der Junge hatte eine bauerliche Krauterfrau auf dem Forum aufgesucht. Handeln die mit so etwas?«

»Also die Pilze kennen die bestimmt. Laß dich nicht von der äußeren Erscheinung täuschen, Decius. Sie hat vielleicht nie die Vorlesung eines studierten Arztes besucht, aber eine bäuerliche Kräuterfrau kennt sich mit den heimatlichen Pflanzen und ihren Wirkungsweisen bestens aus. Soweit ich weiß, könnte es in irgendeinem hiesigen Tal eine Pflanze oder Wurzel geben, die ein Gift produziert, das weit tödlicher ist als alle, die der Schule des Hippokrates bekannt sind.«

»Oder er hat es anderswo erworben«, sagte ich.

»Wie immer in diesen Fällen bewundere ich dein kritisches Urteilsvermögen. Die meisten Menschen neigen dazu, die schnellste oder bequemste Antwort zu akzeptieren.«

»Das macht mich so gut in dem, was ich tue«, pflichtete ich ihm bei. »Ich habe diesen Fimmel, nichts für bare Münze nehmen zu können. Wenn eine Erklärung einfach oder offensichtlich ist, weckt das meinen Verdacht. Wenn jemand möchte, daß ich etwas glauben soll, vermute ich stets irgendwelche Hintergedanken.«

»Das muß eine recht nützliche Eigenschaft sein. Obwohl sie bei Königen mitunter zu stark ausgeprägt ist, bis sie am Ende überall Attentäter sehen und es mit den Hinrichtungen übertreiben.«

»Es ist jedenfalls eine gute Eigenschaft für jemanden, der in Diensten des Senats und des Volkes von Rom steht«, behauptete ich. »Und manchmal sind die tödlichen Pläne unserer Feinde ja tatsächlich real, wie das unglückliche Schwein bezeugt. Wieviel schulde ich dir für das Tier?«

»Zwölf Sesterzen.«

»Zwölf? Das kommt mir für ein kleines Schwein recht happig vor. Hättest du es nicht trotzdem an die Gladiatoren verfüttern können? Das Gift hat doch sicher nur die lebenswichtigen Organe betroffen und ist nicht ins Fleisch gesickert.«

»Es ist nie ratsam, sich Freiheiten bei der Diät von professionellen Killern herauszunehmen. Zwölf Sesterzen, Decius.«

Ich zog meine Börse und zählte ihm die Münzen auf den Tisch. »Also meines Erachtens könnte der Junge die Frau tatsächlich als Wahrsagerin konsultiert haben, wie sie behauptet. Als ich seine Hand nahm, fiel mir auf, daß er einen Selbstmord-Ring trug. Mein Sklave Hermes ist ihm nach Hause gefolgt und hat berichtet, daß er sich zweimal übergeben hat. Das scheint mir ein Zeichen seiner Jugend und Unerfahrenheit als Verschwörer und Mörder zu sein. Na, es wird ihm jedenfalls leid tun, ausgerechnet mich zum Gesellenstück erkoren zu haben.«

»Und was ist mit der Wahrsagerin?« fragte Asklepiodes.

»Er wollte sich von ihr wahrscheinlich bestätigen lassen, daß die Zeichen gut stehen, oder irgendwas in der Richtung. Ich wage zu bezweifeln, daß er ihr die Natur seiner Mission offenbart hat. Ein Junge, der nervös genug ist, einen Giftring zu tragen, wird auch sichergehen wollen, daß die Götter für ein so gewaltiges Unterfangen wohlgesonnen sind. Vielleicht wollte er sich auch bestätigen lassen, daß er noch ein langes Leben vor sich hat.«

»Er ist dir doch völlig fremd. Wer hat ihn deiner Meinung nach auf dich angesetzt?«

»Diesmal ist meine Liste sehr kurz, könnte aber im Laufe meiner weiteren Ermittlungen noch länger werden. Natürlich Clodius, obwohl ich glaube, daß er mich lieber eigenhändig erledigen würde.«

»Im Laufe der Jahre hat vielleicht selbst Publius Clodius eine gewisse Diskretion und Reife entwickelt«, meinte Asklepiodes. »Wie ich höre, spricht man von ihm jetzt als einer vielversprechenden Figur der romischen Politik.«

»Ach, das. Das heißt nur, daß er der zur Zeit erfolgreichste aktive Verbrecher ist.«

»Auch von deinem Freund Titus Milo habe ich derartiges gehört«, fügte er hinzu.

»Das liegt nur daran, daß sie Rivalen sind! Aber Milo ist mein Freund!« Manchmal konnte ich die Griechen einfach nicht verstehen.

»Du hattest mich doch gebeten, einen Blick auf die Leiche von Aemilius Capito zu werfen«, erinnerte mich der Arzt.

»Ja, richtig. Das wäre mir fast entfallen. Als Beinahe-Opfer eines Mörders neigt man dazu, ähnlich gelagerte Probleme anderer Menschen zu vergessen. Was hältst du von der Sache?«

»Höchst seltsam«, sagte Asklepiodes.

»Inwiefern?« Ich spitzte die Ohren. »Mir kam es wie ein ziemlich gewöhnlicher Mord vor, von der verwandten Zwei-Stoß-Technik einmal abgesehen.«

»Das war ja das Seltsame. Ich habe den Leichenbestatter überredet, die Wunden untersuchen zu dürfen. Meine Überredungskunst kostet dich übrigens weitere zehn Sesterzen.«

»Zehn Sesterzen, bloß um an einer Leiche rumzumachen?« sagte ich. »Die Nekrophilen, die sich bei den Amphitheatern herumtreiben, zahlen nur fünf.«

»Bitte!« sagte er gekränkt. »Ich habe nicht mit der Leiche ›rumgemacht‹. Das wäre unrein. Ich habe sie untersucht. Und man sollte doch annehmen, daß der Preis für einen Senator höher ist als der für einen verdammenswerten armen Teufel.«

»Ich will schwer hoffen, daß es das Geld auch wert ist«, sagte ich und kramte weitere Münzen hervor.

»Es war überaus faszinierend. Der Schnitt, oder besser der *Stich* in den Hals wurde mit absolut fachmännischer Präzision ausgeführt. Es handelt sich um eine zweischneidige Klinge, höchstens drei Zentimeter breit, keine Sica und kein Pugio, sondern eine extrem scharfe, flache Waffe mit einer kurzen Spitze.« Er wies auf die Waffensammlung an den Wänden. »Ich habe nichts Vergleichbares in meiner Sammlung, aber ich denke, daß die Waffe so ähnlich aussehen dürfte wie ein Schlachtermesser.«

»Das ist wirklich seltsam«, gab ich zu. »Ich wüßte niemanden in Rom, der so tötet. Vielleicht hat er dem armen alten Mamercus deswegen erst einen Schlag auf den Kopf verpaßt – um ihn für den tödlichen Stich zu arrangieren.«

»Jetzt kommt das Allerseltsamste«, sagte Asklepiodes, der diesen langsamen Enthüllungsprozeß augenscheinlich genoß.

»Aber bitte schnell«, sagte ich.

»Bei der Delle auf der Stirn hatte ich keine Schwierigkeiten, die Tatwaffe zu bestimmen. Es war ein Hammer mit einer flachen, runden Schlagfläche von circa vier Zentimeter Durchmesser. Der kreisrunde Abdruck befand sich direkt oberhalb der Nase und war an der unteren Kante doppelt so tief wie an der oberen.«

»Du redest, als käme dieser Unebenheit des Abdrucks enorme Bedeutung zu«, bemerkte ich.

»So ist es. Es bedeutet, daß der Hammerschlag nicht zuerst ausgeführt wurde, um das Opfer zu betäuben. Wäre das der Fall gewesen, wäre der obere Abdruck tiefer gewesen. Nein, der Mörder hat Capito mit dem Hammer geschlagen, als jener schon am Boden lag. Er stand hinter der Leiche und hat in einem ziemlich spitzen Winkel nach unten geschlagen.«

»*Nachdem* er schon am Boden lag!« rief ich. »Wozu sollte das gut sein? Capito war nach dem Messerstich praktisch tot.«

»Unbedingt. Eine Verletzung der linken Halsschlagader führt sofort zur Bewußtlosigkeit, der Tod folgt binnen Sekunden. Für das Opfer gibt es keine Rettung. Der Hammerschlag muß einen anderen Zweck haben.« Er trat ans Fenster und betrachtete die Männer, die im Hof trainierten. »Es hat mich an etwas erinnert, etwas, das ich vor Jahren einmal gesehen habe, aber ich weiß nicht mehr an was. Deine Fähigkeit, dir die merkwürdigsten Einzelheiten ins Gedächtnis zu rufen und zu einem Bild zusammenzufügen, geht mir ab.«

Ich hätte es wissen müssen. Wahrscheinlich wußte er etwas Entscheidendes, konnte sich aber nicht mehr daran erinnern. Ich beschloß, mich in Geduld zu üben. Meine Beinahe-Vergiftung machte mir weit mehr Sorgen als der bedauernswerte Capito.

»Wenn es dir einfällt, laß bitte sofort nach mir schicken.«

»Das werde ich tun. Und falls sich weitere derartige Morde ereignen sollten, zögere nicht, mich zu konsultieren.« Er klopfte mir zum Abschied auf die Schulter. »Wie ich dich kenne, ist es nicht unwahrscheinlich, daß noch mehr passiert.«

VI

Am nächsten Morgen musterte ich die Besucher in Celers Haus ganz genau. Clodius war nicht anwesend, genausowenig wie Nero. Auch Caesar fehlte, aber er hatte möglicherweise mit seiner Scheidung zu tun. Ich entdeckte meinen Verwandten Creticus und trat zu ihm, um ihm meine Aufwartung zu machen. Er war im Kreise der älteren Familienmitglieder keine bedeutende Figur, aber er hatte sich einmal gegen Pompeius behauptet und war unversehrt aus der Sache herausgekommen, wofür ich ihn sehr bewunderte.

»Decius, schön, dich zu sehen«, sagte er. »Merkwürdige Geschichte neulich nachts, was?« Niemand in Rom sprach von etwas anderem.

»Was erzählt denn Felicia?« fragte ich. Felicia war Creticus' Tochter.

»Sie gibt sich selbstgefällig und behauptet, sie könne uns nichts sagen, während sie gleichzeitig andeutet, daß sie Dinge weiß, von denen wir Männer nur träumen können. Was sagt deine Frau?«

»Ich bin nicht verheiratet, Onkel«, sagte ich. Er war zwar nicht der Bruder meines Vaters, aber ich nannte ihn trotzdem so. Tatsächlich war er ein Cousin zweiten oder dritten Grades.

»Da kannst du dich glücklich schätzen. Na ja, ich wette, daß Clodia die Anstifterin war. Clodia und Felicia sind so eng befreundet, wie zwei Frauen es nur sein können, aber ich kriege aus dem Mädchen nichts raus. Ich habe ihrem Mann gesagt, er solle diesem Treiben ein Ende setzen, aber der Junge liebt sie abgöttisch und würde nichts sagen, was sie beleidigen könnte.«

Der Junge war der jüngere Crassus, und es stimmte. Seine Liebe zu Felicia war stadtbekannt. Ihre Verbindung war an sich eine typische Zweck-Ehe, aber manche Menschen sind einfach füreinander bestimmt. Als sie starb, baute er ihr das prächtigste Grabmal, das Rom je gesehen hat.

»Was Clodia angeht«, sagte ich, »ist es oft das Beste, nicht zu genau nachzufragen.«

»Jupiter hat gesprochen«, sagte er beschwörend. Unsere Unterhaltung wurde unterbrochen, als Celer mich zu sich herüberwinkte. Ich ging zu ihm, und er entschuldigte uns gegenüber einem Knäuel von Magistraten und ausländischen Botschaftern. Wir gingen nicht bloß in eine ruhige Ecke des Atriums, sondern bis ganz nach draußen ins Peristylium, wo wir sicher sein konnten, daß uns nicht einmal die Sklaven belauschen würden.

»Decius«, sagte er, »ich entbinde dich von all deinen politischen Pflichten. Ich habe einen Ermittlungsauftrag, und ich weiß, daß du der beste Mann dafür bist. Dein Vater tut so, als fände er es schrecklich unwürdig, aber er ist in Wahrheit sehr stolz auf deine Leistungen. Als ich dem Familienrat gestern abend mein Problem vorgetragen habe, hat er dich für die Aufgabe empfohlen.«

»Ich fühle mich geehrt«, sagte ich. Man hatte mich nicht über die Zusammenkunft des Familienrats informiert, aber das hatte in jenen Tagen nicht viel zu bedeuten.

»Und nun die Aufgabe: Du weißt wie jeder in Rom von der

Entweihung der Riten der Guten Göttin durch meinen widerwärtigen Schwager. Heute tritt das Kollegium der Pontificis zusammen, um offiziell Anklage wegen Frevels zu erheben. Das heißt noch gar nichts. Sie können die Sache dann einem Gericht übergeben. Ein Prozeß würde... schmutzig werden. Das möchte ich lieber vermeiden. Was Clodius angeht, würde es mich nicht besonders grämen, das kleine Schwein am Kreuz sterben zu sehen. Aber ich möchte nicht, daß meine Frau in die Sache verwikkelt wird. Hast du mich verstanden?«

Das war unangenehm. »Jawohl, mein Herr, aber ich kann nicht garantieren, daß ich in der Lage sein werde...«

Er packte mich so heftig am Oberarm, daß er schmerzte. »Decius, finde heraus, was geschehen ist. Finde heraus, wer dafür verantwortlich ist, trage Beweise zusammen, aber *halte Clodia da raus!* Hast du mich verstanden?«

»Absolut!« sagte ich. Es war nicht das erste Mal, daß man mir auftrug, Beweismaterial zu unterdrücken. Es war allerdings das erste Mal, daß die Forderung von meiner eigenen Familie erhoben wurde. Das war seltsam, denn sie hätten besser als irgend jemand sonst wissen müssen, daß ich das nicht konnte. Nicht, daß ich besonders ehrlich gewesen wäre oder nicht tun wollte, was man von mir verlangte. Es war nur, daß irgendein bösartiger Genius in mir mich drängte, die Wahrheit zu ergründen und publik zu machen. Das war die Kehrseite des Talents, über das ich mit Asklepiodes gesprochen hatte. In einem konnte ich mir jedenfalls sicher sein. Mein Vater hegte keinerlei Illusionen über mich. Wenn er mich für den Job empfohlen hatte, wußte er auch, was dabei herauskommen konnte.

Die Wahrheit ist, daß mir all das damals keine großen Gewissenskrisen verursachte. Die Entweihung der Zeremonien der Bona Dea kam mir eher lächerlich als schockierend vor. Ein bloßer Skandal war für mich noch kein Verbrechen, egal was die Pontificis darüber dachten. Außerdem war sie nicht einmal eine der offiziellen Staatsgottheiten. In Anbetracht der Tatsache, daß mich jemand vergiften wollte, schien mir die Entrüstung einiger hochgeborener römischer Damen eine vergleichsweise unbedeutende Affäre.

»Und in welcher offiziellen Funktion soll ich dabei auftreten?« fragte ich ihn.

»Oh, sag einfach, du würdest im Auftrag des designierten Konsuls handeln.«

»Das kann ich nicht machen! Sicher, du wirst die Wahl gewinnen, aber wenn du schon so lange im voraus die Amtsgewalt an dich reißt, werden die Leute dich für eigenmächtig halten und aus reinem Trotz gegen dich stimmen.«

»Du sollst ja auch keine Reden vor der centurianischen Versammlung halten«, sagte er gereizt. »Du wirst in den Häusern von Senatoren Befragungen durchführen, diskret und in aller Vertraulichkeit. Die kennen sich damit aus.«

»Wo soll ich anfangen?«

»Du bist der Ermittler. Das überlaß ich dir.«

Ich holte tief Luft. »Ich werde auch Clodia befragen müssen.«

Er starrte mich unter seinen borstigen Augenbrauen wütend an. »Wenn es sein muß«, brummte er tonlos. »Denk nur an meine Ermahnungen.«

»Nun«, sagte ich, »dann mach' ich mich mal ans Werk.« Ich fürchtete mich vor der Begegnung mit Clodia, aber die Chance, Clodius eins auszuwischen, war einfach zu gut, um sie verstreichen zu lassen.

Ich fing jedoch nicht mit Clodia an. Ich verließ Celers Haus und begab mich, Hermes auf den Fersen, zum Forum. Es war ein stürmischer Tag, und die Gerichtsverhandlungen waren nach drinnen verlegt worden. Ich fand Cicero in der Basilica Porcia, dem ältesten unserer ständigen Gerichte. Er hörte sich die Verteidigungsrede eines seiner Schüler an und folgte mir bereitwillig in eine der Nischen des Gebäudes. Ich skizzierte in groben Zügen den Auftrag, den ich von Celer bekommen hatte, und bat Cicero um seine Meinung, weil ich sichergehen wollte, mich auf dem Boden des Gesetzes zu bewegen.

»Da kein offizieller Ermittler benannt worden ist, kannst du als interessierter Bürger tun, was du willst. Celer hat natürlich keinerlei Autorität, dich mit irgendwelchen Ermittlungen zu betrauen, und ich vermute, daß ihn in erster Linie private Interessen leiten.«

»Du meinst, Clodia aus der Sache rauszuhalten?«

»Nicht, daß ihre Beteiligung von schwerwiegender Bedeutung wäre«, fügte er ziemlich hastig hinzu. »Wenn sie etwas mit der Sache zu tun hat, werden ihr die Pontificis möglicherweise einen Verweis erteilen, aber nicht mehr. Das Sakrileg wurde von Clodius begangen, dem es als Mann verboten war, die Riten zu beobachten. Wenn es zu einer förmlichen Anklage kommt, dann nur gegen ihn.«

»Das beruhigt mich ein wenig«, sagte ich.

»Hat Celer schon irgendwelche Präferenzen angedeutet, was seinen Kollegen anbetrifft?« fragte Cicero, recht abrupt das Thema wechselnd. Er war Politiker, und Machtfragen interessierten ihn weit mehr als rituelle.

»Er hatte mich gebeten, Mamercus Capito anzusprechen«, erwiderte ich.

»Der ist jetzt disqualifiziert.«

»Unbedingt. Der aussichtsreichste Kandidat scheint jetzt Lucius Afranius zu sein«, sagte ich. »Habe ich dich gerade stöhnen gehört, werter Herr?«

»Ich stöhne, weil ich kein Philosoph bin«, sagte Cicero, »und es braucht schon eine philosophische Weltsicht, um ohne Stöhnen an Lucius Afranius denken zu können. Der Mann ist eine Null.«

»Ich glaube, genau das gefällt Celer an ihm«, gestand ich.

»Die Zeiten verlangen eine starke Führung von unseren Konsuln. Der Gedanke an Afranius in dieser Position läßt mich schaudern.«

»Es wird im Grunde genommen eine Ein-Mann-Regierung sein, und dieser Mann ist Celer«, sagte ich. »Du mußt doch zugeben, daß die Aufgabe seines Widerstands gegen die pompeianischen Forderungen ein kluger politischer Schachzug war, egal wie sehr ihm das möglicherweise persönlich mißfallen hat.«

Cicero schüttelte den Kopf. »Nein, nein. Ich möchte deinem Verwandten nicht zu nahe treten, aber er ist ein zu starrer Parteigänger der Aristokraten. Es war töricht, sich dem Triumph zu widersetzen, das ist klar. Aber die Vereinbarungen für die demobilisierten Veteranen sind eine ganz andere Geschichte. Es geht um Grund und Boden und niederrangige Männer, die die Kontrolle darüber bekommen sollen, eine Vorstellung, die fundamentalistische Aristokraten entsetzt. Außerdem bedeutet das eine feste, etablierte Machtbasis für Pompeius, den die Patrizier hassen. Glaub mir, Decius, nächstes Jahr um diese Zeit wird sich Quintus Caecilius Metellus Celer fest mit dem extremen Flügel der aristokratischen Partei verbündet haben.«

Mir war nicht entgangen, daß Cicero von den »extremen« Aristokraten gesprochen hatte. Er war selbst ein Anhänger der Partei, trotz der Tatsache, daß viele ihrer Führer ihn offen brüskierten. Cicero träumte von einer Republik, die von den »besten« Männern der wohlhabenden und besitzenden Stände der freien Bürger geführt wurde. Diese Männer sollten gebildet, patriotisch und um die Wohlfahrt des Staates besorgt sein. Es war eine schöne Utopie, aber schon Plato hatte ein ähnliches Konzept und auffallend wenig Erfolg damit gehabt, seine Landsleute von der Übernahme dieses Regierungssystems zu überzeugen.

Ich würde nie behaupten, mehr als einen Bruchteil von Ciceros intellektuellen Fähigkeiten zu besitzen, denn er hatte den wachesten Verstand, den ich je bei einem Menschen erlebt habe. Aber auch er war auf einem Auge blind und von dem geradezu naiven Glauben beseelt, die Aristokraten seien zum Regieren besonders befähigt.

Ich war ein geborener Adeliger und machte mir keine Illusionen über meine Klasse. Adelige sind Personen, die allein Kraft der Tatsache, daß sie ererbten Grund und Boden besitzen, über gewisse Privilegien verfügen. Sie ziehen die Herrschaft des übelsten Aristokraten der des tugendhaftesten gemeinen Mannes vor. Sie haßten Pompeius, nicht etwa weil er ein Eroberer alexandrinischen Typs war, der möglicherweise die Republik abschaffen wollte, sondern weil er kein Adeliger war und wie Marius eine Armee anführte, die sich nicht aus Männern mit Grundbesitz zusammensetzte.

Zu jener Zeit, über die ich schreibe, war meine Klasse mit einer Art Massenselbstmord durch politische Dummheit beschäftigt. Einige lehnten die besten Männer wegen ihrer Herkunft ab, während andere wie Caesar und Clodius sich bei den übelsten Elementen der römischen Gesellschaft einzuschmeicheln suchten. Die meisten wollten zurückkehren zu dem angestaubten Bild dessen, was sie für die alte römische Republik hielten: zu einem Ort unglaublicher Tugend, wo Grundeigentümer über die Bauern herrschten. Statt dessen bekamen sie unser gegenwärtiges System: eine Monarchie, die sich als »gereinigte« Republik verkleidete.

Was Celer anging, hatte Cicero allerdings recht. Binnen eines

Jahres stand dieser in den Reihen der extremen Aristokraten, die sich den Grundbesitzvereinbarungen mit Pompeius' Veteranen widersetzten.

»Ich finde es nicht verwunderlich, daß dir die Vorstellung einer im Umland Roms angesiedelten, mächtigen Privatarmee nicht behagt«, sagte ich. »Ich finde sie selbst ein wenig beunruhigend.«

»Mir jagt man so schnell keine Angst ein«, sagte Cicero. »Jetzt, wo der Feldzug im Orient beendet ist, gibt es keine ruhmreichen Kommandos mehr im Angebot. Pompeius hat bestimmt kein Interesse an den sporadischen Schlachten, die Hibrida zur Zeit in Macedonien so schrecklich vermasselt.«

»Und das heißt?«

»Das heißt, daß Pompeius fürs erste zu Hause bleiben und sich der Politik widmen muß. Allein die Vorstellung ist lächerlich. Pompeius ist eine politische Niete. Er hat die meisten seiner militärischen Oberbefehle bekommen, ohne vorher irgendeines der von der Verfassung vorgeschriebenen Ämter bekleidet zu haben. Nur durch rohe Gewalt ist er zum Konsul geworden. Er hat keinerlei Erfahrung in der zivilen Verwaltung oder mit den eigentlichen politischen Vorgängen im Senat. Der Mann hat nicht einmal als Quaestor gedient! Du wirst einen weit kompetenteren Senator abgeben als Pompeius, obwohl du kaum eine Woche in deinem neuen Amt bist.«

Das war ein seltsames Kompliment, wenn es denn eins war. Ich war mir jetzt jedenfalls ziemlich sicher, daß man mich nicht wegen Rumschnüffelei vor Gericht zitieren würde.

Ich hatte noch einige Besuche zu erledigen. Ich beschloß, am Tatort des Unvorstellbaren anzufangen. Ich begab mich zum Haus von Gaius Julius Caesar, dessen Frau, wie man uns glauben machen wollte, über jeden Verdacht erhaben sein mußte. Das

Haus des Pontifex maximus war eine geräumige Stadtvilla, eines der wenigen Wohnhäuser am Forum, direkt neben dem Palast der Vestalinnen.

Der Türwächter ließ mich ein und führte mich durchs Atrium, in dem sich das Personal auf jene zaghafte Weise hin und her bewegte, die Ausdruck der Unsicherheit im Leben dieser Menschen war. Zweifelsohne fragten sie sich, wer beim Herrn bleiben und wer die geschiedene Herrin begleiten würde. Ich bemerkte, daß die Statuen noch mit Tüchern verhüllt waren. Die Sonne war durch die Wolken gebrochen, und man führte mich in einen abgeschirmten Garten, in dem noch die Melodie der Regentropfen widerhallte, die von den Ziegeln fielen. In einer Ecke stand ein kleines, mit einem roten Tuch bedecktes Standbild des Priapus. Auf der Vorderseite hing der Stoffetzen von dem überdimensionalen Phallus des Gottes wie die Parodie eines Banners.

»Kann ich dir helfen?« Ich drehte mich um und sah eine Frau, die den Garten betreten hatte. Ich kannte sie nicht, war aber von ihrem weizenblonden Haar, den großen grauen Augen und dem Klang ihrer Stimme sehr angetan.

»Ich bin Decius Caecilius Metellus der Jüngere«, sagte ich, »und muß den Pontifex maximus sprechen.«

»Er ist im Moment nicht zu Hause«, sagte sie. »Kann ich vielleicht in irgendeiner Weise behilflich sein?« Ihre Grammatik und ihre Aussprache waren tadellos. Sie wahrte eine elegante Haltung, war trotzdem offen und hilfsbereit, ohne dabei aufdringlich vertraulich zu wirken. Mit einem Wort: eine Patrizierin.

»Ich bin mit der Ermittlung im Fall der jüngsten, ähm, Unannehmlichkeiten betraut, die sich bei den Riten der Bona Dea in diesem Haus ereignet haben.«

Sie sah nicht begeistert aus. »Wer«, fragte sie, »gibt dir die Autorität, in dieser Sache den Pontifex maximus zu befragen?«

Das war eine unangenehme Frage. »Es handelt sich nicht um ein offizielles Verhör, meine Dame. Eines der herausragendsten Mitglieder des Senats hat mich beauftragt, eine informelle Befragung durchzuführen, nicht mit dem Ziel, Anklage zu erheben, wie ich betonen möchte, sondern lediglich...«

»Metellus Celer«, sagte sie.

»Wie? Ah, nun ja, da liegst du nicht völlig falsch, aber eigentlich...« Ich bin von Natur aus kein Schwätzer, aber diese Frau hatte mich auf dem völlig falschen Fuß erwischt. »Wie, sagst du, war dein Name?«

»Den habe ich noch nicht gesagt. Ich bin Julia.« Das engte den in Frage kommenden Personenkreis etwas ein. Sie gehörte zu den fünfzig Prozent des julianischen Gens, die weiblich waren.

»Ich wußte zwar, daß Gaius Julius eine Tochter hat, aber ich hatte geglaubt, sie sei... nun ja, also ich hatte den Eindruck, daß sie, sagen wir mal, jünger wäre.«

Ihr Gesicht blieb patrizisch ungerührt, aber ich spürte, daß sie innerlich über mein Unbehagen lachte.

»Gaius Julius ist mein Onkel. Ich bin Julia Minor, die zweite Tochter des Lucius Julius Caesar.«

»Ich verstehe. Ich wußte, daß du eine von den beiden Julias sein mußt. Ich meine, also, was ich sagen will... woher wußtest du, daß es Celer war?«

»Du bist ein Caecilius Metellus, und er ist der Mann von Clodia Pulcher.«

»Du hast eine ausgeprägte Deduktionsgabe«, sagte ich.

»Danke. Mein Onkel spricht oft von dir. Er sagt, du seist einer der interessantesten Männer in Rom.«

»Tut er das?« Ich war ehrlich überrascht. Ich kannte Gaius Julius nur flüchtig. Der Gedanke, daß er über mich sprechen könnte, zustimmend oder nicht, war mir nie gekommen.

»Oh, ja. Er sagt, du hast ein einzigartiges Talent zum Schnüffeln, Spionieren und Schlußfolgern. Er meint, deine Fähigkeiten müßten gerechterweise als Spezialdisziplin der Philosophie anerkannt werden.« Ich glaube nicht, daß sie mich vorsätzlich mit Komplimenten einlullen wollte. Sie schien absolut offen und aufrichtig. Natürlich war sich niemand meiner Empfänglichkeit für attraktive Frauen bewußter als ich.

»Die Philosophie habe ich immer gemieden«, erklärte ich ihr, »aber wer bin ich, daß ich derart feinsinnige Unterscheidungen mit einer solchen Meisterin der Rhetorik diskutiere?«

Endlich lächelte sie. »Genau. Nun, es tut mir leid, daß Gaius Julius nicht hier ist, um mit dir zu sprechen, aber ich bin froh, daß ich dich so endlich kennengelernt habe.« Sie machte Anstalten zu gehen, aber ich wollte nicht, daß sie mich verließ.

»Bitte, bitte«, sagte ich.

»Ja?« Sie war so erstaunt wie ich.

»Nun ja.« Ich suchte verzweifelt nach Worten. »Vielleicht kannst ja auch du mir weiterhelfen. Warst du in jener Nacht dabei?«

»An den Riten der Bona Dea nehmen nur verheiratete Frauen teil. Ich bin nicht verheiratet.«

»Ach so.« Ich war über die Maßen erleichtert zu erfahren, daß sie noch ledig war. »Wie wunderbar. Ich meine, ich bin natürlich nicht glücklich darüber, daß du nicht da warst.« Ich begann, mich erneut in meinen Sätzen zu verheddern.

»Ich habe nicht gesagt, daß ich nicht hier war. Ich habe nur nicht an der Zeremonie teilgenommen.«

»Ah. Nun, es ist ja auch ein recht großes Haus.«

»Du gehst die ganze Sache falsch an. Ich fürchte, du enttäuschst mich.«

»Ich fürchte, ich verstehe nicht, was du meinst.«

»Einfach so in die Häuser bedeutender Männer zu rennen und direkte Fragen zu stellen. So kommst du der Sache nie auf den Grund.«

Ich war ein wenig niedergeschlagen. Wer war denn schließlich berühmt für seine detektivischen Fähigkeiten? »Na ja, es ist ein bißchen was anderes als Ermittlungen in der Subura, wo dem Opfer die Kehle durchgeschnitten wurde. Könntest du mir denn eine bessere Methode vorschlagen?«

»Laß mich dir helfen.«

»Dieses überaus freundliche Angebot hast du mir schon einmal gemacht«, erinnerte ich sie.

»Ich meine, laß mich deine Helferin bei dieser Ermittlung sein. Ich kann an Orte gelangen, die dir unzugänglich bleiben.«

Ich war total verdutzt. »Warum solltest du so etwas tun wollen?«

»Weil ich intelligent, gebildet, umgänglich und bis zum Medea-mäßigen Wahnsinn gelangweilt bin. Ich verfolge deine Karriere schon seit Jahren, durch Klatsch unter Frauen und die Tischgespräche meines Vaters, meines Onkels und ihrer Freunde. Es ist genau die Tätigkeit, zu der ich mich hingezogen fühle. Laß mich dir helfen.« In wahrhaft patrizischer Manier verlangte sie dies als ein ihr zustehendes Recht, aber ich meinte, einen bittenden Unterton in ihrer Stimme gehört zu haben.

»Dein Ansinnen kommt völlig unerwartet«, sagte ich. Gleichzeitig leuchteten mir die Vorteile eines solchen Arrangements unmittelbar ein. Unter anderem würde es bedeuten, daß ich Julia öfter zu sehen bekam. »Aber laß uns darüber reden.«

Sie setzte sich auf eine steinerne Bank und klopfte mit der Hand auf den nur noch leicht feuchten Platz neben sich. »Setz dich zu mir.«

Ich sah mich im Garten um. »Wir sind ohne Anstandsdame

hier. Hat deine Familie nichts dagegen?« Die Männer aus noblen, alten Familien konnten sich aufführen wie die Ziegenböcke oder schlimmer, aber ihre Frauen hatten keusch zu sein, mußten zumindest dafür gehalten werden. Caesars Frau, und so weiter.

»Blicke über meine linke Schulter«, sagte Julia. »Siehst du unter dem Säulengang einen Schatten lauern?«

Ich tat, wie mir geheißen. »Ja, ich sehe einen Schatten.«

»Das ist meine Großmutter, die Dame Aurelia. Du kannst versichert sein, daß sie sich, wenn sie irgend etwas Unziemliches sieht, zwischen mich und die mögliche Schande werfen wird. Sie hat die Augen, den Instinkt und die Krallen eines Raubvogels.«

»Oh, gut. Dann können wir ja Pläne schmieden. Was würdest du als meine Assistentin denn tun?«

»Kollegin, bitte.«

»Also gut.« Dieses Zugeständnis kostete mich gar nichts.

»Die meisten hochgeborenen Damen Roms waren in jener Nacht hier. Ich werde einige von ihnen besuchen und sie ausquetschen.«

»Ist es ihnen nicht verboten, mit jemandem, der noch nicht initiiert ist, über die Riten zu sprechen?«

»Sicher. Aber einige der skandalumwittertsten Frauen der römischen Gesellschaft waren da, Frauen, die für ihre Indiskretion bekannt sind. Ich weiß, daß außer Clodia auch noch Fulvia und Sempronia anwesend waren, zusammen mit der ganzen Delegation aus Lucullus' Haushalt: seine Frau Claudia und sein Mündel Fausta, die Tochter Sullas, und natürlich deine Cousine Felicia, die Frau des jüngeren Crassus. Wenn ich nicht aus einigen dieser Frauen etwas herausbekommen kann, lege ich ein Gelübde ab und werde Vestalin.«

»Das wäre in der Tat sehr wertvoll«, gab ich zu. »Aber wenn deine Großmutter mitbekommen würde, daß du dich in der Gesellschaft einer dieser Damen aufhältst, würde sie sich wahrscheinlich die Pulsadern aufschlitzen.«

»Ich werde eben raffiniert vorgehen. Ich kann es so arrangieren, als würde ich sie zufällig an einem unverdächtigen Ort treffen – in den Bädern beispielsweise.«

In jenen Tagen gab es einige Bäder in Rom, die exklusiv für Frauen waren. Die Vorstellung, wie Julia sich mit einer jener berüchtigten Damen im Caldarium aalte, ließ allerlei ablenkende Bilder in meinem Kopf aufsteigen.

»Das hört sich halbwegs sicher an«, räumte ich ein. »Aber halt dich von Clodia fern. Sie ist eine wirklich gefährliche Frau, während die anderen nur milde lasterhaft sind. Ich habe Celers Erlaubnis, sie persönlich zu befragen, aber ich erwarte nicht, viel aus ihr herauszubekommen. Wie willst du mit mir in Kontakt bleiben?«

»Hast du einen vertrauenswürdigen Sklaven?«

»Ich habe einen Jungen namens Hermes, aber er ist ein unzuverlässiger Schlingel.«

»Dann werde ich jemanden zu dir schicken, wenn ich etwas Substantielles zu berichten habe.«

»Eins wüßte ich trotzdem noch gerne. Warum tust du das alles? Mal abgesehen davon, daß du dich langweilst, meine ich.«

»Ich finde, das ist ein hinreichender Grund. Außerdem kann ich, wie alle anständigen römischen Frauen, Clodia nicht ausstehen.«

»Das ist faszinierend. Die meisten Männer hegen ganz ähnliche Gefühle für ihren Bruder. Geh ihr einfach aus dem Weg.«

»Das wird nicht weiter schwierig sein. Ich habe Angst vor ihr.«

»Das solltest du auch. Mir persönlich jagt sie auch das nackte Grauen ein. Sie ist sehr viel subtiler als Clodius.« Ich erwog, ihr von dem Vergiftungsversuch zu erzählen, hielt mich aber zurück. Ich war ohnehin schon viel zu vertrauensselig gewesen. Ich erhob mich von der Bank.

»Ich werde mich jetzt verabschieden und hoffe, bald von dir zu hören.« Sie begleitete mich unter Beachtung sämtlicher Höflichkeitsregeln zur Tür, die sie wohl vor allem für ihren Drachen von Großmutter vorführte.

Reichlich verwirrt ging ich davon. Man mag sich darüber wundern, daß ich es auch nur in Erwägung zog, einem Mitglied von Caesars Familie zu trauen. Ein entscheidender Grund war, daß ich ihr trauen *wollte.* Meine Meinung, Verstand und Lust durcheinanderzubringen, hat mich schon in mehr verzwickte Lagen gebracht, als mir zu erinnern lieb ist. Trotzdem sagte mir mein Instinkt, auf den ich mich gelegentlich verlassen konnte, daß sie es ehrlich meinte.

Andererseits war es ein denkbar ungünstiger Zeitpunkt, abgelenkt zu sein, weil mein nächster Besuch dem Haus eines Mannes galt, den ich wirklich fürchtete. Die Pfade von mir und Marcus Licinius Crassus hatten sich schon mehr als einmal gekreuzt, und obwohl wir zur Zeit freundliche bis herzliche Beziehungen unterhielten, betrachtete ich das keineswegs als einen Dauerzustand.

Marcus Licinius Crassus Dives galt als der reichste Mann der Welt, und sein Haus tat nichts, diesen Ruf zu widerlegen. Es lag in der Nähe von Celers Haus auf einem Grundstück, auf dem einst die Häuser mehrerer Feinde Sullas gestanden hatten. Crassus hatte für den Diktator die früheren Eigentümer eliminiert und war dafür mit ihrem Grund und Boden belohnt worden. Er hatte die alten Gebäude niederreißen und seinen eigenen Palast erbauen lassen, umgeben von einem weitläufigen Park, gestaltet von den bedeutendsten griechischen Künstlern und vollgestellt mit der aufwendigsten Ansammlung von Skulpturen, die man sich vorstellen kann. Die Sammlung besaß in Rom schon deshalb Seltenheitswert, weil Crassus die meisten seiner Schätze tatsächlich ehrlich gekauft hatte. Nur ein anständig kleiner Teil war geerbt, und fast nichts davon war Kriegsbeute. Das war damals noch eine ziemlich neue Geschichte in Rom, wo wir große Kaufkraft immer sofort mit wohlhabenden Equites und Freigelassenen assoziierten.

Das Scheffeln von Geld war Crassus' Leidenschaft, fast eine Krankheit. Viele seiner Zeitgenossen strebten nach Macht, weil sie glaubten, daß Reichtum sich als natürliche Begleiterscheinung der Macht einstellen würde. Crassus war der erste Römer, der begriff, daß Reichtum Macht *war*. Andere mühten sich jahrelang ab, wichtige militärische Kommandos zu bekommen, damit sie in fernen Ländern Kriegsbeute und Ruhm einheimsen konnten. Crassus wußte, daß er sich jederzeit seine eigene Armee kaufen konnte.

Ich war damals Crassus gegenüber argwöhnisch. Natürlich war es praktisch unmöglich, ihm gegenüber nicht argwöhnisch zu sein. Er war in so viele Intrigen verwickelt, daß die Vorstellung, sie alle zu ergründen, geradezu lächerlich war. Wir alle wußten, daß er irgendwelche dunklen Geschäfte mit Ptolemaios dem Flötenspieler, dem potentiellen König Ägyptens, trieb. Aber Ptolemaios litt unter chronischer Geldnot, so daß es fast natürlich war, daß er sich um Crassus' Gunst bemühte. Crassus suchte den Senat zu einem Krieg gegen Parthien zu bewegen. Wir hatten zwar keinen speziellen Anlaß zum Streit mit Parthien, aber es war die letzte, wirklich reiche Nation an unseren Grenzen, und Crassus wollte seine Chance bekommen, bevor Pompeius sie ihm wegschnappte. Am Ende bekam sie trotzdem Pompeius. Sein zielbewußtes Streben nach militärischem Ruhm entsprach Crassus' Geldgier. Sie haßten sich, konnten aber bei Bedarf auch ganz gut zusammenarbeiten.

Meine Gründe, ihn zu besuchen, waren ein wenig abwegig. Normalerweise versuchte ich, einem Treffen mit ihm unter allen Umständen aus dem Wege zu gehen, aber ich war neugierig auf seine politische Ausrichtung, die sich während meiner Abwesenheit von Rom durchaus verschoben haben konnte. Vor allem war ich unsicher, welche Haltung er gegenüber Clodius einnahm, und mein quasi-offizieller Status gab mir die Gelegenheit, ihn ein bißchen auszuhorchen.

Ich traf ihn im Atrium inmitten eines Haufens seiner Kumpanen an. Als ich hereinkam, beobachteten sie ihn, um zu wissen, wie sie mir gegenübertreten sollten. Er lächelte und kam mit ausgestreckter Hand auf mich zu, und sie standen wieder bequem. Crassus konnte so jovial sein wie Lucullus, wenn es ihm paßte, aber seine herzliche Kameradschaft reichte nie bis in seine Augen. Wir tauschten die üblichen Begrüßungsfloskeln aus, und er fragte nach dem Befinden meines Vaters. Ich sah mich im Raum um, konnte aber seinen Sohn, den jüngeren Marcus Crassus, nirgends entdecken.

Ich erklärte ihm knapp die Natur meiner Mission, und er nickte verständnisvoll, als ich ihm die politischen Feinheiten des Falles erläuterte.

»Schmutzige Geschichte«, sagte er. »Ich kann Celers Sorgen wegen Clodia gut verstehen. Diese Frau hat keinem Mann je etwas anderes als Ärger bereitet.«

Ich vermied es, auf seine finsteren Machenschaften mit dieser Frau hinzuweisen. Das war Teil jenes unausgesprochenen Waffenstillstands, wie er jetzt zwischen mir und Crassus herrschte, daß solche Dinge unausgesprochen *blieben,* bis die Feindseligkeiten wieder ausbrachen.

»Dann wirst du mein Dilemma verstehen«, sagte ich. »Ich kann Felicia schlecht befragen«, meine Vereinbarung mit Julia erwähnte ich natürlich nicht, »und Marcus der Jüngere würde es sicher als schwere Beleidigung empfinden, wenn ich ihn darauf ansprechen würde, aber du als Pater familias könntest die Angelegenheit in die Hand nehmen.« Ich erwartete keinerlei Hilfe von ihm. Die Anfrage sollte nur der Form Genüge tun.

»Das werde ich selbstverständlich mit dem größten Vergnügen tun«, log er jovial.

»Was glaubst du, was Clodius vorhatte?« fragte ich.

»Das war bestimmt wieder nur einer seiner idiotischen Streiche. Welchen ernsthaften Schaden hätte er bei einer religiösen Zeremonie für Frauen anrichten können? Seine Vorstellung von Amüsement ist genauso belämmert wie seine politischen Ideen.«

Das war neu. »Ich wußte gar nicht, daß er politische Ideen hat. Oder irgendwelche Ideen.«

»Was sagst du? Richtig, du bist in diesem Jahr nicht in Rom gewesen, nicht wahr?«

»Klär mich auf«, sagte ich. »Ich weiß, daß er Tribun werden will, wenn es ihm gelingt, den Stand zu wechseln und Plebejer zu werden, aber ich hatte geglaubt, daß er kein besonderes Anliegen verfolgen würde, außer allgemein Unruhe zu stiften.«

»Unruhe ist genau das richtige Wort. Er ist ein Mann des Volkes geworden, weißt du. Er plant, die Getreideversorgung zum dauerhaften Bürgerrecht zu machen, kostenlos.«

»Das ist in der Tat radikal«, sagte ich, während ich im Kopf die verschiedenen Möglichkeiten durchspielte. Die Getreideversorgung gab es seit der Frühzeit Roms als Wohlfahrtsmaßnahme für Notfälle. Sie war eingerichtet worden in den Tagen, als die Bauern aus dem Umland in Belagerungszeiten Zuflucht innerhalb der Stadtmauern gesucht hatten. In Zeiten von Hungersnöten oder anderem Mangel war sie häufig wiederbelebt worden, manchmal auch zur Feier eines wichtigen Anlasses. Jeder Bürger der Stadt ließ seinen Namen in den Getreideversorgungslisten eintragen. Es war sogar so, daß der alte Ausdruck »Empfänger der staatlichen Getreideversorgung« gleichbedeutend mit »Bürger« war und selbst von den Wohlhabendsten benutzt wurde, obwohl sie diese Unterstützung nie in Anspruch nehmen würden.

»Das ist aber noch nicht das Schlimmste. Er trommelt jetzt schon um Unterstützung in der plebejischen Volksversammlung und verspricht die Verabschiedung der skandalösesten Gesetze, wenn sie ihn zum Tribun wählen.«

Ich war wie vor den Kopf geschlagen. Das war jenseits der wüstesten Exzesse unseres Wahlsystems. Normalerweise widmete man sich lange Jahre dem öffentlichen Dienst und forderte anschließend, zur Belohnung gewählt zu werden, nicht ohne bei jeder Gelegenheit auf die eigene vornehme Herkunft zu verweisen. Bisher war noch nie jemand auf die Idee gekommen, dem Wahlvolk irgendwelche Versprechen für die Zeit *nach* der Wahl zu geben. Das hatte selbst Caesar noch nicht gebracht. Dieser Gedanke veranlaßte mich zu allerlei Spekulationen, die jedoch von Crassus unterbrochen wurden.

»Und er unterstützt Pompeius mit seinen Landversprechen.«

»Das ist zumindest konsequent«, bemerkte ich. »Wenn man sich auf so skandalöse Weise beim Mob einschmeichelt, will man natürlich auch die Veteranen auf seine Seite bringen.«

»Genau das habe ich auch gedacht. Ich ertappe mich bei der Frage, ob er Pompeius um ein paar dieser Veteranen bitten wird. Ein so bedeutender Mann, wie Clodius es sein möchte, braucht schließlich eine anständige Eskorte.«

»Eine Privatarmee? Er hat doch schon eine riesige Bande von Ex-Gladiatoren und Straßenkämpfern.«

»Pompeius' Veteranen würden der ganzen Sache einen gewissen Anstrich geben, ganz zu schweigen davon, daß Pompeius und er so ihre Verbundenheit demonstrieren könnten.« Das klang zwar recht plausibel, aber ich vermutete, daß dahinter nichts als reine Bösartigkeit von Crassus steckte. Er wollte seinen alten Rivalen in Verdacht bringen. Als ob ich der Ermutigung bedurft hätte, Pompeius aller möglichen Vergehen zu verdächtigen.

»Und«, fuhr Crassus fort, »ich habe beobachtet, daß Pompeius ihm ein paar etruskische Wahrsagerinnen ausgeliehen hat. Dressierte Wahrsagerinnen sind für einen ehrgeizigen Mann immer von Vorteil.«

»Ich wußte gar nicht, daß Clodius neuerdings den Eingeweide-Beschauern huldigt.« Alle unsere Haruspices kamen damals aus Etrurien.

»Oh, und wie«, versicherte Crassus mir. »Du weißt doch, wieviel Ehrfurcht das gemeine Volk ihnen entgegenbringt. Und eine Machtbasis in Tuscia bringt, sagen wir, gewisse militärisch-politische Vorteile mit sich.« Er benutzte das verbreitete lateinische Wort für die alte etruskische Nation. Eine Machtbasis dort hatte in der Tat etwas für sich, wenn man bedachte, daß man nur den Tiber überqueren mußte, um nach Tuscia zu gelangen. Der Trans-Tiber-Distrikt lag schon auf etruskischem Boden. Tuscia war schon seit Menschengedenken unter römischer Hegemonie, aber die Etrusker waren ein unabhängiges Volk und betrachteten uns als Emporkömmlinge.

Und in den Adern der Claudier floß etruskisches Blut, auch wenn sie immer behaupteten, sabinischer Abstammung zu sein. In den letzten Jahren hatte es eine wahre Manie für alles Etruskische gegeben. Selbst Menschen, die vor zwei Generationen als Sklaven nach Italien gekommen waren, behaupteten plötzlich, etruskischer Herkunft zu sein. Andere bezahlten absurde Preise für echt etruskische Kunst, und es gab einen schwunghaften Handel mit Fälschungen. Jetzt, wo dieses Volk so gut wie ausgestorben ist, sind die Etrusker von einer gewissen romantischen Aura umgeben, die zu den Zeiten, als es sie noch gab und sie uns nichts als Ärger machten, nicht existierte. Damals konnten wir uns noch gut daran erinnern, daß sie einst als Könige über uns geherrscht hatten, und empfanden wenig Zuneigung für sie. Jetzt genossen sie vor allem auf dem Gebiet der Magie und Wahrsagerei Weltruf, was ich immer für eine lockere Art gehalten habe, seinen Lebensunterhalt zu verdienen, ohne wirklich arbeiten zu müssen.

Ich hatte noch ein paar weitere Fragen, aber wir wurden durch die Ankunft von niemand Geringerem als Gaius Julius Caesar mit seinem gesamten Anhang unterbrochen.

»Ich fürchte, ich muß mich verabschieden, Decius«, sagte Crassus. »Der Pontifex maximus und ich haben etwas zu besprechen.« Er senkte die Stimme, als würde er mich in ein großes Geheimnis einweihen. »Ich habe ihn so gut wie überredet, mich auf den nächsten freiwerdenden plebejischen Sitz im Kollegium der Pontifices zu berufen.«

»Darf man schon im voraus gratulieren?« fragte ich. Ich bezweifelte nicht, daß er die Wahrheit sagte, aber ich war mir genauso sicher, daß es um weit wichtigere Dinge als priesterliche Ehren ging. Caesar hatte Schulden. Crassus hatte Geld. Man mußte nicht Aristoteles sein, um eine Verbindung zu erkennen.

Auf dem Rückweg von Crassus' Haus grübelte ich dieser Verbindung zwischen Caesar und Crassus nach. Was ich jetzt brauchte, entschied ich, war eine gute, unvoreingenommene Quelle für Gerüchte, Klatsch und Schmäh. Und ich wußte auch genau, wo ich die finden würde.

VII

Eine ausländische Botschaft mag einem als ein seltsamer Ort erscheinen, halbwegs verläßliche Informationen über die römische Innenpolitik zu erfahren, aber ich wußte es besser. Botschafter leben von Insider-Informationen und Gerüchten. Untereinander diskutieren sie freimütig all die Themen, die die Römer lieber vermeiden. Sie bekommen alles mit und sind stets bemüht, sich die Gunst von Römern mit guten Beziehungen zu sichern.

Der damalige ägyptische Botschafter war ein alter, degenerierter Fettwanst namens Lisas. Er war schon seit Ewigkeiten in Rom und kannte jeden. Die Verbindung zwischen Ptolemaios und Crassus habe ich bereits erwähnt, weswegen es nahelag, Lisas auszuhorchen. Außerdem hatte ich Hunger, und Lisas genoß einen hervorragenden Ruf als Gastgeber.

Die ägyptische Botschaft war eine ausgedehnte Ansammlung verschiedener Gebäude außerhalb der Stadtmauern am Hang des Janiculum. Architektur und Inneneinrichtung waren ein Beispiel jenes großartigen hellenistischen Mischmaschs aus griechischen und ägyptischen Einflüssen, der so typisch für Alexandria war. Hermes betrachtete staunend das Anwesen.

»Bist du schon mal in diese Gegend gekommen, als du weggelaufen bist?« fragte ich ihn.

Er schüttelte den Kopf. »Ich bin nie zuvor außerhalb der Stadtmauern gewesen.«

»Das ist auch gut so. Wenn die Ägypter einen Ausreißer fangen, verfüttern sie ihn an die Krokodile in ihrem Teich.« Genau in diesem Moment brüllte eines der trägen Viecher von der anderen Seite der Mauer, die das Gelände umgab.

»Das habe ich auch schon gehört«, sagte Hermes mit blassem Gesicht. »Ist das wirklich wahr?«

»Absolut«, versicherte ich ihm.

Am Tor stand ein livrierter Sklave zur Begrüßung der Besucher, und als er die Insignien meines Senatorenstandes sah, verbeugte er sich so tief, daß seine Nase fast meinen Knöchel gestreift hätte.

»Senator Decius Caecilius Metellus der Jüngere wünscht den Botschafter Lisas zu sprechen«, erklärte ich pompös. Der Sklave führte mich in ein großzügiges Atrium und eilte auf der Suche nach seinem Herren davon. In der Mitte des Raumes stand eine Sphinx aus weißem Marmor mit dem Gesicht Alexanders des Großen.

Wenige Minuten später kam Lisas unter einem Schwall Begrüßungsfloskeln hereingewatschelt. Neben seiner beträchtlichen Körperfülle zeichneten ihn noch eine riesige schwarze Perücke und grotesk dick aufgetragenes Make-up aus. Wie alle Mitglieder der herrschenden Kaste Ägyptens war er macedonischer Abstammung, posierte aber in der Aufmachung der pharaonischen Vergangenheit. Er war berühmt wegen seiner vielfältigen Perversionen, von denen einige außerhalb Ägyptens noch völlig unbekannt gewesen waren, bis er sie nach Rom gebracht hatte. Trotz alledem mochte ich den Mann, weil er freundlich und rücksichtsvoll war.

»Es ist so gut, dich wieder in unserer Mitte zu sehen, Decius Caecilius«, sagte Lisas, während er Hermes sehnsüchtig musterte. Ich wußte, daß er nicht mehr tun würde als gucken. Er hatte zu gute Manieren, um unanständige Anträge betreffs des Sklaven eines anderen Mannes zu machen. »Wie ich sehe, bist du ganz blaß vor Hunger. Bitte folge mir, damit wir diese Not lindern können.« Ich folgte ihm in ein Triclinium, in dem wir für ein mittleres Bankett gedeckt war. Es war zwar keine reguläre Essenzeit, aber Lisas hielt in diesem Raum stets ein Buffet für unangemeldete Besucher bereit. Ich packte mir einen Teller voll geräucherten Fisch, eingelegter Zunge und anderen Köstlichkeiten, die nicht warm serviert werden mußten. Lisas tat dasselbe, und wir setzten uns zu Tisch, um uns zu unterhalten. Da es sich hierbei um einen rein informellen Besuch handelte, verzichteten wir auf Sofas und Bedienung. Ich sprach das Thema an, das mich beschäftigte, und er dachte einen Moment lang nach, während er sich gezuckerte Datteln in den Mund stopfte.

»Crassus und Caesar...« Seine patschigen Finger malten sinnlose Zeichen in die Luft. »Man hört ja so viele Gerüchte.«

»Was für Gerüchte?« fragte ich.

»Erinnerst du dich noch an das Jahr, in dem Caesar Aedil war?«

»Wer könnte dieses Jahres vergessen?« sagte ich. »Er hat die großartigsten Spiele der Welt inszeniert.«

»Es gab damals Gerüchte, wohlgemerkt nur Gerüchte, daß er mehr als sein öffentliches Amt und fantastische Spiele im Sinn hatte. Angeblich war er zusammen mit Crassus an einer Verschwörung mit dem Ziel eines Staatsstreiches beteiligt. Weißt du noch, daß die designierten Konsuln jenes Jahres ihr Amt nicht antreten durften?«

»Ja«, sagte ich. Im Jahr zuvor hatten Publius Autronius Paetus und Publius Sulla, ein Neffe des Diktators, die Wahl zum Konsul gewonnen. Man hatte sie wegen der Annahme von Bestechungsgeldern verurteilt, bevor sie ihr Amt antreten konnten, und die beiden nächst erfolgreichen, unterlegenen Kandidaten waren an ihrer Stelle zu Konsuln bestimmt worden.

»Man sagt, sie, Caesar und Crassus, hätten geplant, den Senat im darauffolgenden Jahr anzugreifen und ihre Feinde umzubringen, wenn sie alle an diesem einen Ort versammelt wären. Dann sollte Crassus zum Diktator ernannt werden, und dieser sollte Caesar zum Rittmeister ernennen. Danach sollten Publius Sulla und Autronius als Konsuln dienen.«

»Das hört sich für mich wie das Gerede von Zukurzgekommenen an«, sagte ich. »Nicht, daß es jedem der beiden nicht zuzutrauen wäre, aber das Ganze kommt mir doch recht spekulativ vor. Weder Caesar noch Crassus hatten damals genug Anhänger, um die Sache erfolgreich durchzuziehen. Was Sulla angeht, könnte ich es noch verstehen. Er ist bescheuert genug, etwas Derartiges zu versuchen. Seit dem Tod des Diktators war jeder männliche Erwachsene mit dem Namen Cornelius Sulla an jeder nur denkbaren, schwachsinnigen Verschwörung beteiligt, die sich irgendwo ergeben hatte. Dieser spezielle Sulla war auch der Beteiligung an der catilinaischen Verschwörung angeklagt, und es bedurfte schon der Verteidigungskünste Ciceros, ihn da rauszupauken. Sein Bruder wurde ebenfalls angeklagt und auch verurteilt, konnte aber der Hinrichtung entgehen.«

»Es war Caesars Intervention, die ihn gerettet hat, oder nicht?« stellte Lisas nüchtern fest.

»Ja, jetzt wo du es sagst, erinnere ich mich. Servius Sulla war so schuldig, daß nicht einmal Jupiter ihn freibekommen hätte, aber Caesar schaffte es irgendwie, daß das Urteil auf Verbannung abgemildert wurde.« Das mutete in der Tat verdächtig an, aber inzwischen witterte ich überall Verschwörungen. Ich schüttelte den Kopf. »Nein, Caesar und Crassus sind viel zu clever für eine derartige Verzweiflungstat.«

Lisas lächelte sein weltmännisches Lächeln. »Das mag dir vielleicht so erscheinen, mein junger Freund, aber für mich stellt sich das Ganze nicht so eindeutig dar. In Crassus erkenne ich einen Mann mit vereitelten Plänen, den es zu absoluter Macht und

Ruhm drängt, der aber immer wieder mit ansehen muß, wie Pompeius alles bekommt. Caesar ist ein Mann, der die besten Jahre seines Lebens hat verstreichen lassen, ohne irgendwelche Taten von Bedeutung zu vollbringen. Vielleicht haben sie ihre Pose majestätischer Gelassenheit inzwischen perfektioniert, aber es sind trotzdem verzweifelte Männer. Es waren in der Geschichte stets solche Männer, die traditionelle Staatsformen gestürzt und Diktaturen errichtet haben.«

»Na ja, das mag vielleicht in den griechischen und orientalischen Staaten so sein«, sagte ich. »Aber wir sind schließlich Römer.«

»Na und? War Gaius Marius vielleicht etwas anderes oder der große Sulla? Oder, was das angeht, Romulus? Die anderen wichtigen Männer weilten in jenem Jahr außerhalb Roms. Wenn sie genug Entschlossenheit an den Tag gelegt hätten, hätte ihr Staatsstreich sogar Erfolg haben können.« Er beschrieb eine Geste, die wohl den letztendlichen Ratschluß der Götter in allen Fragen des Lebens andeuten sollte. »*Hätte*, wenn die Sache mehr gewesen wäre als ein bloßes Gerücht, um was es sich, wohlgemerkt, handelt.«

»Und jetzt«, sagte ich, »braucht Caesar schon eine Provinz und ihre Legionen, um sich von dem Schuldenberg zu befreien, der auf ihm lastet.«

»Und bald werden ihm die entsprechenden Ressourcen zum Ausplündern zur Verfügung stehen«, sagte Lisas.

»Warum«, fragte ich, »ist er dann noch in Rom?«

Lisas zuckte vielsagend die Schultern. »Noch mehr Gerüchte. Seine Gläubiger wollen ihm die Abreise nicht erlauben, bis er eine Sicherheit für seine Schulden hinterlegt hat.«

»Eine Sicherheit, die nur Crassus leisten kann«, sagte ich.

»Ich wüßte nicht, wer sonst.«

Ich bedankte mich für seine Gastfreundschaft und den erhellenden Klatsch und verabschiedete mich. Ein Sklave holte Hermes und führte ihn ins Atrium. Er machte einen mitgenommenen Eindruck.

»Sie haben mir die Krokodile gezeigt«, sagte er. Sein Atem roch nach ägyptischem Dattelwein. »Eins von ihnen muß mindestens sieben Meter lang sein. Die größte Echse, die ich je im Leben gesehen habe.«

»Hast du ihnen beim Fressen zugeschaut?«

»Nein, aber ich habe auf dem Grund des Teiches Knochen gesehen, die aussahen wie menschliche Knochen.«

»Das stimmt einen nachdenklich, was?« sagte ich. Die Besichtigung des Krokodilteiches war ein Service, den die Botschaft für die Sklaven ihrer Besucher bereithielt. Die »Knochen« waren in Wirklichkeit aus Marmor. Offenbar zermalmen Krokodile richtige Knochen zu winzigen Teilchen.

Wir hatten es fast bis zur Tür geschafft, als ein Haussklave mit einem Paket angehastet kam.

»Mein Herr sagt, du hast das hier vergessen, es ist für eure Sklaven zuhause.« Bei einem formellen Abendessen hätte ich natürlich ein paar Köstlichkeiten für meine Sklaven in meine Serviette gepackt. Bei dem zwanglosen Mittagessen hatte ich jedoch nicht daran gedacht. Wie schon gesagt, Lisas war ein ungewöhnlich aufmerksamer Mann. Ich gab Hermes das Paket.

»Ich möchte, daß du das nach Hause zu Cato und Cassandra bringst. Pack es aber nicht schon unterwegs aus und fang an zu essen. Cato soll es unter euch aufteilen.«

Er zuckte die Schultern. »Man hat mich hier bereits verpflegt. Besser als du.«

»Lisas kann es sich leisten. Weißt du, wo Milo wohnt?«

»Das weiß doch jedes Kind in Rom.«

»Wenn du das Paket abgeliefert hast, kommst du dorthin und wartest auf mich in Milos Atrium. Aber verbrüdere dich nicht mit seinem Personal. Das sind ganz üble Gestalten.«

Er grinste vor freudiger Erwartung. »Jawohl, Herr!« Daß ich Senator und ein Caecilius Metellus war, schien ihn nicht weiter zu kümmern. Aber daß ich ein Freund von Titus Milo war, beeindruckte ihn maßlos.

Ich war froh über die Gelegenheit, alleine laufen und über alles nachdenken zu können. Ich hatte oft die besten Ideen, wenn ich in einem halb unbewußten Zustand dahinschlenderte und mich von meinen Füßen tragen ließ, wohin sie wollten. Manchmal führten sie mich zu einem Ort, dem für die Lösung meines Problems entscheidende Bedeutung zukam. Ich habe mich oft gefragt, wie das angehen mag, und ich denke, daß es vielleicht die kleinen Götter der Wegkreuzungen, deren Schreine ich allenthalben passierte, waren, die mir halfen. Sie sind die römischsten aller Gottheiten, und es ist natürlich, daß sie sich für meine Überlegungen interessieren, die sich gewöhnlich darum drehen, unsere altehrwürdige Stadt vor Unheil zu schützen.

Ich dachte an Caesar und Crassus und Pompeius und all die anderen, die uns mit ihren Machtspielchen zur Last fielen. Und ich dachte an Julia. Irgend etwas, das sie gesagt hatte, hatte eine Frage in meinem Kopf aufgeworfen, aber ich war von ihrer Gegenwart so abgelenkt gewesen, daß ich mich nicht hatte konzentrieren können; und jetzt war mir entfallen, worum es sich gehandelt hatte. Ich gab dieses Unterfangen als zwecklos auf und widmete mich wieder Crassus und Caesar.

Crassus war unvorstellbar reich, aber es fehlte ihm an Erfahrung in militärischen Führungspositionen, die für eine erfolgreiche politische Karriere als unabdingbar galt, ein Kommando, bei dem es um viel Beute und Ruhm ging. Er konnte die notwendige Dienstzeit unter höherrangigen Befehlshabern vorweisen. Er hatte bei einem Feldzug sogar selbst Legionen befehligt, im Sklavenkrieg gegen Spartacus und seine Armee.

Spartacus war vielleicht der gerissenste, fähigste und gefährlichste Feind gewesen, dem die Römer sich je gegenübersahen. Aber er war ein Sklave, und seine Anhänger waren Sklaven, und die Römer weigerten sich, eine Sklavenarmee als achtbaren Feind anzuerkennen. Schlimmer noch, Crassus hatte einen klugen, taktisch ausgeklügelten, abwartenden Krieg geführt, der die Fähigkeiten und die Disziplin seiner Legionen sowie ihre Ausrüstung optimal einsetzte. Er hatte einen vernichtend gründlichen Sieg errungen bei vergleichsweise geringen römischen Verlusten, dem jedoch das Draufgängerische fehlte, das die Öffentlichkeit so bewundert. Wie üblich war Pompeius, aus Spanien kommend, zur Stelle gewesen, als die eigentlichen Kampfhandlungen vorüber waren, hatte Italien von ein paar versprengten Banden fliehender Sklaven befreit und sich den Sieg als eigenen Verdienst an die Brust geheftet. Das hatte Crassus ihm nie vergessen. Es juckte ihn in den Fingern nach einem guten Krieg, aber bei seiner Mentalität war auch ein Staatsstreich nicht ausgeschlossen.

Was Caesar anbetrifft, so ist er mir damals wie heute ein Rätsel geblieben. Er war ein Mann von ungeheuren Fähigkeiten, der bis dato nichts zuwege gebracht hatte. Er war ein Adeliger aus einer der ältesten patrizischen Familien und gab sich gleichzeitig als ein Mann des Volkes. Er war ein alter Marianer in einem Rom, das zwanzig Jahre lang von den Anhängern Sullas kontrolliert wurde. Auch wir Meteller hatten den Diktator unterstützt, genau wie die Claudier, die Cornelier und die meisten bedeutenden Familien wie etwa die Crassi. Sogar einige Julier waren auf seiner Seite gewesen, aber Gaius Julius hatte stets die familiäre Verbindung mit seinem Schwiegervater Gaius Marius betont, selbst in den Jahren, als dessen Stern ganz verblaßt war. Konnte es sein, daß doch mehr in Caesar steckte, als ich vermutete? Er unterstützte sogar die Grünen im Circus.

An jenem Tag schienen die Schutzgottheiten der Stadt nicht geneigt, meine Schritte in eine sinnvolle Richtung zu lenken. Ich drehte zwei Runden um den Circus Maximus, ein nicht zu unterschätzendes Unterfangen, bevor ich einmal den Palatin umwanderte und dann meinen Aufstieg zum Forum begann, das sich gerade in Windeseile von den Menschen leerte, die es am Tag bevölkerten. Ich bestieg den Capitol und lenkte meine Schritte zum Tempel des Jupiters auf seiner Spitze. Ich ging hinein und beobachtete die Priester bei ihrem spärlich besuchten Abendritual. Die neue Jupiter-Statue wirkte immer noch ein wenig fehl am Platz, obwohl sie von beeindruckender Majestät war. Die Haruspices hatten verkündet, daß ein neues Standbild des Gottes vonnöten sei, um den Staat zu schützen und Verschwörungen gegen die Verfassung aufzudecken. Sie mußten recht gehabt haben, denn kaum hatte man die Statue aufgestellt, war die Verschwörung des Catilina aufgedeckt worden.

Ich habe die Götzendienste in unseren Tempeln immer als sehr entspannend und der Meditation förderlich empfunden, solange kein großes, sich wehrendes Wesen geopfert wurde. Der Jupitertempel war einer der ältesten Tempel überhaupt, an Alter höchstens vom Tempel der Vesta überboten. Er war etliche Male wieder aufgebaut worden und einst ein Heiligtum ohne Bilder gewesen, da die Praxis, unseren Göttern die Gestalt von menschlichen Wesen zu geben, noch relativ jung war. Als wir die Griechen versklavten, fingen sie an, unsere Stadt nach ihren Vorstellungen zu reorganisieren. Ich habe nie verstanden, wie es kommt, daß die Sklaven nach und nach die Kontrolle über unser ganzes Leben übernehmen, aber es scheint mir eine Art Naturgesetz zu sein.

Mit Weihrauchduft im Haar verließ ich den Tempel und machte mich auf den Weg zu Milos Haus. Dies war keine Tageszeit, zu der man einen Bürger anständigerweise besuchen konnte, aber Milo war kein gewöhnlicher Bürger. Er schien nie zu schlafen, und er hatte es zu seinem kriminellen/politischen Prinzip gemacht, rund um die Uhr für die Bürger der Stadt dazusein. Wenn es darum ging, den Bürgern das Gefühl persönlicher Hinwendung und Aufmerksamkeit zu geben, war Caesar verglichen mit Milo ein blutiger Amateur. Andererseits war Milo auch nicht von Armeen und Provinzen und rivalisierenden Generälen abgelenkt, die die Welt erobern wollten. Milo wollte nicht die Welt erobern. Milo wollte nur die Stadt Rom unter seine Kontrolle bringen. Zu diesem Behufe hat er sich eine gewaltige Klientel gesammelt, die keineswegs ausschließlich aus verbrecherischen Kreisen stammte. Seine Schlägertruppen blieben logischerweise der harte Kern seiner Machtbasis, aber er hatte seine Beziehungen bis in die höchsten Kreise der römischen Gesellschaft ausgedehnt, wie seine Einladung zum Lunch mit Lucullus bewies.

Milo hatte diesen erstaunlichen Aufstieg vom kleinen Gauner zum Politiker durch unermüdliche Energie, ungeheuren Charme und eine Brutalität erreicht, die selbst in einem Zeitalter von Männern ohne Gewissensbisse atemberaubend war. In seinen Zielen unterschied er sich vermutlich nicht groß von Clodius, aber sie waren ganz unterschiedliche Menschen. Clodius startete mit Reichtum, hoher Geburt und sozialem Prestige ins Leben. Für ihn war es ein Geburtsrecht, sich freimütig in den allerhöchsten Kreisen zu bewegen. Milo hatte zunächst gar nichts, Milo hatte, ich will nicht sagen Ehrbewußtsein, aber er wußte um die Bedeutung von Loyalität und Verpflichtung. Milo hatte Freunde, während Clodius nur Lakaien um sich scharte.

Ich mag voreingenommen gewesen sein, weil ich Clodius so inbrünstig haßte, aber Clodius war auch ein verabscheuungswürdiger Mensch. Ich glaube nicht, daß ich in diesen Dingen je unausgewogen oder willkürlich geurteilt habe.

Milo begrüßte mich herzlich. Ich hatte Glück, er war allein, das heißt, er hatte keine Besucher von Bedeutung, obwohl im Haus eine leicht unterbesetzte Centurie von Schlägern herumlungerte. Er führte mich in einen Nebenraum.

»Du siehst müde aus, Decius. Nimm einen Schluck Wein.« Er schenkte zwei Becher voll und reichte mir einen. Es war ein guter Falerner, mit nicht mehr Wasser gemischt als notwendig, um dem Vorwurf der Unzivilisiertheit zu entgehen. Dankbar nahm ich einen großen Schluck.

»Ich sollte auch müde sein. Ich habe den Tag im Haus von Celer begonnen, von wo ich zum Forum und dann zum Haus von Caesar gegangen bin, von da weiter zum Haus von Crassus und zur ägyptischen Botschaft. Nach dem Mittagessen mit Lisas bin ich zum Capitol gegangen, um zu sehen, ob Jupiter die Geschichte für mich lösen könnte, aber diese Gunst blieb mir verwehrt. Jetzt bin ich hierher gekommen, um mit dir zu reden. Ich hätte in Spanien bleiben sollen. Das Leben in der Legion war nicht halb so anstrengend.«

»Wenn man einen Vorsprung gewinnen will, muß man sich anstrengen.« Milo hatte wenig Mitleid mit Menschen, deren Kraftaufwendungen weniger formidabel waren als seine eigenen. »Noch immer die Sache mit dem Frevel?«

»Ja, und mittlerweile hat auch der Mord an Capito eine unerwartete Wendung genommen.« Ich beschrieb ihm die Wunden, wie Asklepiodes es mir erzählt hatte, und er hörte mit großer Aufmerksamkeit zu. Die feine Kunst der schweren Körperverletzungen war für Milo stets von größtem Interesse.

»Der Schlag mit dem Hammer ist also erst erfolgt, *nachdem* der Kerl schon tot war?« sinnierte Milo. »Das klingt – ich weiß nicht –, es klingt mehr nach einem rituellen Mord als nach einem gewöhnlichen Totschlag. Ich habe mich auf der Suche nach jemandem, der diese Zwei-Stoß-Technik benutzt, unter den Sicarii umgehört, aber ich bin natürlich davon ausgegangen, daß der Mann mit dem Hammerschlag für den Mord außer Gefecht gesetzt worden ist. Das ändert die Sachlage. Wenn es ein Ritual ist, ist es kein römisches Ritual. Vielleicht solltest du dich in der ausländischen Gemeinde umtun.«

»Wunderbar. Rom ist voll mit Ausländern und ihren widerwärtigen Religionen. Ich kann doch nicht an die Tür jedes Orientalen, Galliers oder Afrikaners in Rom klopfen.«

»Die meisten von ihnen lassen sich mit Leichtigkeit als Täter ausschließen«, sagte Milo mit gewohntem Scharfsinn. »Es muß jemand sein, der mit Capito zu tun hatte. Er hatte sicherlich keinen Kontakt zu nubischen Stammeshäuptlingen und arabischen Kameltreibern. Finde heraus, in was Capito verwickelt war, und du wirst höchstwahrscheinlich auch auf den Ausländer stoßen, der einen Grund hatte, ihn zu töten.«

»Das klingt vernünftig», gab ich zu. »Wirst du mir dabei helfen?«

»Sicher«, sagte er. »Gefälligkeit gegen Gefälligkeit?«

»Was immer du wünschst«, sagte ich, »aber was kann ein politischer Niemand wie ich für dich tun?« Ich war nie der irrigen Auffassung gewesen, daß Milos Gefälligkeiten der Ausdruck reiner Großzügigkeit waren, sondern ging stets davon aus, daß er mich irgendwann um eine Gegenleistung bitten würde. Aber ich hatte angenommen, daß das geschehen würde, nachdem ich eine gewisse Bedeutung und Einfluß erlangt hätte.

»Im Moment brauche ich nicht deinen politischen Rang, sondern deine gesellschaftliche Stellung. Ich will, daß du mir hilfst, der Dame Fausta den Hof zu machen.«

Ich hätte es wissen müssen. »Da hast du dir aber einiges vorgenommen, mein Freund.« In dem Moment, in dem ich es sagte, war mir schon klar, wie dumm es war. Warum sollte sich ein Mann, der plante, Rom zu beherrschen, nicht viel vornehmen?

»Ich glaube nicht, daß die Dame das ebenso sieht«, sagte Milo. »Sie ist eine Cornelierin, aber ihr Vater entstammte dem ärmsten Zweig der Familie. Sulla war ein patrizischer Bettler, der es bis ganz nach oben gebracht hat. Und sie weiß das. Fausta weiß, daß die Tage der Patrizier vorüber sind und daß die Zukunft in Rom Männern wie mir gehört.« Das war charakteristisch unverblümt und absolut wahr. Milo war auf eine Art hellsichtig, mit der es nicht einmal Cicero aufnehmen konnte.

»Ich werde dir natürlich gerne in jeder erdenklichen Weise behilflich sein. Was soll ich für dich tun?«

»Bis dato fehlt mir noch der gesellschaftliche Rang, ganz beiläufig bei Lucullus vorbeizuschauen. Du hingegen kannst das. Fausta scheint sich völlig frei im Haus zu bewegen, so daß du keine Schwierigkeiten haben wirst, mit ihr zu sprechen. Du kannst meinem Ansinnen Aus- und Nachdruck verleihen und sehen, wie sie reagiert.«

»Ahh, Milo, mein Freund, es ist üblich, in diesen Fragen die Eltern oder den Vormund der Frau anzusprechen. Und im Sinne von Sullas Testament ist Lucullus derjenige, der über diese Autorität verfügt.«

Milo machte eine wegwerfende Handbewegung, mit der er jegliche Sitten der Vorväter kategorisch verwarf. »Wie gesagt, bestimmte aristokratische Bräuche sind nur von verschwindender Bedeutung und kümmern mich herzlich wenig. Ich bezweifle auch, daß die betreffende Dame viel damit anfangen kann.«

»In diesem Fall wird es mir eine Freude sein, in deinem Namen zu handeln.«

Unter überschwenglichen Dankesbezeugungen verließ ich sein Haus. Das war eine Seite, die ich an Milo, der sonst zwar ebenfalls aufrichtige, aber meistens lakonische Worte fand, nicht erwartet hätte. Es war ein Indiz dafür, wie sehr seine Verliebtheit seine Manieren schon verändert hatte. Ich hatte ihn, selbst in tödlicher Gefahr, nie die Fassung verlieren sehen, aber diese Frau schien ihn nachhaltig zu beschäftigen.

Um diese Jahreszeit wird es schon sehr früh dunkel, so daß Milo Hermes mit einer Fackel ausstattete, mit der jener uns leuchten konnte. Ich war angenehm beschwipst von dem Wein und reichlich durcheinander wegen meines neuen Auftrags. Er gefiel mir nicht, aber Milo hatte mir schon so viele Gefallen getan, daß ich ihm diesen nicht abschlagen konnte. Ich hatte das Gefühl, daß er sich mit seinem Werben um Sullas Tochter viel Ärger und Kummer einhandeln würde, und ich sollte recht behalten, aber das konnte ich ihm nicht sagen, wo doch offensichtlich seine Gefühle und nicht die Politik ihn bewegten.

Es gab ein paar Familien, die man meines Erachtens am besten mied. Der ganze Haufen der Claudier war so ein Clan, genau wie die Antonier. Und eben auch die Familie Sullas. Menschen, die einen Diktator unter ihren direkten Vorfahren haben, haben meist eine übersteigerte Vorstellung von ihrer eigenen Bedeutung.

Dieser Gedanke brachte mich wieder auf das, was Julia heute morgen gesagt hatte und woran ich mich noch immer nicht erinnern konnte. Ich kam nicht auf den Zusammenhang, obwohl ich wußte, daß es einen gab. Ich wußte, daß ich mich noch dümmer anstellte als gewöhnlich. Das konnte ich zum Teil dem Wein zuschreiben, zum Teil auch den verwickelten Wendungen, die mein Leben seit meiner Rückkehr aus Gallien genommen hatte. Und ich sollte bald auf eine Ablenkung stoßen, die den Gedanken völlig aus meinem Gedächtnis verbannte.

»Hier ist es so duster wie in Plutos Abort«, klagte Hermes, als wir uns dem Tor näherten.

»Das kommt davon, daß es Nacht ist«, erinnerte ich ihn. »Nachts ist es dunkel, und am Tag ist es hell.«

»Ich meine nur, daß es heute besonders dunkel ist, selbst für Rom in einer mondlosen Nacht. Diese Fackel nützt mir in dieser Finsternis so viel wie eine mickrige, eindochtige Lampe.« Im nächsten Augenblick stieß er einen heiseren Schrei aus, stürzte und die Fackel ging aus. Instinktiv fuhr ich mit beiden Händen unter meine Tunika, zog meinen Dolch und streifte meinen Caestus über.

»Was ist passiert, du kleiner Trottel?« wollte ich wissen.

»Ich bin ausgerutscht! Da ist was Glitschiges auf dem Pflaster.« Heftig fluchend rappelte er sich wieder hoch.

»Wahrscheinlich hat jemand seinen Nachttopf auf die Straße geleert«, sagte ich. »Guck mal, ob du die Fackel wieder zum Brennen kriegst.«

»Riecht aber nicht wie Scheiße!« beharrte Hermes. »Obwohl es klebrig ist.« Er wirbelte die Fackel durch die Luft, bis die Glut Flammen schlug. In ihrem Licht untersuchte er die Flecken an seinen Händen, Beinen und seiner Tunika.

»Wenn du diese Tunika versaut hast, werde ich dich verscherbeln auf dem...«

»Es ist Blut!« schrie er, mich recht rüde unterbrechend. Jetzt sahen wir ein paar Schritte vor uns einen sackartigen hellen Gegenstand auf dem Pflaster liegen. »Eine Leiche!« schrie er erneut.

»Davon wirst du, wenn du noch eine Weile in der Subura lebst, jede Menge sehen«, erklärte ich ihm. »Ich wünschte allerdings, die Banden würden ihre Drecksarbeit nicht direkt vor meiner Haustür erledigen.« Wir traten näher heran, und Hermes senkte die Fackel. In diesem Moment erkannte ich die mit dem elfenbeinernen Halbmond am Knöchel verzierten Sandalen. Ich packte meine Waffen fester.

»Oh-ha. Doch keine gewöhnliche Leiche. Na, dann wollen wir mal sehen, wen wir hier haben.« Ich kauerte mich neben dem Kopf des Toten nieder, und Hermes kam mit der Fackel noch näher. »So, so«, sagte ich. »Es ist sogar jemand, den wir kennen. Schade, daß es nicht Clodius ist.«

»Beim Pollux!« rief der Junge. »Es ist dieser kleine patrizische Mistkerl, der versucht hat, dich zu vergiften!«

Und in der Tat, da lag er, der junge Appius Claudius Nero, mit einem sauberen Stich im Hals und einem kreisrunden Abdruck auf der Stirn.

VIII

Ich ließ ihn bis zum Morgen liegen. Er war nicht mein Freund gewesen, und ich sah keinen Sinn darin, eine Menge Bürger aufzuwecken, nur damit sie angerannt kamen, den Rotzlümmel zu begaffen. Noch viel weniger hatte ich Lust, seinetwegen um meinen Nachtschlaf gebracht zu werden. Ich hatte einen langen und anstrengenden Tag hinter mir und war müde. Also warf ich eine Handvoll Erde über seine Leiche und ging ins Haus. Ich bat Hermes, seine Tunika in einem Eimer Wasser einzuweichen, bevor er schlafen ging. Wie üblich war ich knapp bei Kasse und wollte ihm keine neue kaufen.

Ich schlief selbst wie ein Toter und fühlte mich beim Aufwachen wesentlich besser. Beim ersten Morgengrauen brachte Cato mir eine Schüssel und mein Frühstück. Ich spritzte mir ein wenig Wasser ins Gesicht und verzehrte ein Stück Brot mit Käse, während ich mir mühsam den Ablauf des gestrigen Tages in Erinnerung zu rufen suchte. Die letzten Schleier des Schlafes lüfteten sich, und mir wurde klar, daß es ein außergewöhnlich ereignisreicher Tag gewesen war. Während ich auf gekochten Eiern, Früchten und zum Abschluß auf einer in süßem Wein getränkten Kruste herumkaute, ordnete ich meine Gedanken. Mein Vater erklärte mir immer, wie dekadent er meine Angewohnheit fand, im Bett zu frühstücken. Oder überhaupt zu frühstücken. Er hielt das für eine unrömische Sitte und obendrein für verweichlichend. Wahrscheinlich hatte er recht, aber ich tat es trotzdem. Als ich gerade fertig war, kam Cato wieder herein.

»Herr, vor dem Haus gibt es einen Aufruhr.«

»Was ist los?« fragte ich unschuldig. Ich hatte beschlossen, die Tatsache, daß ich den kleinen Lauser schon gestern gefunden hatte, zu verschweigen. »Wo ist Hermes?«

»Krank. Behauptet, er hätte Bauchschmerzen. Ich habe seine Tunika heute morgen zum Einweichen in einem Eimer gefunden, also muß er sich gestern besudelt haben.«

»Sag diesem kleinen Simulanten-Ferkel, er soll sofort herkommen«, sagte ich.

»Er simuliert nicht, Herr«, beharrte Cato. »Er hat sein ganzes Zimmer vollgekotzt.«

»Wie schafft der Junge es nur, mich auf so vielfältige Weise zu ärgern?« sagte ich, stand auf und ging zu seiner Kammer. Als ich die Tür öffnete, schlug mir der strenge Geruch von Erbrochenem entgegen. Der Junge lag seitlich auf seiner Pritsche, den Körper um die in den Magen gedrückten Fäuste gekrümmt. Ich kauerte mich neben ihn und legte meine Hand auf seine Stirn. Er hatte kein Fieber, und ich stieß einen Seufzer der Erleichterung aus. Die Pest im Haus hätte mir gerade noch gefehlt.

»Wann hat es angefangen?« fragte ich.

»Mitten in der Nacht«, stöhnte er. »Ich bin mit Krämpfen aufgewacht.« Sämtliches Blut wich aus seinem lila angelaufenem Gesicht. »Sie kommen und gehen«, sagte er aschfahl. »Jetzt geht es mir gut, aber in ein paar Minuten fängt es wieder von vorne an.«

»Werden die Krämpfe heftiger?« fragte ich ihn.

Er schüttelte den Kopf. »Nein. Sie sind nicht mehr so schlimm wie vor ein paar Stunden, und die Abstände werden größer.«

»Hast du gestern abend bei Milo etwas gegessen?«

»Ja. Ein paar seiner Männer haben mich mit in die Küche genommen, wo ich deutlich besser gegessen habe als hier.«

»Wahrscheinlich haben sie dir ein Brechmittel ins Essen gemischt. Sie haben einen recht rauhen Humor. Sei vorsichtig mit ihnen. Milo mag mein Freund sein, aber seine Männer sind Mörder und Verbrecher aller Art.«

»Ja, Herr«, sagte er schwach. Aber mir konnte er nichts vormachen. In Wirklichkeit wünschte er sich sehnlichst, so zu sein wie sie.

»Hör zu, Hermes. Ich habe beschlossen, den Fund von Neros Leiche für mich zu behalten. Sprich zu keinem darüber.«

»Ja, Herr«, sagte er matt. Offenbar war ihm zu elend zum Protestieren.

»Gut. Ich gehe jetzt. Als nächstes kriegst du wahrscheinlich Durchfall. In dem Fall wird Cato dir helfen, zum öffentlichen Abort ein Stück die Straße runter zu gelangen. Ich wüßte nicht, warum man die Luft hier noch mehr verpesten sollte, als sie es ohnehin schon ist.«

»Ja, Herr.«

Ich war erleichtert. Es war nicht ansteckend, und er schien sich vor seiner undefinierbaren Krankheit zu erholen. Trotz allem hatte ich den Jungen ins Herz geschlossen. Die Welt war voll von demütigen, gehorsamen Sklaven, die einen ungerührt ausraubten, wenn man ihnen den Rücken zuwandte, so daß ein Sklave, der erst gar nicht so tat, als sei er etwas anderes als ein Schurke, zumindest amüsant war.

Ich trat auf die Straße und sah, daß sich um die Leiche eine Menschenmenge gebildet hatte. Der Junge lag jetzt völlig nackt auf dem Pflaster, seine Kleidung auf einem Haufen daneben. Offenbar war im Laufe der Nacht jemand vorbeigekommen und hatte den Toten nach Wertsachen durchsucht. Im Morgenlicht sah die Leiche nur noch schmächtig und ziemlich erbärmlich aus. Mag sein, daß er versucht hatte, mich zu vergiften, aber er war bloß ein Junge gewesen, der sich in Geschichten verstrickt hatte, die eine Nummer zu groß und gefährlich für ihn waren.

Meine Nachbarn sahen mich an, als erwarteten sie Anweisungen von mir. Ich war schließlich der Senator des Viertels. Ich entdeckte einen Vigilen, der offenbar gerade Feierabend gemacht hatte. Der Eimer baumelte noch an seiner Hand.

»Lauf zum Praetor Urbanus«, befahl ich ihm. »Berichte ihm, daß in der Subura ein Patrizier ermordet worden ist.« Die roten Sandalen hatte der Dieb nicht mitgenommen. Selbst der dümmste Gauner wußte, daß er die besser nicht zum Verkauf anbot.

»Was hatte er in dieser Gegend zu suchen?« fragte ein Mann. Diese Frage hatte ich mir auch schon gestellt. Ich wußte zwar, daß mein Verstand in jüngster Zeit ungewöhnlich langsam arbeitete, aber auch mir war klar, daß es kein bloßer Zufall sein konnte, daß Nero nur ein paar Schritte vor meiner Haustür ermordet worden war. Hatte man ihn geschickt, den Job, den er zwei Nächte zuvor in Capitos Haus verpfuscht hatte, zu vollenden? Und wenn ja, warum war er dann statt meiner ermordet worden? Das bedeutete, daß es zwischen dem Mord an Capito und dem fehlgeschlagenen Anschlag auf mein Leben einen Zusammenhang geben mußte.

»Sauberer Schnitt«, bemerkte einer der Umstehenden. In meiner Nachbarschaft waren sie, was diese Dinge anging, echte Kenner.

Nach und nach trafen meine Klienten ein, und wir zogen uns ins Haus zurück. Einer Pflicht konnte ich mich, das wußte ich, jedoch nicht entziehen. Einer meiner Klienten hatte einen Sklavenjungen mitgebracht, den ich mir auslieh.

»Weißt du, wo das Haus von Clodius ist?« fragte ich ihn. Der Junge nickte. »Dann lauf dorthin und sag ihn, daß hier ein Verwandter von ihm tot auf der Straße liegt.«

»Ich? Soll mit Clodius reden?« Er hatte vor Angst die Augen weit aufgerissen.

»Wahrscheinlich wirst du nur mit seinem Majordomus sprechen. Wenn Clodius dich persönlich befragen will, hab keine Angst vor ihm. Er weiß, daß er das Eigentum eines fremden Mannes besser nicht anrührt. Und jetzt ab mir dir.«

Der Junge rannte nach draußen, und wenige Minuten später traf ein Beamter in Begleitung eines einzelnen Liktors ein. Ich kannte ihn nicht.

»Ich bin Lucius Flavius«, sagte er, »Judex am Gerichtshof des Praetor Urbanus. Hast du die Leiche entdeckt, Senator?«

»Meine Nachbarn haben sie heute morgen gefunden«, erklärte ich ausweichend. »Aber es sieht so aus, als ob davor ein Räuber ihn entdeckt hat.«

»Kennst du ihn?«

»Appius Claudius Nero. Ich habe ihn vor vier Tagen im Haus

von Metellus Celer getroffen. Er war in Begleitung von Publius Clodius. Ich habe schon einen Boten zu ihm geschickt, damit er herkommen und die Leiche beanspruchen kann.«

»Damit hast du mir eine Aufgabe abgenommen. Sieht so aus, als sei er auf dieselbe Weise ermordet worden wie Mamercus Aemilius Capito.«

»Am Abend dieses Mordes war er in Capitos Haus. Ich weiß nicht, ob da ein Zusammenhang besteht.«

Flavius zuckte die Schultern. »Clodius' Freunde kommen häufiger gewaltsam zu Tode. Ich vermute, der Bursche ist in schlechte Gesellschaft geraten. Wenn du mir die Bemerkung verzeihst, aber das ist eine recht berüchtigte Gegend hier. Wahrscheinlich war er auf der Suche nach billigen Vergnügen irgendeiner Art und ist seinem Mörder zufällig in die Arme gelaufen. In manchen Ecken der Stadt sollte man besser nicht gut gekleidet alleine unterwegs sein.«

»Wie wahr«, sagte ich. Bei Capito war Nero in Begleitung von einem ganzen Haufen Sklaven erschienen, aber wenn er gekommen war, mich zu töten, dann natürlich ohne Zeugen.

»Ich glaube, ich warte wohl besser, bis Clodius hier auftaucht, um die Leiche abzuholen«, sagte er. Ich schickte Cato nach einer Kleinigkeit zu essen und etwas Wein und bat Flavius in mein Ar beitszimmer. Dankbar nahm er die Einladung an. Offenbar interessierte ihn die Ermordung Neros nicht besonders. Ich sollte bald erfahren, was ihn statt dessen bewegte.

»Ich weiß, wir haben uns eben erst kennengelernt, Senator«, sagte er, »aber neue Freunde sind immer wertvoll, selbst wenn man sie unter solch unorthodoxen Umständen trifft. Es ist nämlich so, daß ich im nächsten Jahr für das Tribunat kandidiere, und die Unterstützung der Metelli wäre da sicher von Vorteil.« Das war, gelinde gesagt, eine Untertreibung. Wir kontrollierten einen riesigen Stimmenblock in der plebejischen Volksversammlung.

»Ich nehme innerhalb des Familienrats keine hohe Stellung ein«, sagte ich, »aber ich werde auch nicht völlig ignoriert. Wie stehst du zu den Landversprechen für Pompeius' Veteranen?«

»Ich habe vor, ein Agrargesetz zur Unterstützung der Landverteilungen einzubringen, wobei ich eine Kombination aus öffentlichem Boden und zusätzlichen, aus Steuereinnahmen finanzierten Landkäufen favorisiere. Ich habe Cicero meinen Plan skizziert, und er hält ihn für durchführbar.«

»Gut. Wirst du dich Clodius' Bemühungen, in den plebejischen Stand zu wechseln, widersetzen?«

»Ich werde gegen jeden Versuch in dieser Richtung mein Veto einlegen. Und das wird auch bitter nötig sein, weil ich zufällig weiß, daß Clodius Gaius Herennius bei der Wahl zum Tribunat unterstützt. Clodius hilft Herennius gewählt zu werden, und Herennius wird eine Vorlage einbringen, Clodius den Übertritt zu ermöglichen, so lautet die Vereinbarung.«

»Ich habe gehört, Clodius würde neue und unerhörte Methoden einsetzen, sich beim Mob einzuschmeicheln«, sagte ich.

»Und überaus erfolgreich. Wenn man sich das Tavernengerede anhört, könnte man meinen, Clodius sei eine Art wiedergeborener Romulus.«

Das klang beunruhigend. »Wenn das so ist, darfst du auf meine Unterstützung rechnen.« Ich hatte keine Ahnung, ob ich seinen Worten trauen konnte, aber ich nahm mir vor, das bald herauszufinden. Wir unterhielten uns noch eine Weile über allgemeine politische Fragen, bis einer meiner Klienten uns meldete, daß eine Delegation eingetroffen sei, um die Leiche abzuholen. Ich stand auf und ging zum Vordertor meines Hauses. Ich hatte wenig Angst, daß es zu einem ernsthaften Kampf mit Clodius kommen würde. Wie sehr die Schar seiner Anhänger in den Elendsvierteln auch wachsen mochte, mein Distrikt war fest in der Hand von Milo und den Seinen.

Draußen wartete Clodius mit einer Horde Gefolgsleute an einer mitgebrachten Bahre, während die Libitinarii ein flüchtiges Lustrum zelebrierten, damit die Leiche ohne Gefahr von Verunreinigung angefaßt werden konnte. Der Priester berührte sie mit dem Hammer, um sie für die Göttin zu beanspruchen, und vollführte dann sein übliches Tamtam mit Wässerchen und Püderchen. Dann nickte er Clodius zu, der mich die ganze Zeit angestrengt ignoriert hatte.

Daraufhin kam Clodius seinen rituellen Pflichten nach. Die Leiche wurde auf die Bahre gehoben, und er beugte sich über ihr Gesicht, fast so als ob er den Jungen küssen wollte, und vollführte eine Pantomime, in der er den letzten aus dem Körper entweichenden Atem auffing. Dafür war es ein bißchen spät, dachte ich, aber so wollte es das Ritual. Clodius richtete sich auf, klatschte dreimal in die Hände und rief die Conclamatio:

»Appius Claudius Nero! Appius Claudius Nero! Appius Claudius Nero!« Nach dem letzten Aufruf des Namens stimmte eine Schar weiblicher Verwandter und Sklavinnen das schrille Wehklagen an, und Clodius legte eine Münze für den Fährmann unter die Zunge des Jungen. Als die Bahre hochgehoben wurde, drehte er sich wutentbrannt zu mir um, sagte aber nichts, bis die Bahre samt Leiche weggetragen war und das Lamento in der Ferne verklang.

»Metellus! Du hast meinen Cousin ermordet, und ich werde deshalb vor dem Gerichtshof Anklage gegen dich erheben!« Offensichtlich glaubte er selbst nicht, was er sagte. Er zog es vor, seine Feinde ohne das vorherige Privileg eines Prozesses zu töten.

»Du quatschst heute morgen noch mehr Schwachsinn als üblich, Clodius«, sagte ich. »Wenn ich den Jungen wirklich hätte umbringen wollen, hätte ich das wohl nicht direkt vor meiner Haustür getan. Es ist ganz offenkundig, daß er von demselben Mörder umgebracht wurde, der auch Mamercus Capito getötet hat, und ich war in Capitos Triclinium, als es geschah, wie etliche der vornehmsten Männer Roms gerne bezeugen werden.« Den Vergiftungsversuch erwähnte ich nicht. Die Leute könnten daraus schließen, daß ich einen Groll gegen den Jungen hegte und somit ein Motiv hatte, ihm nach dem Leben zu trachten.

»Ich habe nicht gesagt, daß du es persönlich getan hast!« brüllte Clodius. »So gut bist du nicht mit dem Dolch. Der Mörder war dein Mietling.« Die Bande seiner Schläger hinter ihm knurrte zustimmend, aber sämtliche Dächer waren mit meinen Nachbarn besetzt, die mit genügend Steinen bewaffnet waren, eine kleine Stadt zu errichten.

»Wenn du formell Anklage erheben willst, weißt du ja, wie das geht«, sagte ich, »aber ein Mann, der selbst des Frevels verdächtigt wird, macht vor Gericht keine gute Figur.« Diese Bemerkung quittierten meine Anhänger mit dröhnendem Gelächter, während Clodius rot anlief.

»Dann sollten wir die Gerichte vielleicht gar nicht erst mit dieser Sache behelligen!«

Im Mob seiner Lakaien sah ich gezückte Dolche blitzen, während meine Anhänger hinter mir Knüppel, Steine und zweifelsohne auch ein paar Schwerter zu meiner Verteidigung bereithielten. Ich griff unter meine Tunika und schlüpfte in meinen Caestus. Das Ganze ließ sich an wie eine veritable Straßenschlacht, und ich war dafür bereit. Die letzten Tage waren ziemlich frustrierend verlaufen, und eine Massenschlägerei ist eine prima Methode, Spannung abzubauen, egal was die Philosophen sagen.

Ich habe übertriebenen Gleichmut stets für ungesund gehalten. Wir wollten gerade aufeinander losgehen, als etwas völlig Unerwartetes geschah.

Die Menge auf der Straße teilte sich wundersamerweise vor einem weiß gewandeten Herold, der sich mit seinem efeuumwikkelten Stab einen Weg bahnte. »Weg da!« rief er. »Macht Platz für den Pontifex maximus!« Die Dolche verschwanden wieder, als hätte es sie nie gegeben. Ich ließ den Griff meines Caestus los, und die Menge verfiel in Schweigen.

Mit pompöser Würde schritt Gaius Julius Caesar durch den Gang zwischen den beiden feindlichen Gruppen. Er trug eine prachtvolle offizielle Toga und hatte eine Falte über seinen Kopf gezogen, als träte er in priesterlicher Funktion auf. Er drehte sich einmal langsam im Kreis, und die Menschen wichen vor dem Runzeln seiner herrschaftlichen Adleraugenbrauen zurück. Ich wurde zum ersten Mal Zeuge, mit welcher Leichtigkeit Caesar Menschenmengen beherrschte, und ich war beeindruckt. Jetzt begriff ich, warum er so großen Einfluß auf die öffentlichen Massenversammlungen ausübte. In kleinen Gruppen, selbst vor dem Senat, wirkte Caesars Gebaren wie eine bombastische Pose. Inmitten dieser großen Menschenmenge kam es einem geradezu gottgleich vor. Ich begann vorsichtig zu ahnen, wie er bei einem Truppenappell vor einer Schlacht wirken würde.

»Bürger!« rief er genau in dem Moment, in dem seine Rede garantiert die größte Wirkung zeitigen würde. »Diese Straße war der Schauplatz eines Mordes an einem adeligen Jungen aus einer der ältesten Familien Roms, einem Patrizier der Claudier. War das noch nicht genug? Wollt ihr die Götter weiter erzürnen und ihren Fluch über die Stadt und auf euch ziehen, indem ihr vor den Augen des Pontifex maximus das Blut von Bürgern vergießt?« Den mittleren See eingetrockneten Bluts des jungen Nero, der sich auf dem Kopfsteinpflaster ausbreitete, ignorierte er vornehm. Vielleicht zählte getrocknetes Blut ja nicht. Die Leute blickten beschämt zu Boden, selbst Clodius' Gefolgschaft wirkte gequält.

»Pontifex«, sagte Clodius, »wir würden dir nie mit Mißachtung begegnen, aber mein Verwandter ist heimtückisch ermordet worden, und ich benenne *ihn*«, er wies mit dem Finger auf mich, »als die schuldige Partei.«

»Rom ist ein Rechtsstaat«, verkündete Caesar. »Diese Fragen werden von Gerichten und Magistraten und Geschworenen entschieden, nicht von einem wild gewordenen Pöbel. Ich befehle, daß sich alle hier Anwesenden unverzüglich nach Hause begeben. Wenn eure Leidenschaft etwas abgekühlt ist und ihr euch wieder benehmen könnt, wie es sich für anständige Bürger geziemt, ist die Zeit, die Sache öffentlich zu verhandeln. Bis dahin, entfernt euch!« Die letzten Worte knallten auf die Menge wie einer von Jupiters Donnerschlägen, und selbst einige der blutigsten Schläger der Subura huschten förmlich aus seinem Blickfeld.

Clodius war so außer sich, daß er tatsächlich einmal kein Wort herausbrachte. Sein Gesicht verfinsterte sich ins dunkelste Rot, und pochende Zornesadern zeichneten sich auf seiner Stirn ab. Seine Iris war rot von geplatzten Äderchen wie nach einem Drei-Tage-Suff. Wenn er jetzt noch die Zunge herausgestreckt hätte, wäre er den Gorgonen, deren Abbild man auf alten griechischen Schilden findet, zum Verwechseln ähnlich gewesen. Es war ein höchst unterhaltsames Spektakel, aber es konnte nicht dauern. Unter Caesars zornigem Blick begann die extravagante Farbe aus Clodius' Gesicht zu weichen. Als er sich wieder einigermaßen im Griff hatte, fuhr er herum und stolzierte, gefolgt von seiner betretenen Anhängerschaft, davon.

Binnen Sekunden war die Straße bis auf Caesar wie leergefegt.

Es war das erstaunlichste Schauspiel, das ich seit langem gesehen hatte. Er drehte sich zu mir um.

»Wie ist es dazu gekommen, Decius Caecilius?« fragte er.

»Komm mit rein, dann werde ich dir alles erzählen, Gaius Julius«, sagte ich. Caesar kam herein, und ich erzählte ihm natürlich nicht alles, nur wie ich den jungen Nero getroffen hatte und ihm dann noch einmal vor der Bude der Kräuterfrau und in Capitos Haus begegnet war. Den Part mit dem versuchten Giftmord und der nächtlichen Entdeckung der Leiche ließ ich weg. Da mir die ganze Sache genauso rätselhaft wie jedem sonst war, mußte ich meine Ahnungslosigkeit nicht einmal vortäuschen.

»Das ergibt alles überhaupt keinen Sinn«, sagte Caesar.

»Ich hätte es nicht treffender formulieren können.«

»Eine irritierende Angelegenheit«, sinnierte er. »Zwei identisch ausgeführte Morde, und beide Opfer waren Patrizier.«

»Nicht zu vergessen Capitos Janitor«, erinnerte ich ihn. Er war kein Patrizier.

»Wahrscheinlich hat er für den Bruchteil einer Sekunde das Gesicht des Mörders gesehen«, meinte Caesar. »Man hat ihn vermutlich als Zeugen eliminiert.«

»Das sehe ich auch so«, sagte ich. Dann erzählte ich ihm, was Asklepiodes über die Wunden gesagt hatte. Warum sprach ich so offen mit Caesar? Zum Teil, weil ich vermutete, daß er irgendwie in die Geschichte verwickelt war, und hoffte, daß er seine Komplizenschaft verraten würde. Zum Teil wohl auch, weil ich mich innerlich auf eine zünftige Schlägerei mit Clodius gefreut hatte und Caesar das Feuer gelöscht hatte. In einem weniger frustrierten Zustand wäre ich vielleicht vorsichtiger gewesen.

»Das ist in der Tat seltsam. Darf ich das so verstehen, daß du dich wieder in eine deiner unnachahmlichen Ermittlungen gestürzt hast?«

»Es hilft einem, die Zeit zu vertreiben«, sagte ich.

Er wurde plötzlich sehr ernst. »Decius, mein Freund. Ich habe viele Männer gesehen, die den Tod aus Ruhmsucht herausgefordert haben. Andere tun es in ihrem Streben nach Reichtum, Macht oder Rache. Du bist der einzige Mann, den ich kenne, für den es eine Art Denksportaufgabe ist.«

»Jeder Mensch findet seine Genüsse, wo er will«, sagte ich, einen alten Spruch zitierend, den ich schon oft als Inschrift auf Grabsteinen gelesen hatte.

»Du bist ein faszinierender Mann, Decius Caecilius. Ich wünschte, es gäbe mehr wie dich in Rom. Die meisten Männer sind stumpfsinnige Langweiler. Meine Nichte hat mir von deinem Besuch gestern erzählt. Sie war ganz angetan von dir.«

Das überraschte mich, aber ich antwortete ohne Ausflüchte. »Wie ich von ihr.«

Er nickte wohlwollend. »Das höre ich gern. Wir müssen das irgendwann einmal weiter erörtern. Im Moment jedoch erwartet man mich anderenorts. Guten Tag, Decius.«

Seine Worte hatten mich ziemlich verdutzt. Wollte er eine Heirat andeuten? Oder versuchte er mich abzulenken? Was letzteres anbetraf, war es ihm jedenfalls nicht gelungen, mich die Frage vergessen zu lassen, die mir seit seinem Erscheinen im Kopf herumging.

»Gaius Julius«, sagte ich.

Er drehte sich auf der Schwelle um. »Ja?«

»Wie kommt es, daß du so schnell hier warst?«

Er lächelte. »Immer ganz der Detektiv, was? Zufällig war ich gerade im Tempel der Libitina, als Clodius' Sklave kam, um den Bestatter zu rufen.«

»Ach so«, sagte ich. »Pontifikalpflichten?«

»Ich habe Vorkehrungen für eine familiäre Gedenkfeier getroffen«, sagte Caesar. »Die Göttin ist ein Aspekt der Altehrwürdigkeit meiner Familie.« Caesar hatte gerade damit begonnen, die göttlichen Ursprünge des julianischen Clans zu betonen, und ließ keine Gelegenheit aus, sie zu erwähnen.

»Den Mann muß man im Auge behalten«, sagte mein altes Faktotum Burrus, als er gegangen war. Er hatte mit den anderen im Atrium gewartet, während ich mich im Arbeitszimmer mit Caesar unterhalten hatte. Burrus war ein ehemaliger Centurio der Legion, bei der ich in Spanien gedient hatte. Er war eisengrau und hatte ein Gesicht wie die Dolabra eines Soldaten.

»Warum sagst du das, Burrus?« Ich wußte, weswegen Caesar mir Unbehagen bereitete, aber ich war neugierig zu erfahren, wie ein Mann wie Burrus über ihn dachte.

»Ich kenne mich bei den Gerichten und im Senat nicht so aus wie du, Patron«, sagte er, »aber ich kenne die Armee. Gib dem Mann das Kommando über ein oder zwei gute Legionen, und er wird Wunder wirken.«

Das überraschte mich. »Warum um alles in der Welt sagst du das?«

»Ich habe ihn vor dem Consilium plebis reden gehört. Du hast seinen Auftritt gerade eben auf der Straße gesehen? So gibt er sich immer, wenn er zum Plebs spricht. Soldaten sind sehr empfänglich für einen Mann, der redet wie er, Herr. Wenn er ein ebenso guter Befehlshaber wie Redner ist, würden sie alles für ihn tun.«

Ich hatte gedacht, ich würde Rom aus dem Effeff kennen, aber das war mir neu. Damals verwarf ich den Gedanken rasch wieder. Redegabe war eine Sache, aber die Fähigkeit, die bitteren Entbehrungen des soldatischen Lebens zu ertragen? Ich wußte, wie sehr ich sie immer gehaßt hatte, und Caesars Ruf, das leichte Leben und den Luxus zu lieben, überstieg meinen bei weitem, dabei war mein Ruf auf diesem Gebiet keineswegs klein. Er würde nie und nimmer ein guten General abgeben, da war ich mir sicher.

Von weit größerem Interesse für mich waren seine kryptischen Andeutungen über Julia gewesen. Schlug er eine Verbindung unserer beiden Häuser vor? Anders konnte ich es nicht deuten. Ehen zwischen großen Familien waren immer politisch, aber es gab Abstufungen in ihrer Bedeutung. Wir Caecilii waren ein riesiges Gens, während die Julianer winzig waren. Sie hatten jeweils nicht mehr als zwei verkuppelbare Töchter, und da war ein derartiges Angebot in der Tat eine ernste Sache. Wenn es ein Angebot war. Sehr viel wahrscheinlicher handelte es sich um ein Ablenkungsmanöver, und das würde bedeuten, daß Caesar fürchtete, ich könnte etwas herausfinden, was er geheimhalten wollte.

Die ganze Angelegenheit, oder besser die Angelegenheiten, waren zu verwirrend geworden. Ich beschloß, mich zunächst auf bestimmte Aspekte zu konzentrieren. Wenn ich überhaupt eine Art Überblick zurückgewinnen wollte, mußte ich meinen ganzen Mut zusammennehmen und der Person in Rom gegenübertreten, die ich mehr als alle anderen fürchtete. Ich mußte Clodia befragen.

Ich entließ meine Klienten. Nach den Verzögerungen des Vormittags wäre es sinnlos gewesen, loszumarschieren, um Celer unsere morgendliche Aufwartung zu machen. Bei der Entlassung war ich ausgesprochen höflich. Diese Männer hatten mir, ohne mit der Wimper zu zucken, zur Seite gestanden, als ich mich in einen Kampf mit meinem Todfeind begeben wollte, obwohl viele von ihnen zu alt für eine Straßenschlacht waren. Es war die Pflicht eines Klienten, und von mir wurde erwartet, daß gleiche für sie zu tun, aber ein tatsächlicher Anlaß zur Erfüllung dieser gegenseitigen Pflicht war trotzdem etwas Besonderes. Obwohl mir ein Leben lang der Ruf einer gewissen Laxheit angehaftet hat, bin ich von meiner Clientela doch nie der Undankbarkeit bezichtigt worden.

Die Aussicht auf meinen nächsten Termin war wenig verheißungsvoll, aber ich mußte mich nicht in dem Maße für die bevorstehende Begegnung sammeln wie an einem normalen Tag. Ich hatte seit dem Frühstück schon einem Kampf auf Leben und Tod mit ihrem Bruder ins Auge gesehen und Caesar herausgefordert, so daß eine Runde mit Clodia nicht so erschreckend wirkte, wie das möglicherweise sonst der Fall gewesen wäre.

Bis ich bei Celers Haus ankam, war er schon lange in öffentlichen Angelegenheiten zur Curia aufgebrochen. Das große Haus war still, das Personal mit der Hausarbeit beschäftigt. Ich sagte dem Majordomus, er solle mich der Dame Clodia ankündigen und ihr mitteilen, daß ich sie um ein Gespräch bäte. Er führte mich in ein kleines Wartezimmer, in dem ich eine Weile herumstand, bis ein barfüßiges Sklavenmädchen erschien.

»Bitte, komm mit, Herr«, sagte sie. »Meine Herrin wird dich jetzt empfangen.« Sie war ein schmächtiges, aber wunderschönes Wesen mit blondem, gallischem Haar. Clodia umgab sich stets mit schönen Dingen: Sklave oder freigeboren, lebendig oder unbeweglich.

Sie führte mich zu einer Zimmerflucht im rückwärtigen Teil der Villa. Die Räume waren offensichtlich neuer als die übrigen, und Clodias Stil war überall sichtbar. Die Wände waren von Künstlern bemalt worden, vor allem Landschaften und mythologische Szenen, und die Böden waren von Mosaiken gleicher Qualität geziert. Selbst das bescheidenste Möbelstück war noch exquisit. Allein die Vasen und Statuen waren zusammen eine ausgewachsene Stadt wert.

»Eine private Befragung, Decius? Wie mutig.«

Ich wandte mich von der Lampe ab, einer campanischen Bronzearbeit, die ich bewundert hatte. Clodia war so schön wie irgendein Kunstwerk in diesem Zimmer, und sie wußte es. Sie stand auf der Schwelle der Tür, die in den Garten führte, ein Trick von ihr, den ich nur zu gut kannte. So konnte das Licht durch die zarten Gewänder fallen, die sie bevorzugte. Heute hatte sie sich selbst übertroffen. Sie trug ein Kleid aus jenem berühmten oder besser berüchtigten coanischen Stoff, der Seide. Sie wurde von jedem neuen Censorenpaar verboten, was allerdings lediglich bedeutete, daß es nicht ratsam war, sie in der Öffentlichkeit zu tragen. Clodias Gewand war, eine zusätzliche Extravaganz, purpurrot gefärbt.

»Aber Clodia«, sagte ich. »Ich bin im Rahmen eines Auftrags hier, den dein Mann mir erteilt hat. Ich habe sogar seine ausdrückliche Erlaubnis, dich zu besuchen.«

»Wie undenkbar anständig«, sagte sie. »Du bist immer so pflichtbewußt.«

»Hingebungsvolle Pflichterfüllung hat Rom groß gemacht«, sagte ich, zum zweiten Mal an diesem Tag ein Sprichwort zitierend.

Sie lächelte. »Weißt du, Decius, jedesmal wenn ich fest damit gerechnet habe, daß du aus dem Spiel bist, bist du mit noch mehr Freunden und Einfluß und einem geringfügig höheren Rang wieder aufgetaucht. Von Macht werde ich nicht reden.«

»Langsam, aber stetig«, sagte ich. »Die beste Art vorwärtszukommen.«

»Die sichere Art.«

»Sicher ist die beste Art, um am Leben zu bleiben«, sagte ich. »Das habe ich zumindest immer gedacht. Unlängst hat jedoch jemand ohne für mich erkennbaren Grund versucht, mich umzubringen. Das wirst doch nicht du gewesen sein, oder?«

»Nur, weil ich früher schon einmal versucht habe, dich zu töten?« Sie sah ernsthaft verletzt aus. »Damals warst du mir im Weg. Ich bin schließlich nicht frivol. Ich bemühe mich, Menschen nicht aus reinem Trotz zu töten. Warum verdächtigst du mich?«

»Dein kleiner Cousin Appius Nero hat vor ein paar Tagen versucht, mich zu vergiften. Hinterher wurde er beobachtet, wie er dieses Haus betrat. Du und Celer, ihr seid die einzigen Personen von Bedeutung in diesem Haushalt, was den Kreis der Verdächtigen etwas einengt.«

»Du bist ein Idiot. Er hatte keinen Grund, dich zu vergiften, und er ist hierher gekommen, weil er Streit mit meinem Bruder hatte und einen Platz zum Schlafen brauchte. Sie müssen sich wieder vertragen haben, weil ich ihn seit gestern morgen nicht mehr hier gesehen habe.«

»Du wirst ihn auch in Zukunft kaum mehr zu sehen bekommen«, erklärte ich ihr. »Jemand hat ihn gestern nacht direkt vor meiner Haustür ermordet.«

»Ermordet?« sagte sie. Ihre Selbstkontrolle war phänomenal, aber ich war mir sicher, daß es ein Schock für sie war.

»Ja. Auf dieselbe Weise erledigt wie Capito.«

Sie wandte sich ab, damit ich ihren Gesichtsausdruck nicht lesen konnte. »Nun denn. Der arme Nero. Ich kannte ihn nicht besonders gut, aber er war ein Verwandter und noch recht jung.«

»Alt genug, um mich vergiften zu können«, sagte ich.

»Das ist alles sehr betrüblich, aber deshalb bist du vermutlich nicht gekommen, oder?« Sie wandte sich mir mit diesem spöttischen Ausdruck erneut zu.

»Nein. Ich bin gekommen, dich wegen der Taktlosigkeit deines Bruders bei den Riten der Bona Dea zu befragen. Die Stadt ist entsetzt. Er muß zur Rechenschaft gezogen werden.«

»Oh, du kennst ja Clodius. Er liebt es, unsere religiösen Sittenwächter zu verspotten. Er ist nie richtig erwachsen geworden und hat einen Heidenspaß daran, unsere Familienältesten zu schockieren.«

Das war eine erstaunliche Aussage aus dem Munde Clodias, weil sie absolut richtig war. Ihre Bewunderung für ihren Bruder war legendär. Sie hatte sogar ebenfalls ihren Namen geändert, als er sich von Claudius in Clodius umbenannt hatte. Sie war oft wütend über ihn, aber es war ausgesprochen untypisch, daß sie ihn vor seinen Feinden herunterputzte. Ich war bereits argwöhnisch. Argwohn wurde mir zur Gewohnheit, wenn ich mit Clodia zu tun hatte. Aber es war wirklich faszinierend. Konnte es sein, daß sie mehr als ein bißchen wütend auf ihren geliebten Bruder war? Dann rief jemand aus einem anderen Zimmer.

»Clodia? Wer ist denn da?«

»Störe ich?« fragte ich.

»Ja, aber ich verzeihe dir. Komm, Decius, du mußt Fulvia kennenlernen.«

»Fulvia? Ist sie zurück in Rom?« Ich kannte nur eine einzige prominente Frau dieses Namens, und die war nach dem catalinaischen Debakel aus Rom geflohen.

»Nein, es ist eine Verwandte. Sie ist gerade aus Baiae eingetroffen.«

Wir betraten eines der Schlafzimmer, das Clodias Geschmack an erotischer Kunst offenbarte. Das Dekor erinnerte an ein Bordell, aber hier wie überall war alles von erlesener Qualität. Ein junges Mädchen saß aufrecht in einem Bett mit Seidenkissen, und ich verneigte mich förmlich, vorsichtig darauf bedacht, möglichst unbeteiligt zu wirken, weil ich wußte, daß Clodia wieder einmal versuchte, mich aus der Fassung zu bringen.

Das Mädchen war außerordentlich schön, ihr Haar blond wie

das der Germanen. Sie war so schmal und klein, daß man sie leicht für ein Kind hätte halten können, aber auch sie trug ein Seidengewand, das diesen Eindruck schnell zerstreute. Sie hatte große Augen und hinreißend volle Lippen. Sie schien kaum älter als sechzehn, aber ihr Gesicht trug bei aller Reinheit jenen unbeschreiblichen und doch unverkennbaren Ausdruck abgrundtiefer Verdorbenheit.

»Meine Liebe«, sagte Clodia, »das ist Decius Caecilius Metellus der Jüngere, Sohn des Censors.«

»Es ist mir eine ganz besondere Ehre, einen so bedeutenden Mann zu treffen«, sagte Fulvia. Odysseus hatte seinen Männern befohlen, sich genau gegen diese Art Stimme Wachs in die Ohren zu stopfen. Im Gegensatz zu Odysseus war ich an keinen Mast gebunden, und es bedurfte einiger Anstrengung, nicht zu ihr aufs Bett zu springen.

»Ganz Rom ist hocherfreut, eine so entzückende Besucherin zu haben«, sagte ich. »Ist dies bloß ein vorübergehender Aufenthalt, oder dürfen wir hoffen, daß du uns länger erhalten bleibst?«

»Fulvia«, sagte Clodia, »ist mit Clodius verlobt.«

Ich sah sie mit süffisant hochgezogenen Brauen an. Ich konnte der Versuchung nicht widerstehen. »Bist du nicht eifersüchtig?«

Sie verzog keine Miene. »Menschen wie wir verfügen über eine Flexibilität, die du dir nicht einmal vorstellen kannst, Decius.«

Sie unterschätzte meine Vorstellungskraft, aber ich schwieg dazu. »Und war die junge Fulvia in jener mittlerweile berüchtigten Nacht der Riten auch in Caesars Haus?« fragte ich, um auf das anstehende Thema zurückzukommen.

»An den Riten nehmen nur verheiratete Frauen teil, Decius«, sagte Clodia. »Fulvia hat mich dorthin begleitet, aber an den Riten durfte sie nicht teilnehmen.«

»Und wie ist Clodius reingekommen?« wollte ich wissen. »Ich

bin schlechterdings unfähig, mir auszumalen, wie er als Frau verkleidet aussieht. Mit wem war er denn angeblich verheiratet?«

»Das weiß ich nicht«, sagte Clodia. »Er hat mir nicht erzählt, daß er kommen wollte.«

»Ich verstehe. Und wie hat man ihn entdeckt?«

»Oh, das geschah während einer...« Sie hielt inne. »Nein, ich fürchte, das darf ich dir nicht erzählen.«

»Nun, werd mal nicht komisch. Wann hast du dich je um Gesetze und Regeln geschert? Der Umhang der Frömmigkeit steht dir nicht, Clodia.«

»Wer spricht denn von Frömmigkeit?« sagte sie. »Das ist eine Frage des Gesetzes. Hast du nicht geschworen, die Gesetze des Senates und des Volkes von Rom zu achten?«

»Darüber läßt sich in der Tat diskutieren«, meinte ich. Auf eine plötzliche Eingebung hin sponn ich ein jüngst mitangehörtes Gespräch ein wenig aus. »Ich war unlängst bei einer Debatte unter einigen der höchsten Repräsentanten der Regierung zugegen, bei der die Frage aufgeworfen wurde, ob der Kult der Bona Dea überhaupt römischen Ursprungs ist. Es könnte durchaus sein, daß es im Einklang mit unseren Gesetzen ist, eine Zeugenaussage zu den Riten zu verlangen.« Ich hatte unseren müßigen Plausch beim Essen in den Rang einer Senatsdebatte erhoben, aber das brauchte sie nicht zu wissen. Ein Ausdruck, der mich stark an Furcht erinnerte, huschte über Clodias liebreizendes Gesicht.

»Wenn das der Fall sein sollte«, sagte Fulvia, »kann man Clodius wohl schwerlich eines wirklich gravierenden Frevels anklagen.«

Ich wandte mich ihr zu. »Wie ich sehe, bist du ebenso scharfsinnig wie schön.« Vorlautes kleines Flittchen, dachte ich. Der Gedanke war mir selbst noch gar nicht gekommen. Aber als ich mich erneut Clodia zuwandte, wirkte sie noch immer irritiert. Sie fand ihre Fassung jedoch rasch wieder.

»Ich glaube, die liebe Fulvia hat recht. Vielleicht sehen die Censoren einen Verstoß gegen Gesetze fremder Götter nicht gerne, aber die Gerichte können in einem solchen Fall keine harte Strafe aussprechen. Die bleibt den Vergehen gegen Staatsgottheiten vorbehalten. Ich muß in dieser Frage Cicero konsultieren.«

»Ich hatte nicht gedacht, daß Cicero Clodius gewogen sein könnte«, sagte ich.

»Oh, aber Cicero und ich sind in jüngster Zeit enge Freunde geworden«, lächelte sie. Das waren schlechte Nachrichten. Zunächst war ich geneigt, ihr nicht zu glauben, doch dann erinnerte ich mich daran, wie hastig Cicero neulich darauf beharrt hatte, Clodia aus dem Skandal herauszuhalten. Warum sollte er etwas Derartiges tun, wenn nicht auch er ihren Reizen verfallen war? Ich war von Cicero enttäuscht, wußte aber, daß ich nicht in einer Position war, mich zum Richter aufzuschwingen. Denn ich war Clodias Zauber in der Vergangenheit ebenso erlegen.

»Kannst du denn wenigstens so weit gehen, mir zu sagen, wer deinen Bruder entdeckt hat?«

»Es war eine Sklavin aus dem Haushalt von Lucullus. Ich glaube, das kann ich enthüllen, ohne den Zorn der Götter zu riskieren.«

»Sklaven nehmen auch an den Riten teil?« Das war mir neu.

»Die Musikerinnen. Ich glaube, es war eine Harfenistin, die ihn verraten hat.«

Ihre Wortwahl kam mir merkwürdig vor.

»Ich wünschte, ich hätte ihn so sehen können«, sagte Fulvia. Sie zog ihre Beine unter der Decke hervor und fläzte sich bäuchlings auf das Bett. In der Seidenrobe bot sich ihre Rückansicht genauso wohlgeformt dar wie die Vorderseite. »Wußtest du, daß man Achilles einmal in Frauenkleidern erwischt hat? Und Herkules mußte als Sklave von Omphale ebenfalls weibliche Kleidungsstücke tragen, während sie sein Löwenfell überwarf und seine Keule trug. Ich fand das immer sehr erregend.«

»Für solch abseitige Vorlieben bist du aber noch ziemlich jung«, bemerkte ich.

»Manche fangen eben früher an als andere«, sagte sie. Wie wahr, dachte ich. Ihre Stimme verursachte einem ein Kribbeln in den Hoden. Clodia setzte sich neben sie und nahm ihre Hand.

»Ist das alles, Decius? Fulvia und ich haben noch einiges zu besprechen.«

»Es würde mir nicht im Traum einfallen, euch zu stören. Ich werde mich zurückziehen, damit die Damen weiter... nun ja, was auch immer. Mein Beileid übrigens, Clodia, zu dem jüngsten schmerzlichen Verlust.«

»Danke, Decius. Der arme Nero. Viel zu viele von uns sterben viel zu jung.« Und mit dem Echo dieser kryptischen und ominösen Bemerkung im Ohr verließ ich Celers Haus.

Auf dem Weg in die Stadt kam mir eine Gestalt entgegen, eine in Schleier gehüllte Frau, an der mir irgend etwas merkwürdig bekannt vorkam. Ich beherrschte mich, nicht zu genau hinzusehen, aber als sie an mir vorbei war, wandte ich mich um und sah sie Celers Haus betreten.

Ein kurzes Stück die Straße hinunter fand ich einen zur Straßenseite offenen Weinladen. Der Wirt schenkte mir ein Glas Wein aus einem der großen in den Tresen versenkten Fässer aus, und ich nahm es mit an einen Tisch nahe dem Eingang. So konnte ich dasitzen und darüber grübeln, was ich erfahren hatte, während ich gleichzeitig Clodias Tür im Auge behielt.

Es war stets wenig ratsam, voreilige Schlüsse zu ziehen, wenn man es mit Clodia zu tun hatte, aber ich glaubte nun, doch einige

Dinge sicher zu wissen: Clodia hatte nichts von Neros Tod gewußt, was es unwahrscheinlich machte, daß sie ihn befohlen hatte. Sie war sicher nervös geworden, als ich angedeutet hatte, daß es vielleicht eine legale Möglichkeit gab, Zeugenaussagen über Clodius' Machenschaften bei den Riten zu erzwingen. Fulvia hatte meinen Plan durchkreuzt, indem sie darauf hingewiesen hatte, daß Clodius in diesem Fall schwerlich des schweren Frevels angeklagt werden konnte. Das hatte mich in dem Moment zwar geärgert, aber das geile kleine Biest hatte mir unwissentlich weiteren Anlaß zum Nachdenken geliefert, denn der Gedanke, daß sie oder eine andere gezwungen werden könnten auszusagen, hatte Clodia noch stärker beunruhigt. Es war also nicht der Vorwurf des Frevels gegen ihren Bruder, den sie fürchtete. Was aber hatte er in jener Nacht möglicherweise sonst noch angestellt? Eine Tändelei mit Caesars Frau, die über jeden Verdacht erhaben sein mußte? Das war lachhaft. Auf der Liste der schweren Vergehen rangierte Unzucht in Rom in etwa so hoch wie ein Verstoß gegen das Gebot, zu den Spielen eine Toga zu tragen.

Das eröffnete völlig neue Perspektiven für meine rachsüchtigen Gedanken. Ich wünschte mir nichts mehr als eine Chance, eine wirklich schwerwiegende Anklage gegen Clodius zu führen. Bisher war ich mit einer ziemlich frivolen Ermittlung betraut gewesen, deren primäres Ziel darin bestand, Celers Frau aus der Sache herauszuhalten. Jetzt bekam dieses Gerippe langsam Fleisch. Und wenn ich mit meiner Vermutung über die Frau, die gerade Celers Haus betreten hatte, richtig lag, waren der Frevel, die jüngsten Morde und der Anschlag auf mein Leben eng miteinander verknüpft.

Als ich meinen Wein gerade leer getrunken hatte, verließ sie das Haus wieder, ein Timing, das ich als günstiges Vorzeichen deutete. Als sie an dem Weinladen vorbeikam, wandte ich mich ab und stand auf, als sie vorübergegangen war. Bei Tageslicht ist es nicht besonders schwer, jemandem durch die Straßen Roms zu folgen. Sie sind eng, und die Menschenmassen verhindern, daß man schnell vorwärts kommt. Sie erlauben einem, dicht hinter dem Beschatteten zu bleiben, ohne entdeckt zu werden.

Unweit des Forum Boarium betrat sie einen reizenden kleinen öffentlichen Park. Neben den Pflanzen gab es das übliche Priapus-Standbild und einen jener merkwürdigen Miniaturschreine, die wir an Stellen errichten, an denen der Blitz eingeschlagen hat. Sie setzte sich auf eine Bank mit einer Plakette, die den Namen eines reichen Mannes trug, der der Stadt den Park geschenkt hatte, sowie eines weiteren reichen Mannes, der seine Pflege finanzierte. Erst vor kurzem bin ich wieder einmal dort vorbeigekommen. Die Plakette ist inzwischen verschwunden, und statt ihrer eine andere angebracht, die Namen und Geschlecht unseres Ersten Bürgers trägt. Er würde auch behaupten, er hätte Rom gegründet, wenn er annehmen könnte, daß ihm das jemand abkaufen würde.

Die Frau fuhr zusammen, als ich mich neben sie setzte. »Na so was, Purpurea, so trifft man sich wieder.«

Sie hatte ihren Schrecken schnell überwunden. »Und ich wette, das ist kein Zufall.«

»Ja, ich habe mich gefragt, was du im Haus von Metellus Celer verloren hast, das im übrigen auch das Haus seiner geliebten Frau Clodia Pulcher ist.«

»Du bist mir gefolgt«, sagte sie entrüstet.

»Genau. Und jetzt wirst du mir erzählen, was du bei Clodia zu tun hattest, oder ich werde dir jede Menge Ärger bereiten.«

»Ich bin bloß eine arme, ehrliche Kräuterfrau. Du hast keine Veranlassung, mich zu belästigen!« Sie bewegte den Korb auf ihrem Schoß. Darin raschelte etwas.

»Deine Ehrlichkeit oder der Mangel derselben interessiert mich nicht im geringsten«, erklärte ich ihr. »Sondern Menschen, die in der ganzen Stadt verstreut ermordet werden, und ich wäre beinahe einer von ihnen gewesen. Ich verdächtige dich der Mittäterschaft. Es wäre das beste für dich, schleunigst jemand anderen zu beschuldigen, also rede!«

»Mord! Damit habe ich nichts zu tun. Die Dame Clodia hat mich beauftragt, ihr bestimmte Kräuter zu beschaffen und ihr die Zukunft vorherzusagen. Das heißt, sie und die junge Dame Fulvia, und ist das nicht ein heißes, kleines Ding?«

»Und ob«, stimmte ich ihr zu, »Rom wird in den kommenden Jahren sicherlich noch schwer unter ihr zu leiden haben, aber laß uns zu Clodia zurückkehren. Hat das, was da in deinem Korb raschelt, vielleicht was mit dem Vorhersagen der Zukunft zu tun?«

»Oh, ja.« Sie griff in den Korb und zog eine fette, träge, schwarze Schlange hervor. »Der alte Dis hier ist die beste Wahrsager-Schlange Roms. Um diese Jahreszeit ist er allerdings nicht besonders kregel.«

»Und die Kräuter?« fragte ich.

»Nur das Übliche.«

»Das Übliche?«

»Du weißt schon, Aphrodisiaka. Vielleicht sollte ich dir auch mal was zusammenmischen. Kriegst du einen Schwanz davon wie der Priapus da.«

»Ich leide unter keinerlei diesbezüglichem Mangel«, sagte ich verärgert.

»Das sagen sie alle, außer denen, die alt genug sind, ehrlich zu sein. Ich glaube, ihr Mann braucht hin und wieder ein wenig Ermunterung.«

»Bist du sicher, daß das alles ist, was du ihr geliefert hast? Es waren nicht zufällig auch ein paar Gifte darunter?«

»Aber, mein Herr, das hast du doch schon neulich probiert«, rügte sie mich. »Glaubst du wirklich, ich würde ein Kapitalverbrechen zugeben?«

»Vermutlich nicht«, sagte ich und stand auf. Dann schoß ich einer plötzlichen Eingebung folgend einen Pfeil ab, einen von der Art, die manchmal unerwartet ihr Ziel treffen. Ich weiß nicht, warum ich sie gefragt habe, mal abgesehen davon, daß sie eine alte Kunst beherrschte, bei der es um allerlei obskure Riten ging. »Bürger werden ermordet, Purpurea. Jemand sticht ihnen in die Kehle und schlägt ihnen dann mit einem Hammer auf die Stirn. Was weißt du davon?« Zu meiner Überraschung wich sämtliche Farbe aus ihrem Gesicht, und der Unterkiefer fiel ihr runter.

»Du meinst, *sie sind* in der Stadt?«

Ich war total verdutzt. »Wer? Wen meinst du mit ›sie‹?«

Sie sprang auf und hielt ihren Korb fest umklammert. »Niemand, mit dem ich irgend etwas zu tun haben möchte. Du solltest auf meinen Rat hören und ihnen ebenfalls nicht in die Quere kommen. Guten Tag, mein Herr.«

Sie drängte an mir vorbei Richtung Straße.

»Halt!« rief ich. »Ich möchte…« In der Zwischenzeit redete ich ihren Rücken an. Sie ging nicht nur einfach weg, sie rannte. Ich begann, ihr nachzulaufen, gab es aber bald auf. Für körperliche Ertüchtigungen jedweder Art ist die Toga ein erbärmliches Kleidungsstück, und ich wagte nicht, sie abzuwerfen. Jemand würde sie unter Garantie stehlen.

Ich zuckte die Achseln und dachte, daß ich sie jederzeit an ihrem Stand antreffen konnte. Dann trottete ich nach Hause, wo zwei Briefe auf mich warteten.

Einer war von meinem Vater, der mich darüber informierte, daß der Senat sich am nächsten Morgen zu Pompeius' Lager begeben würde, um ihm die förmliche Erlaubnis für seinen Triumph zu erteilen. Ich sollte mich für den Anlaß anständig anziehen.

Der andere war von Julia. Er lautete: *Ich habe eine wichtige Information. Wir treffen uns morgen abend bei Sonnenuntergang im Portikus des Tempels des Castor.*

IX

Es war ein schöner Morgen, und wir versammelten uns, gewandet in unsere besten Togen, auf dem Forum. Es war zwar kein offizieller Feiertag, aber es lag eine Festtagsstimmung in der Luft wie immer, wenn es eine Abwechslung der Alltagsroutine gab. Hortalus bestieg die Rostra und verkündete unsere Mission, was die Menge mit Jubel und Lobpreisungen der Weisheit des Senats begrüßte.

Natürlich war Pompeius die Senatsentscheidung seit Tagen bekannt, aber seine Lakaien hatten verlangt, die uralte Sitte wiederzubeleben, daß der gesamte Senat zum Lager des siegreichen Generals marschierte, um ihm die frohe Botschaft persönlich zu überbringen. Da sie die entsprechenden Präzedenzfälle zitieren konnten, gab es keine Möglichkeit, aus der Sache herauszukommen.

Während wir die Via Sacra zum Stadttor hinuntergingen, wahrten wir alle ein gutes, unbeteiligtes Senatorengesicht, aber von allen Seiten war heftiges Gegrummel zu vernehmen, zu dem ich selbst nicht unwesentlich beitrug.

»Das muß jetzt aber ein Triumph werden, der alle dagewesenen Triumphe in den Schatten stellt«, meckerte ich gegenüber einem Kollegen, »nachdem er uns diese Torturen zumutet.«

»Typisch Pompeius«, sagte jemand in meiner Nähe. »Es reicht ihm nicht, seinen Triumph zu kriegen; nein, der ganze Senat muß kommen, um ihm sein glorreiches Hinterteil zu küssen.« Ich fand, das Genörgel hatte seine Richtigkeit. In jenen Tagen waren die Senatoren noch sehr stolz und betrachteten sich als eine Versammlung von Gleichrangigen. Jemand, der sich aufblies und mit einer königlichen Aura zu umgeben suchte, behagte ihnen überhaupt nicht. Ein Triumphator empfing einen Tag lang halbgöttliche Ehren, und das mußte nach allgemeiner Ansicht jedem Mann reichen.

Pompeius' Lakaien hatten eine Petition im Senat eingebracht, dem General möge es erlaubt werden, bei allen öffentlichen Auftritten die Insignien des Triumphators zu tragen, ein tolldreistes Stück unterwürfiger Speichelleckerei, das jeden rechtgläubigen Römer entsetzen mußte. Leider wurden die rechtgläubigen Römer immer seltener.

Pompeius' Lager war wie ein normales Legionärslager angelegt, allerdings ohne die üblichen Befestigungsanlagen. Das wäre eine nicht hinzunehmende Provokation gewesen. Seine Soldaten standen noch immer unter Waffen, schienen es aber mit der Disziplin recht lax zu halten, was Pompeius ihnen zwischen den Feldzügen auch erlaubte. Die wenigsten machten sich die Mühe, eine Rüstung oder einen Schild zu tragen, und diejenigen, die zur Bewachung der Beute abkommandiert waren, hatten sich lediglich ihre Schwerter umgeschnallt und stützten sich auf ihre Speere. Die meisten vertrieben sich die Zeit beim Knöchel- und Würfelspiel. Ich sah unter den Senatoren ein paar vor Empörung hochrote Köpfe. Viele waren tödlich beleidigt, daß Pompeius seine Truppen zu Ehren des versammelten Senats nicht zu einer Inspektionsparade hatte antreten lassen.

Im Praetorium thronte Pompeius auf einem Podium. Wir

schritten die Via praetoria zwischen seiner Ehrengarde ab. Die war prächtig herausgeputzt, die Kettenpanzer waren frisch gesäubert und geölt, und die polierten Bronzehelme blitzten in der Sonne. Sie trugen neue, farbenprächtige Umhänge und Helmbusche aus Pferdehaar. Aber der Schaden war bereits geschehen, als der Senat die schlampigen Flegel gesehen hatte, die Wache standen. Ciceros Bemerkung, Pompeius sei ein politischer Dummkopf, kam mir wieder in den Sinn. Ein Mann, der es versäumte, der weltweit erhabensten Körperschaft von Männern zu schmeicheln, hatte in der römischen Politik bestimmt keine Zukunft.

»Fast so, als ob man dem König der Könige seine Aufwartung macht, was?« Ich wandte mich um und sah Crassus, der dicht hinter mir stand. »Guck ihn dir an. Das Podest muß mindestens fünf Meter hoch sein, und dieser curulische Stuhl ist aus Elfenbein, wenn mich meine Augen nicht täuschen.«

Tatsächlich sah Pompeius in seiner goldbesetzten Rüstung und dem purpurnen Umhang mehr wie ein König als wie ein Soldat aus. Sein curulischer Stuhl war mit Leopardenfellen behängt, und seine Füße ruhten auf einem Bänkchen, das man kunstvoll aus den Kronen der von ihm besiegten Monarchen gebaut hatte.

»Er hat offensichtlich keine Skrupel, dick aufzutragen«, stimmte ich ihm zu. Hinter Pompeius standen die Adler-Träger seiner Legionen, Köpfe und Schultern über ihren altmodischen Schuppenhemden mit Löwenfellen behängt. Neben ihm hatte eine Reihe seltsam aussehender Männer mit langen spitzen Bärten und ebensolchen Hüten Aufstellung genommen. Sie trugen grobe, braune Umhänge. Ich fragte Crassus nach ihnen.

»Das sind die etruskischen Wahrsager, von denen ich dir erzählt habe. Er behauptet, sie würden ihm Glück bringen.«

Es waren Männer mit harten Gesichtszügen und einem fanatischen Ausdruck. Aber Männer, die ihre Tage damit verbringen, Opfertiere aufzuschlitzen und sich auf der Suche nach Zeichen in deren Eingeweiden zu vertiefen, dachte ich mir, haben nicht unbedingt den angenehmsten Beruf gewählt.

Vor dem Podest blieben wir stehen und versuchten ehrwürdig auszusehen, während Pompeius sich seinerseits um eine königliche Haltung bemühte. Hortalus trat vor und sprach mit sonorer Stimme.

»Gnaeus Pompeius Magnus, wir, der Senat von Rom, lassen dir hiermit in Ausübung unseres uralten Rechts die Ehre eines Triumphes zuteil werden!« Seine hochtrabende Rede wurde von dem Trompetenstoß eines Elefanten in der Nähe etwas beeinträchtigt.

Pompeius erhob sich. »Ehrwürdige Senatoren«, setzte er an, bevor etliche weitere Elefanten lostrompeteten. Er wartete, bis sie sich wieder beruhigt hatten, und fuhr dann fort. »Ich nehme diese Ehre an, zum Ruhme der Götter Roms und der Vorfahren meines Hauses.«

»Welche Vorfahren?« meinte ein Witzbold. »Vielleicht der Flötenspieler vor vier Generationen?« Das wurde mit ein paar Lachern quittiert. Wie viele andere war auch Pompeius' Familie erst unter Sulla zu Bedeutung und Rang gekommen. Vorher hatten sie nicht viel hergemacht.

»Io triumphe!« rief die Ehrengarde und übertönte damit alle ironischen Bemerkungen, die auf Kosten Pompeius' die Runde machten.

Dann hörte ich Crassus leise sagen: »Was für eine Gelegenheit!« Irgend etwas an seinem Ton verursachte mir Unbehagen.

»Wie meinst du das?« fragte ich.

»Ich meine, hier sind wir, der ganze Senat. Und da ist er, und überall um uns herum sind seine bewaffneten Truppen. Er könnte uns alle hier an Ort und Stelle massakrieren, und wir könnten absolut nichts dagegen tun.«

»Es wäre jedenfalls der krönende Abschluß einer außergewöhnlichen Karriere«, sagte ich. Ich sagte es so schnodderig dahin, aber gleichzeitig brach der Schweiß auf meiner Stirn aus. So unverfroren konnte nicht einmal Pompeius sein, dachte ich, sollte mich aber erst wieder richtig wohl fühlen, nachdem ich mich sicher innerhalb der Stadtmauern befand. Die Bemerkung lehrte mich noch etwas anderes: nämlich, daß Crassus eine derartige Möglichkeit, sollte sie sich ihm einmal bieten, sehr wohl nutzen könnte. Ich schwor mir, sollte er je auf seinen Triumph wartend vor den Toren der Stadt lagern und sollte der Senat aufgerufen werden, ihm die frohe Botschaft persönlich zu übermitteln, daß ich mich wegen einer plötzlichen Krankheit entschuldigen lassen würde.

»Die Auguren«, fuhr Hortalus fort, als die Soldaten wieder still waren, »werden die Omen lesen und den Willen der Götter betreffs eines geeigneten Tages für den Triumph deuten.«

»Das wird nicht nötig sein«, sagte Pompeius. Er machte seinen Etruskern ein Zeichen. »Meine Haruspices haben ihre Kunst bereits ausgeübt und verkündet, daß der dritte Tag von heute an den Göttern besonders genehm ist.«

Ich sah, daß Hortalus wütend war, aber er war auch ein Mann von großer Erfahrung, der wußte, daß er eine lächerliche Figur abgeben würde, wenn er vor dieser Kulisse über rituelle Details diskutieren würde, wo doch Pompeius alles so inszeniert hatte, daß seine eigene Majestät optimal zur Geltung kam. Es gab keine würdige Art, mit derartiger Überheblichkeit zu debattieren, also willigte Hortalus formvollendet ein.

»So soll es auf dem Forum verkündet werden«, sagte er.

Wieder erhob sich Pompeius. »Ich erteile euch die Erlaubnis, euch frei im Lager zu bewegen, und lade euch ein, mit mir zusammen eine Stärkung zu euch zu nehmen.«

Und so nahmen wir denn als Pompeius' Gäste ein Mittagessen ein. Er hatte Tische decken lassen, unter einer riesigen Zeltplane, die auch einige der empfindlicheren Artikel schützte, die die Zierde seines Triumphs werden sollten: Gemälde und andere Kunstwerke, edle Möbel, Stoffe, Brokate, sogar aus Elfenbein und Muscheln geschnitzte Modelle der belagerten Städte und Festungen.

Das Essen war auch nicht schlecht. Ich trank mir genüßlich einen Schwips an, weil ich keinen Grund sah, es nicht zu tun. Angenehm voll stand ich vom Tisch auf und spazierte zwischen den Schätzen umher, wobei ich wie stets das wunderbare römische Talent bewunderte, sich das Eigentum anderer Menschen anzueignen. Pompeius hatte sich auch einen Gutteil der Menschen selber angeeignet. In einem Zelt waren Prinzen und Adelige, geschmackvoll in goldenen Ketten gefesselt, untergebracht; ein weiterer riesiger Zeltbau beherbergte einige der schönsten Frauen, die ich je im Leben gesehen hatte.

»Skandalös«, zeterte ein anderer Senator auf Inspektionsgang. Es war natürlich Cato. »Ein Triumph sollte nicht zum Bordell degenerieren.«

»Ich weiß nicht«, sagte ich. »Die sehen doch aus wie gutes Menschenmaterial. Wer will schon von häßlichen Sklaven umgeben sein?«

»Unsinn!« gab er zurück. »Binnen zehn Jahren wird die Hälfte von ihnen freigelassen sein, in den Elendsvierteln leben und Babies produzieren, die den Staat zusätzlich belasten.« Das war nicht völlig von der Hand zu weisen. Widerwillig verließ ich das Zelt. Hinter mir drängten sich schon weitere Senatoren.

»Los«, sagte ich, »laß uns die Elefanten angucken gehen.« Murrend schloß sich Cato mir an. Er war mir ausgesprochen unsympathisch, aber bei solchen Anlässen war es recht lustig, ihn dabeizuhaben. Er war absolut humorlos, und so war es leicht, ihn hochzunehmen, ohne daß er es merkte.

Auf einem Feld in der Nähe sahen wir Herden von riesigen Tieren, die von Treibern angehalten wurden, alle Gangarten zu absolvieren. Manche wurden dressiert, in Formation diverse Trophäen zu tragen. Auf dem Rücken einiger Elefanten waren kleine Plattformen errichtet, die Standbilder der Götter trugen. Andere hatten Minigefechtsstände auf dem Rücken, bemannt mit verkleideten Sklaven, die die von Pompeius besiegten Feinde symbolisierten.

Auf einer anderen, streng bewachten Freifläche wurden die gefangenen Krieger gehalten. Es waren grimmige Männer, die für gewöhnliche Sklavenarbeit ungeeignet waren, aber die zuhause zu lassen zu gefährlich gewesen wäre. Die meisten von ihnen waren für die Arena bestimmt, wo einige vielleicht durch eine Laune des Volkes ihre Freiheit zurückerkämpfen würden. Neben den Legionären standen rund um das Gelände kleine Holztürme, die mit erstklassigen kretischen Bogenschützen besetzt waren, die ihre Pfeile schon eingespannt hatten.

»Zumindest hier«, dröhnte Cato, »hat Pompeius auf die Disziplin seiner Männer geachtet, obwohl er dafür diese griechischen Söldner engagieren mußte.«

»Er hat keine Wahl«, sagte ich. »Die Römer sind Schwertkämpfer und Speerwerfer, keine Bogenschützen.«

»Hast du diese am Eingang des Lagers herumlungernden Lümmel gesehen?« zischte Cato. »Ich kann einfach nicht glauben, daß das römische Soldaten sein sollen. Ich habe schon davon gehört, wie lasch es bei seinen Legionen zugeht, aber ein derartiges Ausmaß an Disziplinlosigkeit habe ich für undenkbar gehalten.«

»Ein Grund mehr«, sagte ich, »zu verhindern, daß er je wieder den Oberbefehl über römische Soldaten erhält.«

Cato nickte. »Du hast völlig recht. In Zukunft werde ich mich dafür verwenden, daß seine Versuche, weitere militärische Kommandos zu erhalten, blockiert werden.« Er dachte einen Moment lang nach. »Und diese ausländischen Wahrsager! Aber was will man erwarten von einem Mann, dessen Vater vom Blitz erschlagen wurde.« Dem wollte ich nicht widersprechen.

Auf meinem Weg zurück zum Lagereingang kam ich am Praetorium vorbei und hörte Stimmen in einer fremden Sprache. Zunächst hielt ich es für ein Gespräch unter orientalischen Sklaven und wollte gerade vorbeigehen, als irgendeine halbvergessene Vertrautheit im Klang dieser Sprache mich innehalten ließ. Langsam trat ich näher an das große Zelt.

Direkt hinter einem der Eingänge sah ich die Wahrsager kauern. Ihre Stimmen hatte ich gehört. Ich nehme an, ich hatte früher schon einmal Etruskisch gehört, wahrscheinlich in Gebeten oder Gesängen. Es war eine sterbende Sprache, aber in einigen entlegenen Gebieten von Tuscia wurde es noch gesprochen. Einer der Männer blickte auf und sah mich. Er sagte etwas, und die ganze Schar verfiel in Schweigen und starrte mich wütend an.

Ich hatte keine Ahnung, warum sie glaubten, ich hätte ihr Gespräch belauscht, da niemand auf der Erde, mit Ausnahme der Etrusker selbst, ihr verworrenes Kauderwelsch versteht. Sie waren bloß Ausländer mit schlechten Manieren. Wenn Pompeius ihre Gesellschaft pflegen wollte, sollte er doch.

In Begleitung einiger Senatoren ging ich zur Stadt zurück. Keiner von ihnen galt als Anhänger Pompeius', so daß ich meine Zunge nicht im Zaum halten mußte. Alle waren der Meinung, daß

Pompeius' Arroganz unerträglich geworden sei, allerdings hatte keiner eine brauchbare Idee, was dagegen zu tun sei. Nachdem ich mir einige nutzlose Vorschläge angehört hatte, kam ich zu dem Schluß, daß die von Cicero skizzierte Haltung vielleicht die beste war: Sollten die Zeit, der Mangel an vielversprechenden Kriegen und Pompeius' eigenes politisches Ungeschick ihn zu Fall bringen.

Ich hatte allerdings eine Sorge, was diese Taktik anging. Ich fürchtete, daß Pompeius letztendlich deswegen gestürzt werden würde, weil er von Männern ersetzt werden sollte, die noch skrupelloser waren als er.

Es war kaum Nachmittag, als ich das Forum erreichte. Bis zum Sonnenuntergang und dem Treffen mit Julia im Tempel des Castor waren es noch etliche Stunden. Ich fragte mich, was sie entdeckt haben mochte, aber das war nicht mein vordringlichster Gedanke. Ich war vielmehr aufgeregt, sie wiederzusehen. Zu viele Frauen hatten sich in jüngster Zeit in mein Leben gedrängt: Clodia, Fulvia, selbst Purpurea. In Gegenwart dieser geheimnisvollen und gefährlichen Frauen kam mir Julia durch und durch unverdorben vor, selbst wenn sie Caesars Nichte war.

Das Forum ist immer ein guter Platz, ein wenig herumzubummeln, also bummelte ich rum. Ich unterhielt mich mit Freunden und Bekannten und wurde von mehr Publicani bedrängt, als meines Wissens nach existierten. Die meisten waren auf öffentliche Verträge in den Provinzen aus, da praktisch alle Bauunternehmer in Rom für die nächsten paar Jahre mit Pompeius' neuem Theater beschäftigt sein würden. Nicht nur das Theater selbst sollte riesig werden; es war als Mittelpunkt eines veritablen Miniforums auf dem Campus Martius gedacht, das mit Wandelgängen und Gärten, einem neuen Platz für die Volksversammlungen und einem Senatsgebäude ausgestattet werden sollte. Zwischen

Pompeius und Lucullus schien ein Wettkampf um die Errichtung öffentlicher Institutionen im Gange, und die Stadt profitierte davon. Aber Lucullus gab die besseren Parties.

Als ich am Rand des Forums entlangschlenderte, stieß ich auf eine jener Menschenansammlungen, die sich immer dann bilden, wenn etwas Schreckliches geschehen ist. Mit klopfendem Herzen trat ich hinzu, um zu sehen, worum es sich handelte. Ich konnte bereits erkennen, daß sich die Leute um einen Marktstand scharten, der mit Wahrsager-Symbolen verziert war. Ich bahnte mir einen Weg durch die Gaffenden und betrat das Innere der Bude. Drinnen stand ein Mann mit einer purpurbestickten Toga, der zwei Sekretären, die mit Stilus und Wachstäfelchen bereitstanden, etwas diktierte.

Alle drei starrten auf die am Boden liegende Leiche Purpureas, die die mittlerweile vertrauten Wunden an Hals und Stirn aufwies. Ihr Gesicht war in einer Maske des Entsetzens verzerrt, so übertrieben wie die, die auf der Bühne getragen werden. Im Gegensatz zu den anderen Opfern hatte sie gewußt, was ihr bevorstand.

»Guten Tag, Senator«, sagte der Mann in der Toga praetexta. Er war etwa vierzig Jahre alt mit ernstem Gesicht und rötlichem Haar. »Ich bin Lucius Domitius Ahenobarbus, curulischer Aedil. Diese Frau ist im Laufe des Vormittags ermordet worden. Kanntest du sie, oder wolltest du nur erfahren, was der Aufruhr zu bedeuten hat?«

Ich nannte ihm meinen Namen und genug von meiner Abstammung, so daß er wußte, mit wem er es zu tun hatte. »Ich habe sie in den letzten Tagen im Rahmen einer Ermittlung, mit der ich betraut bin, mehrmals verhört.«

»Eine Untersuchung in wessen Namen?« fragte er scharf.

»Metellus Celer«, sagte ich.

»Er verfügt über keinerlei diesbezügliche Autorität. Aber wir wissen beide, daß er einer der beiden Konsuln des nächsten Jahres wird, wenn ich mein Amt niedergelegt habe, also will ich über sein Recht, dich zu ernennen, nicht weiter diskutieren.«

»Wie wurde sie entdeckt?« fragte ich.

»Verschiedene Leute haben im Laufe des Vormittags diese Bude betreten, sie aber im Glauben, es sei niemand hier, wieder verlassen. Ein Würstchenverkäufer, der seinen Stand in der Nähe hat, wollte sie fragen, ob sie neben Kräutern auch Knoblauch führe, und entdeckte ihren Fuß, der hinter einem Stapel Körbe hervorragte. Ihr Mörder hat die Leiche versteckt.«

»Weiß man irgend etwas über sie?« fragte ich.

»Nichts außer ihrem Namen und ihrem Beruf«, sagte Domitius.

»Ich nehme an, sie hatte keine Lizenz, ihr Gewerbe auf dem Forum zu betreiben?«

»Wie sollte sie?« sagte er. »Es ist illegal.« Er nahm meinen tadelnden Blick wahr. »Schon gut, ich weiß, daß es unsere Pflicht ist, sie von den Foren und Märkten zu vertreiben, aber das Amt des Aedilen wurde geschaffen, als Rom etwa über ein Zehntel seiner heutigen Größe verfügte. Wir müssen Gewichte und Maßbänder prüfen, müssen gegen Wucher und Fälschungen vorgehen, die öffentlichen Spiele veranstalten, die Straßen sauberhalten und pflastern...« Er warf die Arme in die Luft. »Ich könnte ein ganzes Jahr damit zubringen, nur die Weinhandlungen und Bordelle zu kontrollieren, was eine weitere unserer Pflichten ist, und trotzdem nicht alle inspiziert haben!«

»Die Lasten des Amtes sind schwer«, stimmte ich ihm zu. »Hast du eine Ahnung, ob sie frei geboren war? Wenn sie eine Freigelassene ist, könnte ihr früherer Besitzer die Leiche für die Beerdigung reklamieren.«

»Das will ich gerade herausfinden. Einer meiner Sekretäre wird von hier direkt zu den Archiven gehen.«

»Wenn du es herausgefunden hast, könntest du es mich wissen lassen? Du tätest mir einen großen Gefallen.«

Sein beschwerliches Amt hatte ihn gelangweilt, aber das heiterte ihn ein wenig auf. Es bedeutete, daß er mich irgendwann ebenfalls um einen Gefallen bitten konnte, und das war keine Kleinigkeit, wenn die beteiligten Parteien Domitius und Metellus hießen.

»Mit dem größten Vergnügen, Senator.«

»Danke. Mein Haus liegt in der Subura. Dein Bote kann jeden dort fragen, wo er mich antrifft.« Ich verabschiedete mich und trat ins Freie. Ich vergewisserte mich, daß mein Caestus griffbereit war und mein Dolch locker in der Scheide steckte. So wie sich die Dinge entwickelten, konnte es nicht mehr lange dauern, bis der Mann mit dem Messer und dem Hammer zu mir kam.

Der Tempel des Castor ist der schönste in Rom. Er war vor mehr als vierhundert Jahren erbaut worden, aus Dankbarkeit für unseren Sieg am See Regillus. Der volle Name lautet Tempel des Castor und des Pollux, aber niemand scherte sich um den armen Pollux, der genau wie Remus der vergessene Zwillingsbruder ist.

Ich traf Julia auf der obersten Stufe der Treppe zwischen zwei hohen, schlanken Säulen stehend. Sie trug ein gegurtetes, blaß safranfarbenes Gewand mit einem Umhang in einem dunkleren Gelb. Ihr einziger Schmuck war eine Kette aus goldenen und bernsteinfarbenen Perlen. Sie war so anders als Clodia, wie eine Frau nur sein konnte, und das war das größte Kompliment, das mir einfiel. Sie lächelte, als ich ihr die Stufen hinauf entgegenkam. Sie hatte wunderbare Zähne.

»Du bist zu früh«, sagte sie. »Die Sonne ist noch nicht ganz untergegangen.«

»Ich wollte dich gerne wiedersehen.« Ich sah mich in dem Portikus um, der völlig verlassen wirkte. »Keine Großmama, die im Schatten lauert?«

»Wir sind sicher«, sagte sie. »Ich besuche angeblich eine Tante im Haus der Vestalinnen.«

»Ich habe dort auch eine Tante«, bemerkte ich blöde.

»Ich bin sogar wirklich dorthin gegangen«, sagte sie. »Ich würde bei so etwas nicht lügen.«

»Das ist nichts, was die Götter ernsthaft erzürnen wird«, beruhigte ich sie. »Bevor ich es vergesse – als du gesagt hast, daß in der Nacht der rätselhaften Ereignisse auch Fulvia in Caesars Haus war, meintest du da die jüngere, die Verlobte von Clodius?«

»Ja. Die ältere Fulvia hat die Stadt im letzten Jahr in Schande verlassen. Ich habe Fulvia an jenem Abend getroffen, bevor sich die unverheirateten Frauen zurückziehen mußten. Sie ist ein wunderschönes Geschöpf. Ich habe allerlei Gerüchte über sie gehört, aber das kann ich einfach nicht glauben. Niemand, der noch so jung ist, kann schon so schlecht sein.«

»Oh, doch«, versicherte ich ihr. »Manche Menschen sind von Geburt an schlecht. Das Alter verleiht diesem jugendlichen Versprechen nur noch Erfahrung und Vorsicht. Ich habe sie gestern kennengelernt und hätte selbst keine passendere Partie für Clodius auswählen können. Mit ein bißchen Glück bringen sie sich gegenseitig um, aber der Gedanke, daß sie Kinder in die Welt setzen, die überleben, läßt mich um das zukünftige Schicksal Roms zittern.«

Sie lachte fröhlich. »Deine Art zu übertreiben ist einfach hinreißend.« Das arme, naive Mädchen. Sie glaubte, ich würde übertreiben.

»Was habt ihr unverheirateten Frauen eigentlich an jenem Abend gemacht? Oder ist das auch ein Tabuthema?«

»Oh, nein. Es gibt eine einleitende Zeremonie, eine Anrufung der Göttin. Danach beginnen die Mysterien, und wir müssen den Raum verlassen. Wir haben die meiste Zeit schwatzend und tratschend im hinteren Teil des Hauses gesessen, wo wir auch die ganze Nacht geblieben wären, wenn die Veranstaltung nicht wegen Clodius' Anwesenheit unterbrochen worden wäre.«

»Ich verstehe.«

»Und, willst du nicht hören, was ich herausgefunden habe?«

»Aber sicher. Was läßt dich daran zweifeln?«

»Weil du dich benimmst wie ein Mann!« Als ob das eine Art Fluch wäre.

»Das will ich doch hoffen. Also, was hast du herausgefunden?«

»Ich habe herausgefunden, wie Clodius reingekommen ist!«

»Fantastisch. Aber wir wissen bereits, daß er als Frau verkleidet war.«

»Ja, ja, aber er ist nicht mit den anderen gekommen. Er traf erst später ein, als die Mysterien schon im Gange waren. Er kam verkleidet mit der Frau, die die Lorbeerblätter bringt.«

»Lorbeerblätter?« sagte ich. »Du meinst Kränze?»

»Nein, Blätter, eingeweicht in irgendeiner obskuren Tinktur nach uraltem Rezept. Die Frauen kauen sie während einer späteren Phase des Rituals. Danach geht es ziemlich... locker zu, nach allem, was ich gehört habe.«

»Man stelle sich das vor«, sagte ich, »respektable römische Matronen führen sich auf wie eine Horde Maenaden.« Dann wurde mir auf einmal klar, was sie gesagt hatte. »Diese Frau, mit der Clodius gekommen ist – du hast nicht zufällig ihren Namen mitbekommen, oder?«

Julia zuckte die Schultern. »Es war eine bäuerliche Kräuterfrau. Ist das wichtig?«

Ich lehnte mich gegen eine der kannelierten Säulen und rieb mir die Augen. Mein Kopf begann zu pochen.

»Ich könnte dich auf die andere Seite des Forums führen und dir ihre Leiche zeigen.«

Julia riß die Augen auf und stieß einen Laut des Entsetzens aus. Sie hatte bisher ein wohlbehütetes Leben geführt. »Ist sie ermordet worden?«

»Das Gemetzel nimmt Formen an wie im Krieg«, sagte ich. »Bisher vier Tote, Sklaven, Bauern, Patrizier. Was wohl als nächstes kommt? Ein Eunuch?«

»Dann hat dir meine Information gar nichts genutzt?« Sie sah so niedergeschlagen aus, daß ich mich beeilte, ihr das Gegenteil zu versichern.

»Aber keineswegs. Was du mir berichtet hast, wird sich wahrscheinlich als eine Information von allergrößter Bedeutung erweisen. Die Morde sind auf irgendeine Weise mit dem Frevel verknüpft.«

»Er war sicherlich skandalös«, sagte sie, »aber ist das mehrere Morde wert?«

»Nein, die Entweihung der Riten ist eine Lachnummer geworden. Die Römer sind längst nicht mehr so fromm, wie sie es einmal waren. Clodius muß in jener Nacht noch etwas anderes angestellt haben, dessen Entdeckung er weit mehr fürchtet.«

»Dann glaubst du also, daß Clodius all diese Verbrechen begangen hat?«

Ich schüttelte den Kopf. »Er ist daran beteiligt, aber ich kann mir nicht vorstellen, daß er sich etwas so Abwegiges selbst ausgedacht hat. Sein Stil ist eher der Frontalangriff. Nein, wir müssen herausfinden, wer in jener Nacht sonst noch zugegen war.«

»Wer sonst noch? Du meinst, Clodius sei nicht der einzige Mann gewesen, der die Riten entweiht hat?«

»Wenn er nicht an den Riten selbst teilgenommen hat, dann war er sonst irgendwo im Haus. Wo ließe sich ein Treffen mit ruchlosen Absichten besser abhalten als in einem Haus, aus dem vermeintlich alle Männer für diese Nacht verbannt sind?«

»Eine Verschwörung! Das wird ja immer besser!« Es war offensichtlich, daß ihr Entzücken, Komplotte zu enthüllen, meinem in nichts nachstand.

»Ich vermute, daß Clodius und seine Mitverschwörer ein Treffen geplant haben, das auch stattgefunden hat. Dann hätte er beinahe alles ruiniert, weil er es sich nicht verkneifen konnte, noch einmal ins Haus zu schleichen, um das Ritual zu belauern. Jeder, der Clodius vertraut, verdient, was immer ihm geschieht.« Ich warf einen Blick ins Innere des Tempels, wo Priester Feuer vor den Statuen der Zwillinge errichteten. In dem Augenblick, in dem mir das Wort »Zwillinge« durch den Kopf ging, tauchte auch die Frage wieder auf, die mich so lange gequält hatte.

»Julia, du hast doch gesagt, daß Fausta an dem Abend dabei war. War sie mit euch unverheirateten Damen zusammen?«

Julia runzelte nachdenklich die Stirn. »Nein. Sie kam zusammen mit Claudia, der Frau von Lucullus. Sie trug einen Schleier, aber er war fast durchsichtig, und ich habe sie deutlich erkannt. Ich habe nicht darauf geachtet, ob sie sich zusammen mit uns anderen zurückgezogen hat. Bist du sicher, daß sie nicht verwitwet ist?«

»Sie war nie verheiratet. Was also hatte *sie* dort zu suchen? Wenn man die Ereignisse jener Nacht betrachtet, tauchen allerlei Abweichungen von der Norm auf. Wie du sehen wirst, sind es eben diese Abweichungen, die sich als wichtig erweisen, wenn man die Taten von ruchlosen Männern untersucht.«

»Das dachte ich mir schon«, sagte sie ziemlich kühl. Offenbar dozierte ich wieder Binsenweisheiten.

»Ich denke, es ist vielleicht an der Zeit, sich ein wenig mit Fausta zu beschäftigen«, sagte ich. »Es sollte nicht schwer sein, die anderen Damen zu animieren, über sie zu tratschen – sie ist ohnehin der Mittelpunkt von allerlei Klatsch. Versuche herauszufinden, ob sich jemand daran erinnert, daß sie sich in jener Nacht verdächtig benommen hat.«

Julia lächelte wieder. »Das werde ich tun.«

»Aber sei vorsichtig. Irgend jemand läuft in der Stadt rum und tötet Menschen ungeachtet ihres Geschlechts oder Standes. Den Gedanken, daß du sein nächstes Opfer sein könntest, finde ich furchtbar. Oder auch sein übernächstes.«

»Ich werde sehr diskret vorgehen. Was wirst du jetzt tun?«

»Gefährliche und dumme Sachen«, versicherte ich ihr. »Gewalttätigen und ehrgeizigen Männern hinterherspionieren, Mörder suchen, die bei der Erledigung ihrer Opfer eine einzigartige Technik anwenden, so in der Richtung.« Ich fing an, mich richtig heldenhaft zu fühlen.

»Dann paß gut auf dich auf. Du bist einzigartig, und die Republik kann es sich kaum leisten, dich zu verlieren.«

Da konnte ich ihr nicht widersprechen, verbot mir jedoch bescheiden, diese Tatsachenfeststellung zu bestätigen. Sie verabschiedete sich und stieg die Stufen des Tempels hinab. Ich wartete im Schatten des Portikus, bis sie außer Sichtweite war. Erst jetzt, viel zu spät, wurde mir klar, wie gefährlich es für sie war, in meiner Gesellschaft gesehen zu werden. Ich ließ meinen Blick über das Gelände wandern, aber es war zwecklos. In Rom gibt es von jedem Blickwinkel aus mehr Gassen, Fenster, Labyrinthe, Dächer und andere Verstecke, als das menschliche Auge auf die Schnelle erkennen kann.

Als Julia verschwunden war, verließ ich den Tempel und ging durch die rasch dunkler werdenden Straßen der Stadt. Ich schlüpfte mit beiden Händen unter meine Tunika, als ob ich sie wärmen wollte, griff aber in Wirklichkeit nach meinen Waffen. Während ich so ging, dachte ich nach und versuchte die neuen Unregelmäßigkeiten in irgendeine Ordnung zu bringen.

Wie ich Julia erklärt hatte, waren die Abweichungen bedeutsam. Genau wie Entsprechungen, Verbindungen, Ähnlichkeiten, alles, was die Fakten irgendwie verknüpft, egal wie absurd es zunächst erscheinen mag. Mein Problem war, daß ich, wenn ich an Clodius dachte, Schwierigkeiten hatte, an irgend etwas anderes zu denken. Ich beschloß, mich zunächst auf andere Aspekte des Falles zu konzentrieren und zu sehen, ob sie zu Clodius zurückführten oder woandershin.

Fausta mußte in all dem eine seltsame Rolle spielen. Sie war die Tochter des verstorbenen Diktators Sulla. Aber was war sie sonst noch? Das Mündel von Lucullus, der als Sullas Testamentsvollstrecker benannt worden war. Ihr Zwillingsbruder Faustus war ein Spießgeselle von Pompeius. Das war eine weitere Fährte, von der sich mich nur zu leicht ablenken lassen konnte. Pompeius zu Fall zu bringen, wünschte ich mir fast so sehnlichst wie den Sturz Clodius'. In Pompeius' Fall lag das daran, daß er ein potentieller Tyrann und König von Rom war. Bei Clodius war es eine persönliche Sache. Fausta hatte also eine Verbindung zu Pompeius. Sie lebte im Haushalt von Lucullus, der Pompeius haßte, während sie wahrscheinlich eher auf der Seite ihres geliebten Zwillingsbruders als auf der ihres Vormunds stand. Am Abend der Riten war sie zusammen mit Lucullus' Frau Claudia, der älteren Schwester von Clodius und Clodia, zu Caesars Haus gekommen. Der andere Bruder der Claudier, Appius, hielt sich in Pompeius' Lager auf, beschäftigte mich aber nicht weiter. Soweit ich wußte, hatte er am Legionärsleben Gefallen gefunden, weswegen er wenig Interesse an Politik zeigte.

Das konnte mich in eine peinliche Lage bringen. Ich hatte meinem Freund Milo bereits versprochen, daß ich ihm bei seinem Werben um die Frau behilflich sein wollte. Er wäre bestimmt nicht begeistert, wenn sie wegen mir ins Exil verbannt würde. Celers Beharren, ich solle Clodia aus dem Skandal raushalten, und Milos Verliebtheit in Fausta brachten mich in ein echtes Dilemma. Ärger mit Frauen war in meinem Leben an sich nichts Ungewöhnliches, aber dies war eine neue Variante des Problems.

Wer war am Abend des Rituals sonst noch in dem Haus gewesen? Und warum? Die Tatsache, daß sie solch extreme Vorsichtsmaßnahmen getroffen hatten, ihr Treffen geheimzuhalten, und jetzt reihenweise Menschen ermordeten, um sich zu schützen, bedeutete, daß es, was auch immer es war, in der Tat sehr, sehr schlimm sein mußte. Und was hatte Capito damit zu tun gehabt?

Ohne weitere Anschläge auf mein Leben erreichte ich sicher mein Haus.

X

Am nächsten Morgen hatte sich Hermes weitgehend von seiner Krankheit erholt und rieb sich, blaß, aber aufrecht, nur noch gelegentlich den Bauch.

»Keine Ahnung, was es gewesen sein könnte«, sagte er. Er sah verdächtig schuldig aus, aber so sah er meistens aus. »Vielleicht hat ein Feind mich mit einem Fluch belegt«, sagte er.

»Ich halte es für wahrscheinlicher, daß du in mein Weinlager eingebrochen bist und ein oder zwei Krüge geleert hast«, sagte ich. »Ich seh später mal nach.«

Ich begrüßte meine Klienten, und mittendrin tauchte ein Mann mit einem Brief auf. Ich erkannte den Burschen als einen von Asklepiodes' Sklaven.

Bitte besuche mich bei nächster Gelegenheit, lautete die Nachricht, darunter das wunderliche Siegel, das die Griechen benutzten: ein Schwert und ein Äskulapstab. Das sah verheißungsvoll aus. Vielleicht hatte er etwas entdeckt.

Wir marschierten zusammen zu Celers Haus, und er nahm mich bei den ersten sich bietenden Gelegenheit beiseite.

»Hast du schon irgend etwas feststellen können?« fragte er.

»Nur ein großes Durcheinander«, sagte ich. »Aber ich muß dich etwas fragen. Vor ein paar Tagen habe ich hier in deinem Haus mit Caesar gesprochen. Er sagte, er sei gekommen, um dich um einen Schlafplatz für die Nacht zu bitten, weil er aus seinem eigenen Haus verbannt sei.«

»Das hat er auch getan.«

»War er die ganze Nacht hier?« fragte ich.

»Na ja, ich meine, nein. Gegen Mitternacht ist er noch einmal ausgegangen. Er trug seine Trabea und hatte seinen gebogenen Stab bei sich. Warum? Ist das wichtig?«

»Möglicherweise«, sagte ich. »Hast du ihn danach noch einmal gesehen?«

»Ja. Er kam zurück, kurz nachdem ich aufgestanden war. Er sagte, er sei auf dem Quirinal gewesen, die Nacht aber sei zum vernünftigen Omen-Lesen zu dunkel. Warum?«

»Oh«, sagte ich und versuchte, beiläufig zu klingen. »Ich versuche herauszufinden, wo sich jeder in dieser Nacht aufgehalten hat. Schließlich hat sich die ganze Sache in seinem Haus ereignet.«

»Halt dich an Clodius, mein Junge. Verschwende deine Zeit nicht mit Gaius Julius.«

»Ich werde daran denken«, sagte ich. Ich erzählte ihm nicht, daß ich den Verdacht hegte, weit mächtigere Männer als Gaius Julius wären in die Sache verwickelt.

Ich entließ meine Klienten und befahl Hermes, mir zu folgen. Wir gingen zurück durch die Subura und stapften den Quirinal zu dem uralten collinischen Tor hoch. Wie alle Tore war es ein heiliger Ort, der viele Kämpfe gesehen hatte. Angeblich soll Hannibal als ein Zeichen des Trotzes einen Speer hinübergeschleudert haben, und vor einundzwanzig Jahren hatte Sulla vor dem Tor eine Schar samnitischer Anhänger des jungen Marius zerrieben, eine Schlacht, die die Römer auf der Stadtmauer hokkend wie eine Inszenierung im Amphitheater verfolgt hatten. Ich habe mir sagen lassen, daß es nach den Unbilden der vorangegangenen Jahre so etwas wie eine Erleichterung war, Blutvergießen *außerhalb* der Stadtmauern zu beobachten.

Da die Römer innerhalb der Stadtmauern weder eine Militäreinheit noch eine Polizei haben, wurde die Bewachung der Tore unter diversen Zünften, Brüderschaften und Tempeln aufgeteilt. Das collinische Tor oblag der Obhut des Collegiums des nahe gelegenen Tempels des Quirinus. Dabei handelte es sich um die quirinischen Salii, die jedes Jahr im Oktober vor allen wichtigen Heiligtümern der Stadt ihren Tanz aufführten. Die jungen Patrizier schoben natürlich nicht selbst Nachtwache, sondern hatten diese Aufgabe an ihre Sklaven delegiert.

Im Tempel begab ich mich zum Mannschaftsraum, in dem sich die Wachen aufhielten, und bat darum, die Passierlisten für die Nacht des Frevels einsehen zu können. Der Sklave, der für die Ordnung zuständig war, kramte eine Weile zwischen den Tafeln herum, während ich die bescheidene Einrichtung musterte.

»Hier sind sie, mein Herr«, sagte er schließlich. Ich betrachtete die Kritzeleien auf dem Wachs. In jener Nacht waren diverse

Transportkarren in die Stadt gekommen und hatten sie vor dem ersten Morgengrauen auf demselben Weg wieder verlassen. Eine Eintragung darüber, daß der Pontifex maximus die Stadt verlassen hatte, um die Omen zu lesen, fand ich nicht.

»Die Auguren sind ausdrücklich angehalten, sich hier im Tempel zu melden, bevor sie die Stadt nach Einbruch der Dunkelheit durch das Tor verlassen, mein Herr. Vor etwa zehn Tagen war der Pontifex Spinther hier mit seinem gestreiften Gewand und seinem Lituus. Seither niemand mehr.« Ich bedankte mich und ging.

»Warum stellst du all diese Fragen?« wollte Hermes wissen, als wir den Hügel hinabstiegen. »Hat es etwas mit dem Patrizier zu tun, der versucht hat, dich zu vergiften, und statt dessen am Ende selbst tot auf der Straße lag?«

»Ich weiß nicht, aber ich vermute, daß alles irgendwie zusammenhängt. Warum willst du das wissen?«

Hermes zuckte die Schultern. »Wenn du ermordet wirst, werde ich an einen anderen weitergereicht, der vielleicht kein so angenehmer Herr ist wie du.«

»Ich bin gerührt. Ja, irgend etwas Seltsames geht vor. Jemand hat versucht, mich zu vergiften, und am selben Abend wurde Capito ermordet. Am nächsten Abend wurden in Caesars Haus die Riten der Bona Dea entweiht. Caesar hat Celer erzählt, er wollte in jener Nacht den Quirinal besteigen, um Omen zu lesen, aber das hat er nicht getan. Der Junge, der versucht hat, mich zu vergiften, wurde ermordet. Die Frau, die ich verdächtigte, ihm das Gift verkauft zu haben, wurde ermordet. Der Junge wohnte bei Clodius, meinem Erzfeind. Die ermordete Frau war mit Clodius zusammen, als er sich als Frau verkleidet in Caesars Haus eingeschlichen hat. Kommt es dir nicht so vor, als ob eine Art roter Faden die ganze Geschichte durchzieht?«

Hermes zuckte die Schultern. »Die meisten Frauen sind verrückt. Und die Adeligen sind die Schlimmsten.«

»Bleib ein Sklave«, riet ich ihm. »Dann werden deine Probleme immer simpel bleiben.«

Wir durchquerten die Stadt, passierten die Brücke zur Tiberinsel und weiter in den Trans-Tiber-Distrikt.

»Wo gehen wir jetzt hin?« fragte Hermes.

»Zum Ludus des Statilius Taurus, einen Freund besuchen.«

Er strahlte. »Die Gladiatoren-Schule? Du kennst aber auch jeden!« Meine Vertrautheit mit den niedersten Schichten römischen Lebens beeindruckte ihn immer wieder.

In der Schule ließ ich ihn bei den Netzmännern zurück. Er war damit beschäftigt, sie bei ihren Übungen und Trainingskämpfen zu bestaunen. Aus irgendeinem unerfindlichen Grund waren sie bei den Sklaven und untersten Schichten schwer in Mode. Wahrscheinlich weil Schwerter und Schilde die Waffen ehrenhafter Bürger waren. Wie viele Jungen seines Alters träumte er vermutlich davon, als Gladiator berühmt zu werden. Er war noch zu unerfahren, um zu wissen, daß das gleichbedeutend mit einem Todesurteil auf Raten war. Glücklicherweise war er alt genug, die Peitsche und das Kreuz zu verstehen.

Asklepiodes begrüßte mich und bestand auf den üblichen Höflichkeiten wie Wein und Gebäck, bevor er zu meiner Erleuchtung beitrug. Schließlich nahmen wir vor dem großen Fenster Platz und betrachteten die unten im Hof trainierenden Männer.

»Seit unserem letzten Gespräch«, sagte er, »habe ich mein Hirn zermartert, wo ich eine solche Hammerwunde schon einmal gesehen habe. Gestern als ich müßig hier saß und den Männern beim Training zusah, beobachtete ich die Ankunft einiger neuer Männer. Sie sollten Anweisungen für die Munera erhalten, die Pompeius nach seinem Triumph geben wird. Einige von ihnen sind Altmeister, denen man enorme Summen gezahlt hat, damit sie noch einmal aus dem Ruhestand zurückkehren, aber unter ihnen waren auch einige etruskische Priester. Hast du je die Kämpfe gesehen, wie sie in einigen traditionellen Gebieten Tuscias durchgeführt werden?«

Meine Kopfhaut kribbelte. »Nein, habe ich nicht.«

Er strahlte vor Zufriedenheit. »Nun, der Anblick dieser Etrusker hat mich an etwas erinnert. Vor einigen Jahren habe ich eine Truppe zu Beerdigungsspielen in der Nähe von Tarquinia begleitet. Dort wurde ich Zeuge eines Schauspiels, wie ich es zuvor nie gesehen hatte. Also, was geschieht bei einer Munera, wenn der besiegte Mann den Todesstoß empfangen hat, bevor die Libitinarii kommen, um seine Leiche wegzuschaffen?«

»Der Charon berührt die Leiche mit einem Hammer, um sie für die Todesgöttin Libitina zu beanspruchen«, sagte ich.

»Genau. Hast du dich je gefragt, wie er zu seinen typischen Merkmalen gekommen ist? Die lange Nase und die spitzen Ohren, die Stiefel und der Hammer? Das sind nicht Merkmale des Fährmanns über den Styx, der den gleichen Namen trägt.«

Ich rutschte unbehaglich hin und her. »Angeblich sind sie etruskischen Ursprungs, genau wie die Spiele selbst.«

»Das ist richtig. In Wirklichkeit handelt es sich um den etruskischen Todesdämon Charun, der die Toten für die Gottheit der Unterwelt einfordert, die bei euch Pluto und bei uns Hades heißt. Nun, in Tuscia berührt er die Leiche nicht nur. Er steht über ihr und zertrümmert mit seinem Hammer ihre Stirn.«

»Und diese Männer kamen aus Pompeius' Lager, sagst du?«

»Der Schweiß, den ich da auf deiner Stirn schimmern sehe, paßt ganz und gar nicht zur Jahreszeit und sieht sehr ungesund aus«, bemerkte er.

»Solange du dort keinen Hammerabdruck siehst, bin ich zufrieden«, sagte ich. Ich nahm einen großen Schluck aus meinem Weinbecher, und er goß mir nach. »Morde mit einem etruskischen Stempel genau zu dem Zeitpunkt, an dem sich Pompeius außerhalb der Stadtmauern eine Sammlung etruskischer Priester hält. Und Crassus hat mir erzählt, daß Pompeius einige von ihnen an Clodius ausgeliehen hat.«

»Ah! Pompeius und Clodius. Ein unerfreuliches Paar. Was mag all das zu bedeuten haben?«

Ich erzählte ihm, was ich wußte, und er nickte weise, während er zuhörte. Das war so ein Trick von ihm, weise zu nicken, wenn er nicht die geringste Ahnung hatte, worüber man sprach. Es war, wie ich mit der Zeit lernen sollte, auch eine Gabe. Als ich beschrieb, wie Caesar die Menschenmenge vor meinem Haus zerstreut hatte, und unser anschließendes Gespräch schilderte, unterbrach er mich.

»Moment mal. Caesar behauptet, die Göttin Libitina sei eine Ahnherrin seines Hauses? Ich habe mir schon oft seine Reden angehört, und da hat er häufig die Göttin Aphrodite als Vorfahrin genannt.«

»Venus«, verbesserte ich ihn. »Ja, das ist seine neueste Marotte. Das liegt daran, daß man auch praktisch bis zu den Göttern zurückgehen muß, bis man auf einen Julier stößt, der irgend etwas hermacht. Aber unsere Venus ist eine vielschichtigere Göttin als eure Aphrodite. Libitina ist unsere Göttin des Todes und der Bestattungen, aber sie ist auch die Göttin der Felder, Weinhänge und sinnlichen Freuden, und in dieser Beziehung wird sie dann zur Doppelgöttin Venus Libitina. So kann sich Caesar auf jede von beiden berufen, ohne sich zu widersprechen.«

»Religion ist eine wahrhaft wundersame Sache«, sagte Asklepiodes.

Ich erzählte ihm den Rest der Geschichte, wobei ich mich nicht mit meinem Scharfsinn brüstete, sondern ihm vielmehr von meiner Ahnungslosigkeit berichtete. Als ich geendet hatte, füllte er aufs neue unsere Becher, und wir grübelten beide eine Weile.

»Also erstreckt sich deine Untersuchung, die ursprünglich nur die Schuld von Clodius feststellen sollte, inzwischen auch auf Pompeius und Caesar?«

»Und Crassus«, sagte ich. »Ihn wollen wir nicht vergessen. Wenn die beiden anderen mit drin stecken, dann er auch.«

»Was, wenn der Zweck ihres Komplotts die Vernichtung von Crassus ist?«

»Das ist doch auch eine Form von Verwicklung, oder nicht?« sagte ich.

»Scharfsinnig beobachtet«, gestand er ein.

Ich stand hastig auf. »Ich danke dir. Ich habe dort unten jemand gesehen, mit dem ich dringend reden muß.«

Asklepiodes folgte meinem Blick und sah den jungen Mann, der gerade den Übungshof betreten hatte. »Ein gutaussehender Junge! Und welch auffällige Haarfarbe, fast wie ein Germane.«

»So blondes Haar ist unter Römern äußerst selten«, erklärte ich ihm. »Es ist nur in einer patrizischen Familie verbreitet, dem Gens Cornelia.«

»Dein hastiger Aufbruch sei dir vergeben. Um einen so wohlgestalteten Jüngling zu begrüßen, würde ich mich möglicherweise ähnlich abrupt empfehlen.« Schließlich war er Grieche.

Der junge Mann blickte auf, als ich mich ihm näherte. Seine Augen waren wie ägyptische Lapislazuli. »Ich glaube, wir haben uns seit unserer Kindheit nicht mehr getroffen, aber ich habe dich gestern in Pompeius' Lager gesehen. Ich bin Decius Caecilius Metellus der Jüngere. Bist du nicht Faustus Cornelius Sulla?«

Er lächelte. »So ist es. Ich glaube, wir sind als Jungen bei den trojanischen Spielen gemeinsam geritten.«

»Ich weiß noch, daß ich vom Pferd gefallen bin.« Faustus war ein kleiner, fast zart wirkender Mann, aber ich wußte, daß dieser Eindruck täuschte. Er hatte sich als Soldat in Pompeius' Diensten einen Namen gemacht und sogar die Corona muralis gewonnen, weil er als erster die Stadtmauern von Jerusalem überwunden hatte, als Pompeius diesen ständigen Unruheherd eroberte.

»Bist du wegen Pompeius' anstehender Munera hier?« fragte ich ihn.

»Ja, außerdem will ich mit den Vorkehrungen für meine eigene beginnen. Mein Vater hat mich in seinem Testament gemahnt, eine Munera zu veranstalten. Aber seit ich alt genug bin, eine zu feiern, habe ich mich stets außerhalb Roms aufgehalten. Jetzt habe ich zum ersten Mal die Gelegenheit, diese Verpflichtung einzulösen, und ich will es hinter mich bringen, bevor ich wieder woandershin abkommandiert werde.« Er war auch einer dieser Männer, die aus dem Militärdienst im Ausland eine Laufbahn gemacht hatten und inländische zivile Ämter für eine lästige Pflicht hielten. Bei mir war es genau umgekehrt. Mein griechischer Freund hatte ihn wegen seiner feinen, fast weiblichen, cornelischen Gesichtszüge für einen Jüngling gehalten. In Wirklichkeit war er höchstens ein Jahr jünger als ich.

»Wie ich gehört habe, will Pompeius seiner Munera einen etruskischen Touch geben«, sagte ich. Faustus hatte den Übungen der Kämpfer zugesehen, fixierte mich nun jedoch mit einem scharfen Blick.

»Wie meinst du das?«

»Ein Freund von mir hat hier gestern seine etruskischen Priester gesehen.«

»Das sind bloß Wahrsager«, sagte er rasch. »Mit den Kämpfen selbst werden sie nichts zu tun haben. Sie meinen, es würde die Inszenierung interessanter machen, wenn sie die glücklosen Schwertkämpfer vorher aussortieren.«

»Mir scheint«, sagte ich, «daß ein paar von ihnen in jedem Fall glücklos sein müssen, sonst wird die Show ein Flop.«

»Ich glaube, so haben sie es nicht gemeint«, sagte Faustus.

Wir wurden von Statilius Taurus persönlich unterbrochen, der gekommen war, sich seines bedeutenden Gastes anzunehmen. Ich verabschiedete mich und rief nach Hermes.

»Wer ist das?« fragte der Junge und wies mit dem Kinn Richtung Faustus.

»Faustus Cornelius Sulla, der einzige noch lebende Sohn des Diktators«, informierte ich ihn.

»Oh«, sagte Hermes enttäuscht. Zweifelsohne hätte er einen berühmten Verbrecher vorgezogen. Nun, von denen gab es schließlich auch genug. Ich beschloß, einen von ihnen zu besuchen.

Es bedurfte einiger Herumfragerei, aber zu guter Letzt spürten wir Milo in einem riesigen Lagerhaus in der Nähe des Flusses auf. Ich war einer von vielleicht fünf oder sechs Männern, die rund um die Uhr Zutritt zu ihm hatten.

Das Treiben in dem Lagerhaus unterschied sich nicht groß von dem im Ludus. Milo drillte seine Männer in den Feinheiten des Straßenkampfes. Er hatte Toga und Würde beiseite gelegt und stand in seiner Tunika da, während eine Reihe von Männern mit Messern und Keulen ihn vorsichtig umkreisten. Hermes hielt den Atem an, als einer der Männer vorsprang und mit seinem Knüppel auf Milos Kopf zielte. Im Gegensatz zu den meisten Männern duckte Milo sich nicht, wenn er mit einer Waffe angegriffen wurde. Statt dessen blockte er sie mit der Handfläche ab, was jedesmal ein lautes Knacken hervorrief. Ich glaube, Milo hätte so selbst ein Schwert abwehren können. Die Jahre am Ruder hatten seine Handflächen hart gemacht wie den Schild von Achilles, und so waren sie sein ganzes Leben lang geblieben. Mit der anderen Hand packte er die Tunika des Angreifers und gab ihm einen kräftigen Stoß, so daß er direkt in einen weiteren Mann krachte, der sich mit gezücktem Messer näherte. Beide Männer stürzten übereinander zu Boden. Milo trug nie eine Waffe und brauchte auch keine.

»Das war gut«, sagte er. »Laß uns etwas anderes probieren.«

»Das ist nicht fair, Boss«, sagte ein zahnlückiger Gallier. »Wir können Waffen nicht einfach so mit der Hand abwehren.«

»Dann werde ich euch etwas Nützliches beibringen«, sagte Milo grinsend. »Stellt euch in zwei Mannschaften gegenüber auf.« Die Männer taten, wie ihnen geheißen. »So, die Idee dieser Übung ist folgende: Ihr verteidigt euch immer nur gegen den Mann direkt vor euch, haltet aber die Männer im Auge, die links und rechts neben euch gegen eure Kameraden kämpfen. In dem Moment, in dem sich einer von ihnen eine Blöße gibt, dreht ihr euch zur Seite und schlagt zu. Normalerweise ergibt sich eine Gelegenheit, wenn der Mann neben euch angreift. Bewegt euch schnell. Er wird euch nicht kommen sehen, und für den Mann, mit dem ihr beschäftigt seid, wird das Manöver völlig unerwartet kommen. Geht anschließend sofort wieder in Deckung, dann bleibt ihm keine Zeit, eure Blöße zu nutzen. So, das wollen wir jetzt mal probieren.«

Die beiden Mannschaften stürzten sich mit Begeisterung in die Sache, und Hermes johlte jedesmal laut Beifall, wenn Holz auf Haut traf. Diese Männer waren unverbesserliche Raufbolde, denen diese Übung tatsächlich Spaß machte. Seit den Gebrüdern Gracchus war Massengewalt eine allgemein verbreitete Realität der römischen Innenpolitik. Mit kaltblütiger Nüchternheit feilte Milo an der Technik seiner Schläge wie Caesar und Cicero an ihren Reden. Als er mit ihren Darbietungen zufrieden war, kam er herüber, um mich zu begrüßen.

»So langsam kommen sie in Form«, meinte er brummend.

»Für mich sehen sie wüst genug aus«, stellte ich fest.

»Wildheit an sich ist nichts Besonderes. Clodius' Bande ist auch reichlich wild. Straßenschlachten gewinnt man nur durch konzertierte Aktionen. Gladiatoren kennen lediglich den Einzelkampf, und der gemeine Schläger denkt nicht weiter als bis zu seinem Schlagring. Ich brauche eine richtige Straßenarmee und habe vor, mir eine aufzubauen.«

»Du solltest vorsichtig sein, Titus«, mahnte ich ihn. »Ein paar Worte in den falschen Ohren, und man könnte dich der Vorbereitung eines Aufstands bezichtigen.«

»Ich habe Cicero und noch eine ganze Menge mehr, die sich für mich einsetzen«, sagte er. »Für jeden Senator, der mich stürzen sehen will, gibt es einen Feind von Clodius, der in mir den Retter Roms sieht.«

»Cicero steht zur Zeit nicht allzu hoch im Kurs«, warnte ich ihn, »und wenn Pompeius in ein paar Tagen in die Stadt zurückkehrt, wird er so lange die Macht in Rom sein, bis sich neue Allianzen gebildet haben.«

»Deine Sorge rührt mich«, sagte Milo, »aber ich habe seit Jahren daran gearbeitet, die notwendige Rückendeckung aufzubauen. Im Augenblick fühle ich mich ziemlich sicher.«

»Wie du meinst«, sagte ich. »Titus, ich muß wissen, in welche üblen Machenschaften Mamercus Capito verwickelt gewesen sein könnte. Ich…«

»Das kann ich dir auf der Stelle sagen«, unterbrach er mich. »In gar keine. Ich habe mich umgetan, sobald ich von dem Mord erfahren hatte. Er verfügte über keine wichtigen Kontakte zur römischen Unterwelt, will sagen, zu meinen Kollegen. Soweit ich es in Erfahrung bringen konnte, hat er keine Bestechungsgelder jenseits der tolerierten Grenzen angenommen. Er hatte ein paar stille Partner, in der Hauptsache seine Freigelassenen, die Geschäfte für ihn trieben, mit denen er als Patrizier offiziell nichts zu tun haben durfte. Sie behaupten steif und fest, daß er im Geschäftsleben keine Feinde hatte, die einen Grund gehabt hätten, ihn umzubringen. Er muß aus persönlichen oder politischen Gründen ermordet worden sein. Mit deinen Beziehungen solltest du mehr über sein Abstimmungsverhalten im Senat in Erfahrung bringen können als ich.«

»Du hast mir eine Menge Zeit gespart«, bedankte ich mich bei ihm.

»Dann kannst du sie vielleicht zu meinen Gunsten verwenden. Hast du schon mit der Dame gesprochen?«

»Nein, aber ich werde von hier zum Haus von Lucullus gehen. Mit ein bißchen Glück sollte ich es genau zum Mittagessen schaffen.«

»Amüsier dich, aber sei beredsam.«

»Ich werde mein Bestes tun, was, wenn ich das sagen darf, nicht unbeträchtlich ist. Durch einen merkwürdigen Zufall habe ich eben ihren Bruder in der Statilischen Schule getroffen. Die Ähnlichkeit ist verblüffend, und man sagt, daß sie beide dem alten Diktator wie aus dem Gesicht geschnitten sind. Ich fürchte allerdings, daß er Pompeius' Mann ist.«

»Wie schade. Ich hoffe, ich werde mich nicht mit ihm überwerfen, da ich vorhabe, sein Schwager zu werden.«

»Die Ehe ist oft ein gefährliches Unterfangen«, gab ich zu bedenken.

Hermes und ich zogen weiter, wobei wir den Rückweg über

sich windende und regungslose Körper von Schlägern antreten mußten, die zu ernsthaft trainiert hatten. Mein Sklave fand das Erlebnis ungeheuer aufregend.

»Warum verkaufst du mich nicht an ihn, Herr?« fragte er. »Ich glaube, Milo zu gehören, würde mir gefallen.«

»Wenn er mich je tödlich beleidigen sollte, werde ich ihm dich zum Geschenk machen«, versicherte ich dem Jungen.

Etwas zu spät für das komplette Mittagsmenu traf ich bei Lucullus ein, aber mir wurde am Tisch noch Platz gemacht, während der letzte Gang aufgetragen wurde, und das war weit mehr, als ich selbst mit Hilfe der Götter je hätte essen können. Ich mäßigte meinen Weinkonsum, weil ich später noch wichtige Verhandlungen zu führen hatte.

Da ich kein geladener Gast war, konnte ich Lucullus nicht guten Gewissens mit Beschlag belegen, also blieb ich zurück, als die anderen sich verabschiedeten, was sie kurz nach dem Essen auch taten. Mittagessen war noch immer so neu, daß sich der Brauch, anschließend gesellig zu sein, noch nicht entwickelt hatte. So saß ich wenig später mit Lucullus allein im Garten, während um uns herum Sklaven die riesigen Beete umgruben, um sie für den Frühling zu bereiten.

»Geht es um die Ermittlung, wegen der Celer so geheimnisvoll tut?« fragte Lucullus. »Wenn ja, werde ich dir, fürchte ich, wenig helfen können. Meine Frau ist, wie der Rest ihrer Familie auch, zuerst eine Claudierin. Sie würde mir nie etwas erzählen, was ihrem geliebten kleinen Brüderchen schaden könnte.«

Ein Sklave goß uns Wein aus einem goldenen Krug ein. Ich nippte daran und stellte fest, daß es ein Caecuber war, eine Lage und ein Jahrgang, den die meisten Männer sich zur Feier eines großen Sieges aufbewahrt hätten, nur ganz leicht mit Rosen-beduftetem Wasser verlängert.

»Nein, ich komme zur Abwechslung einmal in amouröser Mission.«

Er zog die Augenbrauen hoch. »In wessen Namen?«

»Im Namen eines Freundes. Titus Annius Milo.«

Lucullus lehnte sich zurück und kratzte sein Kinn. »Milo. Ein Mann auf dem Weg nach oben, mit Sicherheit ein Machtfaktor im Rom der Zukunft, wenn ihn nicht ein früher Tod ereilt.«

»Das Grab wartet auf uns alle«, sagte ich.

»Wie wahr. Und wer könnte wohl das Objekt der Zuneigung jenes beeindruckenden Mannes sein?«

»Dein Mündel, Fausta. Er hat sie vor ein paar Tagen hier getroffen und war auf der Stelle von Cupido niedergestreckt.« Ich nippte erneut an meinem Wein. Das Ganze war für mich eine völlig neue Tätigkeit.

»Ich bin erstaunt, daß Milo sich von irgend etwas niederstrekken ließ«, bemerkte Lucullus, »und seine Machenschaften sind mehr als nur ein wenig kriminell.«

»Was seine Abstammung angeht – er ist ein gebürtiger Bürger Roms, und eine vornehmere Herkunft gibt es nicht.«

Lucullus klatschte Beifall. »Bravo. Wenn dies eine Volksversammlung wäre, würde ich aufspringen und jubeln.«

»Wenn es seinen Aktivitäten an einer gewissen Wohlanständigkeit mangelt – ist es denn ehrenhafter, Ausländer abzuschlachten als sich in den Straßen Roms zu prügeln? Außerdem werden seine jugendlichen Exzesse, wenn er erst einmal zu Rang und Namen gekommen ist, schnell in Vergessenheit geraten, wie das immer der Fall ist. Guck dir Crassus an. Oder selbst Sulla. Beide wurden zunächst als jugendliche, degenerierte Elemente verabscheut, aber wenig später küßten ihnen die höchsten Vertreter Roms den Hintern. Warte einfach ab. Bald wird ganz Rom die Lippen spitzen, um von Titus Milo geküßt zu werden.«

»Ich gebe zu, daß er keinen besseren Mann hätte schicken können, seine Sache zu vertreten. Inzwischen will ich ihn fast selbst heiraten.«

»Dann wirst du ihm also erlauben, Fausta den Hof zu machen?« sagte ich.

»Es gibt da ein kleines, aber wichtiges Problem«, sagte er.

»Und das wäre?«

»Ein Frosch, der in meinem Teich quakt, hat in etwa soviel Einfluß auf sie wie ich. Ich bin zwar der Testamentsvollstrecker ihres Vaters, aber sie ist der Ansicht, daß sich diese Vollmacht nicht auch auf ihre Person bezieht, ungeachtet dessen, was das Gesetz dazu sagen mag. Sie ist eine Cornelierin und Sullas Tochter und denkt gar nicht daran, sich einem gemeinen Licinius wie mir zu unterwerfen. Wir kommen miteinander klar, aber das ist auch alles. Sie versteht sich besser mit Claudia, und das ist ein schlechtes Zeichen. Aber wenn Milo sein zukünftiges Glück mit einer arroganten, cornelischen Halbgöttin riskieren will, hat er meine Erlaubnis, es zu versuchen.«

»Kann ich mit ihr sprechen?« fragte ich.

»Ich werde nach ihr schicken, aber mehr kann ich nicht versprechen.« Er hob so geringfügig seine Hand, daß man es für ein unwillkürliches Zucken hätte halten können. Aber seine Sklaven waren sensibel genug, ihm den geringsten Wunsch von den Augen abzulesen. Einer von ihnen kam geeilt und brach fast vor unseren Füßen zusammen. »Sag der Dame Fausta, daß im Garten ein Besucher auf sie wartet«, murmelte Lucullus. Der Mann sprintete davon, als hätte er Flügel an den Fersen.

Lucullus erhob sich. »Ich wünsche dir alles nur erdenkliche Glück, Decius. Die Frau ist eigensinnig, aber nicht ohne eine gewisse Intelligenz. Die Männer, deren Gesellschaft ich vorziehe, sind ihrer Ansicht nach zu langweilig, ihr Interesse zu erregen.

Wenn überhaupt jemand ihr Gefallen findet, dann vermutlich ein Mann wie Milo.«

Er ließ mich mit dem goldenen Weinkrug im Garten zurück. Ich goß mir einen weiteren Becher ein. So einen Caecuber kriegt man nicht alle Tage zu trinken. Während ich auf Fausta wartete, fläzte ich mich in meinen Stuhl und versuchte mir vorzustellen, wie es sein mochte, wie Lucullus zu leben. Ohne meinen Kopf besonders weit zu wenden, konnte ich mindestens fünfzig Sklaven bei der Gartenarbeit sehen. Das war, wie ich wußte, nur ein Bruchteil seines Personals. Der Tisch war aus edlem Porphyr, der darauf stehende Weinkrug aus massivem Gold. Er sah aus, als würde er leer mehr wiegen als ein gewöhnlicher Krug gefüllt. Ich beschloß ihn zu leeren, um es herauszufinden.

Wie das wohl war, dachte ich, wenn man an einem besonders liebreizenden Fleckchen Erde, zum Beispiel zwischen Rom und Brundisium, vorbeikam und beschloß, daß einem die Gegend gefiel, sich an seinen Verwalter wandte und einfach sagte: »Kauf alles Land im Umkreis von zehn Meilen und bau mir eine Villa.« Und wenn man dann ein Jahr später wieder vorbeikam, sah man ein Haus von der Größe einer mittleren Stadt, umgeben von kultivierten Parkanlagen, dekoriert mit der erlesensten Kriegsbeute aus Griechenland und dem Orient, bezugsfertig für den Fall, daß man auf seiner Reise eine Rast einlegen wollte. Mir kam das wie ein äußerst angenehmes Leben vor. Das Problem war nur, daß man ein paar außerordentlich reiche Könige besiegen mußte, um solche Reichtümer anzukaufen wie Lucullus.

Als Fausta kam, hatte sich schon eine warme, flauschige Hülle um die Welt gelegt. Es war ein wirklich ausgezeichneter Caecuber.

»Es tut mir schrecklich leid, daß ich dich so lange habe warten lassen, Decius Caecilius.« Sie war keinen Deut weniger schön als an dem Tag, an dem ich sie zum ersten Mal gesehen hatte. Sie trug ein Gewand aus safranfarbenem Leinen, über das sie ein kurzes Pallium aus feiner, weißer Wolle geworfen hatte.

»Ich kam unangemeldet«, sagte ich mich erhebend, »und im Haus von Lucullus zu warten, heißt leben wie ein König. Wer will sich da beklagen?« Ein Sklave schwebte mit einem Tablett in unsere Nähe, von dem ich einen Pokal griff und für sie füllte. Die alte Regel, daß Frauen nicht mit Männern trinken sollten, verblaßte rasch, vor allem bei einem informellen Anlaß wie diesem. Außerdem galten gewöhnliche Regeln nie für Frauen wie Fausta.

»Danke«, sagte sie, den Pokal nehmend, ohne daraus zu trinken. »Wie man hört, ermittelst du im Fall der Entweihung der Riten. Bist du deswegen hier?«

»Ich bin gekränkt«, sagte ich. »Jeder denkt, daß ich nichts anderes tue, als herumzuschnüffeln. Tatsächlich könnte mir in diesem Moment nichts ferner liegen.« Das war nicht ganz richtig. »Ich bin in Gestalt des Cupido gekommen.«

»Ein Heiratsantrag?« sagte sie kühl. »Ich habe schon gehört, daß du nicht verheiratet bist.« Die Vorstellung war für sie offenbar so aufregend, wie unter Felsen nach Kröten zu suchen.

»Keineswegs. Wenn das der Fall wäre, hätte sich mein Vater an deinen Vormund gewandt. Nein, ich komme im Namen eines guten Freundes, Titus Annius Milo Papianus. Er hat dich vor ein paar Tagen kennengelernt und ist seither ganz verzückt, wie es wohl jeder Mann gewesen wäre.«

Sie wurde auf der Stelle lebhafter. »Milo! Er ist jedenfalls kein gewöhnlicher Mann. Ich fand ihn faszinierend. Aber seine Familie ist mir unbekannt. Er hat einen Adoptivnamen. Wie ist er dazu gekommen?«

»Sein Vater war Gaius Papius Celsus, ein Landbesitzer aus dem Süden. Als Milo nach Rom kam, hat er sich von seinem

Großvater mütterlicherseits, Titus Annius Luscus, adoptieren lassen. Das geschah aus rein politischen Erwägungen, damit er Wohnrecht in der Stadt und die Mitgliedschaft in einem städtischen Tribus erhielt.« Zumindest dieser Teil war leicht. Bei einem patrizischen Stammbaum hätte ich vielleicht noch eine Stunde weiter dozieren müssen.

»Aber die ländlichen Tribus sind doch viel ehrwürdiger«, bemerkte sie. »Die besten Familien gehören zu ländlichen Stämmen.«

»Das war früher einmal so, meine Dame. Heute liegt die Macht in Rom beim städtischen Pöbel, den Milo anzuführen gedenkt. Vergiß große Namen und noble Herkunft. Milo hat vor, sich selbst einen Namen zu machen, und er ist auf dem besten Wege dazu. Viele Männer mit wohlklingenden, alten, patrizischen Namen leben knapp oberhalb der Bettelgrenze. Wenn du vornehm heiraten willst, ist es das, was dir bevorsteht. Mit Milo würdest du ein Leben führen, das man nur als interessant bezeichnen kann.«

»Das klingt faszinierend. Ich nehme an, er verfügt über ein angemessenes Stadthaus?«

»Eines der größten und mit Personal am besten ausgestatteten Häuser Roms«, versicherte ich ihr. Vermutlich hätte ich ihr sagen sollen, daß es eine Festung war und sein Personal aus Schlägern, Arena-Ködern und Strolchen bestand, wie man sie nur selten trifft, aber warum sollte ich sie um eine einzigartige Überraschung bringen?

»Zu mir kommen so viele Freier«, sagte sie, »und alle sind schrecklich langweilig. Ich bin jetzt siebenundzwanzig Jahre alt, weißt du. Ich hatte schon fast entschieden, unverheiratet zu bleiben, selbst wenn das bedeuten würde, daß ich streng legal gesehen als Kind unter Lucullus' Vormundschaft leben müßte. Das ist das erste interessante Angebot, das mir unterkommt. Du darfst Milo mitteilen, daß ich gewillt bin, sein Werben anzuhören. Er kann mich jederzeit auch informell besuchen, aber es muß klar sein, daß jedwedes Arrangement nur zwischen uns beiden getroffen wird. Ich habe mir geschworen, mir eher die Pulsadern aufzuschlitzen, als mich einer arrangierten Ehe zu beugen.«

»Absolut verständlich. Sonst würdest du am Ende noch als Ehefrau von Cato enden. Ich bin sicher, diese Botschaft wird Milo mit allergrößter Freude erfüllen. Möchtest du noch ein wenig von diesem ausgezeichneten Caecuber?« Sie schüttelte den Kopf. Ich glaube nicht, daß sie an ihrem Pokal auch nur genippt hatte. »Jetzt, wo das geklärt ist, möchtest du mich nicht vielleicht doch über jenen skandalösen Abend aufklären, der mittlerweile ganz Rom erheitert?«

»Ich fürchte, das kann ich nicht«, sagte sie.

»Ah. Das rituelle Tabu, darüber zu sprechen?«

»Nein, keineswegs. Ich war an jenem Abend nicht in Caesars Haus.«

Mein Weinbecher stoppte auf dem Weg zu meinem Mund in der Luft. »Nicht? Aber man hat dich dort gesehen.«

Sie zuckte mit keiner Wimper. »Dann hat sich entweder jemand geirrt, oder jemand lügt. Nur verheiratete Frauen nehmen an dem Ritual teil, und ich hatte nicht die Absicht, einen Abend damit zu verschwenden, mit einem Haufen hochgeborener Mädchen zu tratschen, die gerade halb so alt sind wie ich.«

»Dann hat man mich wohl falsch informiert«, sagte ich. »Bitte, verzeih mir.«

»Warum? Du hast mich nicht beleidigt. Sag Milo, daß ich mich darauf freue, von ihm zu hören.« Sie erhob sich und streckte eine Hand aus, die ich ergriff. »Guten Tag, Decius Caecilius.« Ich beobachtete ihren Abgang. Es war ein angenehmer Anblick, aber er verriet mir nichts über ihre Glaubwürdigkeit. Entweder sie log oder Julia. Ich wußte, wem ich lieber glauben wollte.

Ich fand Hermes auf einer Bank im Atrium. Er blickte verärgert auf, als ich ihm ein Zeichen machte, sich mir anzuschließen.

»Du siehst aus, als wärst du mal kurz in einer Taverne verschwunden«, sagte er. »Wirst du dich jetzt den ganzen Nachhauseweg auf mich stützen?«

»Unsinn«, sagte ich. »Niemand betrinkt sich mit einem so edlen Tropfen, wie ich ihn gerade genossen habe.« Wir verließen das Haus und gingen Richtung Forum.

»Ich habe schon an Banketten in so prächtigen Häusern wie diesem teilgenommen«, sagte er. »Aber mir war nie klar, daß die Gäste aus reiner Freude gekotzt haben.«

»Du vulgärer kleiner Schlingel«, schalt ich ihn. »Du sollst nicht so über Menschen reden, die über dir stehen.«

»Du solltest mal hören, wie wir Sklaven über euch reden, wenn kein Freigeborener in der Nähe ist.«

»So verdienst du dir bestimmt keine kleinen Gefälligkeiten«, warnte ich ihn.

»Ha. Wahrscheinlich erinnerst du dich später sowieso nicht – oh je.« Er riß seine Augen auf, und ich tat es ihm, wie ich gestehen muß, nach. Eine Horde brutal aussehender Männer kam auf uns zugeschlendert und versperrte die enge Straße. Vorne in der Mitte ging der häßlichste von ihnen: Publius Clodius Pulcher.

»Oje, fürwahr«, murmelte ich. »Hermes, bist du bereit, meinem Angriff Rückendeckung zu geben?«

»Dir Rückendeckung geben? Was willst du denn gegen den Haufen ausrichten?« Die Stimme des Jungen zitterte vor Angst.

»Halt nur die Augen offen und die Sinne beieinander«, sagte ich aufmunternd. Ich wählte eine ebene Stelle. Zu meiner Linken führte ein Treppenabsatz zwischen zwei Häusern auf eine höher gelegene Straße. Hinter uns war die Straße relativ leer, stieg aber steil an. Obwohl ich keineswegs betrunken war, wünschte ich mir doch im nachhinein, ich hätte dem Caecuber mit mehr Mäßigung zugesprochen.

»Metellus! Ich werde den Eindruck nicht los, daß du mir aus dem Weg gehst! Ich bin gekränkt!« Er grinste sein häßliches, öliges Grinsen. Clodius hatte keine formellen Besuche hinter sich und war lediglich in Tunika und Sandalen gekleidet. Letztere waren aus gewöhnlichem braunen Leder, obwohl ihm auch ein roter, hochgeschnürter Halbstiefel mit dicken Sohlen und einem elfenbeinernen Halbmond am Knöchel zugestanden hätte. Selbst seine Tunika war ein Exomis, wie ihn Arbeiter tragen, und zwar die griechische Version mit freier rechter Schulter und halbfreier Brust. Clodius, der Mann des Volkes.

»Du weißt doch, wie sehr ich deine Gesellschaft genieße, Publius«, sagte ich. »Du kannst mir jederzeit bei meinem Morgenempfang deine Aufwartung machen.«

Sein Lachen klang laut und falsch. »Wann hat ein Claudier je einem Meteller seine Aufwartung gemacht?«

Ich drohte ihm mit dem Finger. »Vorsicht, Publius, deine patrizische Ader geht mit dir durch. Die Leute könnten dich für hochgeboren halten, und dann war das ganze primitive Leben und die üble Gesellschaft, die du gepflegt hast, völlig umsonst.«

»Er ist betrunken«, meinte einer seiner Schläger.

»Betrunken stirbt es sich genausogut wie nüchtern«, sagte Clodius. »Schnappt ihn euch.«

»Nur einen Augenblick«, sagte ich, meine Hand erhebend. »Du bist im Vorteil. Gib mir nur einen Augenblick.« Feierlich legte ich meine Toga ab und faltete sie.

»Er will die Sache wirklich ausfechten«, sagte Clodius. »Das hätte ich ihm gar nicht zugetraut. Nur zu, Decius. Hinterher wickeln wir dich darin ein, dann siehst du nicht ganz so erbärmlich aus, wenn deine Sklaven kommen, um dich nach Hause zu tragen. Du wirst auf jeden Fall ein besseres Bild abgeben als der arme Appius Nero, nachdem du ihn ermordet hast.«

»Ich habe ihn nicht ermordet, Publius, du warst es oder vielleicht deine Schwester Clodia.«

Er setzte erneut zu seiner Nummer mit den zorngeschwellten Adern an. »Das reicht! Tötet ihn!«

Wie ich bereits sagte, es ist völlig zwecklos, in einer Toga zu rennen. Da meine mich jedoch nicht länger hinderte, sprang ich wie ein Reh die Treppe zu meiner Linken hoch. Oben wandte ich mich nach rechts und rannte den Berg hinunter. Die nächsten paar Sekunden überlebte ich nur, weil Clodius und seine Männer von meinem Sprint für einen Moment überrascht waren. Nur ein Idiot hätte annehmen können, daß ich mich bei dieser Chancenverteilung tatsächlich auf einen Kampf einlassen würde; aber Männer sind unendlicher Torheiten fähig, und Clodius noch mehr als die meisten anderen.

Trotzdem konnte ich ihren Atem fast im Nacken spüren, als ich die Straße hinunterrannte, während vor mir entsetzte Fußgänger aus dem Weg sprangen. Römern war der Anblick eines Mannes, der um sein Leben rannte, nur zu vertraut, und sie wußten, wie sie sich zu benehmen hatten. Meine größte Sorge war, daß irgend jemand Clodius erkennen und sich mir in den Weg stellen könnte, um sich bei ihm einzuschmeicheln.

Ich war weitab von Milos Gebiet und wußte nicht, wie stark Clodius in dieser Gegend war. Wenn ich es bis zur Subura schaffte, war ich sicher. Aber dazu hätte ich so flink und ausdauernd sein müssen wie jener Grieche, der von Marathon nach Athen lief. Sein Name ist mir im Moment entfallen.

Unsere prächtigen, neuen kolonialen Städte haben wunderschöne, breite Boulevards, flach wie ein Teich und gerade wie ein Speer. Rom hat nichts dergleichen. Die Straße, die ich entlanglief, stieg an und fiel ab, wand sich in Serpentinen und scharfen Winkeln, wurde unvermittelt enger oder mündete ohne Ordnung oder Grund in eine Treppe. Das gereichte mir zum Vorteil, weil ich erst kürzlich vom Militärdienst heimgekehrt war und Celer darauf bestanden hatte, daß seine Offiziere genauso hart gedrillt wurden wie seine Legionäre, einschließlich dem Rennen über unebenes Feld in voller Rüstung. Das kam mir jetzt zustatten, als ich mir hastig und stolpernd meinen Weg bahnte und gelegentlich über am Boden liegende Betrunkene sprang.

Clodius hatte keine Athleten unter seiner Anhängerschar, und die meisten Ex-Gladiatoren waren zwar an den Waffen gut ausgebildet, nicht jedoch im Laufen. Als ich einen Blick über die Schulter riskierte, sah ich, daß Clodius dicht hinter mir war, seine Truppe aber bis auf drei oder vier Männer zusammengeschmolzen. Meine Chance wurde ständig besser.

Ich erreichte einen labyrinthartigen Bau aus billigen Weinläden und Hurenabsteigen. Die Straße hatte sich zu einer Gasse verengt und bog im rechten Winkel nach rechts ab. Auf beiden Seiten führten niedrige Türen in winzige Kammern. In einer von ihnen versteckte ich mich. Mein Zustand von Bewußtseinserweiterung war so ausgeprägt, daß ich mich noch heute an das Schild über der Tür erinnern kann. Es lautete: *Phoebe: Griechisch, Spanisch, Libysch und Phoenizisch* (was sich keineswegs auf Sprachen bezog). *Preis: 3 Sesterzen. 2 Denarii für Phoenizisch.* In der Kammer roch es ranzig, und aus dem hinteren Teil des Raumes drang heftiges Atmen und das Geräusch rhythmisch gegeneinander klatschenden Fleischs an mein Ohr. Ich hatte meinen Dolch und meinen Caestus gezückt, und als ein Schatten die Schwelle passierte, stürzte ich mich auf ihn. Man hörte ein stoßartiges Einatmen, dann brach der Mann, seinen Bauch haltend, zusammen. Er hatte ein bärtiges Gesicht. Schlimmer noch, es war nicht Clodius. Ein weiterer Mann stolperte über den Erstochenen, und ich gab seinem Kinn im Fallen noch einen Tritt mit. Ich stürmte aus der Tür und schlug nach dem ersten Gesicht, das ich sah. Ich spürte, wie ein Kieferknochen unter den bronzenen Dornen meines Caestus krachte. Jemand hieb mit einem Krummschwert nach mir, und ich spürte einen kalten Schmerz an meiner Schulter, während es meine Kehle um Zentimeter verfehlte. Bevor der Mann mit dem gebrochenen Kiefer zu Boden ging, versetzte ich ihm mit meiner unverwundeten Schulter einen Stoß, der ihn taumelnd mit Clodius zusammenstoßen ließ.

Mit einem Sprung befreite ich mich aus dem Gewirr von Körpern und zappelnden Gliedmaßen und rannte mit rasender Geschwindigkeit die Gasse weiter. Ich kam an einem offenen Weinladen vorbei, und die vor der Taverne sitzenden Menschen applaudierten und feuerten mich begeistert an. Seit jenem Tag hatte ich gelegentlich Anlaß, mich zu fragen, was wohl mit »phoenizisch« gemeint sein mag. Es muß jedenfalls ziemlich akrobatisch sein. Zwei Denar sind schrecklich viel Geld für ein Mädchen aus diesem Teil der Stadt.

Meine Schulter begann stechend zu schmerzen, aber das Brennen in meinen Lungen war schlimmer. Die Gasse führte auf einen kleinen Platz vor dem Tempel des Vertumnus. Jetzt wußte ich wenigstens wieder, wo ich mich befand, und ich rannte, das Geräusch klappernder Sandalen im Rücken, auf den Tempel zu. Ein paar weitere von Clodius' Männern mußten mich eingeholt haben. Ich hielt mich rechts und rannte durch eine enge Straße zwischen dem Tempel und einer hoch aufragenden Mietskaserne. Gegen meinen Willen mußte ich meinen Lauf bremsen und vorsichtig voranschreiten. Das Pflaster vor solchen Mietskasernen ist häufig rutschig, weil die armen Schlucker, die dort leben, oft zu faul sind, ihre Nachttöpfe zur nächsten Sickergrube zu bringen, und sie statt dessen einfach auf die Straßen leeren. Ein heiserer Schrei und der Aufprall eines Körpers auf dem Pflaster hinter mir sagten mir, daß meine Vorsicht ratsam gewesen war.

Die Straße begann wieder ebener zu werden, und ich hegte eine erste, schüchterne Hoffnung, möglicherweise doch lebend aus der Sache herauszukommen. Das große Gebäude, das sich direkt vor mir erhob, war die Basilica Aemilia, die mir ihre schmucklose Rückseite darbot; direkt dahinter lag das Forum, wo selbst Publius Clodius zögern würde, mich zu ermorden. Ich hatte Seitenstiche, und meine Lungen arbeiteten so hart, daß ich glaubte, sie müßten jeden Moment unter dem enormen Blutdruck platzen.

Dann war ich an der Basilica vorbei, die Vordertreppe hinunter, und fand mich auf einem der davor errichteten Holzpodeste wieder. Zu meinem Glück war gerade ein Prozeß im Gange, was ich daran erkannte, daß sich eine Menschenmenge um einen Rechtsanwalt geschart hatte, der eben seinen beringten Finger in die Luft stieß, um das krönende Argument seines Plädoyers zu unterstreichen. Ich werde nie den Ausdruck des Entsetzens vergessen, der sich auf seinem Gesicht abzeichnete, als ich auf ihn zugerannt kam. Wir gingen gemeinsam zu Boden, und seine schneeweiße Toga flatterte um uns wie das Segel eines Schiffes, das vom Sturm fortgetragen wird.

Ich richtete mich gerade rechtzeitig wieder auf, um Clodius auf mich stürzen zu sehen, das Gesicht verzerrt in maßloser Wut und knallrot wie die Robe eines Triumphators. Mit einer Hand schwang er ein kurzes, gebogenes Schwert. Also war er derjenige gewesen, der mich verletzt hatte. Mich überkam der Drang, ihm das Gleiche oder Schlimmeres anzutun. Mit einem wüsten Zischen kam das Schwert auf mich niedergesaust, aber ich konnte es im letzten Moment mit meinem Caestus abwehren. Ich stieß direkt in Richtung seiner Kehle, aber er machte einen Satz nach vorn, duckte sich, rammte mir seine Schulter in den Bauch und umklammerte meine Hüfte mit beiden Armen. Ich stürzte nach hinten, wobei wir uns diesmal beide über den unglücklichen Rechtsanwalt wälzten. Ich suchte mit allen Mitteln zu verhindern, daß Clodius den Schwertarm freibekam, während er sich darauf konzentrierte, mir meine Nase abzubeißen. Ich stieß ihm mein Knie in die Eier, was ihn endlich veranlaßte, seinen Mund aufzureißen und meine Nase freizugeben. Ein weiterer sauberer Stoß in seine Männlichkeit ließ ihn quieken wie ein kastriertes Schwein. Ich löste mich aus seiner Umklammerung und kroch unter ihm hervor, wobei ich ihm noch einen schwachen Rückhandschlag gegen eine Seite seines Halses mitgab. Es reichte aus, ihn halb zu betäuben, und er drehte sich auf den Bauch. Ich stieg auf seinen Rücken, packte eine Handvoll seines dichten, lockigen, fettigen, ziegenartigen Haars und riß seinen Kopf zurück. Ich setzte meinen Dolch an und war genau in der Position, ihm vom Kehlkopf bis zur Wirbelsäule die Kehle durchzuschneiden, als jemand von hinten meine beiden Arme packte und fast aus dem Gelenk riß. Die Fasces eines Liktors wurden mir in einer speziellen Würgevariante um den Hals gelegt. Das Rutenbündel schmiegte sich um seinen Ellenbogen, während seine Hand an meinem Hinterkopf meine Gurgel gegen die Ruten drückte, bis mein Atem in meinen Nüstern säuselte. Ein weiteres Liktorenpaar ließ Clodius dieselbe Behandlung angedeihen.

Die Geschworenen und Zuschauer pfiffen und trampelten ob dieser seltenen Unterhaltungseinlage mit den Füßen. Die Liktoren warfen uns dem Praetor wie Opfertiere zu Füßen.

»Wer wagt es, die Majestät eines römischen Gerichtes solcherart zu beleidigen?« Der Mann auf dem curulischen Stuhl trug einen Gesichtsausdruck kalter Wut zur Schau. Es war der vornehme Praetor Gaius Octavius, ein berühmter Jurist und Soldat und zufälligerweise der leibliche Vater unseres Ersten Bürgers, welcher in jenem Jahr noch ein rülpsender Säugling war.

Wir krächzten unsere Namen, denn die Ruten der Liktoren machten es überaus schwierig, auch nur die simpelsten Laute zu artikulieren. Das brachte uns einen satten Lacher, und ich muß zugeben, daß meine Stimme recht komisch geklungen hat.

»Und welcher prominente Mitbürger ist gestorben«, wollte Octavius wissen, »daß wir Beerdigungsspiele auf dem Forum haben?«

»Clodius und seine Schläger haben mich angegriffen!« sagte ich. »Ich bin um mein Leben gerannt! Glaubst du vielleicht, daß ich freiwillig den Kampf mit zwölf bewaffneten Männern suchen würde?«

»Du bist ganz friedlich deinen Geschäften nachgegangen, was?« meinte Octavius. »Wie jeder andere Bürger auch, mit einem Caestus in einer Hand und einem Pugio in der anderen? Das Tragen von Waffen innerhalb des Pomeriums ist ein weiteres Vergehen.«

»Das sind zumindest ehrenhafte Waffen«, bemerkte ich. »Er hatte eine Sica!«

»Ein völlig richtiger Einwand!« bestätigte einer der Rechtsanwälte, unfähig, an sich zu halten. Das römische Recht unterschied strikt zwischen ehrenhaften und unehrenhaften Waffen. Der wütende Blick, den Octavius dem Advokaten zuwarf, ließ nichts Gutes für den Fortgang des Prozesses hoffen.

»Was hast du zu deiner Verteidigung vorzubringen, Publius Clodius?« wollte der Praetor wissen.

»Ich bin amtierender römischer Beamter und kann deshalb keiner Straftat angeklagt werden!«

Octavius wies mit seinem Stab auf eine Gestalt in einem weißen Gewand, die in seiner Nähe saß. Es war eine der Vestalinnen. »Euch ist hoffentlich klar«, sagte er, »daß, wenn einer von euch den anderen in Gegenwart dieser Dame getötet hätte, der Überlebende zur Hinrichtungsstätte vor den Stadtmauern gebracht und dort mit Ruten zu Tode geschlagen worden wäre. Es gibt nicht mehr viele Kapitalverbrechen, aber das ist eines davon.«

»In diesem Fall«, sagte ich, den Liktoren zunickend, »möchte ich mich bei diesen edlen Bürgern dafür bedanken, daß sie mich daran gehindert haben, dieses verabscheuungswürdige und geistesgestörte Reptil dort drüben zu töten.«

»Es ist dein Glück«, sagte Octavius, »daß du vor einem Gericht gegen Wucher gelandet bist. Wäre dies ein Gerichtshof für Gewaltverbrechen gewesen, hätte ich dich möglicherweise auf der Stelle angeklagt und verurteilt.« Er übertrieb. In Wirklichkeit konnte ein Prozeß nicht ohne jede Menge Vereidigungen und Kautionshinterlegungen eröffnet werden. »Dies ist nicht das erste Mal, das man euch beiden Erregung öffentlichen Ärgernisses vorwirft. Ihr seid eine Bedrohung für die Sicherheit.«

»Ich protestiere!« rief ich. »Ich wollte bloß ...«

»Ruhe!« bellte Octavius. Er hob seinen Blick und ließ ihn über das Forum wandern. »Wo ist der Censor Metellus?« Er machte einem Liktor ein Zeichen. »Da drüben ist er, bei dem Sulla-Standbild. Hol ihn.« Der Mann lief davon und kehrte wenige Minuten später mit meinem Vater zurück. An seinem wütenden Blick konnte ich erkennen, daß ihm der Liktor eine farbenprächtige Schilderung der jüngsten Ereignisse gegeben hatte.

»Ehrwürdiger Praetor, was wünschst du von mir?« sagte Vater.

»Stumpfnase, ich werde deinen Sohn wegen öffentlichen Krawalls und des Tragens von Waffen innerhalb des Pomeriums anklagen. Ich werde überdies die Gesetzesbücher konsultieren, ob nicht auch eine Anklage wegen eines Verbrechens gegen die Majestas in Frage kommt. Dasselbe würde ich gern mit Publius Clodius tun, aber es gibt da einige offene Fragen betreffs seiner möglichen Immunität als Quaestor. Wirst du für Decius den Jüngeren bürgen, wenn ich ihn in deine Obhut entlasse?«

»Das werde ich«, sagte Vater.

»Dann bringt ihn von hier weg. Ich werde nach Clodius' älterem Bruder Appius in Pompeius' Lager schicken lassen. Wenn wir die beiden voneinander entfernt halten können, müssen wir vielleicht nicht weiter um den Bestand Roms und die Unantastbarkeit der Gerichte fürchten.« Er hatte satirisches Talent.

»Ich werde dafür sorgen, daß mein Sohn an dem festgesetzten Termin zum Prozeß erscheint. Kein Römer steht über dem Gesetz.«

»Am allerwenigsten diese beiden«, sagte Octavius trocken.

Die Liktoren ließen mich los, und ich bückte mich, um meine Waffen aufzuheben. Die Anklage war erhoben, so daß es jetzt auch egal war, wenn ich sie weiterhin mit mir führte. Clodius und ich tauschten einen letzten wütenden Blick, dann wandte ich mich ab, um meinem Vater zu folgen.

»Du bist schon immer ein Vollidiot gewesen«, setzte mein Vater an, als wir über das Forum gingen, »aber das übersteigt deine bisherigen Ungeheuerlichkeiten bei weitem. Was um alles in der Welt ist in dich gefahren, daß du versuchst, Clodius mitten in einer römischen Gerichtsverhandlung vor der Nase des obersten Praetors zu ermorden?«

»Ich dachte, ich krieg vielleicht nie wieder eine solche Chance!« sagte ich.

»Ich habe dich ausdrücklich angewiesen, dich von ihm fernzuhalten.«

»Ich habe alles versucht«, protestierte ich. »Er hat mir aufgelauert. Er hat ein Dutzend Männer auf mich angesetzt. Ich mußte rennen und kämpfen.«

»Dann darf ich davon ausgehen, daß das Blut an deinem Dolch weder deins noch Clodius' ist? Ich dachte, es sei besser, dich das nicht vor dem Praetor zu fragen.«

Ich zuckte die Schultern, die sofort wieder stechend zu schmerzen begann. »Oh, es ist durchaus möglich, daß irgendwo auf den Straßen ein oder zwei Leichen herumliegen. Niemand von Bedeutung, nur Clodius' angeheuerter Abschaum.«

»Gut. Der Gedanke, nicht nur einen Idioten, sondern auch einen Feigling großgezogen zu haben, wäre mir schrecklich. Wie schlimm ist deine Schulter?«

»Nett, daß du fragst. Sie tut weh und blutet heftig. Ich denke, sie muß genäht werden. Ich werde Asklepiodes im Trans-Tiber-Distrikt aufsuchen. Er hat mich schon öfter zusammengeflickt.«

»Die Frage ist, ob ich dir zutrauen kann, dorthin zu gelangen, ohne in weiteren Ärger zu geraten?« Der Gedanke, mich zu begleiten, wäre ihm natürlich nie gekommen.

»Ein Kampf am Tag ist selbst für meinen ruhmsüchtigen Geist genug, Vater.« Inzwischen hatten wir das Forum verlassen, und Passanten musterten irritiert meine wüste Erscheinung.

»Ich denke, du solltest die Stadt für eine Weile verlassen«, sagte Vater.

»Aber ich bin doch gerade erst zurück!«

»Rom erträgt eben nur ein gewisses Maß deiner Anwesenheit. Die Verwaltung des Anwesens in Beneventum wird dich vielleicht ein wenig beruhigen. Die harte Realität ländlicher Arbeit kann sich nur positiv auf deinen Charakter auswirken.«

Bei uns herrscht die verbreitete Ansicht, daß das einzig wahre, anständige Leben in der Landwirtschaft liegt. Wahrscheinlich, weil es das mit Abstand langweiligste Leben ist, das man sich vorstellen kann. Natürlich ist es nicht tugendhaft, auf dem Land zu arbeiten. Die Tugend besteht darin, es zu *besitzen.* Wie die Oberaufsicht über einen Aufseher, der einen Haufen Sklaven herumkommandiert, einen den Realitäten des Landlebens und der Ackerbestellung näherbringt, habe ich nie begriffen, aber viele Menschen schwören darauf.

»Ich habe eine Ermittlung durchzuführen, Vater«, sagte ich. »Ich kann sie nicht einfach abbrechen, um zuzuschauen, wie Sklaven unter Weinreben Dung verteilen.«

»Was du willst, ist nicht von Bedeutung«, sagte er.

Eine der ärgerlichsten Bestimmungen des römischen Rechts ist diejenige, die dem Pater familias die lebenslängliche Autorität verleiht. Man kann ein grauhaariger Oberbefehlshaber der Legionen und Eroberer von Provinzen sein, bleibt aber, solange der eigene Vater noch lebt, rechtlich gesehen ein Kind.

»Es geht um die Sicherheit des Staates«, beharrte ich.

Er stieß ein kurzes, humorloses Lachen aus. »Diese Geschichte mit den Riten dieser ausländischen Göttin?«

»Es geht um mehr als das«, sagte ich mit gewissem Nachdruck.

»Erzähl schon«, sagte er, während er aus langjähriger Gewohnheit im üblichen Legionärstempo voranmarschierte.

Ich gab ihm einen leicht gekürzten Bericht über meine bisherigen Ermittlungsergebnisse, garniert mit einigen Mutmaßungen über ihre mögliche Bedeutung. Julias Identität lüftete ich nicht. Er würde nur glauben, daß jede Frau, die meine Vorliebe fürs Herumschnüffeln teilte, unwürdig sein mußte.

»Du glaubst also, Pompeius steckt hinter der Sache, was?« Er sagte es knurrend, aber ich wußte, daß sein Interesse geweckt war. Wie der Rest der aristokratischen Partei haßte er Pompeius und fürchtete, der Mann könnte sich zum König von Rom küren lassen.

»Sonst ist niemand einer solchen Dreistigkeit fähig. Er hält sich schließlich einen Haufen zahmer etruskischer Priester.«

»Und«, sinnierte Vater, »er möchte seine Veteranen auf öffentlichem Boden in Tuscia ansiedeln.«

»Tatsächlich?« sagte ich. Das war mir neu.

»Ja, wie du wissen müßtest, wenn du deine Aufmerksamkeit einmal wichtigen öffentlichen Angelegenheiten schenken würdest, anstatt durch jede Gosse der Stadt zu robben.«

»Ich bin doch erst seit ein paar Tagen Senatsmitglied«, verteidigte ich mich.

»Das ist keine Entschuldigung. Und es ist dir hoffentlich auch klar, daß deine Hirngespinste auf den Aussagen einiger der degeneriertesten Elemente Roms basieren?«

»Das ziehe ich stets in Betracht«, sagte ich. Mir kam eine plötzliche Eingebung.

»Sag mal, wie stand eigentlich Capito zu der Frage der Ansiedlung von Pompeius' Veteranen?« Auf diese Frage hin blieb mein Vater tatsächlich wie angewurzelt stehen und starrte mich an, als sei ich eine von den Göttern gesandte, wundersame Erscheinung. Ich wischte mir mit der Rückhand des Caestus das Blut von der Oberlippe. Von Clodius' Biß blutete meine Nase noch innerlich wie äußerlich.

»Vielleicht ist an deiner verrückten Sophisterei doch etwas dran. Capito hat sich heftig gegen diese Ansiedlungen gewehrt.«

»Das tut mehr als die Hälfte des Senats. Was war Capitos spezieller Einwand?« Inzwischen näherten wir uns Vaters Haus. Wir boten ein seltsames Bild, wie ich zugeben muß: der würdige Censor in seiner Toga praetexta und ich, der ich eher aussah wie der Silbermedaillengewinner bei einer Munera. Und wir redeten, natürlich, über Politik.

»Er sagte, es würde die öffentliche Ordnung aus dem Gleichgewicht bringen und Pompeius eine Machtbasis vor den Toren Roms geben und so weiter; das sagen alle. Aber der eigentliche Grund war der, daß seine Familie ein großes Stück des Ager publicus in Tuscia gepachtet hat, ein Gebiet, das in zahlreiche Parzellen für Pompeius' Veteranen geteilt würde, wenn das Gesetz verabschiedet wird.«

Ich grinste, eine überaus schmerzhafte Angelegenheit. »Also bestellt Capitos Familie dieses Land schon seit Generationen, wofür sie dem Staat eine nominelle Pacht zahlen, die vor hundert oder mehr Jahren festgelegt worden ist?«

»Eher zweihundert.«

»Oh, die erhabenen und patriotischen Motive unserer Senatoren«, sagte ich.

»Wenn du lange genug lebst, wirst du Schlimmeres erleben als das, was im Senat geschieht«, sagte Vater. Wir waren vor seinem Tor angekommen.

»Könntest du einen Sklaven zu meinem Haus schicken?« fragte ich. »Mein Junge, Hermes, sollte dort inzwischen mit meiner Toga angekommen sein. Er soll mich in der Praxis von Asklepiodes treffen und mir eine Tunika mitbringen. Er weiß, wo das ist.«

Vater schnippte mit den Fingern, und ein Sklave kam herbeigeeilt, um seine Befehle entgegenzunehmen. Der Mann rannte davon, während wir uns wieder dem Lieblingsthema aller Römer widmeten.

»Welchen Standpunkt nimmt Caesar in dieser Frage ein?« fragte ich.

»Als Popular unterstützt er die Forderung, den Veteranen

Land zu geben, würde jedoch den Ager publicus in Campanien vorziehen. Ein bißchen weiter weg von Rom, aber dafür der fruchtbarste Boden in ganz Italien.«

»Gibt es da nicht vielleicht einen Zusammenhang? Was haben die beiden bloß ausgeheckt? Meiner Ansicht nach ist das der Schlüssel zu allem.«

»Beide argumentieren, daß die Ansiedlungen den Staat stärken werden«, sagte Vater, während ich auf die Fliesen seines Atriums tropfte. »Daß sie ein Reservoir für zukünftige Generationen von Soldaten sein könnten. Das übliche Gerede.«

Trotz allem gelang mir ein kurzes Lachen. »Was für ein Blödsinn! Alle reden von der guten alten Zeit der Gründerväter und den Tugenden des italischen Bauern als Stützpfeiler des Staates. Glaubt irgend jemand ernsthaft, wir könnten diese Zeiten wieder herbeizitieren wie irgendein Geisterbeschwörer, der die Toten für seine Weissagungen zum Leben erweckt? Wie lange werden sich diese treuen Veteranen auf ihren idyllischen kleinen Parzellen halten, Vater? Wie lange wird es dauern, bis sie verkaufen, das Land verlassen und sich dem städtischen Mob in Rom anschließen? Welcher Bauer, egal wir hart er arbeitet, kann mit den Latifundia von der Größe eines kleinen Staates und bestellt von Tausenden von Sklaven konkurrieren?«

»Vielleicht halten sie sich so lange, wie Pompeius lebt«, sagte Vater. »Und das reicht ihm für seine Zwecke völlig aus.«

»Wie wahr.«

»Und was würdest du tun?« fragte er, während sein Gesicht rot anlief. »Wie würdest du die Dinge ändern?«

»Zunächst mal würde ich die Latifundia zerschlagen«, sagte ich. »Dann den Import von neuen Sklaven und den Verkauf von Italikern in die Sklaverei verbieten. Außerdem die Plantagen besteuern, bis die Besitzer gezwungen wären, Land zu verkaufen.«

»Römische Bürger besteuern?« brüllte Vater. »Du bist wohl nicht ganz bei Trost!«

»So, wie es ist, sterben wir stückweise«, beharrte ich. So redete ich normalerweise nicht, aber ich war sehr müde und hatte viel Blut verloren. »Ich würde den Besitzern eine sehr kleine Entschädigung zahlen und alle ausländischen Sklaven wieder in ihren Heimatländern ansiedeln. Sie sind die Wurzel der meisten unserer Probleme. Tatsache ist doch, daß wir Römer zu faul geworden sind, unsere eigene Arbeit zu erledigen. Heutzutage kämpfen und stehlen wir nur noch. Den Rest erledigen Sklaven für uns.«

»Das ist wirres Gerede«, sagte Vater. »Du hörst dich ja schlimmer an wie Clodius und Caesar zusammen, viel schlimmer.«

Ich lachte erneut, leiser diesmal und ein wenig zittrig. »Ich bin kein Radikaler, Vater«, sagte ich. »Das weißt du genau. Und ich werde auch nicht durch die Straßen ziehen und einen Aufstand anzetteln, schon allein weil ich wüßte, wie sinnlos es wäre. Reform oder Restauration, am Ende bedeutet das nur, daß römisches Blut auf römischen Straßen fließt. Und davon hatten wir wahrlich genug.«

»Dann sieh zu, daß du deine Zunge im Zaum hältst. Gerede bringt einen heutzutage genauso schnell ins Grab wie Taten.«

»Ich nehme nicht an«, sagte ich, »daß ich dir eine Trage und ein paar Träger abschwatzen könnte, die mich zum Arzt tragen?«

»So schlimm also, was? Na gut.« Er rief einen weiteren Sklaven, und es wurde ein bißchen hektisch. Der Alte wurde mit den Jahren immer nachsichtiger. Es hatte Zeiten gegeben, an denen er mir einen halben Tag lang Vorträge gehalten hätte, wie er mit weit schlimmeren Wunden fünfzig Meilen in voller Rüstung marschiert war. Vielleicht war er das wirklich. Ich habe von mir nie behauptet, besonders zäh zu sein.

Der Weg zur Statilischen Schule war ein wenig verschwommen. Die Sonne wurde erst immer heller, dann immer dunkler. Ich glaube, es war allein der Stärkung durch jenen ausgezeichneten Caecuber zu verdanken, daß ich nicht ohnmächtig wurde. Aber auch so schickten mir die Götter Visionen. Ich glaubte, die Jagdgöttin Diana in ihrer kurzen Tunika zittern und sich verbeugen zu sehen, aber dann war es auf einmal Clodia, die mich auslachte. Clodia hatte mich schon einmal mit gutem Grund ausgelacht. Ich wollte ihr gerade sagen, daß sie ein intrigantes Flittchen sei, als ich erkannte, daß es nicht Clodia, sondern Fausta war. Sie sagte etwas, das ich nicht verstand, und ich wollte sie bitten, es zu wiederholen, als ich sah, daß nicht Fausta, sondern ihr Bruder Faustus vor mir stand. Die Verwandlung war fast unmerklich vonstatten gegangen, weil sich die Zwillinge so ähnlich sahen. Er reichte mir etwas mit seiner beringten Hand, was mir jedoch irgendwie verkehrt vorkam, weil Soldaten nur selten Ringe tragen, vor allem keine großen Giftringe. Eine weitere Metamorphose hatte sich ereignet. Jetzt war es Appius Claudius Nero, der mir etwas hinhielt, das ich unbedingt nehmen sollte. Er versuchte trotz des Stiches in seinem Hals und der Wunde auf seiner Stirn zu sprechen.

Dann tauchte hinter Nero ein riesiger Schatten auf, ein vierfüßiges Ungeheuer, das über ihm thronte und seine gewaltige Faust auf ihn niedersausen ließ, bevor er mir was auch immer geben konnte. Ich blickte auf und sah, daß das Ungeheuer Cerberus, der Wachhund der Unterwelt, war. Ich erkannte ihn, weil er im Gegensatz zu gewöhnlichen Hunden riesig war und drei Köpfe hatte. Es waren aber keine Hunde-, sondern Menschenköpfe wie bei jenen zwitterhaften ägyptischen Gottheiten. Der rechte Kopf war der von Crassus, der mich mit seinen kalten, blauen Augen musterte. Der Kopf zur Linken gehörte dem fröhlichen

Pompeius. Der mittlere Kopf war von Schatten umfangen, so daß ich ihn nicht erkennen konnte, aber ich wußte, daß er der Herr der beiden anderen war, warum war er sonst in der Mitte? Dann stellte sich jemand zwischen mich und Cerberus. Es war Julia, und auch sie streckte ihre Hand nach mir aus. Sie berührte meine Schulter.

»Decius?« Asklepiodes packte mich leicht an meiner unversehrten Schulter und schüttelte mich. Sein Gesicht verschwamm zitternd in meinem Blickfeld, bis sich das Bild verfestigte.

»Julia wäre mir, ehrlich gesagt, lieber gewesen«, sagte ich.

»Was?« Sein von einem eleganten Bart geziertes, griechisches Gesicht sah sorgenvoll aus. »Ich hatte nicht erwartet, dich so bald wiederzusehen, Decius.« Er drehte sich um und rief etwas über seine Schulter. Zwei Gladiatoren kamen, hoben mich mit einer Leichtigkeit von der Trage, als ob ich ein Säugling wäre, und trugen mich zum Quartier des Arztes, wo mich seine Sklaven wuschen, während er meine Wunden untersuchte.

»Gehst wohl wieder deinen üblichen Aktivitäten nach, wie? Sind das die Abdrücke eines menschliches Gebisses in deinem Gesicht?«

»Nein, eigentlich stammen sie von einem Nagetier, einer Art Wiesel oder vielleicht einem Stinkmarder.« Sein Tasten und Drücken riefen bei mir lautstarke Schmerzensschreie hervor. Der Part machte ihm immer Spaß.

»Nun, ich kann dich soweit zusammenflicken, daß du am Leben und relativ mobil bleibst, aber die Damen werden wohl vor deinem Anblick noch ein paar Tage zurückschrecken. Apropos, wer ist Julia?«

Ich schlug den Blick nieder, während die stummen Diener Pferdehaarfäden, widerlich gekrümmte Nadeln und eine kunstvoll verzierte Bronzezange hereinbrachten.

»Ich war durcheinander. Ich hatte auf dem Weg hierher eine Vision, und als letztes habe ich eine mir bekannte junge Dame namens Julia gesehen.«

»Sie muß recht außergewöhnlich sein, wenn du ihre Gegenwart der meinen vorziehst, ungeachtet der Tatsache, daß du meiner Fürsorge eindeutig dringender bedarfst. Was für eine Vision? Ich bin kein versierter Traumdeuter, aber ich kenne ein paar fachkundige Kollegen in der Nähe.«

»Es war kein richtiger Traum, sondern eher eine Vision im wachen Zustand. Ich habe noch mitbekommen, was um mich herum geschah, während ich sie hatte.« Ich redete in der Hauptsache, um mich von seinen Aktivitäten abzulenken. Ich gehöre nicht zu den Menschen, die Träumen besonders große Bedeutung zumessen und sie aller Welt ausführlich und in allen Einzelheiten erzählen wollen. Ich erinnere mich nur selten an sie, und die, an die ich mich erinnere, sind meistens langweiliger als mein Leben im wachen Zustand. Solche Visionen, wie die Götter mir gerade geschickt hatten, kamen mir meistens unter ganz ähnlichen Umständen: nach Verwundungen, Blutverlust und heftigen Schlägen auf den Kopf.

Ich erzählte Asklepiodes meine Vision; er saß mir, das Kinn in die Hand gestützt, gegenüber und gab gelegentlich ein weises Murmeln von sich. Als ich fertig war, nahm er seine grausame Arbeit wieder auf.

»Das Auftauchen von Personen, mit denen du in jüngster Zeit zu tun hattest, ist keineswegs ungewöhnlich, selbst in normalen, weniger unheilschwangeren Träumen«, sagte er. »Aber die Erscheinung eines mythischen Ungeheuers ist stets von größter Wichtigkeit. Hat Cerberus bei euch eine Nebenbedeutung, die er bei uns Griechen nicht hat?«

»Nicht, daß ich wüßte«, sagte ich. »Er ist der Wachhund Plutos, der aufpaßt, daß die Toten die Unterwelt nicht verlassen und die Lebenden sie nicht betreten.«

»Und Pluto, wie unterscheidet er sich von Hades?«

»Nun, außer daß er der Herr der Toten ist, ist er auch der Gott des Reichtums.«

»Das ist er bei uns auch, und unter demselben Namen, Pluto. Der Grund mag eine Verwechslung mit Pluto sein, dem Sohn der Demeter, die ebenfalls eine Verkörperung des Reichtums ist. Andererseits könnte es auch daran liegen, daß beide von dem griechischen Wort für ›Reichtum‹ abgeleitet sind, das ...« Er hielt abrupt inne, als ich aufschrie. Er hatte über seinen pedantischen Träumereien die Nadel zu tief eingestochen. »Oh, bitte vergib mir.«

»Das macht dir doch Spaß«, sagte ich.

»Ein Gespräch unter gebildeten Menschen macht mir immer Spaß«, sagte er, mich absichtsvoll mißverstehend. »Aber es ist durchaus möglich, daß Reichtum hinter alldem steckt.«

»Das tut es meistens, wenn Menschen irgendeine Schurkerei planen«, sagte ich. »Aber ich glaube, daß es auffallender ist, daß Cerberus drei Köpfe hat. Ein Körper, drei Köpfe: Das ist wichtig.«

»Du hast die Köpfe von Pompeius und Crassus gesehen, Feinde, mit denen du in der Vergangenheit aneinandergeraten bist. Aber der dritte war verschwommen?«

»Er war nicht zu erkennen, aber der größte von allen dreien. Wer kann das sein? Wer könnte größer als Pompeius und Crassus sein?« Das kam mir in der Tat unmöglich vor.

»Ich nehme nicht an, daß es Clodius gewesen sein könnte? Was ihn angeht, leidest du ja schon unter Zwangsvorstellungen.«

Ich hätte fast gelacht, wußte aber, wie das an meiner Naht geschmerzt hätte. »Nein, nicht Clodius. Er ist nur ein Lakai und Verbrecher, mehr nicht.«

»Was ist mit dem jungen Appius Claudius Nero? Was wollte er dir geben, und warum hat ihn das dreiköpfige Ungeheuer zermalmt?«

»Das«, sagte ich, »wüßte ich auch gerne.«

XI

Ich wachte auf und wünschte sofort, ich hätte es nicht getan. Nicht nur meine Wunden brannten; ich hatte am Abend zuvor versucht, den Schlaf zu fördern, indem ich einen ziemlich großen Krug billigen Weins geleert hatte. Jetzt litt ich doppelte Qualen.

»Geschieht dir recht«, sagte Hermes. »Mich einfach so mit deiner Toga stehenzulassen, während du wie eine Bergziege die Treppen hochhüpfst.«

»Du hättest mich mal beim Rennen sehen sollen«, krächzte ich. »Ich war schneller als ein Rennpferd. Silberflügel hätte mich auch an einem seiner besseren Tage nicht eingeholt.«

»Diese Männer hätten mich umbringen können!« sagte er indigniert. Sklaven wie Hermes nehmen alles so schrecklich persönlich.

»Warum hätten sie das tun sollen?« sagte ich. »Sie waren doch hinter mir her. Ich bin bloß froh, daß keiner auf die Idee gekommen ist, dir die Toga zu entreißen, und du nicht darauf, sie zu verkaufen.«

»Du hast wirklich eine schlechte Meinung von mir!« sagte er eingeschnappt.

»Ja, ich weiß, ich tue dir wahrscheinlich Unrecht, aber gerade im Moment bin ich kein Freund der Menschheit. Mir ist danach, auszugehen und meinen Nachttopf über einer Vestalin zu entleeren.« Ich würgte ein kleines Frühstück hinunter und fühlte mich ein wenig besser. Mein Morgenempfang verstrich in einem nebligen Dunst, und ich wollte gerade zu Celers Haus aufbrechen, als ein neuer Besucher eintraf. Es war der zahnlückige Gallier, den ich zusammen mit Milo in dem Lagerhaus gesehen hatte.

»Der Boss will dich in den Bädern treffen, Senator«, sagte der Mann ohne jede Vorrede.

»In den Bädern? Zu dieser Tageszeit?« sagte ich.

»Er hält sich eben nicht an die üblichen Zeiten«, sagte der Gallier.

Die Vorstellung eines langen, heißen Bades war eigentlich recht verlockend. Ich befahl Hermes, meine Badesachen zusammenzusuchen, und folgte dem Gallier durch die Straßen. Celer war ein vielbeschäftigter Mann und würde meine Abwesenheit wahrscheinlich nicht einmal bemerken. Das Badehaus, in das wir gingen, war eine bescheidene Einrichtung, grenzte aber an das Gebäude, das Milo als Haus und Hauptquartier diente.

Ich ließ Hermes zurück, meine Sachen zu beaufsichtigen, und folgte dem Gallier in einen Dampfraum, in dem Milo mit einer Horde seiner Kumpane saß. Er blickte auf und grinste, als ich hereinkam.

»Es ist also tatsächlich wahr!« krähte er. »Ganz Rom erzählt sich, daß du dir mit Clodius einen offenen Kampf geliefert hast und direkt vor Octavius' Füßen gelandet bist, der gerade Gericht hielt!« Er lachte sein fettes, ansteckendes Lachen. Ich hätte gerne eingestimmt, fürchtete aber, daß es zu schmerzhaft werden würde.

»Kommt ohne einen Kratzer aus der Armee zurück«, fuhr Milo fort, »und läßt sich dann in den Straßen Roms in Streifen schneiden! Welche Ironie!«

»Oh«, sagte ich und nahm steif Platz, »wenn man dem Senat und dem Volk dient, muß man gelegentlich einen Kratzer in Kauf nehmen.« In dieser Runde war es leicht, sich wegen ein paar Narben in Bescheidenheit zu üben. Einige der Männer waren Veteranen der Arena, deren Körper mit mehr Narben als Haut bedeckt war. Einer von ihnen beugte sich vor und betrachtete meine Schulter.

»Saubere Naht. Asklepiodes, wie?« Ich bestätigte das.

»Kommt mir irgendwie unmännlich vor, diese griechische Näharbeit«, meinte ein anderer Veteran. Er zeigte auf eine häßliche Furche verrunzelten Fleischs, die von seiner rechten Schulter bis zu seiner linken Hüfte lief. »Ein glühend heißes Brandeisen ist die beste Methode, eine Blutung zu stoppen. Die hat mir Atlas verpaßt, ein linkshändiger Samniter.«

»Auf diese Linkshänder muß man aufpassen«, sagte einer seiner Kameraden.

Milo drehte sich mir zu, und die anderen wandten sich ab. Sie waren eine bestens geschulte Bande, und wir hätten genausogut allein sein können.

»Wie ist es mit Fausta gelaufen?« fragte er geradeheraus.

»Extrem gut«, versicherte ich ihm. »Ich habe eine Weile mit ihr geplaudert; sie betrachtet dein Werben mit Wohlwollen. Die Männer ihrer Klasse langweilen sie, was nicht weiter verwunderlich ist. Dich findet sie aufregend und interessant. Ich denke, daß sie dich, wenn du sie besuchst, äußerst freundlich willkommen heißen wird.«

»Sehr gut«, sagte er.

»Es ist mir stets ein Vergnügen, dir zu Diensten zu sein«, erklärte ich ihm.

»Und ich werde mich revanchieren. Ich habe die Parole ausgegeben, daß jeder Angriff auf dich durch Clodius' Männer mit dem Tode bestraft wird. Meine Männer werden in den Straßen die Augen offenhalten. Das heißt, solange du sichtbar bleibst. Wenn du allerdings, wie du das ja gerne tust, irgendwo herumschleichst, kann ich für deine Sicherheit nicht garantieren.«

»Ich kann auf mich selbst aufpassen«, sagte ich leicht verärgert.

Er beugte sich näher heran. »Sind das Abdrücke von Zähnen in deinem Gesicht? Ich dachte, du hältst dich für einen Schwertkämpfer und nicht für einen Bestiarius.«

»Ich weiß dein Angebot zu schätzen, Titus. Mein eigentliches Problem ist, daß ich zur Zeit etwas ratlos bin. Mit jedem neuen Indiz, auf das ich stoße, glaube ich, den Schlüssel gefunden zu haben, der alles andere zu einem sinnvollen Ganzen fügen wird, aber es ergibt trotzdem nie einen Sinn.«

»Bring mich auf den jüngsten Stand«, sagte Milo. Ich erzählte ihm von den diversen Merkwürdigkeiten der zusammengetragenen Informationen. Er zog eine Augenbraue leicht hoch, als ich von Julia sprach, und runzelte die Stirn, als ich Faustas Worte erwähnte.

»Der Gedanke, daß sie darin verwickelt ist, gefällt mir überhaupt nicht«, sagte er in einem Unheil verkündenden Ton. Die verschiedenen Frauen aus der Sache herauszuhalten entwickelte sich zu einem echten Problem.

»Komischerweise glaube ich, daß sowohl sie wie Julia die Wahrheit gesagt haben. Wie das zusammenpaßt, weiß ich noch nicht.«

»Dann gebe ich dir noch eine Information, an der du deinen Verstand üben kannst: Am Tag nach dem Frevel hat Crassus eine Sicherheit für Caesars Schulden hinterlegt. Er kann Rom jetzt unbehelligt verlassen. Das einzige, was ihn jetzt noch zurückhält, ist Pompeius' anstehender Triumph.«

»Das ist in der Tat bedeutsam«, sagte ich. »Aber warum sollte er den Triumph abwarten, mal abgesehen davon, daß es bestimmt ein prächtiges Spektakel wird? Man sollte meinen, der einzige Triumph, der Caesar interessieren könnte, ist sein eigener, und allein die Vorstellung ist völlig lächerlich.«

»Dann hast du ja wieder ein Rätsel mehr, über das du nachdenken kannst, was?«

»Wie konnte es nur so weit kommen, Titus?« fragte ich, meinen lang zurückgehaltenen Ekel aussprechend. »Wir haben in Rom die einzige lebensfähige Republik der Geschichte aufgebaut, und jetzt fällt alles dunklen Machenschaften dunkler Männer zum Opfer. Ich meine, es hat doch prima funktioniert. Wir hatten die Volksversammlungen, die centurischen Versammlungen, den Senat und die Konsuln. Keine Könige. Wir konnten uns für einen eng begrenzten Zeitraum sogar gelegentlich einen Diktator leisten, wenn die Zeiten danach waren. Die Macht mußte immer an den Senat und das Volk zurückgegeben werden, sobald der Notstand vorüber war. Jetzt fällt alles militärischen Abenteurern wie Pompeius, Plutokraten wie Crassus und Demagogen wie Clodius in die Hände. Warum?«

Er streckte sich und verschränkte seine Arme hinter dem Kopf. »Weil die Zeiten sich geändert haben, Decius. Was du beschreibst, ist ein Regierungssystem, das für einen kleinen Stadtstaat perfekt war, der vor nicht allzu langer Zeit die Herrschaft fremder Könige abgeschüttelt hatte. Es funktionierte sogar noch ganz passabel für den mächtigen Stadtstaat, der den Großteil Italiens dominierte. Aber die Tage des Stadtstaates sind vorbei. Rom herrscht über ein Imperium, das sich von den Säulen des Herkules bis nach Asien erstreckt. Spanien, weite Teile von Gallien, Griechenland, die Inseln und die meisten Länder des südlichen Mittelmeerraums: Afrika, Numidien, Karthago, Mauretanien. Und wer regiert all das? Der Senat!« Er ließ erneut sein fettes Lachen ertönen.

»Die bedeutendste Regierungskörperschaft, die die Menschheit je gesehen hat«, sagte ich würdevoll. Ich war schließlich selbst frisch gekürter Senator.

»Unsinn«, sagte Milo ohne jede Bitterkeit. »Der Senat besteht überwiegend aus die Zeit absitzenden Nullen. Sie haben dies Amt bekommen, weil schon ihre Ahnen dieses Amt innehatten. Decius, man hat diesen Männern die Regierung eines Weltreiches überlassen, und was ist ihre Qualifikation? Daß ihre Urgroßväter wohlhabende Bauern waren! Zumindest haben die Intriganten, die du so verachtest, gearbeitet und gekämpft und, ja, Komplotte geschmiedet, um zu bekommen, was sie wollten.«

»Kann man Rom jemandem wie Clodius überlassen?« sagte ich.

»Nein, aber nicht aus verfassungsrechtlichen Gründen. Ich habe vor, ihn vorher umzubringen. Aber du, wie schützt du dich gegen ihn? Abgesehen von der Freundschaft mit mir, meine ich.«

»Es gibt immer noch jede Menge Menschen in Rom, die mit seiner Demagogie nichts anfangen können. Meine Nachbarn in der Subura werden seine Männer von meiner Tür fernhalten.«

»Vergib mir, Decius, aber du genießt ihre Wertschätzung genausosehr für deine schillernden Gewohnheiten und deine Neigung zu Schlägereien wie für deine republikanische Gesinnung. Wie lange, glaubst du, kannst du ihrer Loyalität noch sicher sein, wenn es Clodius gelingt, Plebejer und zum Volkstribun gewählt zu werden, was sicher der Fall sein wird? Er verspricht jedem römischen Bürger ständige staatliche Getreidezuteilungen. Das ist ein machtvoller Anreiz, mein Freund.«

»Das ist eines freien Volkes nicht würdig«, sagte ich widerwillig, wohlwissend, daß ich genau wie mein Vater klang.

»Theoretisch mögen sie ja frei sein, aber sie sind arm, und das ist auch eine Form der Sklaverei. Die Zeit der Grundbesitzer ist vorbei, Decius, und sie kommt auch nicht zurück. Sie sind zum Pöbel geworden und werden deshalb auch politisch reagieren wie der Pöbel.«

»Und du willst Rom als Führer des Pöbels kontrollieren«, sagte ich, und es war nicht als Frage gemeint.

»Besser ich als Clodius.«

»Dem werde ich nicht widersprechen.« Mehr ließ sich zu dem Thema nicht sagen. Ich betrachtete das karge, aber geschmackvolle Badehaus. »Es ist bestimmt bequem, ein derartiges Etablissement vor der Haustür zu haben.«

»Es gehört mir«, berichtete Milo. »Mir gehört jetzt der ganze Block und alle Gebäude auf der gegenüberliegenden Straßenseite.«

»Das ist mehr als bequem«, bemerkte ich, »es ist taktisch solide.«

»Ich versuche nach vorn zu schauen. Warum läßt du dich nicht von meinem Masseur bearbeiten, wenn du dich hier genug eingeweicht hast?« Er wies auf eine niedrige Tür. »Der Raum mit den Massagebänken ist gleich dort.«

Der bloße Gedanke ließ mich zusammenzucken. »Das letzte, was ich jetzt brauchen kann, ist jemand, der auf meinem Körper herumtrommelt.«

»Versuch's trotzdem mal«, sagte Milo. »Die Behandlung von Verwundeten ist seine Spezialität.«

Milo war ein Mann, dessen Angebote man nur schwer ablehnen konnte, also probierte ich seinen Masseur. Erstaunlicherweise war der Mann genau das, was ich brauchte. Er war ein großer, kräftiger Kreter, und auf seine Art stand sein Wissen dem von Asklepiodes in nichts nach. Mit seinen kräftigen Händen griff er brutal zu an den Stellen, wo das Fleisch nur geprellt oder geschwollen war, während er die eigentlichen Wunden mit größter Behutsamkeit bearbeitete. Als er fertig war, fühlte ich mich tatsächlich beinahe wieder fit. Meine Muskeln und Gelenke ließen sich mit gewohnter Leichtigkeit bewegen, und nur die Stellen um die Wunden waren noch schmerzhaft verspannt. Ich fühlte mich fast schon wieder der nächsten Schlägerei gewachsen, wenn sie nicht allzu anstrengend war.

Es gab noch immer eine offene, aber leicht zu beantwortende Frage, und ich machte mich auf den Weg, sie zu klären. Der Fußmarsch von Milos Zitadelle bis zum Aventin bot mir Gelegenheit, meine frisch massierten Muskeln zu entspannen, und nach dem Aufstieg war ich angenehm außer Puste.

Ich stand auf den Stufen des wunderschönen Tempels der Ceres, von wo aus man die offene Seite des Circus Maximus überblicken kann und eines der atemberaubendsten Panoramen Roms genießt, und Rom ist eine Stadt mit vielen prächtigen Ausblicken. Neben seiner religiösen Nutzung im Dienst der außerordentlich wichtigen Göttin des Getreides war der Tempel das uralte Hauptquartier der Aedilen. Er war vor allem das Domizil der plebejischen Aedilen, die als Schiedsleute auf dem Getreidemarkt tätig waren, aber auch die curulischen Aedilen hatten trotz ihres höheren Rangs ihre Diensträume hier.

Es herrschte großer Andrang, ein ständiges Kommen und Gehen, als ich die Treppe hochstieg, da die frühen Pflug- und Saat-Zeremonien demnächst beginnen sollten. Überall sah man hochgeborene römische Damen, da dies vor allem ein Tempel für Frauen war. Hunderte von Kindern in makellos weißen Tuniken übten ihre Rollen für die anstehenden Zeremonien. Trotz meiner tödlich ernsten Mission blieb ich stehen, um den Kleinen zuzusehen.

Ungeachtet Milos zynischer Worte, die, wie ich im tiefsten Innern meines Herzens wußte, im wesentlichen zutreffend waren, fühlte ich mich bei solchen Gelegenheiten und an solchen Orten im Herzen des römischen Lebens. Wenn ich diesen Frauen und ihren Kindern zusah, wie sie sich unschuldig, aufmerksam und warmherzig auf die uralten Rituale vorbereiteten, fand ich es schwer zu glauben, daß Männer mit bösen Absichten gleichermaßen alte und ehrwürdige Institutionen wie den Senat und die Legionen benutzen konnten, um ihre selbstsüchtigen Ziele zu verfolgen.

In dem Labyrinth von Kellern und Außengebäuden fand ich das überfüllte Quartier der curulischen Aedilen. In einem Raum voller Täfelchen, alten Papyrus-Rollen, verrotteten Geldsäcken und ranzigen Kerzen spürte ich den Aedilen Lucius Domitius Ahenobarbus auf. Er blickte von seinem Stapel Hauptbücher auf, als ich eintrat, stand eilig auf und griff meinen Arm.

»Ich kann dir gar nicht sagen, wie froh ich bin. Alles ist mir lieber als diese Rechnungen und Verträge. Ich wollte gerade einen Mann zu deinem Haus schicken. Heute morgen habe ich etwas über die Ermordete herausgefunden.«

»Fantastisch!« sagte ich. »Wer war sie?«

»Sie stammte von einem Anwesen in der Nähe der Stadt, wo sie als Sklavin geboren, jedoch vor sechs Jahren freigelassen wurde.«

»Wessen Anwesen?« fragte ich. »Wer hat sie freigelassen?«

»Gaius Julius Caesar«, sagte er.

Irgendwie überraschte mich das nicht. Ich kam immer wieder auf Caesar zurück. Caesars Haus, Caesars Schulden, Caesars ehrgeizige Ziele. Jetzt Caesars Freigelassene. Vielleicht sollte man auch noch Caesars bedauernswerte Frau dazunehmen, die über jeden Verdacht erhaben sein mußte. Ihr Gatte war es jedenfalls nicht. Durch Pompeius und Clodius war ich so abgelenkt gewesen, daß ich Caesar nicht die Aufmerksamkeit gewidmet hatte, die er verdiente. Und ich muß gestehen, daß ich auch gezögert hatte, ihn zum Hauptverdächtigen zu machen, weil er mit Julia verwandt war.

Ich war nicht so total vernarrt in sie wie einst in Clodia, aber ich spürte, daß sie jemand war, der meine seltsamen Neigungen teilte. Außerdem strahlte sie eine Güte und Anständigkeit aus, die unter römischen Frauen rar wurde, zumindest unter den intelligenten. Caesars vermeintlicher Vorschlag einer Verheiratung hatte mich von meinen Pflichten abgelenkt. Es gab keinen Grund, einen Beteiligten von jedem Verdacht auszunehmen, ausgenommen den Beweis seiner Unschuld. Meine privaten Gefühle und Wünsche durften da keine Rolle spielen.

So viel zum idealtypischen, unerschütterlichen Diener der Republik. Ich hingegen mußte mit Decius Caecilius Metellus dem Jüngeren vorliebnehmen, einem Mann, dessen Empfänglichkeit für weibliche Reize geradezu legendär war. Und Julia hatte erwähnt, daß ihr Onkel mehr als nur beiläufiges Interesse an mir und meinen Aktivitäten nahm.

Als ich den Tempel der Ceres verließ, schmerzte mein Kopf. Warum mußte alles so kompliziert sein? Und schlimmer noch, ich steckte mit meinen Ermittlungen offenbar in einer Sackgasse. Ich hatte mit Ausnahme von Pompeius persönlich alle Beteiligten befragt, und er war der eine Mann, den zu ärgern ich nicht vorhatte. Dann fiel mir ein, daß es noch eine weitere Beteiligte gab, die ich noch zu verhören hatte. Und sie war kaum in der Position, mir irgendwelchen Kummer zu bereiten, was meiner Stimmung sehr zupaß kam. Größeren Herausforderungen fühlte ich mich zur Zeit nicht gewachsen. Ich machte mich auf den Weg zu Lucullus' Haus.

Der Majordomus kam auf mich zu, als ich das Atrium betrat.

»Kann ich dir helfen, Senator? Mein Herr und meine Herrin sind im Moment leider nicht zu Hause.«

»Das macht nichts. Man hat mich beauftragt, die Unerfreulichkeit im Hause des Pontifex maximus zu untersuchen.«

»Ja, mein Herr hat uns davon in Kenntnis gesetzt und die Anweisung erteilt, dir in jeder gewünschten Weise behilflich zu sein.« Das war umsichtig von Lucullus.

»Ausgezeichnet. Man hat mir berichtet, daß zu eurem Personal auch eine Sklavin gehört, die Harfe spielt, und daß es diese Frau war, die den Eindringling zuerst entdeckt hat. Ihr würde ich gern ein paar Fragen stellen.«

»Ich werde sie sofort holen, Senator.« Der Majordomus führte mich in ein kleines, zum Garten liegendes Wartezimmer und eilte davon. Es kam mir seltsam vor, daß ein so ranghoher Dienstbote wie der Majordomus eines großen Hauses sich selbst um eine derartige Angelegenheit kümmerte, statt einen aus der Legion der Sklaven damit zu betrauen, die, offenkundig unter Arbeitsmangel leidend, herumlungerten. Als er zurückkehrte, begriff ich. Er wurde nicht von einer, sondern von zwei Frauen begleitet. Die eine war eine hübsche junge Griechin in einem schlichten Hemdkleid. Die andere war eine Dame mittleren Alters in einem reichverzierten Gewand, deren Gesichtszüge denen von Lucullus ähnelten.

»Ich bin Licinia«, sagte die ältere Frau, »die älteste Schwester des General Lucullus. Mein Bruder hat mich angewiesen, dir alle nur erdenkliche Hilfe zukommen zu lassen, aber ich muß an dieser Befragung teilnehmen, um sicherzugehen, daß dieses Mädchen nichts Verbotenes enthüllt.«

»Dafür habe ich volles Verständnis, meine Dame«, sagte ich. Was für eine Art, eine Ermittlung zu führen, dachte ich. Ich nahm auf einem der Stühle Platz, und die beiden Frauen setzten sich auf die Bank gegenüber. Das griechische Mädchen sah nervös aus wie die meisten Sklaven, wenn sie von jemand mit Amtsgewalt befragt werden.

»Also, meine Liebe, du mußt überhaupt keine Befürchtungen haben. Ich möchte lediglich den genauen Ablauf der Ereignisse rekonstruieren, wie sie sich in jener Nacht zugetragen haben. Niemand verdächtigt dich irgendeines Vergehens. Zuerst einmal, wie heißt du?«

»Phyllis, mein Herr.« Sie lächelte schüchtern.

»Und du bist Musikerin?«

»Ja, mein Herr, Harfenistin.«

»Und als solche bist du auch in der Nacht der Riten der Bona Dea engagiert gewesen? Diese Fragen kommen dir vielleicht ein bißchen einfältig vor, aber so würden sie auch bei einem Prozeß gestellt werden.«

»Ich verstehe, mein Herr. Ja, ich war dort, um Harfe zu spielen.«

»Gut. Wann genau hast du entdeckt, daß sich ein Mann bei den Riten eingeschlichen hatte?«

»Es war, als...« Sie warf der älteren Frau einen kurzen Blick zu, die sie mit stechenden Augen fixierte. »Nun, es war zu einem Zeitpunkt, als wir Musikerinnen gerade Pause hatten. Ich blickte zu einer Tür zum Flur und sah die Kräuterfrau und ihren Begleiter. Die Kräuterfrau blieb in der Halle stehen, aber ihr Begleiter kam weiter ins Atrium. Die Kräuterfrau ergriff seinen Arm, als wolle sie ihn zurückhalten, aber er riß sich los und betrat das Atrium. Da habe ich ihn erkannt.«

»Ich verstehe, ich habe von anderen gehört, daß er verschleiert war. Gab es denn genug Licht, um zu erkennen, daß es sich um einen Mann handelte?«

»Nein, mein Herr. Es war mehr sein Gang. Weißt du, ich habe Clodius oft in diesem Haus gesehen, wenn er seine Schwester, meine Herrin Claudia, besuchte. Ich war mir ganz sicher, daß er es war; dann erkannte ich den Ring an seiner Hand und rief, daß ein Mann im Raum sei. Die Mutter des Pontifex maximus riß ihm den Schleier vom Gesicht. Danach gab es ein großes Geschrei.«

»Das kann ich mir vorstellen. Und sie waren eben erst gekommen?«

Sie schüttelte den Kopf. »O nein, Herr. Sie müssen schon eine ganze Weile dagewesen sein. Ich habe sie am frühen Abend zusammen mit den anderen Damen eintreffen sehen.«

»Was? Bist du sicher?«

»Oh, absolut, mein Herr. Ich habe in diesem Jahr das dritte Mal Harfe bei den Riten gespielt und die Kräuterfrau an ihrem purpurnen Gewand erkannt.«

Ich versuchte, meine Selbstverfluchungen mit zusammengebissenen Zähnen zu unterdrücken. Das kam davon, wenn man Informationen aus zweiter Hand zuviel Glauben schenkte. Irgend jemand stellt eine falsche Vermutung an, und weil niemand ihr widerspricht, nimmt sie nach und nach den Rang einer Tatsache an. Hätte ich dieses Mädchen als erste befragt, hätte ich meine Fakten gleich auf der Reihe gehabt, und die Kräuterfrau könnte möglicherweise noch leben. Mir wurde klar, daß ihr purpurnes Gewand ihr berufliches Markenzeichen war, daher auch der Name, Purpurea. Dann kam mir ein weiterer Gedanke.

»Du hast die Kräuterfrau an ihrem Gewand und nicht an ihrem Gesicht erkannt?«

»Sie trug ebenfalls einen Schleier, Senator.«

»Es scheint ja eine ganze Reihe Schleier gegeben zu haben in jener Nacht. Clodius natürlich, jetzt Purpurea. Fausta soll ebenfalls verschleiert gewesen sein, wie ich gehört habe.«

»Dann hast du etwas Falsches gehört, Senator«, sagte Licinia. »Die Dame Fausta«, sie stieß jenes angedeutete Schnauben aus, das hochgeborene Frauen von sich geben, wenn sie ihre skandalumwitterten Schwestern erwähnen, »war in jener Nacht hier im Haus von Lucullus.«

»Und du hast nicht an den Riten teilgenommen?«

»Ich habe mich an dem Abend nicht wohl gefühlt. Was Fausta angeht, zeigt sie keinerlei Respekt für Religion und mag auch nicht an den einleitenden Zeremonien teilnehmen, wie es sich für unverheiratete Frauen ziemt.«

Jetzt standen die Argumente für Faustas Anwesenheit eins zu zwei. Aber diese eine Stimme war Julias, und ich zögerte noch, ihre Aussage einfach zu verwerfen. Ich erhob mich.

»Vielen Dank. Ich glaube, daß sich die Aussagen für meine Ermittlungen als sehr nützlich erweisen werden.«

»Gut«, sagte Licinia. »Es muß einen Prozeß geben. Wohin soll es mit Rom noch kommen, wenn wir es zulassen, daß unsere heiligen Rituale verletzt werden? Die Götter werden furchtbare Rache nehmen.«

»Das dürfen wir auf keinen Fall riskieren«, sagte ich. Dabei interessierte mich der Frevel selbst nicht mehr im geringsten. Ich mußte unbedingt herausfinden, was sich in jener Nacht sonst noch ereignet hatte. Ich war im Begriff zu gehen, wandte mich aber noch einmal um. »Phyllis?«

»Ja, mein Herr?«

»Du hast gesagt, Clodius und die Kräuterfrau standen im Eingang zum Flur. Weißt du, wohin dieser Flur führt?«

»Es ist einer der Korridore, die in den hinteren Teil des Hauses führen, Senator.«

»Wohin sich die unverheirateten Frauen zu einem bestimmten Zeitpunkt der Zeremonie zurückziehen?«

»Das Mädchen dachte einen Moment lang nach. »Nein, der Raum liegt auf der anderen Seite des Hauses. Der Flur, in dem ich die beiden gesehen habe, führt zu den Wohnräumen des Pontifex maximus. In den vorherigen Jahren mußten wir Sklaven dort warten, wenn wir nicht gebraucht wurden.«

»Aber in diesem Jahr nicht«, sagte ich.

»Nein, Senator.«

Ich bedankte mich bei den beiden Frauen und verließ das Haus. Ich tappte noch immer völlig im dunkeln, war aber auch aufgeregt. Ich war mir sicher, jetzt ein entscheidendes Indiz in der Hand zu haben, das das Rätsel um diesen denkwürdigen Abend lösen würde, wenn ich nur herausfinden würde, wie es ins Bild paßte.

Hermes wartete vor dem Tor. Er hatte die Gelegenheit genutzt, meine Badesachen nach Hause zu bringen. Er schloß sich mir an, und nach ein paar Minuten bemerkte ich, daß er mich nachäffte, den Kopf beim Gehen gesenkt und die Hände hinter dem Rücken verschränkt. Ich blieb stehen.

»Willst du dich über mich lustig machen?« wollte ich wissen.

»Wer, ich?« Er riß, ganz verletzte Unschuld, die Augen auf. »Man sagt, daß Sklaven nach einer Weile immer genauso aussehen wie ihre Herren, Herr. Das muß es sein.«

»Das will ich schwer hoffen«, warnte ich ihn. »Ich lasse mich nämlich nicht respektlos behandeln.«

»Aber natürlich nicht, Herr!« rief er. Wir gingen weiter. »Aber ich frage mich, Herr, diese ganzen Befragungen und Mordversuche und all das – was hat das zu bedeuten?«

»Ich bin berühmt dafür, genau das herauszufinden«, sagte ich.

»Und hast du es herausgefunden?«

»Nein, aber ich erwarte, bald alles geklärt zu haben. Ich brauche nur noch ein bißchen Zeit friedlichen Nachdenkens.«

»Ich weiß ja nicht, wie es dir geht«, sagte er bedeutungsvoll, »aber ich denke nie besonders gut mit leerem Magen.«

»Jetzt, wo du es erwähnst, fällt mir auf, daß das Frühstück schon eine Weile zurückliegt. Laß uns sehen, was dieses Viertel zu bieten hat.« Glücklicherweise muß man in Rom nie lange suchen, wenn man etwas essen will. Wenig später hatten wir Brot, Würste, eingelegten Fisch, Oliven und einen Krug Wein erworben und uns zur Erholung unserer geistigen Fähigkeiten in einen öffentlichen Park zurückgezogen. Wir ließen uns auf einer Bank nieder und beobachteten das muntere Treiben, während wir uns über das Essen hermachten und den Weinkrug leerten. Auf den Straßen herrschte außergewöhnlich dichter Verkehr, und viele Händler bauten ihre Stände auf.

»Beim Jupiter«, sagte ich. »Morgen ist Pompeius' Triumph! Das hätte ich fast vergessen. Sie bauen jetzt schon auf, um morgen gute Plätze zu haben.«

»Wie ich höre, soll es ein tolles Spektakel werden«, sagte Hermes eifrig nickend und kauend.

»Das kann man auch verlangen«, sagte ich. »Schließlich hat er die halbe Welt beraubt, um es zu finanzieren.«

»Dazu ist die Welt doch schließlich da, oder nicht? Um das Leben der Römer angenehm zu machen?« Er sagte das ohne die Bitterkeit, die ein im Ausland geborener Sklave dabei vielleicht empfunden hätte. Wie die meisten einheimischen Sklaven erwartete er, irgendwann freigelassen zu werden und es vielleicht einmal zum Bürger zu bringen. Wir betrachteten diese Dinge mit sehr viel mehr Gelassenheit als die meisten anderen Nationen.

»Ich bin nicht sicher, daß es die ursprüngliche Absicht der Götter war, aber so hat es sich ergeben«, meinte ich.

»Dann sollte es ein tolles Spektakel werden«, beharrte er. »Ich meine, wen kümmert schon eine Horde Barbaren?«

»Du sprichst wie ein wahrer Römer«, sagte ich. »Du hast das Zeug zum echten Bürger, Hermes, selbst wenn man dir einen griechischen Namen gegeben hat.«

Männer in blauen Tuniken mit Farbtöpfen und Pinseln in der Hand rannten die Straße entlang, um den zeitlichen Ablauf des großen Ereignisses bekanntzumachen. Mit unglaublicher Geschwindigkeit schrieben sie auf die Mauern, auf denen bereits zahllose ähnliche Bekanntmachungen prangten. Am Vormittag waren andere Maler ausgeschwärmt, um die Wände für die glorreichen Nachrichten weiß zu tünchen. Ich rief einen Anstreicher herbei und warf ihm eine Münze zu.

»Was steht auf dem Programm?« fragte ich ihn.

»Die Spiele werden tagelang dauern, Senator«, sagte er. »Im Moment geben wir nur den Spielplan für morgen bekannt. Wir werden täglich das Programm für den jeweils folgenden Tag anschlagen. Die große Munera ist erst in drei Tagen.«

»Was steht denn morgen an?« fragte ich.

»Zunächst gibt es Theateraufführungen. Italisches Pantomimenspiel in den beiden alten Holztheatern, aber auch ein komplettes griechisches Drama in Pompeius' neuem Theater auf dem Campus Martius. Der Neubau ist unglücklicherweise nicht fertig geworden, aber es sind genügend Plätze für die obersten Klassen errichtet worden.«

»Wie schade«, sagte ich. »Ich würde die Pantomime dem griechischen Drama vorziehen, aber vermutlich wird der Senat in Pompeius' neuem Theater versammelt zu erscheinen haben. Welches Stück wird denn gegeben?«

»Die Trojerinnen, mein Herr.«

»Sophocles, oder?« sagte ich. »Oder war es Aischylos?«

»Euripides, Senator«, sagte er mit einem leicht mitleidigen Gesichtsausdruck.

»Ich wußte, daß es einer von diesen Griechen war. Dürfen wir hoffen, im Verlauf des Tages noch etwas Aufregenderes geboten zu bekommen?«

»Nach dem Theater gibt es Lusiones. Alle Männer, die bei der großen Munera mitkämpfen, tragen Schaukämpfe mit Trainingswaffen aus.«

»Das klingt schon besser«, sagte ich. »Natürlich nicht so aufregend wie richtige Kämpfe, aber es ist stets ein Vergnügen, geschliffener Fechtkunst zuzusehen. Wann findet der große Triumphzug statt?«

»Übermorgen, Senator, und es wird ein Schauspiel von unübertrefflicher Großartigkeit werden. Den Anfang machen sämtliche wilden Tiere, die der General Pompeius auf seinen Reisen eingesammelt hat und die alle im Vorprogramm der Gladiatoren in der Arena kämpfen werden. Neben den üblichen Löwen, Bären und Bullen hat er auch Leoparden, hyricanische Tiger, die größten je gesehenen Wildschweine und einen weißen Bären aus dem hohen Norden...«

»Das klingt ja recht anregend«, sagte ich. »Nichts bringt das Blut so in Wallung und erinnert das Volk an das, was Rom ausmacht, wie ein Triumph. Und wer könnte das Rom unserer Tage besser verkörpern als Gnaeus Pompeius Magnus persönlich?«

»Ganz recht, Senator«, sagte der Schildermaler ein wenig zögerlich. Er verabschiedete sich und nahm seine Arbeit wieder auf.

»Ähm, Herr, vielleicht solltest du mit deinen Bemerkungen etwas vorsichtiger sein, in aller Öffentlichkeit, meine ich.« Hermes sah sich um. Ihm war offenkundig nicht wohl in seiner Haut.

»Warum?« wollte ich wissen. »Haben wir bereits einen solchen Tiefpunkt erreicht, daß ein römischer Bürger – kein geringerer als ein Senator – nicht mehr öffentlich seine Meinung über

Emporkömmlinge und Möchtegern-Monarchen wie Pompeius und Crassus oder selbst Julius Caesar äußern kann?«

»Ich verfolge die politischen Geschehnisse nur aus dem Blickwinkel eines Sklaven«, sagte der Junge. »Aber meines Erachtens haben wir tatsächlich genau diesen Tiefpunkt erreicht.«

»Das ist ja unerträglich!« sagte ich, catoesker als Cato klingend. »Ich habe versucht, Clodius vor den Augen des obersten Praetors zu enthaupten, und werde dafür wahrscheinlich eine Strafe zahlen müssen. Aber wenn ich in der Öffentlichkeit das Falsche über einen dahergelaufenen militärischen Abenteurer sage, soll ich mich jetzt schon sorgen, daß er mich deswegen vielleicht umbringen läßt!«

»Vielleicht hat er das schon«, sagte Hermes. »Versucht, meine ich.«

»Was sagst du da?« fragte ich.

»Na ja, *irgend jemand* hat schließlich versucht, dich zu vergiften. Bist du nicht schon in der Vergangenheit mit Pompeius aneinandergeraten?«

»Ja, schon.« Irgendwie hatte ich es versäumt, Pompeius dieses speziellen Verbrechens zu verdächtigen, vielleicht weil ein derartiger Überfluß an Verdächtigen herrschte. »Um dir die schmerzhafte Wahrheit zu gestehen, ich habe nie angenommen, wichtig genug zu sein, um seine Feindseligkeiten auf mich zu ziehen. Genau das haben mir übrigens auch ein paar sehr wichtige Männer zu verstehen gegeben.«

»Herr, ich bin nur ein kleiner Sklave, während Pompeius der größte Eroberer seit Alexander ist, aber selbst ich weiß, daß es so etwas wie einen Feind, der zu gering ist, ihn zu töten, nicht gibt.«

»Darüber läßt sich nachdenken«, sagte ich. »Vielleicht bist du am Ende doch nicht nur eine Last, Hermes. Denk fleißig so weiter. Nachdem er versucht hatte, mich zu vergiften, hast du

Nero zum Haus von Celer gehen sehen. Ich hatte zunächst nur an Clodia gedacht, weil sie Clodius' Schwester ist und schon einmal versucht hat, mich aus dem Weg zu räumen, doch sie hat bereits früher als Pompeius' Handlangerin fungiert. Aber er hat doch diese mörderischen Etrusker dabei. Wieso hat er nicht einen von ihnen geschickt?«

Darüber dachten wir eine Weile nach, während wir den Krug hin und her reichten.

»Wie wäre es damit?« sagte Hermes. »Vielleicht wollte er nicht, daß die Leute denken, daß du ermordet worden bist. Bei Gift kann man das nicht immer mit Bestimmtheit sagen. Die Leute sterben ständig an verdorbenem Essen oder einfach nur so.«

»Stimmt. Ich war gerade erst in Rom zurück. Ich hätte mir in Gallien irgendeine schreckliche Krankheit eingefangen haben können. Und da er an jenem Abend bereits den armen, alten Capito ermorden ließ, wollte er es vielleicht nicht übertreiben.«

»Du glaubst also, er hat Capito beseitigen lassen?« Für meinen Geschmack fand Hermes viel zuviel Gefallen an diesen Mordgeschichten.

»Er hatte jedenfalls allen Grund dazu.« Ich erzählte ihm von Capitos Widerstand gegen seine Agrarpläne. Der Junge stieß ein leises Pfeifen aus.

»Und ich dachte, Clodius und Milo seien gefährliche Männer! Aber diese Führer der Republik sind ja noch viel schlimmer!«

Ich nickte. »Wie wahr. Clodius und Milo sind kleine Gangster mit rein innerstädtischen Interessen. Aber jene Männer sind Verbrecher mit Weltformat. Versuch deine Bewunderung zu zügeln.«

»Und was willst du dagegen unternehmen? Gegen Clodius kann man kämpfen. Milo ist dein Freund, und seine Bande ist so groß und mächtig wie die von Clodius. Aber gegen Pompeius hast du keine Chance, wenn nicht einmal die gesamte aristokratische Partei im Senat etwas gegen ihn ausrichten kann.«

Für einen Sklaven hatte der Junge eine rasche Auffassungsgabe für politische Feinheiten. Plötzlich erschien mir das Familienanwesen in Beneventum ein ganz angenehmer Aufenthaltsort.

»Ich glaube, du solltest besser deinen Frieden mit ihm machen, Herr«, riet Hermes mir.

»Das Problem ist, daß ich nicht einmal weiß, womit ich ihn beleidigt habe, wenn er wirklich derjenige ist, der mich vergiften lassen wollte. Ich habe ihm in der Vergangenheit nie etwas nachweisen können. Warum sollte er sich jetzt plötzlich meinetwegen Sorgen machen?«

»Du genießt doch den Ruf, Sachen über andere Leute herauszufinden, oder nicht? Sachen, die sie lieber geheimgehalten hätten? Na ja, vielleicht hat er etwas getan oder plant etwas, von dem er absolut nicht möchte, daß es jemand erfährt.«

»Hermes, du erstaunst mich«, sagte ich. »Das ist überaus scharfsinnig.«

»Ich hab dir doch gesagt, daß ich mit vollem Bauch besser denke.«

Es gibt Phasen bei der Ermittlung eines Verbrechens oder einer Verschwörung, in der zahlreiche Menschen mit den verschiedensten Motiven eine Rolle spielen. Zunächst kommt einem alles wie ein einziges Chaos vor. Wenn man beginnt, Indizien zusammenzutragen, werden die Dinge zunächst noch komplizierter. Aber irgendwann kommt ein Punkt, wo jede neu ausgegrabene Tatsache sich mit einem befriedigenden Klick ins Ganze einpaßt und die Dinge nicht mehr komplizierter, sondern einfacher werden. Plötzlich ergibt alles einen Sinn. Ich hatte das Gefühl, dieses Stadium jetzt erreicht zu haben. Mir kam es vor, als ob mein

Genius, meine detektivische Muse, in der Nähe schwebte und mir half, den Knoten aus Mord und Intrige zu entwirren.

Aber vielleicht war es auch nur der Wein.

XII

Rom war in voller Festtagspracht herausgeputzt, überall sah man Girlanden, Kränze und neue Vergoldungen. Die Denkmäler der Helden waren mit frischen Lorbeerkränzen gekrönt, damit sie alle an dem Triumph teilhaben konnten. Weihrauch brannte vor dem Schrein jedes noch so unbedeutenden Gottes, und die großen Staatsgottheiten wurden in feierlichen Prozessionen auf reichgeschmückten Sänften von Priestern durch die Straßen getragen.

Es tat mir stets im Herzen wohl, die Stadt so zu sehen, selbst wenn es zur Feier eines Triumphs für jemanden war, den ich verabscheute. Wo man auch hinsah, taumelten die Menschen durch die Straße, stimmten Siegesgesänge an und bescherten den Weinhändlern das Geschäft ihres Lebens. Sämtliche Arbeit ruhte, die Bauern waren vom Land in die Stadt gekommen, zusammen, so hatte es den Anschein, mit der kompletten Bevölkerung etlicher benachbarter Städte. Kinder rannten umher, für ein paar kostbare Tage befreit von der Tyrannei ihrer Lehrer.

Rundum herrschte fröhliche Ausgelassenheit, aber die Vorstellung, den Vormittag in Pompeius' Theater zu verbringen, um sich den langweiligen Beitrag eines alten Griechen zur athenischen Kultur anzusehen, deprimierte mich. Ich hätte mir viel lieber die Pantomimenspiele in den alten Holztheatern angesehen oder wäre zu den Circussen gegangen, wo den ganzen Tag über Lusiones und Tiervorstellungen geboten wurden. Aber das war völlig ausgeschlossen. Der Senat, die Equites und die Vestalinnen mußten sich die Aufführung in dem neuen Theater ansehen. Ein Nichterscheinen hätte nicht nur Pompeius beleidigt – ein Gedanke, den viele von uns genossen hätten, sondern auch die Götter des Staates.

Wir versammelten uns auf dem Forum, und die staatlichen Freigelassenen stellten uns in der gebotenen Reihenfolge auf: vorneweg die Konsuln, gefolgt von den Censoren, den Praetoren, den Vestalinnen, den Pontifices, angeführt von Caesar, den *Flamines*, dann der gesamte Senat mit Hortalus als Princeps, gefolgt von den Konsularen und allen anderen, nach Dienstalter geordnet, was zum Ergebnis hatte, daß ich am hintersten Ende der Prozession Aufstellung nehmen mußte. Vor mir gingen einige Männer, die fast so unbedeutend waren wie ich. Es war ein langer Marsch zum Campus Martius und dem Gebäudekomplex, der das neue Theater umgab.

Unter lauten *io triumphe!*-Rufen und in einem Blütenregen marschierten wir los. Man mag sich fragen, woher die Blumen um diese Jahreszeit kamen, Pompeius wollte seinen Triumph nicht durch die Jahreszeit beeinträchtigt sehen. So hatte er riesige Mengen von Blüten sammeln und trocknen und zusätzlich weitere Schiffsladungen aus Ägypten kommen lassen, um sicherzugehen, daß jederzeit ein Vorrat an frischen Blumen zum Werfen und Kränzeflechten vorhanden war. Große Blumenkörbe standen überall am Straßenrand.

»Die ganze Stadt wird wochenlang wie ein Bordell stinken«, grummelte ein junger Senator vor mir.

»So toll hat sie vorher auch nicht gerochen«, bemerkte ein anderer.

Wegen des gigantischen neuen Bauprojekts war der halbe Campus Martius ein Durcheinander mit riesigen Haufen zurechtgeschnittener Steine und Schutt, Bergen von Mörtel und großen Stapeln von Holz für die Gerüste. Dazwischen standen halbfertige Mauern, die von den Arbeitern wegen der Feiertage verlassen worden waren.

»Wißt ihr«, bemerkte ich, »wenn man das Ganze ein bißchen altern läßt und ein paar zwischen dem Schutt lauernde Tiere hinzufügt, bekommt man eine ausgezeichnete Vorstellung davon, wie Rom im Stadium des Verfalls aussehen würde.«

»Du bist heute morgen in einer recht versponnenen Laune, Metellus«, sagte ein Senator, der im selben Jahr wie ich Quaestor gewesen war.

»Phantastik liegt in der Luft«, sagte ich. »Nimm nur Pompeius, sein Theater da drüben.« Ich wies auf einen gedrungenen Klotz aus weißem Marmor, der sich gerade knapp überm Fundament erhoben hatte. »Wenn es fertig ist, soll es zehntausend Zuschauer fassen, habe ich gehört. Pompeius muß ziemlich wirklichkeitsfremde Vorstellungen über die römische Aufnahmefähigkeit griechischer Dramen hegen.«

»Ich glaube nicht, daß das Theater dafür gedacht ist«, sagte ein Senator namens Tusculus, der laut Gerüchten der Urenkel eines Freigelassenen war. »Ich habe mit seinem Produzenten gesprochen. Er sagt, bei den Einweihungsfeierlichkeiten soll die Eroberung einer ganzen Stadt, inklusive Kavallerie und Infantrie, auf der Bühne dargestellt werden.«

»Euripides würde sich im Grab umdrehen«, sagte ich. »Der römische Geschmack in Fragen der Unterhaltung ist ein wenig robuster als der der verweichlichten Griechen.«

Wir führten dieses Gespräch mit unbeweglichen Gesichtern und starrer Haltung, unsere Lippen kaum bewegend. Es wäre absolut unziemlich gewesen, vor den Augen der Bürgerschaft die Gravitas zu verlieren. Als wir das werdende Theater endlich erreicht hatten, konnten wir uns ein wenig lockerer geben. Die niederen Stände, für die es noch keine Sitzreihen gab, hatten sich verzogen, um sich bei lebhafteren Darbietungen zu amüsieren. Ich wünschte, ich hätte mit ihnen gehen können.

Die herrschaftlichen Persönlichkeiten nahmen oberhalb des Orchesters Platz, direkt vor der Bühne. Ihre Sitze aus weißem Marmor waren die einzigen, die fertig geworden waren. Der Rest der Ränge bestand aus provisorischen, unüberdachten Zuschauertribünen aus Holz. Die Bühne selbst war ebenfalls aus Holz, genau wie die riesige, drei Stockwerke umfassende Scaena, die sich samt Logen über dem Proscenium erhob. Irgendwann sollte alles in Stein noch einmal neu gebaut werden, aber man hatte keine Mühen gescheut, die provisorische Einrichtung aufwendig zu gestalten. Alles glänzte in frischer Farbe und war mit bunten Vorhängen geschmückt. Fontänen parfümierten Wassers sprudelten aus Brunnen und halfen den Geruch frischer Farbe und frisch geschnittenen Kiefernholzes zu dämpfen.

»Wenn ich meine neue Toga mit Kiefernharz beschmiere«, sagte ein Eques hinter mir, »werde ich sie Pompeius in Rechnung stellen.« Ein Lachen erhob sich. Jetzt wo der Pöbel weg war, konnten wir uns wieder ganz natürlich benehmen, will sagen, wie eine Horde lärmender Italiker.

»Da kommt Pompeius!« rief jemand. Wir standen auf und applaudierten pflichtschuldig, als der große Mann Einzug hielt. Er trug einen goldenen Kranz und die gewaltige, purpurne, von oben bis unten mit goldenen Palmen bestickte Toga picta eines Triumphators.

»Na, das ist wohl ein bißchen früh, was?« sagte Tusculus. »Der Triumphzug findet erst morgen statt.«

»Nein«, sagte ich. »Als Veranstalter der Spiele steht ihm leider das Recht auf eine Picta zu. Er will uns an den Anblick gewöhnen. Er möchte sie nämlich jetzt ständig tragen.« Aus den Reihen der anti-pompeianischen Fraktion ertönten zahlreiche Buhrufe zusammen mit einigen noch unhöflicheren Geräuschen, die sich unter phantasievoller Verwendung von Lippen und Zunge erzeugen lassen. Er geruhte, sie nicht zu hören.

Bei Pompeius' Delegation sah ich den jungen Faustus Sulla. Gemeinsam mit Caesar, Crassus, Hortalus und den anderen großen Männern nahmen sie in der ersten Reihe Platz.

Nach einem langwierigen Austausch von Begrüßungen, guten Wünschen und Beleidigungen machten auch wir es uns auf unseren Plätzen bequem, um uns in einem komaähnlichen Zustand langweilen zu lassen. Als der Chor auf die Bühne kam, um zu seinem unerträglichen Gesang anzuheben, fingen wir an, verstohlen in unseren Togen herumzukramen. Einer der wenigen Vorteile der großen Festtagstoga ist der, daß sie zahllose Falten wirft, in denen man Knabbereien und Getränke verstauen kann. Ich hatte mir einen Schlauch anständigen Vatikaner mitgebracht. Richtig guten Wein in einem Schlauch aufzubewahren, wäre ein Vergehen gewesen.

Natürlich war es strengstens verboten, während der Vorstellung zu essen oder zu trinken, aber wer sollte uns daran hindern? Alle wichtigen Männer saßen vorne und taten so, als ob sie verstünden, was auf der Bühne vor sich ging, wo eine Gruppe von als Frauen verkleideter Männer über die Scaena tänzelte.

»Abscheulich«, knurrte ich. »In der italischen Pantomime werden Frauenrollen wenigstens von Frauen gespielt.«

»Und es gibt nicht solche lächerlichen Masken«, sagte ein Senator. »Perücken und Schminke sind völlig ausreichend. Das ist alles degenerierter griechischer Quatsch, wenn ihr mich fragt.«

»Jedermann weiß, daß der Besuch von Theaterstücken schlecht für die öffentliche Moral ist«, sagte ich. »Da muß man nur Cato fragen.« Ich warf mir eine Handvoll gedorrter Nüsse und Erbsen in den Mund.

Caesar drehte sich um und starrte wütend in Richtung der hinteren Senatoren-Reihen.

»Hu-hu«, sagte ein Eques, »da sitzt der alte Caesar und wirft uns seinen Heiligen-Blick zu.«

»Gut, daß *seine* Frau über jeden Verdacht erhaben sein muß«, sagte Tusculus. »Meine ist es bestimmt nicht.« Wir versuchten alle, nicht zu laut zu lachen.

Dann begannen einige Schauspieler auf der Bühne in grausamem Falsett zu kreischen. Einer von ihnen, Hecuba, glaube ich, vielleicht war es auch Andromache, hob zu einem Klagegesang über die Götter an, und wie sie im schönen, alten Troja ein feines Durcheinander angerichtet hatten. Ich muß zugeben, daß der Mann die weibliche Gestik sehr gut beherrschte. Jede Bewegung ließ sein langes Kleid würdevoll hin und her wiegen.

Plötzlich begann mich die Vorstellung zu fesseln, und ich beachtete die unflätigen Bemerkungen meiner Nachbarn nicht mehr. Es war nicht so, daß ich plötzlich Hochachtung vor griechischen Tragödien entwickelt hätte; es war vielmehr so, daß ich das Gefühl hatte, auf der Schwelle von etwas zu stehen. Während der Schauspieler mit seinem Gesang fortfuhr, ließ ich meinen Blick über die Reihe wandern, wo Caesar und Crassus, Faustus und Pompeius saßen. Pompeius in seiner purpurnen Robe.

Dann wurde ich überwältigt von einer blendenden Offenbarung, wie sie die Götter einem gelegentlich zuteil werden lassen. In meiner Euphorie vergaß ich, daß die Götter meistens Ärger im Sinn haben, wenn sie einem eine derartige Erleuchtung schicken. Ich fühlte mich von einem goldenen Heiligenschein umgeben, als ich, unwillkürlich von dem herrschenden griechischen Geist beseelt, aufsprang.

»Eureka!« rief ich.

»Was glaubst du, wer du bist, Metellus?« zischte jemand. »Der alte Archimedes, oder was? Setz dich hin, oder man wird dich verhaften!« Ich ignorierte alles außer meiner eigenen Brillanz.

»Sie waren alle da!« sagte ich, nicht ganz brüllend. »Alle als Frauen verkleidet!«

Inzwischen hatte sich die gesamte erste Reihe umgedreht und starrte mich an. Mein Vater sah aus, als stände er kurz vor einem Schlaganfall. Ein Praetor zeigte auf mich, und eine Horde Liktoren kam langsam den Gang zwischen den Sitzreihen hoch. Ihre Äxte blitzten zwischen den Rutenbündeln. Meine Euphorie verflog so schnell wieder, wie sie über mich gekommen war, und mir wurde mit Entsetzen klar, was für einen schrecklichen Schnitzer ich mir geleistet hatte. Ich taumelte zu einem der Aufgänge und rannte auf eine Lücke zu, die in einer der kaum fertiggestellten Mauern klaffte.

»Der Arme muß Durchfall haben«, hörte ich jemand sagen, als ich den Bereich der Tribüne verließ. Unter Gejohle und Klatschen rannte ich, so schnell es meine Toga zuließ. Ich blickte über meine Schulter, um zu sehen, ob die Liktoren mich verfolgten, was jedoch nicht der Fall war. Ich verlangsamte mein Tempo zu einem eiligen Gang. Das Rennen in dieser Toga war nicht nur äußerst schwierig, unter der dicken Wolle wurde es auch sehr schnell heiß.

Ein wenig meiner Götter-beseelten Stimmung kehrte zurück, als ich die Stadt wieder betrat; die Stadt selbst bot sich dar wie in einem Traum. Sie war praktisch menschenleer, die gesamte Bevölkerung drängte sich in zwei riesigen Circussen und Theatern. Auch die aufwendigen Dekorationen und die überall verstreuten

Blüten trugen zu dieser traumhaften Atmosphäre bei. Das Forum lag da wie eine Stadt der Götter, bevölkert von Statuen. Ich warf einen Blick zum Tempel des Jupiter Capitolinus hinauf. In seinem düsteren Innern konnte ich durch den Weihrauch, der zu Ehren des Gottes verbrannte, das große Jupiterstandbild gerade noch sehen, das uns angeblich vor Verschwörungen gegen den Staat warnen sollte. Ich schickte dem Gott einen Gruß hinüber. Wenn ich es irgendwie verhindern konnte, sollte Pompeius morgen nicht in diesem Tempel opfern.

Mein Sklave Cato starrte mich entsetzt an, als ich durch das Eingangstor trat.

»Senator! Wir haben dich nicht vor heute nachmittag erwartet! Eine Dame ist hier, dich zu sehen, aber wir haben ihr gesagt...«

»Wo ist Hermes?« fragte ich, an ihm vorbeifegend. Dann erreichten seine Worte mein Bewußtsein, und ich drehte mich um. »Welche Dame?«

»Eine Dame Julia aus dem Hause der Caesars. Sie wollte partout deine Rückkehr abwarten. Sie ist im Atrium.«

Ich betrat das Atrium, und dort war tatsächlich Julia. Sie erhob sich mit einem Ausdruck unbeschreiblicher Erleichterung.

»Decius! Ich bin ja so froh, dich lebend zu sehen. Du schwebst in schrecklicher Gefahr!«

»Das weiß ich«, sagte ich. »Aber wie hast du das so schnell herausgefunden?«

»So schnell? Aber ich habe es erst gestern abend erfahren.«

»Das ist etwas zu verwirrend für mich«, sagte ich. »Nur einen Moment. Ich muß mit meinem Sklaven sprechen.«

»Nein, du mußt mit *mir* sprechen!« Sie ergriff meine Arme und riß mich mit erstaunlicher Kraft herum. »Decius, gestern abend hat Clodius meinen Onkel besucht. Er will dich umbringen. Er hat getobt wie ein Verrückter!«

»Natürlich«, sagte ich. »Er *ist* ein Verrückter. Was hat Gaius Julius dazu gesagt?«

»Er war schrecklich wütend. Er sagte, daß man dich auf gar keinen Fall umbringen dürfe, aber Clodius wollte nicht auf ihn hören. Mein Onkel sagte: ›Wenn ich erfahre, daß das Blut von Decius Metellus an deinen Händen klebt, werde ich vor dem ganzen römischen Volk feierlich den Fluch des Jupiter Optimus Maximus über dich aussprechen.‹«

Das war eine ernste Drohung. Es würde bedeuten, daß es keinem römischen Bürger irgendwo auf der Welt erlaubt wäre, auch nur ein Wort an ihn zu richten, geschweige denn, ihm zu helfen. Kein verbündeter König durfte ihn aufnehmen. Er würde ein heimatloser Wanderer unter den Barbaren werden.

»Und was hat Clodius geantwortet?«

»Er hat gelacht. Er sagte: ›Jupiter braucht sich nicht zu bemühen. Charun wird ihn holen.‹ Ich weiß nicht, was er damit gemeint hat.«

Mir war, als sei ich in das Kaltwasserbecken der Bäder gefallen. »Er meint, daß er seine etruskischen Priester auf mich angesetzt hat.«

»Ich wünschte, ich hätte länger zuhören können, aber ich war auf Zehenspitzen aus meiner Kammer herangeschlichen, als ich das Gebrüll hörte, und hätte jeden Moment entdeckt werden können. Ich konnte das Haus nicht verlassen, bis mein Onkel zum Theater aufgebrochen war, und es gab keine Möglichkeit, dir vorher eine Nachricht zukommen zu lassen.«

»Ich weiß nicht, wie ich dir danken soll«, sagte ich mit surrendem Kopf. »Aber du darfst auf keinen Fall mit mir gesehen werden. Schon der Besuch in meinem Haus ist ein unverantwortliches Risiko.« Weitere Befürchtungen überkamen mich. »Sie könnten schon draußen lauern. In den verlassenen Straßen gibt es kein Versteck. Du mußt bis zum Einbruch der Dunkelheit hierbleiben.«

»Würden sie es denn wagen, mich anzugreifen?« fragte sie, ganz patrizische Hoheit.

»Normalerweise nicht«, erwiderte ich. »Clodius fürchtet Gaius Julius. Aber seine geistige Verwirrung hat inzwischen ein solches Stadium erreicht, daß ihm alles zuzutrauen ist. Und diese Etrusker sind Fanatiker. Nur Pompeius kann sie zurückrufen, und das wird er nicht tun. Nicht nach dem Theater heute morgen.«

»Was?«

Sie war nicht die einzige mit Fragen. Ich fragte mich gerade, warum Gaius Julius so entschlossen war, mein Leben zu erhalten. Es war erleichternd zu wissen, daß es jemanden gab, der nicht auf mein Blut aus war, aber in Caesars Fall fiel mir kein guter Grund ein, warum. Zweifelsohne würde sich das klären, wenn dringendere Angelegenheiten geregelt waren.

»Oh, ich habe heute morgen eine kleine Szene gemacht. Als wir uns *Die Trojerinnen* ansahen, hatte ich eine große Erleuchtung.«

»Eine Vision von Apollo!« rief sie und klatschte in die Hände. »Aber natürlich! Euripides ist der überragendste aller Dramatiker, und *Die Trojerinnen* ist sein inspiriertestes Werk. Ich liebe Euripides.«

»Tatsächlich?« sagte ich. Frauen sind schwer zu begreifen. »Wie dem auch sei, mir wurde plötzlich ein kurzer Blick auf die Bedeutung diverser Anomalien zuteil. Es war der Anblick all dieser in Frauenkleider gewandeten Griechen, während Pompeius in Triumphator-Robe wie ein aufgeblasener Ochsenfrosch dasaß. Und weißt du, was mein erster Gedanke war? Ich weiß nicht einmal warum, aber ich dachte: ›Milo wird froh sein.‹«

»Du redest völlig wirr«, sagte sie mit erstaunlicher Beherrschung.

»Am Anfang kam es mir auch völlig wirr vor. So ist das bei göttlichen Eingebungen. Weißt du, mein Freund Milo möchte Fausta heiraten. Er war überhaupt nicht begeistert, als er hörte, daß du sie an jenem Abend dort gesehen hast, wo sie doch kein Recht hat, an den Mysterien teilzunehmen, sich aber auch nicht euch unverheirateten Frauen angeschlossen hat. Er deutete an, daß er mehr als unglücklich darüber wäre, wenn ich sie eines Vergehens verdächtigen würde, und Milo ist kein Mann, mit dem ich mich überwerfen möchte. Du kannst dir also meine Erleichterung vorstellen, als ich begriff, daß sie an jenem Abend gar nicht dort war!«

»Aber ich habe sie gesehen«, sagte Julia kühl. »Hältst du mich für eine Lügnerin oder für eine Idiotin?«

»Nein, nein, nichts dergleichen«, sagte ich lachend und kopfschüttelnd. Ich muß wahrhaft bescheuert ausgesehen und geklungen haben. »Verstehst du nicht, du hast nicht Fausta erkannt, sondern ihren Zwillingsbruder Faustus, verkleidet als Frau!«

Zu meiner Befriedigung fiel ihr der Unterkiefer runter. »Als Frau verkleidet? Wie Clodius?«

»Ja, wie Clodius. Und Pompeius und dein Onkel Gaius Julius. Ich vermute, Crassus war auch da. Pompeius trug das Gewand der Kräuterfrau, ein purpurnes Kleid. Er trägt so gerne Purpur.«

»Aber Onkel Gaius? Bist du sicher?«

»Er sollte die Nacht im Haus von Metellus Celer verbringen, aber er ging statt dessen aus, angeblich um auf dem Quirinal die Omen zu lesen. Ich habe beim Tempel des Quirinus nachgesehen und festgestellt, daß er an jenem Abend nicht durch das collinische Tor gegangen ist. Ich denke, daß auch er sich Frauenkleider anlegte und sich zu seinem eigenen Haus begeben hat. Und wenn Caesar, Pompeius, Clodius und Faustus dort waren, ist Crassus höchstwahrscheinlich auch in die Sache verwickelt.«

»O je«, sagte sie matt. »Aber warum? Warum sollten sie sich unter so bizarren Umständen treffen?«

»Das habe ich vor, in Bälde herauszufinden«, sagte ich. »Komm mit. Wir wollen ein paar Worte mit meinem Sklaven Hermes wechseln.«

»Deinem Sklaven?« sagte sie, als sie mir zum hinteren Teil des Hauses folgte. Cato blieb uns dicht auf den Fersen.

»Genau!« Ich riß die Tür zu seiner Kammer auf, der Junge wich mit aschfahlem Gesicht an die Wand zurück. »Wo sind sie, du diebisches kleines Schwein?« brüllte ich.

»Was meinst du, Herr? Ich weiß nicht, wovon du redest.« Zumindest hatte er den Anstand, so schuldig auszusehen wie Mars in Vulkans Netz.

»Ich meine die Sachen, die du der Leiche von Appius Claudius Nero gestohlen hast, du widerwärtige Kreatur!« Ich schlug ihm zweimal ins Gesicht, eine Vorhand, eine Rückhand.

»Unter meinem Bett!« schrie er, laut losheulend.

Ich warf seine Pritsche zurück und brachte ein Versteck mit Ringen, Armbändern und Münzen in einer in den Boden gegrabenen Mulde ans Licht. Inmitten der glitzernden Beute lag ein schlichter Bronzezylinder, etwa von der Länge meiner Hand und der Dicke meines Daumens.

»Du konntest nicht widerstehen, was?« sagte ich. »Du bist in jener Nacht noch einmal nach draußen gegangen und hast die Leiche gefleddert. Das ist ziemlich erbärmlich, Hermes, eine Leiche auszurauben!«

»Natürlich ist es erbärmlich!« brüllte er. »Ich bin ein Sklave! Was erwartest du von mir! Ihr Adeligen könnt euch gegenseitig auf offener Straße umbringen, und ein Praetor schickt euch für ein oder zwei Jahre in die Verbannung. Wir werden ans Kreuz genagelt! Ich konnte ihn mit all seinem Gold doch nicht einfach so daliegen lassen. Außerdem habe ich hinterher Merkur geopfert, und er ist der Gott der Diebe.«

»Welch bewundernswerte Frömmigkeit. Nun, vielleicht hast du die Sache mit deinen Göttern geklärt, mit mir jedenfalls nicht. Du hast einen Fehler gemacht, Hermes. Du bist mit deiner schändlich erworbenen Beute hierher zurückgekehrt und mußtest dich daran ergötzen, stimmt's? Es war noch dunkel, aber du konntest der Versuchung nicht widerstehen, die Qualität deines Goldes zu überprüfen.« Ich hielt ihm den Giftring unter die Nase. Auf der Kapsel waren Bißspuren zu erkennen.

»Du wußtest nicht, daß dies ein Giftring ist, und hast hineingebissen. Du hast nicht das ganze Gift herausgesaugt, aber genug, um am nächsten Tag heftige Bauchschmerzen zu haben.«

»So hat der arme Nero auf seine Art doch noch Rache genommen«, sagte er, in Erinnerung an die Krämpfe zusammenzukkend.

»Er verdient weit mehr der Rache!« rief ich. »Cato, bring mir die Peitsche!«

»Du besitzt keine Peitsche, Herr«, sagte Cato. Ich drehte mich zu ihm um.

»Und ob ich eine besitze. Ein großes, übel aussehendes Flagrum mit bronzenen Dornen an den Riemen. Mein Vater hat es mir geschenkt, als ich mein eigenes Haus eingerichtet habe. Wo ist es?«

»Du hast es vor Jahren beim Würfelspiel verloren«, sagte Cato.

Seine Frau Cassandra tauchte im Türrahmen auf. »Werdet ihr wohl aufhören zu schreien? Was sollen denn die Nachbarn denken. Ich versuche gerade, ein Abendessen zu bereiten, und niemand wird in diesem Hause Sklaven peitschen, Herr. Cato ist zu alt, und du hast ein zu weiches Herz.«

»Oh, laß uns wieder raus ins Atrium gehen«, sagte ich genervt. »Es wird langsam zu voll hier.« Ich hätte schwören können, daß Julia ein Lächeln unterdrückte. Ich betrachtete den Bronzezylinder. Das Wachssiegel war gebrochen. Zurück im Atrium nahmen Julia und ich Platz, während Hermes, vorübergehend begnadigt, nervös von einem Bein aufs andere trat.

»Da bist du auch dran gewesen, wie ich sehe«, sagte ich, den Zylinder hochhaltend.

»Ich dachte, es enthielte vielleicht etwas Wertvolles«, sagte Hermes. »Aber es war bloß eine Papierrolle.«

»Das liegt daran, daß das ein Brief-Behälter ist. Hast du die Botschaft gelesen?«

»Wie sollte ich? Ich kann nicht lesen.«

»Und der Gedanke, daß Nero mich vielleicht gar nicht umbringen, sondern mir eine Nachricht bringen wollte, ist dir nie gekommen?«

»Ist er dir gekommen?« fragte er unverschämt.

Ich seufzte. »Ich muß mir wirklich dringend ein neues Flagrum kaufen, zusammen mit einem kräftigen, dummen und hartherzigen Sklaven.«

»Wenn ich gewußt hätte, daß die Nachricht für dich ist, Herr, hätte ich sie dir sofort gebracht«, murmelte Hermes.

»Was steht denn drin?« drängte Julia ungeduldig.

Ich holte das Papier aus der Röhre und entrollte es. Der Brief war mit feiner, aristokratischer Handschrift geschrieben, wie sie uns die Lehrer von frühester Jugend an einbleuen, aber einige Buchstaben sahen ein wenig wackelig aus, ein Zeichen dafür, daß der Schreiber sich in einem Zustand emotionaler Erregung befunden hatte. Grammatisch war der Brief absolut fehlerlos, aber der Ausdruck kam mir unbeholfen vor. Andererseits erwartete man von einem Claudier auch keine literarische Eleganz. Ich begann, den Brief laut vorzulesen.

An den Senator Decimus (ein weitverbreiteter Fehler, da mein Praenomen im Gegensatz zu Decimus extrem selten ist) *Caecilius Metellus den Jüngeren.*

Ich wage nicht, namentlich zu unterzeichnen, aber Du wirst wissen, wer ich bin. Als ich nach Rom übersiedelte, suchte ich lediglich die Unterstützung und Patronage meiner Familie, um meine Karriere zu verfolgen. Statt dessen bin ich in Angelegenheiten verwickelt worden, die mich erschrecken; Angelegenheiten, bei denen es um Mord, Verschwörung und, so glaube ich, Hochverrat geht.

Bei meiner Ankunft bedrängte mich mein Verwandter Publius Clodius, schwärmte von einer strahlenden Zukunft und schlug mir vor, als einer seiner Anhänger in seine Dienste zu treten. Sehr geschmeichelt willigte ich ein. Er vertraute mir überaus heikle Angelegenheiten von zum Teil fragwürdiger Legalität an. Dabei versicherte er mir ständig, daß dies die übliche Methode sei, mit der die Dinge im modernen politischen Leben Roms geregelt würden.

Seit etwa einem Monat machte Clodius Andeutungen über ein Treffen von entscheidender Bedeutung, das er vorzubereiten hatte. In dieser Zeit traf er sich häufig mit Gaius Julius Caesar und Marcus Licinius Crassus Dives, und bei einigen Gelegenheiten habe ich ihn zum Lager von Gnaeus Pompeius Magnus begleitet, wo er sich mit dem General beriet.

Zu jener Zeit legte Clodius eine außergewöhnliche Fröhlichkeit an den Tag und führte sich auf, als würden diese bedeutenden Männer nach seinem Willen und seiner Macht agieren. »Ich werde sie alle kontrollieren«, vertraute er mir mehr als einmal an. Wie er das erreichen wollte, konnte ich mir nicht vorstellen.

Nach seinem letzten Treffen mit Pompeius kehrte Clodius sehr erregt zurück. Als ich ihn fragte, was ihn so aufrege, sagte er, der General habe von ihm verlangt, den Sohn des Censor Metellus umzubringen, der eben erst nach Rom zurückgekehrt sei. Ich hatte ihn oft mit großer Bitterkeit über diesen Mann sprechen hören und fragte ihn, warum er so ungehalten über diesen Auftrag wäre. Er sagte, das läge daran, daß die Tat Pompeius' Wunsch und nicht zu seiner eigenen Befriedigung ausgeführt werden solle. Pompeius halte es für erforderlich, die Tat mit Gift zu verüben, damit es den Anschein habe, sein Feind sei eines natürlichen Todes gestorben.

»Hab ich's dir nicht gesagt«, rief Hermes.

»Ruhe«, sagte ich und fuhr mit der Lektüre fort.

Clodius schickte mich zu der Kräuterfrau Purpurea, das Gift zu erwerben. Man hatte mich schon einmal zu ihr geschickt, um ihr purpurnes Gewand auszuleihen. Du trafst mich, als ich ihren Stand gerade mit dem Gift verlassen hatte. Pflichtschuldig brachte ich Clodius das Gift. Dann entsetzte er mich mit dem Befehl, Dir das Gift selbst beizubringen! Er hatte erfahren, daß Du zum Abendessen im Haus von Mamercus Capito erwartet wurdest, und hatte sich ebenfalls eine Einladung besorgt. Ich sollte seinen Platz einnehmen, mit der Entschuldigung, daß er nicht am selben Tisch wie sein Todfeind speisen könne.

Ich protestierte, und er wurde wütend. Dann flehte er mich förmlich auf Knien an, die Tat zu begehen. Er sagte, all seine Pläne würden davon abhängen, sich Pompeius' Wohlwollen für kurze Zeit weiter zu sichern, und wenn ich ihm diesen Gefallen täte, würde er auf ewig in meiner Schuld stehen und mich neben sich zum zweitmächtigsten Mann Roms machen. Zu guter Letzt willigte ich ein. Keiner hätte erleichterter sein können als ich selbst, als der Anschlag mißlang.

»Das war mein Verdienst«, sagte Hermes zu Julia. »Ich habe sein Leben gerettet.«

»Das habe ich nicht vergessen, Hermes«, sagte ich. »Vielleicht kaufe ich ein Flagrum ohne Bronzedornen.«

Nachdem sich die Runde nach dem Tod Capitos auflöste, fuhr ich zu lesen fort, *mit dem ich, wie ich vor allen Göttern beschwören kann, nichts zu tun habe, rief ich meine Sklaven und ging. Davon ausgehend, daß ich Dich ermordet hatte, konnte ich Clodius' Gegenwart nicht ertragen und floh statt dessen zu meiner Verwandten Clodia im Haus von Metellus Celer.*

Den nächsten Tag verbrachte ich, von Schuldbewußtsein zerrissen, in den Tempeln und auf dem Forum. Du kannst Dir meine Erleichterung nicht vorstellen, als ich Dich überaus lebendig mit Cicero und Lucullus vor der Curia konferieren sah. Ich beschloß, von nun an nichts mehr mit Clodius zu tun haben zu wollen, und begab mich zu seinem Haus, um ihm dies mitzuteilen. Daß der Versuch fehlgeschlagen war, verdroß ihn, aber er sagte nur, daß wir es eben noch einmal probieren müßten. Er war viel zu beschäftigt mit dem für diesen Abend angesetzten Treffen, als sich um Dich zu kümmern. Ich teilte ihm mit, daß ich mit seinen Machenschaften in Zukunft nichts mehr zu tun haben wolle, aber er wischte meine Bedenken beiseite und meinte, ich würde solche kindischen Skrupel zu überwinden lernen, wenn ich erst Erfahrung in der römischen Politik gesammelt hätte. Schließlich ließ ich mich umstimmen, erklärte aber, keine ungesetzlichen Aufträge mehr annehmen zu wollen.

Clodius lachte, nannte mich seinen Freund und erklärte mir, daß die geplanten Aktivitäten für diesen Abend dem Wesen nach eher ein Scherz wären. Ich sollte das purpurne Gewand und das

Kleid einer weiteren Frau zu Pompeius' Lager bringen. Der General und Faustus Sulla würden diese anlegen und nach Sonnenuntergang mit mir in die Stadt zurückkehren. Ich sollte dem Wärter am Tor erklären, daß es sich um zwei Damen von einem Landgut handelte, die zu den Riten der Guten Göttin in die Stadt kämen. Mit meinen patrizischen Insignien würde ich auf keinerlei Widerstand stoßen.

Ich tat, wie mir geheißen, obwohl es ein wahrhaft bizarrer Auftrag war. Auf dem Forum gesellte sich Clodius, ebenfalls in Frauenkleidern, zu uns sowie zwei weitere, ähnlich gewandete Herren. Sie mischten sich unter die Menge der hochgeborenen Damen, die das Haus des Pontifex maximus betraten.

Ich trieb mich noch ein paar Stunden auf dem Forum herum, bis ich plötzlich aus dem Haus einen großen Aufruhr vernahm. Clodius kam fast völlig nackt aus dem Haus gerannt, verfolgt von einer Meute wie Furien kreischender Frauen. Ich warf ihm meine Toga über die Schultern, und wir verschwanden in einer Gasse und rannten zurück zu seinem Haus. Den ganzen Weg lachte Clodius wie ein Verrückter, und Tränen rollten über seine Wangen.

Im Haus verlangte er Wein und begann heftig zu trinken, ohne den Wein zu verdünnen. Bald war er so betrunken und prahlte so laut herum, daß ich das Personal entließ, damit sie nicht mithörten, was er sagte. Er meinte, jetzt würden alle seine ehrgeizigen Träume in Erfüllung gehen, und ich bat ihn um eine Erklärung, da ich immer noch glaubte, daß es sich bei den Aktivitäten jenes Abends nur um einen Streich handelte.

Er sagte, die drei Männer, die in Bälde Rom regieren würden, hätten sich in Caesars Haus getroffen und sich auf den zukünftigen Kurs des Imperiums geeinigt, und daß er, Clodius, dieses Treffen arrangiert hätte. Die beiden Mächtigsten, Pompeius und

Crassus, könnten allein nie zusammenarbeiten, und ihre Rivalität würde das Reich in einen Bürgerkrieg reißen. Clodius meinte, daß Caesar bedeutender sei als die beiden anderen, und hatte ihn zu diesem Treffen gedrängt, damit die Feindseligkeiten zum Nutzen aller Beteiligten ausgeräumt werden könnten.

Das kam mir völlig wirklichkeitsfremd vor, und ich fragte ihn, was er damit meine. Er erwiderte, daß er, Clodius, erkannt habe, daß Crassus und Pompeius zu phantasielos wären, ihre Meinungsverschiedenheiten anders als durch einen Krieg zu lösen; daß Caesar zwar brillant und ein Genie sei, aber zu faul, eine Versöhnung zu initiieren, und daß alle drei sich zu sehr durch Traditionen gebunden fühlten, um das zu tun, was Sulla getan hätte, nämlich die Verfassung zu ignorieren.

Bei dem Treffen in Caesars Haus, sagte Clodius, habe der Pontifex maximus alle durch einen feierlichen Eid verpflichtet, sich an die Bestimmungen ihrer Übereinkunft zu halten. Folgende Vereinbarungen seien getroffen worden:

»Jetzt kommen wir zum Kern der Sache«, bemerkte ich.

»Hör auf, Kommentare abzugeben, und lies weiter!« sagte Julia in einem Zustand beträchtlicher Erregung, den ich amüsiert zur Kenntnis nahm.

Zunächst sollten die beiden anderen in Caesars Abwesenheit, der zur Ausübung seines Propraetorats in Spanien weilen und nicht in Rom sein würde, um zwischen den beiden zu vermitteln, als freundliche Kollegen auftreten. Nach seiner Rückkehr sollte diese Drei-Mann-Koalition ihre eigentliche Arbeit beginnen, um die weiteren Ambitionen der drei zu fördern. Als Pfand seiner Unterstützung würde Crassus eine Sicherheit für Caesars Schulden hinterlegen, damit jener Rom verlassen und sein Amt antreten könne. Pompeius verlangte, offenbar in Erfüllung einer früheren, weniger formellen Übereinkunft, daß sich die beiden an-

deren während seines Triumphes an prominenter Stelle zeigen sollten, damit jedermann sähe, daß er ihre volle Unterstützung genieße.

Caesar sollte nach seiner Rückkehr aus Spanien mit einem Konsulat geehrt und einer Sonderbelohnung als Statthalter von ganz Gallien bedacht werden. Alle würden darauf hinarbeiten, daß Crassus den ersehnten Krieg mit Parthia führen könne, während Pompeius jeden gewünschten Statthalterposten mit Ausnahme von Gallien und Parthia antreten dürfe.

Da all diese Projekte ihre längere Abwesenheit von Rom erforderlich machen würden, sollte Clodius ihr Repräsentant in der Stadt werden. Sie würden sein Bemühen, in den plebejischen Stand überzuwechseln, fördern und anschließend seine Kampagne für das Tribunat unterstützen. Als Tribun könne er zur Förderung seiner eigenen Ambitionen die entsprechenden Gesetze einbringen. Als Führer des Volkes würde er die Stadt de facto wie ein ungekrönter König regieren, während die anderen ihn vor Gegenmaßnahmen des Senats schützen würden. Pompeius, der sich für den größten hielt, habe darauf bestanden, Faustus Sulla als Kollege von Clodius einzusetzen, um die Sicherstellung seiner Interessen zu gewährleisten. Clodius stimmte widerwillig zu. Nachdem diese Vereinbarungen getroffen waren, loste sich die Runde auf.

Beim Verlassen des Gebäudes schlich sich Clodius ins Haupthaus, um die Mysterien zu belauschen, obwohl Pompeius versuchte, ihn zurückzuhalten. Als er entdeckt wurde, verließen die anderen inmitten des folgenden Aufruhrs das Haus.

Clodius berichtete all das bestens gelaunt, offenbar in der Annahme, daß ich seine Gerissenheit bewundern würde. Entsetzt fragte ich ihn: Was ist mit der Verfassung? Was ist mit dem Senat? Er sagte verächtlich, der Senat sei ein Haufen altmodischer Hin-

terbänkler, und die Verfassung besage das, was der mächtigste Mann dazu erklären würde.

Nachdem ich begriffen hatte, daß ich an einer Verschwörung zum Sturz der Republik beteiligt war, floh ich aus Clodius' Haus. In einer kleinen Taverne fand ich Unterschlupf, wobei ich ständig fürchte, daß Clodius, wenn er wieder nüchtern ist, begreifen wird, daß er mir viel zuviel erzählt hat und mich suchen lassen wird. Alle seine Männer kennen mich, und bis zum Einbruch der Dunkelheit wage ich nichts zu unternehmen. Ich habe diesen Brief geschrieben und werde ihn an der Tür Deines Hauses anbringen. Dann werde ich aus Rom fliehen und nie zurückkehren. Jetzt ist es dunkel, und ich werde meine Kammer verlassen, sobald ich den Briefbehälter versiegelt habe. Unternehme mit diesem Wissen, was Du für richtig hältst. Der Senat muß handeln. Lang lebe Rom.

»Der arme Junge«, sagte Julia, als ich zu Ende gelesen hatte.

»Ja«, stimmte ich ihr zu, »der einzige Vorwurf, den man ihm machen kann, ist, daß er schlechte Gesellschaft und einen erbärmlichen Prosastil gepflegt hat. Aber er hat mir genau das geliefert, was ich brauche.«

»Was willst du damit anfangen?« fragte sie.

»Hiermit«, sagte ich, den Brief hochhaltend, »kann ich sie alle stürzen. Zunächst werde ich sie lächerlich machen, wie es unzweifelhaft auch in Clodius' Absicht lag, als er diesen bizarren Plan ausgeheckt hat. Kannst du dir das vorstellen? Der große Eroberer, der reichste Mann der Welt und der Pontifex maximus höchstpersönlich schleichen als Frauen verkleidet durch die Stadt! Den Spott werden sie nie überleben! Aber noch wichtiger ist die Tatsache, daß Pompeius dabei war.«

»Was soll das heißen?« fragte sie.

»Er hat die Stadt betreten, das Pomerium überschritten. Damit hat er sein Imperium niedergelegt und sein Recht verwirkt, einen Triumph zu feiern!«

»Das verstehe ich nicht«, sagte Julia. »Der Senat hatte ihm doch die Erlaubnis für seinen Triumph bereits erteilt.«

»Das ist ohne Belang. Sie hätten ihm die Erlaubnis auch schon vor einem Jahr erteilen können, als er sich noch im Orient aufhielt. Kein Römer mit Imperium darf die Stadt betreten, es sei denn als Triumphator am Tag seines Triumphs. Diese Erniedrigung wird er nicht ertragen.«

»Ich glaube es nicht!« sagte Julia aufspringend. »Gaius Julius ist kein Verräter und würde sich nie auf eine derart verabscheuungswürdige Verschwörung einlassen!«

»Julia«, sagte ich und hielt ihr die Rolle unter die Nase, »glaubst du wirklich, daß sich der Junge das alles ausgedacht hat?«

»Nein, natürlich nicht«, sagte sie zögernd. »Aber Clodius vielleicht. Wir wissen alle, was für ein Schurke er ist. Pompeius und Crassus jederzeit, aber Clodius hat Caesars Namen vielleicht dazuerfunden, um die Intrige größer klingen zu lassen, als sie ist.«

»Julia, ich *weiß*, daß Caesar an jenem Abend nicht in Celers Haus war, und ganz Rom weiß, daß Clodius in Caesars Haus entdeckt wurde. Er war da.«

Sie rang ihre Hände auf der verzweifelten Suche nach einer Möglichkeit, ihren Onkel vom Vorwurf des Verrats reinzuwaschen. »Aber selbst Clodius hat gesagt, daß er die beiden anderen eindringlich ermahnt hat, nichts zu unternehmen, während er aus Rom fort ist. Vielleicht wollte er sie nur davon abhalten, zivilen Unfrieden zu stiften.«

»Vielleicht hast du recht«, sagte ich, wohlwissend, daß dem nicht so war. Denn mir war bei der Lektüre des Briefes aufgegangen, daß jede Kleinigkeit des Planes Caesars Werk war. Nun gut, die Geschichte mit der weiblichen Verkleidung war vielleicht Clodius' Idee gewesen, es war die Art Tolldreistigkeit, die ihm gefallen würde, aber der Rest roch nach Caesar. Pompeius, den mächtigsten der drei, dazu zu bringen, vor seinem Triumph das Pomerium zu überschreiten, lieferte ihn seinen beiden Mitverschwörern aus. Das war eine Finesse Marke Caesar. Und Crassus dazu zu bewegen, eine Bürgschaft für seine Schulden zu hinterlegen, löste eine Reihe seiner privaten Probleme auf einen Streich.

Vor allem aber hatte Caesar die beiden mächtigsten Männer der Welt an sich gebunden, sein Schuldenproblem gelöst, dafür gesorgt, daß Rom während seiner Abwesenheit ruhig bleiben würde, sich für seine Rückkehr ein Konsulat sowie die anschließende Statthalterschaft über eine reiche Provinz und dazu noch die Patronage der beiden anderen für seinen Lakaien Clodius gesichert, ohne selbst auch nur *irgend etwas* dazu beizutragen. Das war ein weiteres mir vertrautes Talent Caesars. Er konnte Menschen überreden, ihm zu geben, was er wollte, und ihnen gleichzeitig das Gefühl vermitteln, er täte ihnen einen Gefallen. Es hatte den Anschein, als verlangte er jetzt die ganze Welt, nur weil er Caesar war.

Denn ich hegte keinen Zweifel über die Bedeutung all dessen. Diese drei Männer (Clodius und Faustus zählten nicht) hatten sich verschwörerisch getroffen, um die Welt unter sich aufzuteilen. Und über sturen und zu groß gewordenen jugendlichen Schlägern wie Pompeius und Crassus würde Caesar regieren wie ein alles überstrahlender Gott. Caesar war ein Schauspieler, und das war die ultimative Rolle für einen Schauspieler. Wenn der Senat dies zulassen würde, verdiente er jedes Schicksal, das ihn möglicherweise ereilte.

»Ich werde das öffentlich machen«, gelobte ich. »Ich werde

dies vor den Senat und das Volk bringen, und ich werde sie stürzen.«

»Verzeihung, Herr«, sagte Hermes, »aber glaubst du ernsthaft, so lange zu leben?«

XIII

Die Zeit bis zum Einbruch der Dunkelheit verstrich unendlich langsam. Etliche Male ging ich aufs Dach und robbte bis zur Brüstung, um einen Blick zu riskieren. Die menschenleeren Straßen vor meiner Tür machten es leicht, lauernde Schatten zu entdekken. Mindestens zwei waren jedesmal sichtbar: Männer in langen, braunen etruskischen Roben mit spitzen Bärten.

»Sie sind noch immer draußen«, verkündete ich nach meinem letzten Erkundungsgang. »Aber die Leute kommen jetzt nach und nach von den Festivitäten heim. Bald werden die Straßen düster und überfüllt sein, dann kann ich etwas unternehmen. Hermes, ich möchte, daß du zu Milos Haus gehst.«

»Durch diese Straßen?« kreischte er.

»Natürlich nicht. Welcher römische Junge braucht schon Straßen, wenn es intakte Dächer gibt? Wenn du deine Route sorgfältig wählst, kannst du von hier bis zu Milos Haus gelangen, ohne deinen Fuß auf die Erde zu setzen. Es gibt keine drei Straßen in Rom, die so breit wären, daß man sie nicht mit einem Satz überspringen kann. Ich möchte, daß du Milo sagst, daß ich kräftige Leibwächter brauche, die mich durch die Stadt und die Dame Julia nach Hause eskortieren. Es handelt sich um eine überaus ernste Angelegenheit, bewaffnete Mörder sind hinter uns her. Und jetzt ab mit dir.« Blaß stieg er die Treppe hinauf, um meiner Bitte nachzukommen. Für einen miesen Leichenfledderer von einem Sklaven war er eigentlich ein ganz vielversprechender Bursche.

Julia saß kopfschüttelnd da, ein Bild tiefer Niedergeschlagenheit. Es machte mich traurig, sie so zu sehen, aber meine Pflicht gegenüber Senat und Volk wogen mehr als ihre Loyalität gegenüber ihrem Onkel.

»Nun sei doch nicht so verzweifelt, Julia«, sagte ich. »Wie ich Gaius Julius kenne, wird er sich da schon irgendwie rauswinden, wie immer. Es ist Pompeius' Fell, das ich an die Pforte der Curia nageln will.«

»Und was ist mit Crassus?« fragte sie tonlos.

»Er wird sich seine Geschworenen kaufen. Du darfst nicht vergessen, daß sie bisher noch nichts Gravierendes *getan* haben. Die Gesetze wegen Verschwörung sind Gummiparagraphen. Nur Cicero wäre in der Lage, eine wirklich hieb- und stichfeste Anklage gegen sie zu erheben, und das wird er nicht wagen, da ihm wegen seiner Behandlung der Catilina-Verschwörer das Exil droht.

Nein, was Caesar und Crassus angeht, kann ich bestenfalls hoffen, sie in der Öffentlichkeit lächerlich zu machen. Die Vorstellung, daß sie sich in Frauenkleidern getroffen haben, wird die Fantasie der Menschen reizen wie nichts zuvor in der Geschichte. Die Komödienschreiber werden diese Szene auf Jahre hinaus auf sämtliche italischen Bühnen bringen. Aber Pompeius hat versucht, mich vergiften zu lassen, und ihn will ich zur Strecke bringen.«

»Von seiner Verschwörung gegen den Staat ganz zu schweigen«, sagte sie trocken.

Ich zuckte die Schultern. »Er hat keine Chance. Aus irgendeinem Grund hat er die Gelegenheit, sich mit Waffengewalt zum

Diktator zu machen, verstreichen lassen, was er vor weniger als einem Jahr noch mit Leichtigkeit hätte tun können. Jetzt will er in der großen Politik mitspielen, und ich muß Cicero recht geben: Er ist politisch zu dumm und unerfahren, um auf diese Art etwas zu erreichen. Wenn er die Geschichte überhaupt überlebt, dann nur mit Caesars Erfahrung und Crassus' Reichtum. Ohne seine Armee bringt er ja nicht einmal einen einzigen kleinen Mordanschlag zuwege.«

»Und worauf führst du dein außergewöhnliches Glück zurück?« fragte sie.

»Verschwörer machen sich ungern selbst die Hände schmutzig, sondern vertrauen die Drecksarbeit meist ihren Untergebenen an. Unwürdige oder unfähige Untergebene können praktisch jede Verschwörung ruinieren. Pompeius wollte mich aus dem Weg haben, weil er wußte, daß ich der einzige Mann in Rom bin, der die Machenschaften ihrer Dreierbande enthüllen könnte. Er wollte den Anschein eines natürlichen Todes erwekken, also entschied er sich für Gift. Er betraute Clodius mit dem Job, doch da ein Giftmord in puncto Ruchlosigkeit gleich hinter Brandstiftung rangiert, gab der den Auftrag an Nero weiter. Und weil das kein Job für einen Amateur war, hat Nero ihn vermasselt.

Als Clodius nach seinem Frevel wieder zu Sinnen kam, wußte er, daß Nero versuchen würde, mich zu warnen, also schickte er seine etruskischen Killer los, mein Haus im Auge zu behalten. Als Nero auftauchte, töteten sie ihn.«

»Warum haben sie den Behälter mit dem Brief nicht gefunden?« fragte Julia.

»Es ist wieder dasselbe Problem, unfähige Untergebene. Clodius ist wie die anderen ein Verschwörer mit langjähriger Erfahrung. Solche Männer wissen, daß es die oberste Regel jeder Intrige ist, nichts Schriftliches zu hinterlassen. Die Idee, daß der kleine Idiot einen Brief deponieren könnte, anstatt die Nachricht persönlich zu überbringen, ist ihm nie gekommen. Er hat seinen gedungenen Mördern bloß aufgetragen, den Jungen umzubringen, nicht jedoch, ihn auf belastende Dokumente zu durchsuchen.«

»Und die Kräuterfrau?«

»Ein paar Spuren verwischen. Sie wußte von dem Gift; sie wußte, daß man ihr Gewand ausgeliehen hatte, damit irgend jemand an den Mysterien teilnehmen konnte. Als es dann eine Ermittlung gab, war das bereits zuviel, also wurde sie eliminiert.«

Julia schauderte. »Was für brutale Zeitgenossen.«

»Ich kann dir versichern, daß das gemessen an den Maßstäben dieser Männer geringfügige Unartigkeiten sind. Normalerweise entvölkern sie ganze Länder, um ihre Ziele durchzusetzen. Nicht daß ich etwas dagegen hätte, den Barbaren hin und wieder eins auf die Mütze zu geben, wenn das römische Wohl es verlangt; aber es ist falsch, gegen ein Volk einen Krieg anzuzetteln, nur damit jemand seinen Karriereschub bekommt.«

Während ich sprach, hatte ich meine Waffen begutachtet. Mein Gladius war die Standardgröße der Legion, ein bißchen groß, um es versteckt zu tragen, aber mit solchen Feinheiten hielt ich mich längst nicht mehr auf. Ich vergewisserte mich, daß man mit seiner Klinge noch immer einen Strohhalm spalten konnte, und legte es dann mit einem Gürtel an. Ich verstaute meinen Dolch am gewohnten Platz und versteckte diesmal für alle Fälle beide Caesti anstatt wie sonst nur einen unter meinem Gewand.

»Halt dich vom Fluß fern«, warnte mich Julia. »Wenn du reinfallen solltest, wirst du mit Sicherheit untergehen, bei all dem Metall, das du mit dir herumträgst.«

»Deine Sorge ehrt mich«, sagte ich.

»Ich möchte dich daran erinnern«, sagte Julia, während sich auf ihren Wangen ungemein bezaubernde, rote Flecken zeigten, »daß ich mit der erklärten Absicht hierher gekommen bin, dich unter nicht unerheblicher Gefährdung meiner eigenen Person zu warnen, weil dein Leben in Gefahr ist. Wie ich hinzufügen könnte, ist es meinem Ruf bestimmt nicht förderlich, ohne Begleitung zum Haus eines unverheirateten Mannes zu kommen und, unter den Augen von Spionen, dort weiß der Kuckuck wie lange zu bleiben. Sollte ich je lebend in das Haus meines Onkels zurückkehren, wird mich meine Großmutter zähneknirschend erwarten. Sie wird zweifelsohne meine Auspeitschung befehlen, und glaub mir, *sie* weiß, wo die Familienpeitsche aufbewahrt wird. Danach wird man mich auf eine dieser öden ägäischen Inseln verbannen, wo ich büßen muß für die Schande, die ich über den Namen der Familie gebracht habe.«

»Oh. Es tut mir wirklich leid, und ich kann meiner Dankbarkeit auch nicht in angemessener Form Ausdruck verleihen, aber ich werde ganz bestimmt alles mit deinem Vater klären...« Diese Frau brachte mich ins Stottern.

»Mein *Vater*?« kreischte sie jetzt beinahe. »Du willst mit meinem Vater reden? Es würde mich erstaunen, solltest du an der nächsten Straßenecke noch einen Atemzug tun!«

Ich wußte, daß sie in Tränen ausbrechen würde.

»Oh, keine Angst. Mit ein paar von Milos Gorillas im Rücken, mache ich mir um ein paar verabscheuungswürdige Etrusker mit Dolchen und Hämmern keine Sorge.«

»Du Idiot!« rief sie und klang ähnlich wie mein Vater. »Clodius weiß auch, daß Milo dein Freund ist. Er wird seine ganze Bande auf dich ansetzen. Wenn es sein muß, besorgt er sich Verstärkung von Pompeius! Du bist verloren, und ich bin es auch!« Und dann fing sie wirklich an zu weinen.

»Bitte, versuch das Ganze doch nicht so emotional zu sehen«, bat ich sie. Sie fiel mir schluchzend in die Arme. Über das Folgende werde ich den Schleier wohlerzogener Anständigkeit legen und lediglich feststellen, daß es uns an Gelegenheit mangelte, etwas wirklich Ernsthaftes anzufangen.

»Herr«, sagte Cato wenig später. »Dein Freund ist hier.«

Wir gingen hinaus und fanden das Atrium völlig überfüllt vor. Milo war da, groß wie ein Haus, und mit ihm zwanzig weitere Männer, die genauso kräftig waren wie er, nur viel, viel häßlicher. Ich stellte ihm Julia vor, und er musterte sie mit gewohnter Unverfrorenheit.

»Was Frauen angeht, habe ich bisher nie viel von deinem Geschmack gehalten, Decius«, sagte er. »Ich bin froh zu sehen, daß du mit dem Alter Fortschritte machst.« Julia versteifte sich, aber er lächelte sein breites, ansteckendes Lächeln, und Julia lächelte schließlich mit. Niemand konnte Milo widerstehen, wenn er seinen Charme spielen ließ.

»Komm mit, Titus«, sagte ich. »Wir müssen uns unterhalten.«

Ich führte ihn in mein Arbeitszimmer und gab ihm eine knappe Darstellung der Ereignisse und meiner neuesten Erkenntnisse. Er hörte absolut konzentriert zu und las sich Neros Brief durch, als ich darauf zu sprechen kam. Er beherrschte diesen Trick, zu lesen, ohne die Worte laut auszusprechen, etwas, das mir nie gelungen ist. Als er fertig war, gab er mir den Brief zurück und lächelte erneut.

»Siehst du? Ich hab dir gleich gesagt, daß sie nichts damit zu tun hat.«

»Und ich freue mich mit dir, daß die Dame Fausta keines Vergehens schuldig ist. Aber es gibt da noch immer die Belanglosigkeit eines kleinen Hochverrats.«

»Ach das. Darum soll sich der Senat selbst kümmern. Aber

dies könnte eine gute Gelegenheit sein, Clodius endgültig loszuwerden.«

»Glaub mir, ich werde dir nicht im Weg stehen. Ich muß nur zwei Dinge erreichen: Julia sicher zu Caesars Haus zurückbringen und meine Erkenntnisse dem Senat präsentieren.«

»Der Senat existiert als Körperschaft nur, wenn eine offizielle Sitzung anberaumt wird«, bemerkte er. »Die übrige Zeit gibt es ungefähr fünfhundert über ganz Rom und das Imperium verteilte Senatoren. Bis zur Beendigung des Triumphs wird mit Sicherheit keine Sitzung einberufen werden.«

»Das ist wahr«, sagte ich. »Aber morgen abend nach dem großen Triumphzug wird für den kompletten Senat ein Bankett im Tempel des Jupiter Capitolinus gegeben. Ich werde mich vor allen Anwesenden erheben und den Fall vortragen. Ich möchte sehen, wie Pompeius direkt vor dem Standbild des Jupiters all seiner triumphalen Insignien entledigt und entehrt wird!«

Er schüttelte voller Verwunderung seinen Kopf. »Decius, wenn dir das mit einem Haufen Gerede und dem nicht unter zeichneten Brief eines völlig unbekannten Jungen gelingt, wirst du der größte Römer sein, der je gelebt hat. Aber ich werde dich unterstützen, egal was du vorhast.«

»Mehr verlange ich nicht«, sagte ich.

»Womit fangen wir an?« fragte er.

»Wir bringen Julia nach Hause.«

Wohl nur selten ist eine patrizische Dame so nach Hause geleitet worden, wie Julia an jenem Abend. Sie und ich schlenderten Hand in Hand durch Roms übelst beleumundete Gassen. Der Mond schien hell, während die Römer den Triumph feierten, und von überall drangen festliche Klänge an unser Ohr. Man hörte aber auch andere Geräusche. Wir waren dicht umringt von einer Horde von Milos Schlägern, und von den Rändern konnte man hin und wieder abgewürgte Schreie, Schläge, das Geräusch von Metall gegen Metall und das unverkennbare, wie brechendes Holz klingende Knacken vernehmen, wenn Milos bronzeartige Handflächen Ohrfeigen verteilten. Manchmal war das Pflaster unter unseren Füßen ein wenig rutschig, aber wir schafften es bis zum Forum und dem Haus des Pontifex maximus.

Ich erklärte dem Janitor, er solle seinen Herrn holen, und er verschwand. Es war jedoch nicht Gaius Julius Caesar, der erschien. Es war seine Mutter. Sie starrte zunächst Julia, dann die Männer in ihrer Begleitung erstaunt an. Milo und ich zählten noch zu den vorzeigbaren jungen Männern Roms, was man dagegen von seinen verwegen aussehenden Gefolgsleuten nicht unbedingt behaupten konnte.

»Mein Sohn, der ehrwürdige Pontifex maximus, ist im Tempel des Jupiter Capitolinus, wo er die triumphalen Zeremonien vorbereitet. Ich bin seine Mutter.«

Ich verbeugte mich. »Ganz Rom kennt die erhabene patrizische Matrone Aurelia.«

»Ich kenne dich nicht, aber dem Aussehen nach stammst du aus dem Gens Caecilia. Da du von vornehmer Geburt und Senator bist, werde ich dir Gelegenheit bieten zu erklären, wie es kommt, daß du dich in Gesellschaft meiner Enkelin aufhältst, die seit dem Vormittag in diesem Haus vermißt wird.«

»Die Dame war mir bei gewissen Diensten zum Wohle der Republik behilflich, die sie ohne ihre Schuld aufgehalten haben. Wie du siehst, habe ich mich bemüht, für eine angemessene Eskorte zu sorgen.« Milos Schläger grinsten und nickten, ein Anblick, der selbst Dämonen das Fürchten gelehrt hätte. »Bitte teile Gaius Julius mit, daß diese Angelegenheit nicht nur seine erhabene Person, sondern auch den glorreichen Pompeius und den wohlhabenden Crassus betrifft. Ich bin sicher, er wird dir mitteilen, daß die heutigen Aktivitäten seiner Nichte absolut korrekt sind.«

Sie nickte andeutungsweise. »Nun gut. Ich werde keine Maßnahmen gegen Julia ergreifen, bis ich mit meinen beiden Söhnen gesprochen habe. Wenn sie in irgendeiner Form kompromittiert worden sein sollte, werde ich entsprechende Schritte einleiten, damit die Censoren dich wegen moralischer Verderbtheit aus dem Senat ausschließen.« Sie nickte Julia zu, die mit einem kurzen Seitenblick auf mich im Haus verschwand.

»Ich glaube, wir haben sonst nichts weiter zu besprechen, Senator«, sagte sie und stolzierte ebenfalls nach drinnen.

»Los, komm, Decius«, sagte Milo. »Der Rückweg wird nicht so problemlos sein. Wahrscheinlich haben sie inzwischen Verstärkung angefordert. Kommt mit zu mir. Mein Haus ist näher.«

Als wir das Forum überquerten, sagte jemand hinter uns: »Muß Caesars Nichte auch über jeden Verdacht erhaben sein?« Darauf erhob sich lautes Gelächter, bis wir von einer Horde angegriffen wurden, die praktisch jede bekannte Waffe sowie einige Fackeln mit sich führte. Ein Etrusker, der nur aus Augen, Zähnen und einem Spitzbart zu bestehen schien, kam auf mich zu, in der einen Hand ein Messer, in der anderen einen Hammer. Es gab mir ein Gefühl größter Befriedigung, ihn mit meinem Schwert niederzustrecken. Diese Dolch-und-Hammer-Technik eignet sich nur für unvorbereitete Opfer. Ich hob den zu Boden gefallenen Hammer auf und verstaute ihn unter meiner Tunika.

»Der ist für Capito«, sagte ich zu Milo. »Ich will zwei weitere für Nero und Purpurea.«

»Sie waren doch keine Freunde von dir«, sagte er grinsend.

»Aber es waren Römer, und Ausländern sollte es verboten sein, Römer zu töten. Ich nehme es Pompeius sehr übel, daß er seine Barbaren solcherart eingesetzt hat.«

Unter leichten eigenen Verlusten gelangten wir zu Milos Haus. Nachdem die massive Tür hinter uns verriegelt war, schickte Milo nach Essen und Verbandszeug und postierte Wachen auf dem Dach. Jetzt, wo die Aufregung vorbei war, begann mein Körper an tausend Stellen gleichzeitig zu schmerzen. Sorgenvoll öffnete ich meine Tunika und untersuchte meine Wunde. Asklepiodes' Naht war so perfekt, daß nicht ein einziger Stich aufgeplatzt und lediglich am Wundrand etwas Blut ausgetreten war.

»Decius«, sagte Milo, »iß etwas, trink einen Schluck Wein und schlafe ein wenig. Ich weiß nicht, wie du selbst mit meiner Hilfe den morgigen Tag überleben willst. Ich kann viel von meinen Leuten fordern, aber nicht einmal ich kann verlangen, daß freie Männer einen Triumph verpassen, nur um die Haut des verrücktesten Senators von Rom zu retten.«

Diese Formulierung kam mir merkwürdig vor, aber ich sollte in späteren Gesprächen mit Milos Männern erfahren, daß ich tatsächlich im Begriff war, mir den Ruf einer gewissen Exzentrizität zuzulegen. Sie hielten mich für eine Art Maskottchen, ähnlich wie Soldaten in fremden Teilen der Erde irgendein exotisches Tier adoptieren und ihm fälschlicherweise allerlei glücksbringende Gaben zuschreiben. Daß dieser gemeine Abschaum einen römischen Senator so betrachten konnte, kam mir recht anmaßend vor, aber es war stets ratsam, sich mit solchen Gestalten gut zu stellen.

Ich tat, wie Milo mir geraten hatte. Ich aß gut, trank nur ein wenig Wein, begab mich dann in eines seiner Gästezimmer und schlief fantastisch. Ich könnte wetten, daß ich in jener Nacht besser geschlafen habe als Pompeius, Caesar, Crassus oder Clodius.

XIV

Es war ein wunderschöner Morgen. Kurz vor Sonnenaufgang stand ich auf und stieg aufs Dach, um zu sehen, wie die ersten Strahlen auf die vergoldeten Dächer des Capitols fielen. Da ich annahm, diesen Anblick zum letzten Mal genießen zu können, tat ich es mit ungewöhnlichem Genuß. Der verzweifelte Aktionismus der letzten Tage fiel von mir ab. Ich wußte genau, was ich zu tun hatte; ich hatte meinen Frieden gefunden.

Damit will ich nicht sagen, daß ich nicht aufgeregt war. Es würde ein ereignisreicher Tag werden, egal wie er ausging. Ich sprach mit den Wachen, und sie sagten, daß Clodius' Männer noch etliche Stunden um das Haus herum gewartet hätten, dann aber abgezogen seien. Sie meinten auch, unter den Feinden eine ganze Reihe unbekannter Gesichter gesehen zu haben. Pompeius' Verstärkung, dachte ich.

Zwischen den Wassereimern standen in regelmäßigen Abständen Tonnen mit faustgroßen Steinen. Es gab kein städtisches Gesetz, das den Besitz von Steinen verbot, aber es gab, von einem Dach geworfen, auch nur wenig wirksamere Geschosse. Die Wachen prahlten damit, einigen der Belagerer ernsthafte Kopfschmerzen bereitet zu haben.

Milo kam aufs Dach, aktiv und hellwach wie immer. Der Mann schlief offenbar nie.

»Was hast du geplant?« fragte er. »Bald wird sich der Triumphzug formieren.«

»Als Senator«, sagte ich, »sollte ich daran teilnehmen, also müssen wir zunächst zum Circus Flaminius gelangen. Bring mich nur sicher dorthin, den Rest mache ich schon.«

Er starrte mich ungläubig an. »Du hast ernsthaft vor, bei Pompeius' Triumphzug mitzumarschieren?«

»Als Senator halte ich es für meine Pflicht«, versicherte ich.

Er lehnte sich zurück und brüllte vor Lachen. »Du magst ja ein Narr sein, Decius, aber du hast Stil. Also, auf zum Circus.«

Hermes hatte meine Toga für offizielle Anlässe zu Milos Haus gebracht, damit ich angemessen gewandet auftreten konnte. Bei aller Unbequemlichkeit war das Kleidungsstück doch so wallend, daß ich meine Waffen problemlos darunter verbergen konnte.

»Ich frage mich, ob Pompeius dreist genug ist, dich während des Triumphzugs anzugreifen«, sinnierte Milo, als wir zum Campus Martius gingen.

»Mit ein bißchen Glück wird es noch eine Weile dauern, bis er erfährt, daß ich überhaupt hier bin«, sagte ich. »Der Senat und die Magistraten marschieren am Anfang des Zuges, zusammen mit den Göttern. Pompeius darf die Stadt nicht betreten, solange seine Soldaten nicht die gesamte Strecke zurückgelegt haben und die Stadttore hinter ihnen geschlossen worden sind. Was Clodius betrifft«, ich klopfte auf den Griff meines Schwertes, um mir selbst Mut zu machen, »müssen wir einfach abwarten, zu welchen Unbedachtsamkeiten er sich hinreißen läßt.«

Ganz Rom strömte auf die Straßen, um einen guten Platz für den Triumphzug zu ergattern. Die meisten Menschen würden sich in den beiden großen Circussen drängeln, aber von einem Fenster oder Dach entlang der Strecke hatte man einen viel besseren Blick. Manche hatten die letzten zwei oder drei Nächte auf besonders günstig gelegenen Dächern entlang der Via Sacra campiert, und Hausbesitzer hatten die besten Fenster für beträchtliche Summen vermietet. Das römische Bedürfnis, Ruhm zu begaffen, war schlicht unstillbar.

Beim Circus mußte ich die beruhigende Deckung durch Milo und seine Schläger verlassen. Circusbeamte, die Routine im Umgang mit großen Menschenmengen hatten, sorgten für Ordnung. In der Nähe des Tores, durch das die Wagen bei Rennen einfahren, wurde ich am Ende der Senatsprozession aufgestellt.

»Beim Jupiter!« sagte ein jüngerer Senator. »Es ist Decius! Ich kann gar nicht glauben, daß du dich öffentlich blicken läßt.«

»Die Pflicht ruft«, sagte ich. »Für nichts auf der Welt hätte ich auf meinen ersten Triumphzug verzichtet.«

»Bring uns nicht vor den Augen der Bürger zum Lachen, Metellus«, sagte ein anderer.

Auf der Spina wurde ein Schaf geopfert und seine Eingeweide untersucht. Niemand war überrascht, als die Priester verkündeten, daß die Götter der heutigen Feier des Triumphes wohlgesonnen waren. Ich habe nie gehört, daß sie zu einem solchen Anlaß nicht wohlgesonnen gewesen wären. Ich warf einen Blick zu den Priestern hinüber, aber es handelte sich nur um gewöhnliche etruskische Haruspices und nicht um jene abartigen Hammer-Spezialisten, die Pompeius in die Stadt mitgebracht hatte.

Mit einem Fanfarenstoß betraten wir die Arena, marschierten auf der einen Seite hoch, umrundeten die Spina und kamen auf der anderen Seite zurück. Die Leute applaudierten höflich, obwohl sie bestimmt nicht gekommen waren, den Senat zu sehen. Und so ging es weiter, die ganze Strecke des Triumphzuges entlang, zu guter Letzt die Via Sacra zum Forum und weiter den Capitol hinauf. Es war eine berauschende Erfahrung, obwohl ich mit den Gedanken die meiste Zeit woanders war.

Nach dem formellen Salut für das Standbild des Jupiter Capitolinus verteilten wir Senatoren uns, um einen guten Platz für die Hauptattraktion des Tages zu ergattern. Ich ging den Hügel hinab zum Forum und der Rostra, von wo aus man einen prächtigen Blick auf das Spektakel hatte. Und wo man gleichzeitig gesehen wurde.

Eine Hand packte meinen Arm, und ich griff nach meinem Schwert. Ich hatte nicht angenommen, auf dem Capitol angegriffen zu werden. Aber Männer sind schon wegen weniger törichter Annahmen gestorben.

»Zieh es, und ich laß dich zur Zwangsarbeit in den sizilianischen Schwefelminen verurteilen.«

»Aber, Gaius Julius, welche Ehre.« Er lächelte breit und nickte Passanten zu, die ihn begrüßten und ihm alles Gute wünschten. Ich lächelte ebenso herzlich. Wir waren zwei vornehme Römer, die an diesem großen Tag eines bedeutenden römischen Triumphs gemeinsam den Hügel hinabschlenderten.

»Pompeius will dich tot sehen, und bei allen Göttern, ich habe nie einen Mann gesehen, der so uneingeschränkt an seiner eigenen Ermordung mitgearbeitet hätte wie du! Wie hat eine Familie von stumpfsinnigen Trotteln wie die Meteller bloß ein Exemplar wie dich hervorgebracht?«

»Also wirklich, Gaius Julius, wir sind vielleicht ein bißchen konservativ, aber man wird kaum...«

»Halt die Klappe und hör zu!« zischte er. »Vielleicht, aber nur vielleicht, wirst du den heutigen Tag überleben, wenn du tust, was ich dir sage. Pompeius wird die nächsten paar Tage mit dem Triumph und den Spielen viel zu beschäftigt sein, um sich mit dir zu befassen. Clodius dürstet es nach deinem Blut, aber während der Feiern wird er seine Männer zu nichts bewegen können.«

»Gut«, sagte ich. »Nur Clodius und ich.«

»Venus, ehrwürdige Ahnherrin, erlöse mich von solchen Idioten!« rief Caesar, begleitet von einer gelungenen theatralischen Geste. »Er hat immer noch diese Etrusker, die Pompeius ihm geliehen hat, und die scheren sich nicht um römische Feiertage.«

»Von denen habe ich gestern abend einen erledigt«, sagte ich voller Befriedigung.

»Das macht alles nur noch schlimmer. Jetzt ist es für sie eine persönliche Sache, Decius. Ich werde mich während des Triumphzuges neben dich auf die Rostra stellen, vielleicht greifen sie dich dann nicht an. Aber wenn Pompeius den Capitol hinaufsteigt, muß ich dort sein, um die Opfer zu beaufsichtigen und das Bankett. Tu Rom einen Gefallen, und mach dich aus dem Staub. Komm in ein oder zwei Monaten zurück, wenn Pompeius sich wieder mit wirklichen Feinden herumzuschlagen hat.«

Inzwischen hatten wir die Rostra fast erreicht, und ein Unbeteiligter hätte denken müssen, daß wir auf das freundlichste miteinander plauderten.

»Ich weiß, was ihr vorhabt«, sagte ich. »Du und Pompeius und Crassus. Ich wäre gern dabeigewesen. Ihr drei in Frauenkleidern müßt ein Anblick von seltener Anmut gewesen sein.«

Ich hatte erwartet, daß ihm das peinlich sein würde. »Politische Zweckdienlichkeit und die hehre Vorstellung von der eigenen Würde lassen sich nicht immer in Einklang bringen. Aber selbst diese besondere Unwürdigkeit ist nicht zu verachten. Ruhmreiche Eroberungen im Ausland bedeuten meist, daß man monatelang auf einer von Ungeziefer zerfressenen Pritsche liegt, von oben bis unten besudelt mit eigenem Blut und Körperausscheidungen, und trotzdem kann es am Ende zu einem solchen Triumph führen.« Caesar grüßte die vorbeimarschierenden Soldaten, die die Standarten und Trophäen trugen. In diesem Moment wurde mir klar, daß die Männer, gegen die ich kämpfte, genausowenig Schamgefühl wie Gewissen hatten.

»Warum bist du so besorgt um mich, Gaius Julius?« fragte ich. »Warum versuchst du mich zu retten, wenn deine Freunde mich tot sehen wollen?«

Er sah mich ehrlich überrascht an. »Warum nennst du sie meine Freunde?«

»Dann eben deine Kohorten. Ich weiß, daß ihr unter euch die ganze Welt aufgeteilt habt und plant, die Verfassung und den Senat beiseite zu schieben, und ich habe vor, euch alle drei zugrunde zu richten!« Nüchtern hatte ich noch nie so unbedachte Reden geschwungen.

»Wie hast du das Ganze nur rausgekriegt?« fragte Caesar, freundlich lächelnd und offenbar ehrlich interessiert. Ich entschied, ihm nichts von Neros Brief zu erzählen, weil mich das weniger scharfsinnig aussehen lassen würde. Ich verfügte damals noch immer über die Eitelkeit eines jungen Mannes, und was vielleicht noch wichtiger war, ich hatte gelernt, daß es das beste war, seine eigenen Fähigkeiten mit einer geheimnisvollen Aura zu umgeben. Etwas, das Caesar längst wußte.

»Für einen logisch arbeitenden Verstand«, sagte ich, »für jemanden, dem es gegeben ist, klar zu sehen und die Dinge in der Tiefe zu durchdenken, lagen alle Beweise offen zutage.« Das klang ziemlich gut, fand ich.

»Du bist ein wirklich bemerkenswerter Mensch, Decius Caecilius«, sagte er. »Deswegen nehme ich auch solche Mühen auf mich, dich vor den Folgen deiner eigenen, selbstmörderischen Dummheit zu schützen. Ich habe in der Zukunft Verwendung für dich.«

»Was?« fragte ich ungläubig. »Nach heute abend *hast* du keine Zukunft mehr!«

»Schau!« sagte er. »Da kommen die wilden Tiere!«

Und so sahen wir uns den Triumphzug an: die Flöße, auf denen die Schätze getragen wurden, die angeketteten Gefangenen, die unglaubliche Kriegsbeute, die Pompeius in drei verschiedenen Feldzügen geraubt hatte. Und natürlich Pompeius selbst. In seiner Toga picta und mit der roten Schminke im Gesicht stand er da wie ein Denkmal.

»Dieses rote *Kleid* steht dir wunderbar!« rief ich, als er vorbeikam. Ich konnte nicht sagen, ob er unter der roten Schminke tatsächlich rot wurde. Ich bezweifelte sogar, daß er oder sonst jemand mich in dem Getöse überhaupt gehört hatte.

Als sich die Menge auflöste, bemerkte ich, daß Caesar verschwunden war. Der Gedanke, jetzt ganz auf mich gestellt zu sein, streifte mich wie ein kühler Schauer. Ich sah, daß die anderen Senatoren sich auf den Weg den Capitol hinauf zum Bankett machten. Auch ich schlug diese Richtung ein. Es war an der Zeit, sich den drei Möchtegern-Tyrannen vor dem versammelten Senat entgegenzustellen und sie zu Fall zu bringen. Außerdem hatte ich Hunger.

Die Dunkelheit fiel schnell. Ich war vielleicht auf halber Strecke den Hügel hinauf, als ich den ersten Etrusker entdeckte. Er lauerte in einer Nische zwischen zwei Gebäuden, und die letzten Strahlen der untergehenden Sonne spiegelten sich in seinem bronzenen Hammer und seinem stählernen Dolch. Einer war kein Problem. Ich warf einen Blick zur anderen Straßenseite und entdeckte zwei weitere. Dahinter bemerkte ich eine kleinere Schar Römer, wahrscheinlich Anhänger von Clodius, die sich für ein paar Minuten von den Feierlichkeiten verabschiedet hatten, um einen Feind zu erledigen. Ich warf einen Blick zum Tempel hinauf, der auf einmal unheimlich weit weg schien. Ich hatte bereits jede Menge Ärger mit römischen Gerichten, und auch die Götter schienen mich verlassen zu haben, also zog ich mein Schwert.

»Noch zwei!« rief ich. »Ich will noch zwei von euch spitzbärtigen tuscischen Sklaven, die für das Blut zweier Römer bezahlen. Der eine, den ich gestern abend erwischt habe, reicht mir nicht!« Ich hatte kaum zu Ende gesprochen, als ich bekam, wonach ich verlangt hatte. Mit Geheul griffen die Etrusker an. Sogar in der Hektik des Augenblicks fiel mir auf, daß die übrigen nicht die gleiche Begeisterung an den Tag legten. Ich hätte gerne geglaubt, daß mein heroisches Wesen ihnen Ehrfurcht einflößte, aber wahrscheinlich hielten sie es für unwürdig, irgendwelchen miesen Ausländern bei der Ermordung eines römischen Senators zur Hand zu gehen.

Einer kam, seinen Hammer schwingend, auf mich zu. Ich wich dem Schlag aus und durchbohrte ihn mit meinem Schwert. Dann stürzte ich mich auf den nächsten, bevor er begriff, daß ich in die Offensive gegangen war. Mit feinem Sinn für Ironie durchbohrte ich seine Kehle mit einem Gladius, genau wie es mir mein Fechtlehrer in dem alten Statilischen Ludus vor Jahren beigebracht hatte. Ich wünschte nur, ich hätte einen Hammer bei mir gehabt, um ihm damit einen Schlag zwischen die Augen zu verpassen.

Jetzt näherten sich auch die übrigen. Ich hatte meine zwei, Rom war gerächt. Ich drehte mich um und floh den Hügel hinab, wobei links und rechts vor mir Passanten aus dem Weg spritzten. Die Meute auf meinen Fersen verursachte weiteres Entsetzen. Das Gedränge der feiernden Bürgerschaft wurde zu dicht, um weiter voranzukommen, also wandte ich mich um, um meinen Verfolgern ins Auge zu sehen. Im selben Moment krachte ein großes, schweres Etwas gegen mich und schob mich durch einen dichten Haufen Efeu-bekränzter Feiernder in eine Gasse, eine Treppe hinab und durch eine niedrige Tür.

»Um dich am Leben zu erhalten, müßte eine ganze Legion rund um die Uhr Wache schieben«, sagte Titus Milo. Leute blickten von ihren Tischen auf. Ich lächelte sie an und steckte mein Schwert zurück in die Scheide. Sie widmeten sich wieder ihrem Essen und ihrem Wein.

»Ich muß zum Tempel«, sagte ich.

»Das geht nicht. Jedenfalls fürs erste nicht. Laß uns hier warten, bis sich die Dinge ein wenig beruhigt haben. Ich glaube nicht, daß sie gesehen haben, wohin wir verschwunden sind.«

»Gute Idee«, sagte ich. Die Taverne war eine von Hunderten in der Stadt. Strenggenommen war es verboten, nach Sonnenuntergang geöffnet zu haben, aber heute war ein Feiertag, und außerdem kümmerte sich ohnehin niemand um das Gesetz. Wir fanden einen Tisch und machten uns wenig später über geröstete Ente mit Früchten und Weißbrot her, die wir mit einem harzigen, hiesigen Wein hinunterspülten. Ich berichtete Milo von dem seltsamen Zwischenspiel mit Caesar.

»Das ist ein ganz Merkwürdiger, dieser Caesar«, sagte er. »Aber er ist wie eines dieser Pferde im Circus, die plötzlich aus dem Nichts auftauchen und das Rennen gewinnen, während du dein ganzes Geld auf die Favoriten gesetzt hast.«

»Ich glaube, du hast recht«, sagte ich und nahm mir eine Handvoll Feigen. »Bis jetzt habe ich ihn immer als posierenden Hanswurst abgetan. Wie jeder. Aber er steckt hinter der ganzen Sache.«

»Hinter welcher Sache?« fragte Milo alarmiert.

Ich analysierte ihm Neros Brief auf meine Weise. »Clodius glaubt, das Ganze sei sein Verdienst, und Pompeius und Crassus halten sich zweifelsohne jeweils für das dominante Mitglied dieses – dieses Triumvirats, aber in Wirklichkeit ist es Caesar, der die Zügel in der Hand hält.« Dieses Bild aus der Welt des Wagenrennens schien mir die beste Art, Caesars Position in dem Arrangement zu beschreiben.

Milo lehnte sich zurück, und ich konnte die kleinen Rädchen in seinem Kopf förmlich rotieren sehen, während er diese Information auf ihren politischen Gehalt untersuchte.

»Vielleicht hat seine Nichte recht«, sagte Milo schließlich. »Vielleicht versucht er tatsächlich, dafür zu sorgen, daß die beiden anderen während seiner Abwesenheit Frieden halten.«

»Das ist sicher Teil seines Kalküls. Aber wenn er zurück ist, werden die drei sich an die Kehle gehen. Drei solche Männer können nicht lange friedlich als Kollegen zusammenarbeiten: ein General, ein Finanzier und ein... was immer Caesar auch sein mag.«

»Ein Politiker«, sagte Milo. Es war ein neues Wort. Ich glaube, Milo hat es erfunden. »Er ist ein Mann, dessen einzige Qualifikation seine Fähigkeit ist, Leute zu manipulieren. Wie du richtig bemerkt hast, bringt er außer einem erdrückenden Schuldenberg und mangelnder militärischer Erfahrung bei dem Handel nichts ein. Aber das macht nichts. Er benutzt das System selbst, um Bedeutung zu erlangen.«

»Er unterschätzt den Senat«, sagte ich.

»Wirklich?« Milos offene, aber unaufdringliche Verachtung für die Weisheit und Macht des Senats erschütterte meinen Glauben daran mehr als alle anderen Erfahrungen der jüngsten Zeit.

Ich griff unter meine Tunika und zog den Briefbehälter hervor. »Wenn ich dies enthülle, werden sie entsprechende Maßnahmen ergreifen müssen. Zugegeben, der Senat ist lasch und korrupt geworden, aber sie können nicht zulassen, daß diese Männer nach der Macht greifen. Die Ambitionen Caesars, Pompeius' und Crassus' werden diese Schmach nicht überleben.«

»Hoffentlich«, sagte er.

Wir aßen eine Weile schweigend. »Wo wir gerade vom Senat reden«, sagte Milo, »wenn du wirklich dumm genug bist, dort hinaufzugehen und Pompeius entgegenzutreten, solltest du das besser tun, solange die Senatoren noch nüchtern genug sind, dir zu folgen.«

»Du hast recht«, sagte ich. »Es wird spät.«

Wir standen auf und gingen. Zu meiner Überraschung waren die Straßen noch immer völlig verstopft. Mit einigen Schwierigkeiten bahnten wir uns den Weg über das Forum und begannen den Aufstieg zum Capitol. Weiter oben flackerten grell die Fakkeln, und man konnte ein heiseres Geschrei vernehmen, das zumindest teilweise aus menschlichen Kehlen stammte.

»Was ist denn da los?« sagte ich. »Der Triumphzug muß doch schon vor Stunden beendet gewesen sein.« Ich hatte eine schreckliche Vorahnung, daß es eine überraschende Änderung gegeben hatte.

»Wir fragen jemanden«, sagte Milo gewohnt praktisch. Er packte einen Bürger am Arm und stellte die gebotene Frage.

»Pompeius kommt wieder zurück«, sagte der Mann. »Vor einer Stunde hat sich die Nachricht verbreitet, daß er etwas Außergewöhnliches plant!«

»Er hat das Bankett abgekürzt!« sagte ich. »Es hätte bis Mitternacht gehen sollen!«

Milo grinste. »Aber dann würden die meisten Bürger schon schlafen und könnten ihren Helden nicht mehr bewundern.«

»Ich muß da hoch!« rief ich. »Wenn ich es nicht bis zum Tempel schaffe, bevor die Senatoren aufbrechen, wird es Tage dauern, bis ich sie wieder alle zusammen habe!«

»Und soviel Zeit hast du nicht mehr«, sagte Milo. »Wollen mal sehen, was wir tun können.« Was Milo tun konnte, war bemerkenswert. Die Schultern voran, bahnte er sich einen Weg durch die dichtgedrängte Menge, als wäre sie gar nicht da, und ich hielt mich dicht hinter seinem breiten Rücken.

Fieberhaft dachte ich über die üblichen Ehrungen nach, die siegreichen Generälen zuteil wurden. Normalerweise gipfelte der Tag in einem Bankett auf dem Capitol, nach dessen Ende der

Triumphator, eskortiert vom Senat, der mit Fackeln den Weg ausleuchtete, den Hügel hinabstieg. Lucullus hatte das Bankett anläßlich seines Triumphes in seinem eigenen Garten gegeben, aber mir war nicht zu Ohren gekommen, daß Pompeius um Erlaubnis für eine Änderung im traditionellen Ablauf nachgesucht hätte. Pompeius fand offenkundig Gefallen an seinen kleinen Überraschungen.

Auf halber Strecke den Capitol hinauf hatten wir die Menschen hinter uns gelassen. Sie wurden von einer Horde Liktoren zurückgedrängt, die ihre Fasces schräg hielten wie Soldaten ihre Speere, wenn sie eine Menge in Schach halten.

»Ich muß zum Tempel!« rief ich ihnen zu.

»Du kannst passieren, Senator«, sagte ein Liktor, »aber dein Freund nicht.« Es gibt niemand Dienstbeflisseneren als einen Liktor, dem man ein bißchen Macht verliehen hat.

»Jetzt bist du auf dich allein gestellt«, sagte Milo fröhlich. »Versuche, nicht auf dumme Art und Weise zu sterben.«

Ich begann, den Hügel hinaufzustapfen. Dort oben schien ein emsiges Treiben zu herrschen. Unter meiner schweren Toga staute sich die Hitze, aber ich wagte nicht, sie abzuwerfen. Schwer bewaffnet vor den versammelten Senat zu treten, würde jede Menge Ärger nach sich ziehen. Ich blieb stehen, um Luft zu holen und den Schweiß aus meinem Gesicht zu wischen. Dann sah ich, was ich am meisten gefürchtet hatte. Eine doppelte Reihe von Fackeln kam auf mich zu. Ich fluchte heftig und nahm meinen Weg wieder auf, den Lichtern entgegen. Ich war so erregt, daß ich nicht erkannte, wie merkwürdig sie sich bewegten. Als ich mich ihnen näherte, zog ich den Briefbehälter aus meiner Tunika und hielt ihn hoch.

»Edle Senatoren!« brüllte ich. »Ich muß zu euch sprechen! Stehenbleiben! Gnaeus Pompeius hat kein Recht...« Dann hielt ich inne und starrte verdutzt. Nicht bekränzte Senatoren hatten die Fackeln gehalten. Sie wurden von mindestens fünfzig Elefanten getragen.

Pompeius hatte die Tiere auf dem Capitol versammelt, um wahrhaft stilvoll den Hügel hinabzukommen. Jeder Elefant hatte einen Mahauten, der breitbeinig auf seinem Rücken stand. Hinter jedem Mahauten war ein schloßartiges Holzpodest gebaut, in dem Knaben und Mädchen standen, die mit Körben voller Blumen und Schmuckstücke ausgestattet waren, um sie unter den Zuschauern zu verteilen.

Der Führer des ersten Elefanten zeigte mit seinem Stock auf mich und brabbelte irgend etwas. Beim Anblick dieses bizarren Spektakels blieb ich wie angewurzelt stehen, ungeachtet der Gefahr, jeden Moment zu Tode getrampelt zu werden.

»Metellus, ich wußte, daß du hier auftauchen würdest!« Aus meiner Trance gerissen, blickte ich auf und sah, daß das Podest des führenden Elefanten nicht mit Knaben und Mädchen besetzt war, sondern mit Clodius und seinen Schlägern. Er johlte wie ein Jäger, der ein Wild aufgespürt hatte, griff sich einen Wurfspeer und schleuderte ihn in meine Richtung. Ich sprang behende zur Seite, und die eiserne Spitze schlug auf dem Pflaster Funken.

Mit flatternder Toga fuhr ich herum und rannte den Hügel hinab. Mir kam es vor, als ob ich dieser Tage einen Gutteil meiner Zeit damit verbrachte, vor Clodius davonzulaufen, aber ein Elefant verschafft dem Gegner einen unfairen Vorteil.

Ein weiterer Wurfspeer verfehlte mich um einen guten Meter. Clodius war schon immer ein erbärmlicher Speerwerfer gewesen, und auch die schwankende Plattform und das schwache Licht trugen nicht zu seiner Treffsicherheit bei. Vor mir starrten mich die Menschenmassen an und zeigten auf mich und die Elefanten. Milos Gesicht konnte ich in der Menge nicht ausmachen.

Wie ein Schiff, das die feindlichen Linien durchbricht, bahnte ich mir einen Weg durch die Phalanx der Liktoren. Sie stolperten und versuchten, mir auszuweichen, während die Menge instinktiv zurückwich, um den Weg für die trompetenden und fackeltragenden Untiere freizugeben. Ein weiterer Wurfspeer verfehlte mich knapp, aber ich hörte einen Schrei, als er einen glücklosen Bürger durchbohrte.

Das Getöse wurde ohrenbetäubend; während die eine Hälfte des Mobs versuchte, den nahenden Tieren auszuweichen, drängte die andere vorwärts, um besser zu sehen. Es war wie im Circus, wenn eine Panik ausbricht und Hunderte von Menschen totgetrampelt werden. Ich drehte mich um und sah eines der gigantischen, grauen Viecher über der Menge thronen, während Clodius zu einem weiteren Wurf ausholte. Die jungen Leute auf den Elefanten hinter ihm winkten fröhlich und warfen ihre Blumen und Schmuckstücke ins Volk. Clodius verfehlte mich erneut.

In traumwandlerischer Manier schaffte ich es bis zum Forum. Die Menschenmenge und die Elefanten kamen dicht hinter mir auf den großen Platz, und trotz aller Anstrengungen der Mahauten löste sich die Formation der Tiere auf, und die einzelnen Elefanten begannen im allgemeinen Chaos auseinanderzulaufen. Menschen kreischten und lachten. Ganz Rom liebte derartige Spektakel. Überall flohen Menschen vor den riesigen Tieren, was völlig unnötig war, da Elefanten trotz ihres furchteinflößenden Anblicks gut aufpassen, wohin sie ihre Füße setzen, und selten mehr als einen gebrochenen Zeh zurücklassen. Kriegselefanten müssen extra dressiert werden, die Feinde niederzutrampeln, da es keineswegs ihr natürliches Verhalten ist. Es erübrigt sich zu sagen, daß dieses Wissen in den Straßen Roms nicht allzu verbreitet war.

Ein Elefant kam vorbei, und seine Passagiere ließen einen Gabenregen um sich herum niedergehen, der sich als beinahe so gefährlich wie Clodius' Wurfspeere erwies, da durchgesickert war, daß Pompeius an diesem Abend nicht nur kleine Schmuckstücke werfen ließ. Im Licht der Fackeln erkannte ich Goldmünzen, geschliffene Edelsteine und Parfümfläschchen zwischen den Blumen, und wo immer sie hinfielen, brachen heftige Keilereien aus.

Ich sah mich nach Clodius um und entdeckte ihn auf seinem kleinen Podest stehend und nach mir Ausschau haltend. Ich bemerkte, daß sein Tier eben im Begriff war, die Rostra zu passieren. Ich bahnte mir einen Weg bis zum Rand der Menge, rannte auf das alte Monument zu und stürzte die Treppe hoch. Dort warf ich meine Toga ab und überantwortete das teure Stück der unvermeidlichen Vergessenheit. Ich überquerte den Sockel und stieg auf einen der bronzenen Schiffsschnäbel, die die Marmorfront des Podestes zierten.

Als der Elefant vorbeigetrampelt kam, sprang ich, das blanke Schwert in einer, meinen Caestus in der anderen Hand, auf die schaukelnde Plattform. Entsetzt fuhren die Männer herum. Ich schmetterte meine mit Bronzedornen besetzte Linke in den erstbesten Kiefer, bevor ich einem weiteren Mann mein Schwert ins Gesicht hieb. Beide fielen schreiend fünf Meter tief auf das Pflaster. Jetzt waren nur noch Clodius und ich übrig.

Mit lautem Gebrüll stürzte er sich auf mich, bevor ich wieder festen Halt gefunden hatte. Ich hatte das Schaukeln der Plattform unter meinen Füßen nicht vorhergesehen und mußte beide Arme ausstrecken, um mein Gleichgewicht zu halten. Das gab ihm die Gelegenheit, meine Handgelenke zu packen, während er auf mich zukam und mir sein Knie in den Unterleib rammen wollte. Wir rangelten, und er wollte mir wieder die Nase abbeißen. Aber ich riß rasch mein Kinn hoch und versetzte ihm einen Stoß ins Gesicht.

Er stolperte rückwärts, und die Plattform begann heftig zu schwanken. Ich riskierte einen Blick nach unten und sah, daß Scharen von Clodius' Schlägern herbeigeströmt waren und das Tier umringten, um ihren Herrn zu retten. Das arme Tier trompetete vor Schrecken laut los und schwenkte seinen fackelbesetzten Rüssel wild hin und her, wobei es einige Passanten versengte.

Schließlich wurde der Druck auf die wackelige Plattform zu groß. Der Elefant taumelte zur Seite, und der Sattelgurt riß. Der turmartige Aufbau schwankte und bebte, Holz barst und Drähte rissen, bevor die Plattform krachend auf einer Treppe landete. Wir wurden durch die Luft geschleudert, wobei es mir irgendwie gelang, meine Waffen fest umklammert zu halten. Ich kämpfte mich auf die Füße und sah Clodius' Meute nur ein paar Schritte entfernt von mir. Merkwürdigerweise hatten sie alle den Gesichtsausdruck ertappter Schuljungen, und keiner von ihnen wagte es, die Stufen heraufzukommen, während sie Clodius auf die Beine halfen, der benommen seinen Kopf schüttelte. Ich wollte sehen, was sie so eingeschüchtert hatte, und entdeckte auf der Schwelle hinter mir die Dame Aurelia, Caesars Mutter. Sie war fuchsteufelswild.

»Wer wagt es, blutige Waffen zum Haus des Pontifex maximus zu tragen?« kreischte sie. Hastig steckte ich mein Schwert in die Scheide und stopfte meinen beschmierten Caestus unter meine Tunika.

»Wenn du entschuldigst, meine Dame«, sagte ich, »aber diese Männer versuchen mich zu töten. Darf ich reinkommen?« Hinter ihr sah ich Julia stehen.

»Wenn du dieses Haus betrittst, werde ich deine öffentliche Auspeitschung fordern«, sagte der alte Drachen.

»Laß ihn rein, Großmutter!« flehte Julia.

»Nur über meine Leiche!«

Clodius grinste und kam wieder auf mich zu. Ich wollte gerade mein Schwert ziehen, als Hufgetrappel uns innehalten ließ. Von einem Hof neben dem Haus tauchte Gaius Julius zu Pferd auf, samt einem großen, ebenfalls berittenen Gefolge. Das war ein seltener Anblick in der Stadt, vor allem nach Einbruch der Dunkelheit. Aber es war ja auch ein Abend voller Merkwürdigkeiten.

»Was ist hier los?« brüllte Caesar. Er trug eine Militär-Tunika und -Stiefel.

»Dieser Mann«, sagte seine Mutter auf mich zeigend, »hat deinen Hausfrieden verletzt. Laß ihn auf der Stelle hinrichten, mein Sohn!«

Caesar lächelte. »Aber, Mutter, beruhige dich. Das ist Decius Caecilius Metellus der Jüngere, und Menschen wie er genießen den besonderen Schutz der Götter. Das habe ich, der Pontifex maximus, verkündet.« Er wandte sich Clodius zu. »Publius, ruf deine Bluthunde zurück.«

Aber Clodius hatte sich in einen gorgonenhaften Wutanfall gesteigert. »Diesmal nicht, Caesar! Er gehört mir!«

»Decius, komm her«, sagte Caesar. Ich trat zu ihm, wobei ich Clodius die ganze Zeit im Auge behielt. Caesar beugte sich vom Sattel herab, die Augenbrauen sardonisch hochgezogen. Mit leiser Stimme sagte er: »Decius, wie wichtig ist es dir, Rom heute abend lebend zu verlassen?«

»Ziemlich wichtig«, räumte ich ein.

»Das wird dir nur gelingen, wenn du mit mir reitest. Ich bin auf dem Weg nach Spanien, und meine Männer sind alles alte Veteranen mit langjähriger Erfahrung. Clodius wird es nicht wagen, sie anzugreifen. Aber zunächst möchte ich etwas von dir.«

»Ist es das, was du dieser Tage so treibst, Gaius Julius?« sagte ich bitter. »Schamlosen Handel, wie irgendein Publicanus, der um öffentliche Verträge feilscht?«

»Das ist der Stil des neuen Roms«, sagte er. »Entscheide dich schnell.«

»Was willst du?«

»Vieles, aber im Moment nur deine Beweise.« Er streckte die Hand aus.

Ich warf einen Blick auf den wütenden Clodius und seine Mörderbande. Milo und seine Schläger waren nirgendwo in Sicht. Ich war allein und konnte meine Lebenserwartung in Sekunden zählen. Ich nahm den Briefbehälter aus meiner Tunika und legte ihn in Caesars Hand.

»Ist das alles?« wollte er wissen.

»Jawohl«, sagte ich schweren Herzens. Er schnippte mit den Fingern, und ein Mann führte eines der Pferde heran und half mir auf seinen Rücken. Er hatte das harte, vernarbte Gesicht eines Veteranen.

»Greif uns an, wenn du magst«, sagte Caesar voller Verachtung. Clodius und seine Männer wichen zurück, als wir durch sie hindurchritten. Ich drehte mich zur Tür um, und Julia winkte mir schüchtern zu. Ich winkte zurück, glücklich, überlebt zu haben, und doch zu Tode betrübt über meine Niederlage. Es war ein eigenartiges Gefühl, und die Situation kam mir vor wie aus einem ermüdenden griechischen Drama.

Wir überquerten das Forum, auf dem sich die Menschen noch immer drängelten und die Elefanten weiter den Ausfall probten. An diese Nacht sollte sich Rom noch lange erinnern. Pompeius sah ich nicht. Während wir durch die Straßen ritten, las Caesar im Schein einer Fackel, die von einem seiner Männer gehalten wurde, den Brief. Als er fertig war, steckte er ihn in seine Satteltasche.

»Was für ein jugendlicher Narr, so etwas schriftlich zu fixieren«, sagte er. »Geschieht ihm recht, daß er tot ist. Er hätte in Rom keine Zukunft gehabt.«

Wir ritten durch das Ostische Tor, das hinter uns geschlossen wurde. Nach etwa einer Meile machten wir halt.

»Komm mit mir nach Spanien«, sagte Caesar. »Ich werde dich in meine Truppe aufnehmen.«

Ich schüttelte den Kopf. »Mein Vater meint, das Familienanwesen in Beneventum bedürfe dringend meiner Aufmerksamkeit.«

»Wie du willst. In ein oder zwei Monaten kannst du in die Stadt zurückkehren; bis dahin wird man, fürs erste, alles vergessen haben. Es werden interessante Zeiten werden, wenn wir alle wieder gemeinsam in Rom weilen.« Er lächelte. »Wie gesagt, ich habe Arbeit für dich.«

»Ich werde nie für dich arbeiten, Gaius Julius«, schwor ich.

»Du wirst deine Meinung noch ändern. Außerdem möchte ich, daß du meine Nichte, Julia Minor, heiratest.«

Ich starrte ihn fassungslos an, unfähig, ein Wort hervorzubringen.

»Leb wohl, Decius«, sagte Caesar. Er wendete sein Pferd und galoppierte mit seiner Eskorte davon. Ich sah ihnen nach, bis der letzte Schein der Fackeln in der Dunkelheit verschwunden war.

»Caesars Frau muß über jeden Verdacht erhaben sein«, rief ich ihnen nach. Trotz allem konnte ich mir ein Lachen nicht verkneifen.

Diese Begebenheiten ereigneten sich in einem Zeitraum von elf Tagen im Jahr 693 der Stadt Rom, im Jahr des Konsulats von Calpurnianus und Messala Niger.

Glossar/Worterklärungen

(Die Definitionen beziehen sich auf das letzte Jahrhundert der römischen Republik.)

Aedilen: gewählte Beamte, die für die Ordnung auf den Straßen, die staatliche Getreideversorgung, die Aufrechterhaltung der öffentlichen Ordnung, die Verwaltung der Märkte und die öffentlichen Spiele zuständig waren. Es gab zwei Arten von Aedilen: die plebejischen Aedilen, die keine Amtsinsignien hatten, und die curulischen Aedilen, die eine gestreifte Toga trugen und auf einem curulischen Stuhl saßen. Die curulischen Aedilen konnten bei Zivilgerichtsverfahren, die die Märkte und Fragen der Währung betrafen, Recht sprechen, während die plebejischen Aedilen nur Geldstrafen verhängen durften. Ansonsten waren ihre Pflichten dieselben. Da der Prunk der Spiele, die die Aedilen veranstalteten, oft die Wahl in ein höheres Amt bestimmte, war das Aedilenamt eine wichtige Stufe einer politischen Karriere.

AS: Kupferbarren von einem Pfund Gewicht, gebräuchliche Währungseinheit.

Atrium: einst das lateinische Wort für Haus, in der republikanischen Zeit die Bezeichnung für die Eingangshalle eines Hauses, die als allgemeiner Empfangsbereich genutzt wurde.

Atrium Vestae: der Palast der Vestalinnen, eines der prächtigsten Gebäude in Rom.

Auguren: Beamte, die zu staatlichen Zwecken Omen deuteten. Auguren konnten alle Amtsgeschäfte und öffentlichen Versammlungen untersagen, wenn sie ungünstige Vorzeichen ausgemacht hatten.

Basilica: ein Gebäude, in dem Gerichte bei schlechtem Wetter tagten.

Bestiarius: Tierkämpfer im Zirkus.

Caestus: ein mit Ringen, Platten oder Bronzedornen verstärkter Boxhandschuh aus Lederriemen.

Caldarium: Heißbaderaum in römischen Thermen. Die Beheizung erfolgte durch erwärmte Luft, die von unterirdischen Kanälen durch Röhren in den Wänden geleitet wurde.

Caliga: der römische Militärstiefel, eigentlich eine schwere Sandale mit genagelten Sohlen.

Campus Martius: ein Feld außerhalb der alten Stadtmauern, früher ein Versammlungsort und Truppenübungsplatz. Dort trafen sich die Volksversammlungen. In der Endphase der Republik wurde das Marsfeld zunehmend bebaut.

Censoren: Magistrate, die normalerweise alle fünf Jahre gewählt wurden, um den Bürger-Census durchzuführen und die Liste der Senatoren von unwürdigen Mitgliedern zu säubern. Sie konnten bestimmte religiöse Praktiken verbieten, wenn sie sie für der öffentlichen Moral abträglich oder »unrömisch« hielten. Es gab zwei Censoren, und jeder konnte die Entscheidungen des anderen außer Kraft setzen. Beide trugen eine gestreifte Toga und saßen auf curulischen Stühlen. Censoren wurden normalerweise aus den Reihen der Ex-Konsuln gewählt. Das Censorenamt galt als Abschluß einer politischen Karriere.

Centurio: »Führer einer Hundertschaft«, einer Centurie, die jedoch tatsächlich nur etwa sechzig Mann zählte. Die Centurionen waren das Rückgrat des Berufsheers.

Charon: Fährmann der Unterwelt.

Circus: der römische Rennplatz und das Stadion, das ihn umgab. Der erste und größte war der Circus Maximus, der zwischen den Hügeln Palatin und Aventin lag. Ein später erbauter, kleinerer Circus, der Circus Flaminius, lag außerhalb der Stadtmauern auf dem Marsfeld.

Coemptio: Heirat durch symbolischen Verkauf. Vor fünf Zeugen und einem Libripens, der eine Waage hielt, mußte der Bräutigam eine Bronzemünze in die Waagschale werfen und sie dem Vater oder Vormund der Braut überreichen. Im Gegensatz zur Confarreatio war die Coemptio leicht durch Scheidung zu lösen.

Cognomen: der Familienname, der den Zweig eines Geschlechts anzeigt; z. B. Gaius Julius Caesar: Gaius vom Zweig der Caesares aus dem Geschlecht der Julier. Einige plebejische Familien führten kein Cognomen, so vor allem die Marier und die Antonier.

Coitio: eine politische Allianz zweier Männer zur Zusammenführung ihrer Wählerstimmen. Normalerweise handelte es sich hierbei um eine Vereinbarung zwischen Politikern, die ansonsten Gegner waren, mit dem Ziel, gemeinsame Rivalen zu verdrängen.

Colonia: Siedlung, die von entlassenen Veteranen gegründet wurde. Ab 89 v. Chr. genossen alle italischen Coloniae volles Stadtrecht, während das der Coloniae in den Provinzen eingeschränkt blieb.

Compluvium: ein Oberlicht.

Concilium plebis: Volksversammlung.

Conclamatio: öffentliche Totenklage der Verwandten und Klienten eines Verstorbenen.

Confarreatio: die heiligste und bindendste Form der römischen Eheschließung. Braut und Bräutigam boten Jupiter in Anwesen heit eines Pontifex und des Flamen Dialis einen Dinkelkuchen dar. Es war die alte Form der Eheschließung. In der Endzeit der Republik wurde sie nur noch von bestimmten Priesterorden gepflegt, die von ihren Priestern eine solche Trauung verlangten.

Corona muralis: Preis für den Legionär, der als erster die feindlichen Mauern erstieg.

Curia: das Versammlungsgebäude des Senats auf dem Forum.

Curulis: Amtssessel der höheren Magistraten.

Diktator: ein vom Senat und den Konsuln bestimmter oberster Beamter für den Fall einer plötzlichen Notlage. Für einen begrenzten Zeitraum, nie mehr als sechs Monate, wurde er mit der uneingeschränkten Herrschaft betraut. Nach Beendigung des Notstands hatte er sein Amt niederzulegen. Im Gegensatz zu den Konsuln hatte er keinen Kollegen, der seine Entscheidungen außer Kraft setzen konnte, und nach Ablauf seiner Amtszeit konnte er auch nicht für im Amt begangene Taten belangt werden. Seine Insignien waren die gestreifte Toga und der curulische Stuhl. Er wurde von vierundzwanzig Liktoren begleitet, so viel wie beide Konsuln zusammen hatten. Diktaturen waren äußerst selten, die letzte reguläre datiert aus dem Jahr 202 v. Chr. Die Diktaturen von Sulla und Caesar waren verfassungswidrig.

Dioskuren: die Zwillingssöhne von Zeus und Leda. Die Römer verehrten sie als Beschützer der Stadt.

Dolabra: Spitzhaue.

Eques (Pl. Equites): ursprünglich die Bürger, die wohlhabend genug waren, ein eigenes Pferd zu stellen und in der Kavallerie zu dienen. Später mußte man, um in den Stand der Equites aufgenommen zu werden, ein Vermögen von mindestens 400 000 Sesterzen nachweisen. Die Equites waren die wohlhabende Mittelschicht. In der Volksversammlung bildeten sie zusammen achtzehn Centurien und hatten einst das Recht, als erste ihre Stimme abzugeben, das sie nach dem Verschwinden ihrer militärischen Funktion jedoch verloren. Finanzmakler, Bankiers und Steuerpächter kamen aus der Klasse der Equites.

Eureka: griechischer Ausruf »Ich hab's gefunden«, den Archimedes gesagt haben soll, als er das Gesetz des spezifischen Gewichts entdeckte.

Fasces: ein Rutenbündel, das mit rotem Band um eine Axt gebunden war – Symbol der Magistratsgewalt, sowohl körperliche Strafen als auch die Todesstrafe zu vollziehen. Die Fasces wurden von den Liktoren getragen, die die curulischen Beamten, den Flamen des Jupiter und die Prokonsuln und Propraetoren, die Provinzen regierten, begleiteten. Wenn ein niederrangiger Beamter einem höherrangigen begegnete, senkten seine Liktoren die Fasces zum Gruße.

Flamen (Pl. Flamines): der Priester eines bestimmten Staatsgottes. Das Kollegium der Flamines hatte fünfzehn Mitglieder: Die drei höchstrangigen waren der Flamen Dialis (das heißt Jupiters), der Flamen Martialis (das heißt des Mars) und der Flamen Quirinalis (das heißt des Quirinus). Sie waren verantwortlich für dic täglichen Opfer, trugen auffällige Kopfbedeckungen und waren von vielen rituellen Tabus umgeben. Der Flamen Dialis, der Priester des Jupiter, durfte eine gestreifte Toga tragen, verfügte über einen curulischen Stuhl und wurde von einem einzelnen Liktor begleitet. Außerdem hatte er einen Sitz im Senat. Es wurde zunehmend schwieriger, das Kollegium der Flamines zu besetzen, weil es sich bei den Kandidaten um berühmte Männer handeln mußte, die auf Lebenszeit Priester wurden und nicht mehr am politischen Leben teilhaben konnten.

Forum: ein offener Versammlungsort und Marktplatz. Das erste Forum war das Forum Romanum in der Senke zwischen dem Capitol, dem Palatin und dem Caelius. Um das Forum gruppierten sich die wichtigsten Tempel und öffentlichen Gebäude. Die römischen Bürger verbrachten einen guten Teil ihres Tages dort. Gerichte traten bei gutem Wetter auf dem Forum zusammen. Als es gepflastert wurde und fortan allein öffentlichen Angelegenheiten vorbehalten blieb, wurde der Markt vom Forum Romanum zum Forum boarium, dem Viehmarkt in der Nähe des Circus Maximus, verlegt. Trotzdem hielten sich am südlichen und nördlichen Rand des Forums kleine Geschäfte und Verkaufsstände.

Freigelassener: ein freigelassener Sklave. Mit der offiziellen Freilassung bekam der Freigelassene die vollen Bürgerrechte mit Ausnahme des Rechts, ein Amt innezuhaben, zugesprochen. Die inoffizielle Freilassung gab einem Sklaven die Freiheit, ohne ihn mit Wahlrecht auszustatten. In der zweiten, spätestens in der dritten Generation wurden Freigelassene gleichberechtigte Bürger.

Garum: salzige Sardinenbrühe.

Genius: der leitende und behütende Geist einer Person oder eines Ortes. Der Genius eines Ortes wurde Genius loci genannt.

Gens: ein Geschlecht, dessen sämtliche Mitglieder von einem bestimmten Vorfahren abstammen. Die Namen der patrizischen Geschlechter endeten immer auf -ius. So war beispielsweise Gaius Julius Caesar Gaius vom Zweig der Caesares aus dem Geschlecht der Julier.

Gladiator: »Schwertkämpfer«, ein Sklave, Kriegsgefangener, Verbrecher oder Freiwilliger, der oft auf Leben und Tod in den Munera kämpfte.

Gladius: das kurze, breite zweischneidige Schwert der römischen Soldaten.

Gravitas: Ernsthaftigkeit, Würde.

Haruspex (Pl. Haruspices): Angehöriger eines etruskischen Priesterkollegiums, dem es oblag, aus den Eingeweiden der Opfertiere zu weissagen.

Homo novus: »neuer Mann«, ein Mann, der als erstes Mitglied einer Familie das Konsulat innehatte und sie damit zu Nobiles machte.

Hospitium: eine Vereinbarung gegenseitigen Gastrechts. Wenn ein Hospes (Pl. Hospites) die Stadt des anderen besuchte, standen ihm Nahrung und Unterkunft, Schutz vor Gericht, Pflege bei Krankheit oder Verwundung und eine ehrenhafte Bestattung zu. Die Verpflichtung galt in den Familien beider Hospites und wurde weitervererbt.

Iden: der 15. März, Mai, Juli und Oktober, der 13. Tag aller anderen Monate.

Imperium: das Recht, ursprünglich der Könige, Armeen aufzustellen, Ge- und Verbote zu erlassen und körperliche Züchtigung und die Todesstrafe zu verhängen. In der Republik war das Imperium unter den beiden Konsuln und den Praetoren aufgeteilt. Gegen ihre Entscheidungen im zivilen Bereich konnten die Tribunen Einspruch erheben, und die Träger des Imperiums mußten sich nach Ablauf ihrer Amtszeit für ihre Taten verantworten. Nur ein Diktator hatte das uneingeschränkte Imperium.

Insula: »Insel«, eine große Mietskaserne.

Janitor: ein Sklave, der das Tor bewachte, benannt nach Janus, dem Gott der Durchgänge.

Kalenden: der Erste eines Monats.

Klient: eine von einem Patron abhängige Person, die verpflichtet war, den Patron im Krieg und vor Gericht zu unterstützen. Freigelassene wurden Klienten ihrer früheren Herren. Die Beziehung wurde weitervererbt.

Konsul: der höchste Beamte der Republik. Es wurden jährlich zwei Konsuln gewählt. Ihre Insignien waren die gestreifte Toga und der curulische Stuhl. Jeder Konsul wurde von zwölf Liktoren begleitet. Das Amt schloß auch das uneingeschränkte Imperium ein. Nach Ablauf seiner einjährigen Amtszeit wurde ein Ex-Konsul zum Statthalter einer Provinz ernannt, die er als Prokonsul regierte. Als Prokonsul verfügte er über die gleichen Insignien und die gleiche Anzahl von Liktoren. Innerhalb seiner Provinz übte er absolute Macht aus.

Kothurn: Hochschuh der griechischen Tragödie, gehört zum traditionellen Bühnenkostüm.

Latifundium: ein ausgedehntes Landgut, auf dem Sklaven arbeiteten. In der Spätphase der Republik nahm diese Art der Bewirtschaftung immer mehr zu, so daß der Stand der italischen Bauern praktisch vernichtet wurde.

Legat: ein höherer Offizier, den der Senat auswählte, um Heerführer und Statthalter zu begleiten; auch ein vom Senat ernannter Botschafter.

Legion: Grundeinheit der römischen Armee. Auf dem Papier sechstausend, tatsächlich aber eher viertausend Mann stark. Die Legion war eine schwerbewaffnete Infanterietruppe, jeder Legionär trug einen großen Schild, einen Brustpanzer, einen Helm, einen Gladius und leichte und schwere Wurfspeere. Jeder Legion war eine Hilfstruppe aus Nicht-Bürgern zugeordnet, die aus leichter und schwerer Infanterie, Kavallerie, Bogenschützen, Kämpfern mit Wurfschleudern usw. bestand.

Libitina: Göttin des Todes.

Liktor: Wächter, normalerweise Freigelassene, die die Fasces trugen und die Beamten und den Flamen Dialis begleiteten. Sie riefen Volksversammlungen zusammen, überwachten die öffentlichen Opferungen und vollzogen Todesurteile. Ein Diktator wurde von vierundzwanzig Liktoren begleitet, ein Konsul von zwölf, ein Propraetor von sechs, ein Praetor von zwei und der Flamen Dialis von einem Liktor.

Liquamen: auch Garum genannt, die Fischsauce der römischen Küche.

Lituus: Krummstab der Auguren.

Ludus (Pl. Ludi): die öffentlichen Spiele, Rennen, Theateraufführungen usw. Auch eine Gladiatorenschule, obwohl die Darbietungen der Gladiatoren keine Ludi waren.

Munera: besondere Spiele, die nicht Teil des offiziellen Veranstaltungskalenders waren und in denen Gladiatoren auftraten. Ursprünglich waren es Leichenspiele, die immer den Toten geweiht waren.

Municipia: ursprünglich Städte mit in unterschiedlichem Maße eingeschränkten römischen Bürgerrechten, in der Spätphase der Republik Städte mit vollen Bürgerrechten.

Nobiles: Familien, sowohl patrizische als auch plebejische, aus deren Reihen ein Konsul hervorgegangen war.

Nomen: der Name eines Geschlechts oder eines Gens; z. B. Gaius *Julius* Caesar.

Optimaten: die Partei der »besten Männer«, d. h. der Adel und seine Anhänger.

Pallium: Mantel.

Patria potestas: die absolute Autorität des Familienvaters (Pater familias) über die Kinder seines Haushalts, die weder legal Besitz erwerben durften, solange ihr Vater lebte, noch ohne seine Erlaubnis heiraten durften. Theoretisch hatte er sogar das Recht, seine Kinder zu verkaufen oder zu töten.

Patrizier: ein Nachfahre einer der Gründungsväter Roms. Einst konnten nur Patrizier politische und priesterliche Ämter übernehmen und im Senat sitzen, aber diese Privilegien wurden nach und nach aufgehoben, bis nur noch einige Priesterämter rein patrizisch waren.

Patron: ein Mann mit einem oder mehreren Klienten, die zu beschützen, zu beraten und denen zu helfen er verpflichtet war. Die Beziehung wurde weitervererbt.

Peculium: römische Sklaven durften keinen Besitz haben, aber sie durften außerhalb des Haushalts ihres Herrn Geld verdienen. Diese Ersparnisse wurden Peculium genannt und konnten von den Sklaven dazu verwandt werden, sich freizukaufen.

Peristylium: ein von einem Säulengang umgebener Hof.

Pietas: die Tugend des Gehorsams gegenüber den Göttern und vor allem gegenüber den eigenen Eltern.

Plebejer: alle nicht-patrizischen Bürger.

Pomerium: der Verlauf der alten Stadtmauern, der Romulus zugeschrieben wird. Die freie Fläche diesseits und jenseits der Mauer galt als heilig. Innerhalb des Pomeriums war es verboten, Waffen zu tragen und Tote zu bestatten.

Pontifex (Pl. Pontificis): ein Mitglied des höchsten Priesterordens von Rom. Er hatte die Oberaufsicht über sämtliche öffentlichen und privaten Opferungen sowie über den Kalender. In der Spätphase der Republik gab es fünfzehn Pontificis: sieben Patrizier und acht Plebejer. Ihr oberster war der Pontifex maximus, ein Titel, den heute der Papst führt.

Popularen: die Partei des gemeinen Volks.

Praenomen: der Rufname eines Freigeborenen, wie Marcus, Sextus, Gaius; z. B. Gaius Julius Caesar: Gaius vom Zweig der Caesares aus dem Geschlecht der Julier. Frauen benutzten die weibliche Form des Namens ihres Vaters, d. h. die Tochter von Gaius Julius Caesar hieß Julia.

Praetor: Beamter, der jährlich zusammen mit den Konsuln gewählt wurde. In der Endphase der Republik gab es acht Praetoren. Ihr oberster war der Praetor urbanus, der bei Zivilstreitigkeiten zwischen Bürgern den Vorsitz des Gerichts innehatte. Der Praetor peregrinus saß Verhandlungen vor, an denen Ausländer beteiligt waren. Die anderen waren Vorsitzende der Strafkammern. Ihre Insignien waren die gestreifte Toga und der curulische Stuhl. Praetoren wurden von zwei Liktoren begleitet. Nach Ablauf ihrer Amtszeit wurden die Praetoren Propraetoren und hatten in ihren propraetorischen Provinzen das uneingeschränkte Imperium.

Praetorium: das Hauptquartier eines Heerführers, normalerweise ein Zelt in einem Lager. In den Provinzen: die offiziellen Residenzen des Statthalters.

Princeps: »erster Bürger«, ein besonders vornehmer, von den Censoren bestimmter Senator, dessen Name zuoberst auf der Liste der Senatoren stand und der zu jedem Thema als erster sprechen durfte. Später hat Augustus den Titel angenommen, von dem unser »Prinz« abgeleitet ist.

Proskription: durch öffentlich ausgehängte Tafeln bekanntgemachte Ächtung politischer Gegner.

Publicanus: Pächter der römischen Staatseinnahmen. Die Pachtverträge wurden normalerweise von Censoren ausgehandelt und hatten deshalb eine Laufzeit von fünf Jahren.

Pugio: der gerade, zweischneidige Dolch der römischen Soldaten.

Quaestor: der rangniedrigste der gewählten Beamten. Er war verantwortlich für den Staatsschatz und zuständig für finanzielle Angelegenheiten wie zum Beispiel die Bezahlung öffentlicher Arbeiten. Er fungierte auch als Assistent und Zahlmeister der höheren Beamten, der Heerführer und Provinzstatthalter. Sie wurden jährlich gewählt.

Quirinus: der vergöttlichte Romulus, Schutzpatron der Stadt.

Rostra: ein Denkmal auf dem Forum zum Andenken an die Seeschlacht von Antium 338 v. Chr., das mit den Schnäbeln, den Rostra, der feindlichen Schiffe geschmückt war. Sein Podium wurde als Rednertribüne benutzt.

Sagum: der römische Militärumhang aus Wolle, der immer rot gefärbt war. Das Anlegen des Sagum zeigte den Beginn des Kriegszustandes an, während die Toga das Kleidungsstück der Friedenszeit war.

Salier: »Tänzer«, zwei dem Mars und dem Quirinus geweihte Priesterorden, die ihre Rituale im März beziehungsweise im Oktober abhielten. Jeder Orden bestand aus zwölf jungen Patriziern, deren Eltern noch leben mußten. An ihren Feiertagen legten sie bestickte Tuniken, Bronzehelme und Brustpanzer an und trugen jeder einen der zwölf heiligen Schilde (Ancilia) und einen Stab. Sie zogen in einer Prozession zu den bedeutendsten Altären Roms und führten vor jedem einen Kriegstanz auf. Das Ritual war so alt, daß ihre Gesänge und Gebete im ersten vorchristlichen Jahrhundert nicht mehr verstanden wurden.

Samniten: kriegerisches Bergvolk in Mittelitalien, das in drei Samnitenkriegen gegen die Römer kämpfte und erst 82 v. Chr. endgültig besiegt wurde.

Saturnalien: Fest des Saturn, vom 17. bis zum 23. Dezember, eine rauhe und fröhliche Angelegenheit, bei der Geschenke ausgetauscht und Sklaven von ihren Herren bedient wurden.

Scaena: mehrgeschossiges Bühnengebäude des römischen Theaters, das dem griechischen Theater in seinen wesentlichen Elementen nachgebildet ist. Ihr vorgelagert, zum Zuschauerraum hin, befindet sich das Proscenium, meist eine niedere Vorhalle, die der eigentliche Spielort der Schauspieler wird.

Scutum: der Schild im Kampf. Die Römer haben eine eigene Taktik aufgrund der Deckung ganzer Verbände durch den Schild entwickelt.

Sella curulis: ein Klappstuhl. Er gehörte zu den Insignien der curulischen Beamten und des Flamen Dialis.

Senat: das wichtigste beratende Gremium Roms. Es bestand aus dreihundert bis sechshundert Senatoren, die alle zumindest einmal in ein Amt gewählt worden waren. Einst die oberste gesetzgebende und exekutive Körperschaft, waren die früheren Befugnisse des Senats bis zur Spätzeit der römischen Republik auf die Gerichte und die Volksversammlungen übergegangen. Die Hauptkompetenz des Senats lag auf dem Feld der Außenpolitik und in der Berufung der Heerführer. Senatoren hatten das Privileg, die Tunica laticlavia zu tragen.

Sica: ein einschneidiger Dolch oder ein kurzes Schwert unterschiedlicher Länge. Sie galt als Lieblingswaffe der Straßenbanden und wurde von thrakischen Gladiatoren benutzt. Eine Sica galt als anrüchige, unehrenhafte Waffe.

Sklavenkrieg: der von dem thrakischen Gladiator Spartacus angeführte Sklavenaufstand von 73–71 v. Chr. Die Rebellion wurde von Pompeius und Crassus niedergeschlagen.

Solarium: ein Dachgarten oder Patio.

Spatha: das Schwert der römischen Kavallerie, länger und schmaler als der Gladius.

Spina: ritueller Dorn für Tieropfer, auch beim Schlachten von Tieren zu Orakelzwecken verwendet.

SPQR: »Senatus populusque Romanus«, Senat und Volk von Rom; die Formel, die die Hoheit Roms verkörperte. Sie wurde auf offiziellen Briefen, Dokumenten und öffentlichen Einrichtungen verwendet.

Statilische Schule: Ausbildungsstätte von zeitweise bis zu 1000 Gladiatoren, benannt nach der berühmten Kampflehrerfamilie der Statilii.

Stilus: eiserner, später beinerner Griffel zum Schreiben auf Wachstafeln. Geschrieben wurde mit dem spitzen Ende; korrigiert wurde durch Glattstreichen mit dem breiten Ende.

Strophium: ein breites Stoffband, das Frauen unter oder über ihren Kleidern trugen, um ihre Brüste zu stützen.

Subligaculum: ein Lendenschurz, der sowohl von Männern als auch von Frauen getragen wurde.

Subura: ein Viertel im Tal zwischen dem Viminal und dem Esquilin, berühmt wegen seiner Elendsquartiere, lauten Märkte und rauhen Bewohner.

Tarpejischer Felsen: eine Klippe unterhalb des Capitols, von der Verräter hinabgestoßen wurden. Benannt war der Felsen nach dem römischen Mädchen Tarpeia, das der Legende zufolge den Sabinern den Zugang zur Burg auf dem Capitol verraten hatte.

Tempel des Jupiter Capitolinus: der wichtigste Tempel Roms. Triumphzüge endeten immer mit einem Opfer in diesem Tempel.

Tempel des Saturn: Der Staatsschatz wurde in einer Krypta unter diesem Tempel aufbewahrt, der gleichzeitig als Lager der militärischen Standarten genutzt wurde.

Toga: mantelähnliches Obergewand der römischen Bürger. Die gehobenen Schichten trugen eine weiße Toga, ärmere Leute und Trauernde eine dunkle. Die mit einem purpurfarbenen Saum besetzte Toga praetexta war die Amtskleidung der curulischen Beamten und diensttuenden Priester und wurde von jungen Freigeborenen getragen. Die purpurfarbene und mit goldenen Palmen bestickte Toga picta wurde von Heerführern, die einen Triumph feierten, getragen sowie von Beamten, wenn öffentliche Spiele abgehalten wurden.

Tonsor: ein als Barbier oder Friseur ausgebildeter Sklave.

Trabea: mit breiten Purpurstreifen verziertes Staatskleid.

Trans-Tiberim: ein neues Stadtviertel auf dem westlichen Tiberufer, das außerhalb der alten Stadtmauern lag.

Tribun: Vertreter der Plebejer, mit Vetorecht gegen Senatsentscheidungen und legislativer Gewalt ausgestattet. Dieses Amt konnte nur von Plebejern bekleidet werden. Militärtribune wurden aus den Reihen der jungen Männer von Senatsrang oder aus dem Ritterstand gewählt und standen einem General als Adjutanten zur Seite. Normalerweise die erste Stufe einer politischen Karriere.

Tribus: Stadtbezirk. In der republikanischen Zeit zählten alle Bürger zu einem Tribus, von denen es in Rom vier und im Umland einunddreißig gab.

Triclinium: Speisezimmer des römischen Hauses, benannt nach den Klinen; das sind die Liegen, auf denen die Speisen eingenommen wurden.

Triumph: eine prunkvolle Zeremonie zur Feier eines militärischen Erfolges. Die Auszeichnung konnte nur vom Senat verliehen werden. Ein siegreicher Heerführer mußte außerhalb der Stadtmauern auf die Erlaubnis des Senats warten, die Stadt zu betreten. Sein Oberbefehl erlosch in dem Augenblick, in dem er das Pomerium überschritt. Der Heerführer, Triumphator genannt, wurde mit königlichen Ehren empfangen. Während eines Tages galt er als gottgleich. Ein Sklave wurde beauftragt, hinter ihm zu stehen und ihn in regelmäßigen Abständen an seine Sterblichkeit zu erinnern, damit die Götter nicht eifersüchtig wurden.

Triumvirat: ein Dreimännerkollegium, ein von den römischen Behörden häufig eingesetzter Ausschuß zur Erledigung spezieller politischer oder religiöser Aufgaben. Davon zu unterscheiden: das Triumvirat als private Vereinbarung politisch Mächtiger. Das berühmteste Triumvirat (60 v. Chr.) war die Dreierherrschaft von Caesar, Pompeius und Crassus. 43 v. Chr. kam ein zweites Triumvirat mit Antonius, Octavian und Lepidus zustande.

Tunika: ein langes, ärmelloses oder kurzärmeliges Hemd, im Freien unter einer Toga und zu Hause als Hauptbekleidungsstück getragen. Die von Senatoren und Patriziern getragene Tunica laticlavia hatte einen breiten Streifen. Die Tunica angusticlavia hatte einen schmalen Streifen und wurde von den Equites getragen. Die von oben bis unten purpurfarbene und mit goldenen Palmen bestickte Tunica picta war das Kleidungsstück eines Generals, der einen Triumph feierte.

Usus: die gebräuchlichste Form der Ehe, bei der ein Mann und eine Frau ein Jahr zusammenlebten, ohne drei aufeinanderfolgende Nächte lang voneinander getrennt zu sein.

Via: eine Fernstraße. Innerhalb der Stadt waren Viae Straßen, die breit genug waren, daß zwei Wagen aneinander vorbeifahren konnten. In der republikanischen Zeit gab es nur zwei Viae: die Via Sacra, die quer über das Forum verlief und auf der religiöse Prozessionen und Triumphzüge stattfanden, sowie die Via Nova, die an einer Seite des Forums entlanglief.

Vigiles: ein nächtlicher Wachdienst. Die Vigiles hatten die Pflicht, auf frischer Tat ertappte Straftäter zu verhaften, aber ihre Hauptaufgabe war der Brandschutz. Sie waren bis auf einen Knüppel unbewaffnet und trugen Feuereimer.

Volksversammlung: Es gab drei Arten von Volksversammlungen: die Centuriatkomitien (nach Militäreinheiten = Centurien bzw. Vermögensklassen gegliederte Volksversammlungen, Comitia centuriata) und die beiden nach Tribus gegliederten Volksversammlungen, die Comitia tributa und das Concilium plebis. Die Comitia tributa wählten die niederrangigen Beamten wie curulische Aedilen, Quaestoren und auch die Militärtribunen. Das Concilium plebis, das nur aus Plebejern bestand, wählte die Volkstribunen und die plebejischen Aedilen.